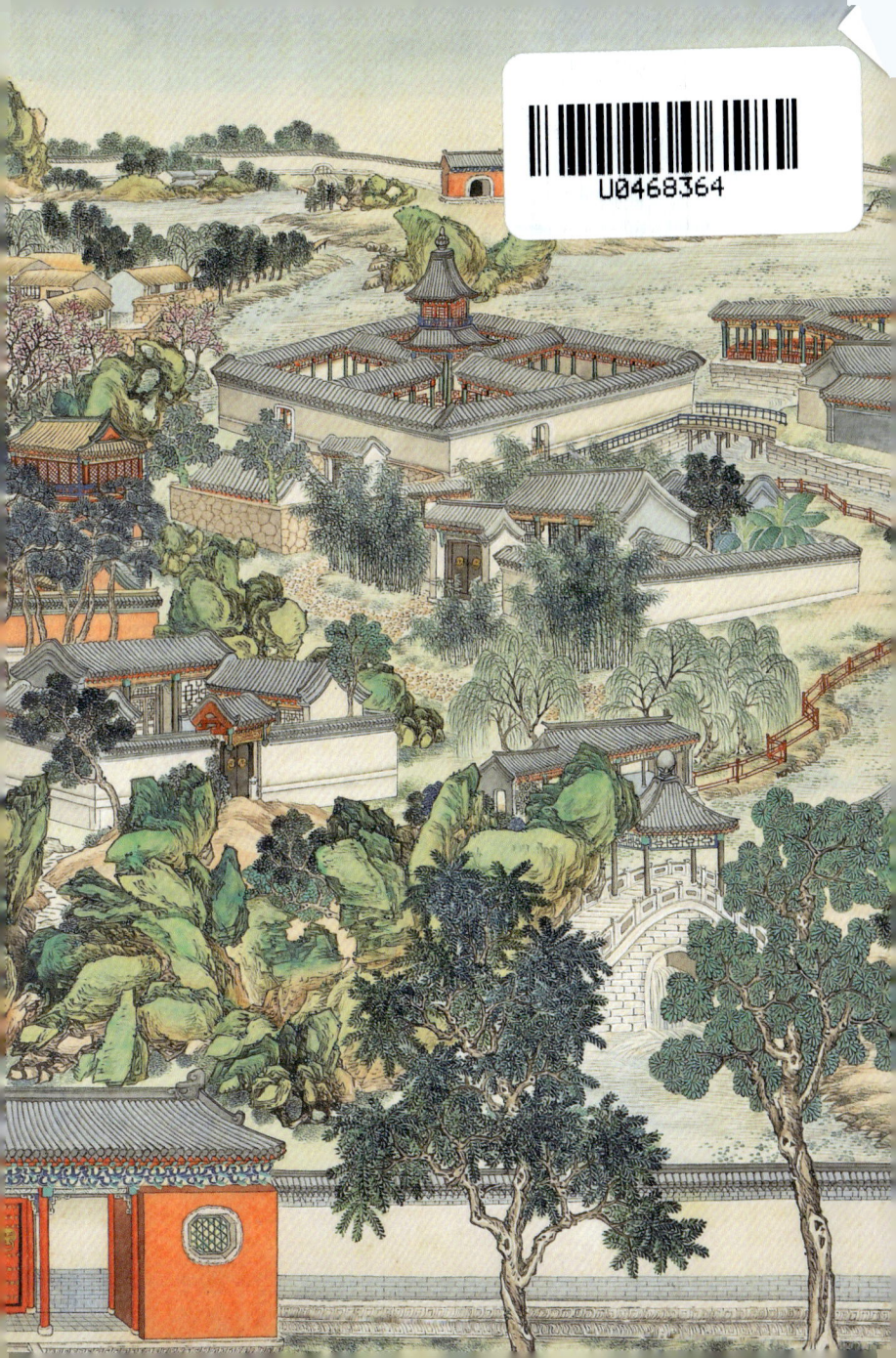

小说例话

周振甫 著

中国青年出版社

目录

001_ 前言

011_ **主要的思想倾向**

013_ 三国演义
    尊刘贬曹说 _014
    刘备仁慈和曹操残暴说 _017

027_ 水浒传
    李贽的"忠义"说 _028
    金圣叹斩绝说与英雄说的矛盾 _033
    农民起义说 _037

039_ 红楼梦
    宝黛爱情由知己结成说 _039
    封建礼教破坏宝黛爱情说 _041

044_ 儒林外史
    暴露追求功名富贵的弊害 _044
    要讲究文行出处 _047

049_ 聊斋志异
  暴露贪官劣绅的罪恶 _050
  揭露科举制度的罪恶 _051
  对真挚爱情的赞美 _053

055_ **人物**

057_ 三国演义
  诸葛亮 _058
  关羽 _073
  曹操 _083
  张飞 _089
  赵云 _094

100_ 水浒传
  林冲 _102
  鲁达 _108
  武松 _114
  李逵 _123
  吴用 _128
  宋江 _135

145_ 红楼梦
  贾宝玉 _146
  林黛玉 _152

薛宝钗 _157
　　王熙凤 _165
　　晴雯 _169
　　袭人 _175

181_ 儒林外史
　　王冕 _182
　　范进 _186
　　严贡生 _192
　　马二先生 _197
　　杜少卿 _201

207_ 聊斋志异
　　席方平 _207
　　司文郎 _209
　　婴宁 _211
　　连城 _214
　　小翠 _216

221_ **情节**

223_ 三国演义
　　官渡之战 _223
　　赤壁之战 _234

241_ 水浒传
　　智取生辰纲 _241
　　三打祝家庄 _247

251_ 红楼梦
　　秦可卿之死 _251
　　宝玉挨毒打 _255

263_ 儒林外史
　　烈妇殉夫 _263
　　匡超人得意 _267

271_ 聊斋志异
　　魂附鹦鹉 _271
　　续句生情 _273

277_ **细节**

279_ 三国演义
　　白衣渡江的细节 _279
　　三顾草庐的细节 _284

289_ 水浒传
　　武松打虎的细节 _289
　　夜闹浔阳江的细节 _292

298_ 红楼梦
　　薛宝钗羞笼红麝串的细节 _298
　　刘姥姥醉卧怡红院的细节 _301

305_ 儒林外史
　　侠客虚设人头会的细节 _305
　　季遐年写字的细节 _308

311_ 聊斋志异
　　《胭脂》篇的细节 _311

317_ **结构**

319_ 三国演义
　　首尾照应，中间关锁 _319
　　错综交接之六起六结 _324
　　鼙鼓震惊与琴瑟雅奏的调配 _329
　　紧迫、热烈和闲淡、冷静相对 _334

340_ 水浒传
　　三个"石碣"是大段落 _340
　　七十回的起承转合 _343
　　列传式的结合 _349

352_ 红楼梦
　　预告中开头和结尾部分相应 _352

风尘怀闺秀的大段落 _356
　　结构层次 _357

361_ 儒林外史
　　楔子与尾声相应 _361
　　连环短篇 _365
　　段落和线索的贯串 _368

372_ 聊斋志异
　　开头结尾与点题 _372
　　详尽曲折而波澜起伏 _375
　　示以平常与偶见鹘突 _377

379_ **作法**

381_ 三国演义
　　追本穷源 _381
　　以宾衬主 _383
　　同树异枝、同枝异叶 _386
　　星移斗换、雨覆风翻 _388
　　浪后波纹、雨后霢霂 _391
　　隔年下种、先时伏着 _392
　　添丝补锦、移针匀绣 _394
　　近山浓抹、远树轻描 _398
　　奇峰对插、锦屏对峙 _403

405_ 水浒传

　　倒插 _405

　　夹叙 _408

　　草蛇灰线 _409

　　大落墨 _412

　　弄引 _413

　　獭尾 _414

　　正犯 _416

　　略犯 _418

　　极不省 _419

　　极省 _421

　　欲合故纵 _421

　　横云断山 _423

　　鸾胶续弦 _425

427_ 红楼梦

　　曲折 _428

　　顺逆 _429

　　映带 _431

　　隐现 _432

　　正闰 _434

　　草蛇灰线 _435

　　空谷传声 _437

　　一击两鸣 _438

　　明修栈道，暗度陈仓 _440

云龙雾豹 _ 441

　　两山对峙 _ 444

　　烘云托月 _ 445

　　背面傅粉 _ 446

　　千皴万染 _ 447

　　倒峡逆波 _ 448

　　颊上三毫 _ 449

　　追魂摄魄 _ 451

　　横云断岭 _ 451

454 _ 儒林外史

　　罗络勾联 _ 454

　　前后映带 _ 455

　　波折有致 _ 458

　　来龙伏案 _ 460

　　铸鼎象物 _ 461

　　化工造物 _ 462

　　绘风绘水 _ 463

　　蚁穿九曲珠 _ 465

　　曲折点逗 _ 468

　　用反笔、侧笔 _ 471

　　颊上三毫 _ 473

　　片帆飞渡 _ 475

　　舌上生莲 _ 476

480_ 聊斋志异

　　同树异枝，同枝异叶 _480

　　笙箫夹鼓，琴瑟间钟 _482

　　星移斗换，雨覆风翻 _483

　　隔年下种，先时伏着 _484

　　寒冰破热，凉风扫尘 _485

487_ **修辞**

489_ 三国演义

　　荐诸葛与三顾草庐篇的修辞 _489

501_ 水浒传

　　火并王伦篇的修辞 _502

511_ 红楼梦

　　黛玉初会宝玉篇的修辞 _511

518_ 儒林外史

　　王冕篇的修辞 _518

524_ 聊斋志异

　　婴宁篇的修辞 _524

前言

《小说例话》是《诗词例话》和《文章例话》的姊妹篇。《小说例话》选择有评语、眉批、句下批的小说，把这些小说的批语、评语约略分类，结合小说内容来谈。选择的小说，考虑读者对象，只选了五部名著：一是北京大学出版社出版的《三国演义》会评本；二是北京大学出版社出版的《水浒传》会评本；三是上海人民出版社出版的《脂砚斋重评石头记》十六回本、文学古籍刊行社出版的《脂砚斋重评石头记》八十回本、商务印书馆出版的《增评补图石头记》一百二十回本；四是上海古籍出版社出版的《儒林外史》会校会评本；五是上海中华书局出版的《聊斋志异》会校会注会评本。例话就据这五部书的评语结合小说中原文作例来谈。《西游记》有评本，但评语讲"意马心猿"的思想修养，不谈创作，故未取。《金瓶梅》有评本，但不便把评语结合小说原文来谈，即不便引用原文，故未收。

《小说例话》分七部分来谈：一、主要的思想倾向；二、人物；三、情节；四、细节；五、结构；六、作法；七、修辞。以下对这七部分做些说明。

一、主要的思想倾向。例话是根据评语结合小说原文来谈的。评语也谈到小说的思想性，如毛宗岗评《三国演义》，在《读〈三国志〉法》的开头，即提出尊重朱熹《通鉴纲目》，"以蜀为帝室之胄，在所当予；魏为篡国之贼，在所当夺"。即谈《三国演义》的思想性，提出尊刘贬曹说。这样谈思想性，先不谈它的是非，只能算作谈《三国演义》的主要的思想倾向。再像李贽的《读〈忠义水浒全传〉序》："是故愤二帝之北狩，则称大破辽以泄其愤；愤南渡之苟安，则称剿三寇以泄其愤。敢问泄愤者谁乎？则前日啸聚水浒之强人也，欲不谓之忠义不可也。"提出"忠义"来论《水浒全传》的思想性，先不谈它的是非，只能算作谈《水浒全传》的主要的思想倾向。所以谈五部小说的思想性，结合各家的评语，只能称为主要的思想倾向。

结合各家评语来谈各部小说的主要的思想倾向时，对各部小说的不同内容，做些不同评论。如《三国演义》是历史小说，引用毛宗岗的尊刘贬曹说时，结合三国的历史来看，这种说法是否恰当，再结合《三国演义》来看，这种说法是否符合小说的内容。先看三国历史。三国历史有二：一为历史书，二为历史事实。历史书有倾向性，这种倾向性有的与尊刘贬曹说一致，如朱熹的《通鉴纲目》；有的与尊刘贬曹说相反，如陈寿的《三国志》、司马光的《资治通鉴》，所以根据历史书，还不能做出正确评价。再看历史事实。对历史事实如何评价，在于人民，所以还得联系人民的评价来考虑。对《三国演义》的主要思想倾向，就是这样来评论的，自然还要结合《三国演义》内容来做出评论。

对《水浒传》的主要思想倾向的评语又有不同。《水浒传》有《水浒全传》和金圣叹腰斩的七十回本的不同。李贽评《水浒全传》是"忠义"，金圣叹在七十回本后面加上卢俊义惊噩梦，在噩梦里要把水浒一百单八位好汉斩尽杀绝。"忠义"说和"斩尽杀绝"说完全相反，应该怎样来评论？按照实践是检验真理的唯一标准，七十回本通行后，《水浒全传》已趋向被淘汰；再就艺术性说，七十回以后的《水浒全传》本艺术性不如七十回本。因此论《水浒传》的主要的思想倾向，还以七十回本为主。北京大学出版社出版的《水浒传》会评本，正文也只有七十回。但还要看到金批对七十回本的主要的思想倾向有矛盾，他在序里是主张斩尽杀绝说，但在《读第五才子书法》里，又竭力推崇水浒有些人物，如认为李逵为上上人物，用《孟子》"富贵不能淫，贫贱不能移，威武不能屈"来赞美他，那实际上已经把他推崇到豪杰以上了。再像推崇鲁达、林冲、武松、吴用、花荣、杨志、关胜、阮小七都是"上上人物"。对于这些"上上人物"当然应该尊崇，把他们看成英雄人物，应该充分肯定了。

再看《红楼梦》,有曹雪芹的八十回本和脂砚斋的评语,有高鹗补四十回的一百二十回本和王希廉等的评语。由于高鹗补的四十回有的观点与曹雪芹的八十回本不一致,因此王希廉等的评语,有结合高鹗续四十回来说的,也有与曹雪芹的观点不一致的。因此引用《红楼梦》的评语,只能以脂砚斋评为主,对王希廉等的评语只能采用它合于八十回本的了。对《红楼梦》的主要思想倾向也是这样看的。

二、人物。这里讲人物,还是以各家的评语为主来说的。先从选哪几个人来谈。毛宗岗《读〈三国志〉法》,称"三国有三奇,可称三绝",以诸葛亮、关羽、曹操为三绝。李贽评《三国演义》,有《读三国史答问》,第一是关羽,第二是张飞,第三是赵云。据这两家评语,在三绝外再补上张飞、赵云两人。在谈到人物时,也按照评语来谈。如谈关羽,《三国演义》第五回毛宗岗总评,称关羽为"惊天动地之人"。怎样"惊天动地"?毛宗岗没有细说。鲁迅《中国小说史略》第十四篇论《三国志演义》,称:"惟于关羽,特多好语,义勇之概,时时如见矣。如叙羽之出身丰采及勇力云",下即引今本《三国演义》第五回中关羽温酒斩华雄一段。鲁迅结合关羽温酒斩华雄一段,推美《三国演义》塑造关羽义勇之概。因此结合毛批称关羽为"惊天动地之人",试联系"温酒斩华雄"稍加阐说,看《三国演义》怎样来塑造关羽的"义勇之概"与"惊天动地之人"。《三国演义》是历史小说,结合历史来看，就可看出《三国演义》的艺术创造。在《三国志》中，华雄并不是关羽斩的，而是孙坚杀的，说孙坚大破董卓军，枭其都督华雄。不仅这样，《三国志》里也没有讲华雄怎样英雄，没有写他斩了济北相鲍信之弟鲍忠，又斩了孙坚将祖茂，斩了袁术手下骁将俞涉，斩了韩馥手下上将潘凤。这都是《三国演义》的创造。《三国演义》竭力突出华雄的英雄，再把被孙坚所杀的华雄写成被关羽温酒所斩，斩的又是力斩四将的英雄华雄，这就突出关羽的神勇来，显出关羽是位惊天动地之人。这样结合历史来看《三国演义》如何塑造英雄人物，也许可以供读者来探讨《三国演义》塑造英雄人物的艺术手法吧。

再看《水浒传》，选哪几个人物，按照金圣叹《读五才子书法》，称"林冲自然是上上人物"，"鲁达自然是上上人物"，"一百八人中，定考武松上上"，"李逵是上上人物"，"吴用定就是上上人物"。本书就选了金圣叹批的"上上人物"来谈。金圣叹贬低宋江，称"时迁、宋江是一流人，定考下下"。结合《水浒传》来看，他上面讲的"上上人物"是跟《水浒传》一致的；他贬宋江为"下下"，是跟《水浒传》不一致的。就《水浒传》看，宋江是"上上人物"，因此把宋江也列入。本书在写到宋江这一人物时，也结合金圣叹的批语，把金批跟《水浒传》的原文对照，指出原文把宋江怎样写成"上上人物"，金批怎样改动原文、歪曲原文，把宋江丑化。这样，把金批跟原文一致的，结合金批和原文来谈；把金批改动原文丑化宋江的，以原文为主，驳斥金批的丑化，恢复原文中的人物形象来谈。

对《红楼梦》根据原文及脂砚斋批来确定谈哪几个人。《石头记》第一回写神瑛侍者用甘露来灌溉绛珠草，绛珠草修成绛珠仙人。神瑛侍者和绛珠仙人下凡后，绛珠仙人要以眼泪来还神瑛侍者的甘露。在这段话里，脂砚斋批："盖全部之主，惟二玉二人也。"所以选了宝玉、黛玉。又第五回写金陵十二钗正册里，第一幅和题辞合写黛玉、宝钗两人，又金陵十二钗副册里，第一幅写晴雯，第二幅写袭人。又金陵十二钗正册和《红楼梦》曲里都有王熙凤，因此把宝钗、凤姐、晴雯、袭人都加进去了。本书在讲这些人物时，还是结合批语和原文来谈。批语有脂砚斋批，有一百二十回本的王希廉等的批。因为高鹗续的后四十回与曹雪芹的八十回本观点不同，因此谈人物时，只据八十回本，不用续后四十回。像谈黛玉时，不用后四十回本有关黛玉的记载。谈宝钗时，引了王希廉评本的读花人论赞的《薛宝钗赞》，但把赞中谈后四十回本的部分删去。

《儒林外史》第一回《说楔子敷陈大义，借名流隐括全文》写了王冕，把他看作儒林中的模范；《儒林外史》是讽刺小说，讽刺科举制度的毒害深入人的灵魂，还写了范进、严贡生；《儒林外史》比较肯定的人物又有马二先生和杜少卿。本书就选了这五个人。谈到王冕，结合批语和小说原文来说明怎样"敷陈大义"和"隐括全文"；谈到范进，结合批语和原文说明小说的讽刺手法；谈到马二先生，结合批语和原文来说明，既有所肯定，也指出他的迂腐来。

对《聊斋志异》，结合内容的各方面来选若干人物：选席方平，是抨击贪官劣绅的毒害和席方平的复仇精神；选司文郎，是抨击科举制度埋没人才；选婴宁、连城、小翠，是赞美真挚的爱情和机智的报恩。本书也都引用有关这些人物的评语来谈。

三、情节。主要拣重大的事件或影响面广的事件来谈。如《三国演义》是历史小说，就选历史上的重大事件如袁、曹官渡之战，曹与孙、刘赤壁之战来谈。官渡之战是确定曹操的平定北方，赤壁之战是确定分为三国。《三国演义》写官渡之战，以《资治通鉴》所记事实为主，再加夸张和增饰；写赤壁之战有较多的脱离历史事实的创造。本书选这两件事，正好显出《三国演义》描写情节的两种不同手法。《水浒传》的情节，以晁盖为主，选了智取生辰纲；以宋江为主，选了三打祝家庄。这两个情节又都突出吴用的智谋。《红楼梦》的情节选秦可卿之死，包括她的大出丧，既反映未删尽的秦可卿淫丧天香楼，又涉及凤姐的弄权，有多方面的关涉。再选了宝玉的挨毒打，既牵涉到金钏的投井、贾环的进谗，又牵涉到贾府上上下下众多人物，更牵涉到宝玉的叛逆性格。《儒林外史》选择了烈妇殉夫，显示礼教吃人。又选了匡超人得意，显示科举制度的毒害。《聊斋志异》选了魂附鹦鹉、续句生情，都属于对真挚爱情的赞美。

四、细节。选一个故事来谈其中的细节。《三国演义》选吕蒙白衣渡江、刘备三顾草庐的细节。在这两个故事的细节里,既写了人物的性格,也显示了事件发展和景物的陪衬。《水浒传》里选了武松打虎的细节,按照金圣叹的批语,怎样从细节中显示武松之为神人与大虫之为活虎。又选了夜闹浔阳江的细节,主要突出宋江经历的种种惊险场面。《红楼梦》选了薛宝钗羞笼红麝串的细节,通过红麝串这一细节,突出了宝玉、黛玉、宝钗三人曲折的心情。又选了刘姥姥醉卧怡红院的细节,既突出了刘姥姥与袭人的不同性格,又显出刘姥姥与贾宝玉两种天渊之别的生活。《儒林外史》选了侠客虚设人头会的细节,显示张铁臂的冒充剑侠来骗钱、娄家二公子的无识。又选季遐年写字的细节,显示市井奇人的性格,又暗示他的被利用。《聊斋志异》选了《胭脂》篇的细节,既显示了胭脂的性格,又突出了绣鞋这一细节引起情节的曲折。

五、结构。结构按评语来谈,如毛宗岗的《读〈三国志〉法》里谈到几种结构,有首尾照应、中间关锁的,有错综交错之六起六结的,有鼙鼓震惊与琴瑟雅奏的调配的,有紧迫热烈与闲淡冷静相对的。再如《水浒传》,按照金圣叹批,有三个"石碣"是大段落,有七十回的起承转合的,有列传式的结合的。像《红楼梦》,有第五回中预告结尾部分与开头部分相应的,有王希廉评语谈结构层次的。像《儒林外史》,有批语指出楔子与尾声相应的,有鲁迅指出短篇的连续的,从内容看又有段落与线索的贯串的。像《聊斋志异》，从评语看有开头结尾与点题的，按照鲁迅说有详尽而波澜起伏的，有示以平常而偶见鹘突的。

六、作法。就评语看，毛宗岗的评《三国演义》，金圣叹的评《水浒传》，脂砚斋的评《石头记》，都讲了许多作法。对这许多作法应该怎样看，应该看作评语作者对小说的各种表现手法的探索，不是小说作者主观上有了这样多的表现手法才来写小说的。对小说作者来说，他们所考虑的，怎样体验极端丰富复杂的生活，怎样结合作者的倾向性，结合作者的美学观点，恰好地把极端丰富复杂的生活，形象鲜明生动地表达出来。由于小说所反映的生活极端丰富复杂，加上作者的倾向性和美学观点，在评语作者看来，就形成多种多样的作法。因此，本书在讲作法时，不能不按照评语分别来讲。在读评语所讲的多种多样的作法时，似应通过这许多作法，来体会小说反映生活的丰富复杂性，来体会作者在反映生活中的倾向性和美学观点才是。这是对各种作法的看法。试就毛宗岗评《三国演义》的各种作法看，如"追本穷源"，即生活本身是有本有源的；如"以宾衬主"，即生活中的人和事，本来是分宾主的；如"同树异枝，同枝异叶"，即生活中的人和事，有相类的，又是各不同的；如"星移斗换，雨覆风翻"，即生活中的人和事本来是在不断变化的；如"浪后波纹，雨后霡霂"，即生活中的事本来是会造成影响的；如"隔年下种，先时伏着",即生活中的有些人是有预见性的,他按照预见性去做,会收到效果的;如"添丝补锦,移针匀绣",即生活中的人,有的是善于补锦匀绣的;如"近山浓抹,远树轻描",即对于生活中的事,是有的看得重,有的看得轻的;如"奇峰对插,锦屏对峙",即对于生活中的人和事,有的是构成对峙的。这样结合生活来探索,从多种作法里探索到生活的极端丰富性,这样来理解多种多样的作法,是否正确些。再如"以宾衬主",分别宾主,这里是否有作者的倾向性,是倾向于为主的一方面;如"浪后波纹",这里是不是以浪为主;如"隔年下种",是不是倾向于人的预见性;如"浓抹轻描",是不是以浓抹为主,这里是不是多有倾向性在内。再加上通过作法来探索评语中所表达的作者的美学观点,那么这些作法就更可供我们探索了。

七、修辞。这里谈的修辞,只能选这几部小说中的一篇来谈。如《三国演义》,选荐诸葛和三顾草庐篇来谈其中的修辞手法。如《水浒传》就选择其中的火并王伦篇来谈,谈的内容分篇章结构的修辞和修辞格。篇章结构只限于所选的一篇,与上文的结构、谈全书的结构不同;对修辞格,各篇所谈的也不同。对修辞的看法,是作者在反映生活时,要求反映得正确和鲜明生动,修辞学家只不过从中看出各种修辞手法罢了。

《小说例话》就这样结合各家评语和小说内容来谈,其中可能有错误或不当处,统希读者指正为感。

主要的思想倾向

《小说例话》对小说的思想性,是结合各家评语来谈的。如毛宗岗评《三国演义》谈到"尊刘贬曹",李贽的序《水浒全传》谈到"忠义",都只能看作主要的思想倾向,因此这里就只谈主要的思想倾向。《聊斋志异》是很多篇的结集,因此谈到主要的思想倾向,就分几方面来说。

三国演义

毛宗岗评《三国演义》，涉及它的主要思想倾向性。它谈的是否符合《三国演义》的内容，是否符合《三国演义》所反映的三国历史，都值得考虑。《三国演义》是历史小说，历史小说是否符合历史？所谓历史有二义：一指历史书，一指历史事实。就记载三国的历史书说，它们的思想倾向并不相同，如陈寿的《三国志》和司马光的《资治通鉴》记三国历史的部分，是比较尊曹魏的；朱熹的《通鉴纲目》记载三国历史的部分，是尊刘备的蜀国的。《三国演义》是尊刘贬曹的，比较接近于朱熹的观点。历史书既有两种不同观点，那就得看历史事实，看《三国演义》的观点是否符合历史事实。历史事实的孰褒孰贬，还得看人民的态度。这样，讲总的思想倾向，要结合历史事实，来看人民的评价了。

尊刘贬曹说

《三国演义》的主要思想倾向，见于毛宗岗《读〈三国志〉法》：

> 读《三国志》（当作《三国演义》）者，当知有正统、闰运、僭国之别。正统者何？蜀汉是也。僭国者何？吴、魏是也。闰运者何？晋是也。魏之不得为正统者，何也？论地则以中原为主，论理则以刘氏为主，论地不若论理。故以正统予魏者，司马光《通鉴》之误也。以正统予蜀者，紫阳（朱熹）《纲目》之所以为正也。《纲目》于献帝建安之末，大书后汉昭烈皇帝章武元年，而以吴、魏分注其下，盖以蜀为帝室之胄，在所当予；魏为篡国之贼，在所当夺。是以前则书刘备起兵徐州讨曹操，后则书汉丞相诸葛亮出师伐魏，而大义昭然揭于千古矣。夫刘氏未亡，魏未混一，魏固不得为正统。迨乎刘氏已亡，晋已统一，而晋亦不得为正统者，何也？曰：晋以臣弑君，与魏无异，而一传之后，厥祚不长，但可谓之闰运，而不可谓之正统也。至于东晋偏安，以牛易马，愈不得以正统归之。故三国之并吞于晋，犹六国之混一于秦，五代之混一于隋耳。秦不过为汉驱除，隋不过为唐驱除，前之正统以汉为主，而秦与魏、晋不得与焉，亦犹后之正统以唐、宋为主，

而宋、齐、梁、陈、隋,梁、唐、晋、汉、周俱不得与焉耳。……高帝以除暴秦、击楚之杀义帝者而兴,光武以诛王莽而克复旧物,昭烈以讨曹操而存汉祀于西川。祖宗之创之者正,而子孙之继之者亦正,不得但以光武之混一为正统,而谓昭烈之偏安非正统也。……陈寿之志,未及辨此,余故折衷于紫阳《纲目》,而特于《演义》中附正之。(北京大学出版社《三国演义会评本》)

《三国演义》有清毛宗岗评。先看毛评对《三国演义》的总的思想倾向是怎么看的。他提出正统说,以刘备建立的蜀国为正统,以曹操建立的魏国、孙权建立的吴国为僭国,以三国统一于晋为闰运。这说明毛评《三国演义》的思想倾向,是推崇刘备,贬低曹操、孙权和司马懿父子的。这样的观点,跟历史家的观点有同有异。有异的,如陈寿著《三国志》,称曹操为魏《武帝纪》,称刘备为蜀《先主传》,不称昭烈帝纪;称孙权为《吴主传》,不称吴大帝纪。可见陈寿撰《三国志》,以曹操为主,即以曹操为正统,故称"帝",称"纪";不以刘备为正统,只称"先主",称"传",不称"帝",不称"纪";对孙权也一样。司马光《资治通鉴》不以曹操为纪,因曹操没有称帝,没有年号;又《通鉴》是编年记事的,曹操用的是汉献帝建安年号,所以只能称"《汉纪》六十,孝献皇帝"。到曹丕称帝后,才称"《魏纪》一,世祖文皇帝"。所以《通鉴》跟《三国志》不同，只是因为要编年记事，不得不这样写。而《通鉴》以魏为正统，这点跟《三国志》是一样的。陈寿以魏为正统，因为陈寿是晋朝人，晋代魏，他以晋为正统，自然也以魏为正统。司马光的《资治通鉴》，根据正史编年记事，自然也以魏为正统。有同的，如朱熹的《通鉴纲目》。建安二十六年四月，刘备称帝改元，《纲目》特书"昭烈皇帝章武元年"，即以刘备为正统，不以魏为正统。因为朱熹生在南宋，南宋偏安一隅，中原被金国占领，他只能称偏安一隅的南宋为正统，所以也称偏安一隅的蜀汉为正统了。在正常情况下，历史家还是以魏为正统。毛评《三国演义》以蜀汉为正统，就不同于正常情况下历史家的看法。

毛评《三国演义》以蜀汉为正统，即尊刘备，贬曹操，这种看法是符合《三国演义》的内容的。这种看法，宋朝时的说三国故事，已经是这样了。《东坡志林》说："王彭尝云：'涂巷中小儿薄劣，其家所厌苦，辄与钱，令聚坐听说古话。至说三国事，闻刘玄德败，频蹙有出涕者；闻曹操败，即喜唱快。以是知君子小人之泽，百世不斩。'"这段话有两个意思：一个是说，宋朝时候的说三国故事，已经有倾向性，即尊刘备，贬曹操；另一个是说，刘备是好的，曹操是坏的，所以百代以下人还在尊刘备，贬曹操。所以毛评《三国演义》的尊刘备，贬曹操，是符合宋代说三国故事的倾向性的，也符合《三国演义》的倾向性，那么是不是符合历史的真实呢？

刘备仁慈和曹操残暴说

《三国演义》第四十一回《刘玄德携民渡江》,毛评:

前孔明教刘琦是走为上计,今教玄德亦是走为上计。然刘琦之走得免于难,玄德之走几不免于难,何其故也?则皆玄德不忍之心为之累耳。若非不忍于刘表,则可以不走;若非不忍于刘琮,则又可以不走;即走矣,若非不忍于百姓,则犹可以轻于走、捷于走、脱然于走。其走而及于难者,乃玄德之过于仁,而非孔明之疏于计也。

这里讲荆州刺史刘表死后,刘表的少子刘琮继位,派人去投降曹操,曹操的大军就要南下。刘备驻扎在樊城,问计于孔明,孔明劝他弃樊城,取襄阳。刘备不肯。孔明劝他取江陵。刘备带了"军民十余万,大小车数千辆,挑担背包者不计其数。……忽哨马报说:'曹操大军已屯樊城,使人收拾船筏,即日渡江赶来也。'众将皆曰:'江陵要地,足可拒守。今拥民众数万,日行十余里,似此几时得至江陵?倘曹兵到,如何迎敌?不如暂弃百姓,先行为上。'玄德泣曰:'举大事者必以人为本。今人归我,奈何弃之?'百姓闻玄德此言,莫不伤感。"这一段写刘备的仁慈。刘表死时要把荆州让给刘备，刘备不肯接受。刘琮继位后，派人去投降曹操，诸葛亮劝刘备取襄阳，他又不肯取。刘备带领数万百姓，日行十余里，众将劝他暂弃百姓，先去取江陵，他又不肯。《三国演义》极写刘备的仁慈，以人民为本，不肯抛弃人民。

再看历史，《三国志·蜀书·先主传》注引《魏书》："（刘）表病笃，托国于（刘）备，顾谓曰：'我儿不才，而诸将并零落，我死之后，卿便摄荆州。'备曰：'诸子自贤，君其忧病。'或劝备宜从表言，备曰：'此人待我厚，今从其言，人必以我为薄，所不忍也。'"历史上记载刘备不忍心取荆州。再看《先主传》："先主屯樊，不知曹公卒（猝）至，至宛乃闻之，遂将其众去。过襄阳，诸葛亮说先主攻（刘）琮，荆州可有。先主曰：'吾不忍也。'乃驻马呼琮，琮惧不能起。琮左右及荆州人多归先主。比到当阳，众十余万，辎重数千两（辆），日行十余里，别遣关羽乘船数百艘，使会江陵。或谓先主曰：'宜速行保江陵，今虽拥大众，被甲者少，若曹公兵至，何以拒之？'先主曰：'夫济大事必以人为本，今人归吾，吾何忍弃去？'"这样看来，《三国演义》写刘备的不忍取荆州，不忍抛弃百姓，跟历史的记载完全相同。即写刘备的仁慈是符合事实的。

再看《三国演义》写曹操，《三国演义》第四回《谋董贼孟德献刀》毛评：

孟德杀伯奢一家，误也，可原也。至杀伯奢，则恶极矣！

更说出"宁使我负人,休教人负我"之语,读书者至此,无不诟之詈之,争欲杀之矣!不知此犹孟德之过人处也。试问天下人,谁不有此心者?谁复能开此口乎?……则孟德犹不失为心口如一之小人。

《三国演义》写曹操去刺董卓,董卓在衣镜中照见曹操在背后拔刀,曰:"孟德何为?"曹操便跪下献上宝刀,出来就逃出城外,路经中牟县,被守关军士所获。中牟县令陈宫释放了曹操,跟他一起走。走了三天,曹操要去看他父亲的结义弟兄吕伯奢。吕伯奢招待他住下,往西村去沽酒来相待:

操与宫坐久,忽闻庄后有磨刀之声。操曰:"吕伯奢非吾至亲,此去可疑,当窃听之。"二人潜步入草堂后,但闻人语曰:"缚而杀之,何如?"操曰:"是矣!今若不先下手,必遭擒获。"遂与宫拔剑直入,不问男女,皆杀之,一连杀死八口。搜至厨下,却见缚一猪欲杀。宫曰:"孟德心多,误杀好人矣!"急出庄上马而行。行不到二里,只见伯奢驴鞍前鞒悬酒二瓶,手携果菜而来,叫曰:"贤侄与使君何故便去?"操曰:"被罪之人,不敢久住。"伯奢曰:"吾已分付家人宰一猪相款,贤侄、使君何憎一宿?速请转骑。"操不顾,策马便行。行不数步,忽拔剑复回,叫伯奢曰:"此来者何人?"伯奢回头看时,操挥剑砍伯奢于驴下。宫大惊曰:

"适才误耳,今何为也?"操曰:"伯奢到家,见杀死多人,安肯干休?若率众来追,必遭其祸矣。"宫曰:"知而故杀,大不义也!"操曰:"宁教我负天下人,休教天下人负我。"陈宫默然。(毛评:"曹操从前竟似一个好人,到此忽然说出奸雄心事,此二语是开宗明义章第一。")

《三国志·魏书·武帝纪》注引《世语》曰:"太祖过伯奢。伯奢出行,五子皆在,备宾主礼。太祖自以背(董)卓命,疑其图己,手剑夜杀八人而去。"又引孙盛《杂记》曰:"太祖闻其食器声,以为图己,遂夜杀之。既而凄怆曰:'宁我负人,毋人负我!'遂行。"又引《世语》曰:"中牟疑是亡人,见拘于县。时掾亦已被卓书;唯功曹心知是太祖,以世方乱,不宜拘天下雄俊,因白令释之。"这样看来,《三国演义》与历史记载基本相同,但又稍有变化。历史记载,功曹劝县令放了曹操。《三国演义》把县令说成是陈宫,又说陈宫弃官跟他一起走。这样写,就把后面写陈宫的不少故事联系起来了。历史记"太祖闻其食器声,以为图己"。《三国演义》改为曹操"但闻人语曰:'缚而杀之'",更合理些。但事件的经过,《三国演义》写的基本上合于历史记载。毛评认为"到此忽然说出奸雄心事",写出曹操是奸雄,是小人。说明历史上的曹操是这样的。

再看曹操怎样对待人民,《三国演义》第十回《报父仇曹操兴师》，毛评：

　　曹操杀吕伯奢一家是有意，陶谦害曹嵩一家是无心。曹操迁怒于陶谦，犹可言也；迁怒于徐州百姓，则恶矣；……恶人有言必践，言之则必行之。前日杀吕家是宁可我负人，今日欲报仇是不可人负我。

　　《三国演义》写曹操威镇山东，遣泰山太守应劭往琅琊郡接父曹嵩一家老小四十余人，道经徐州，太守陶谦差都尉张闿率兵五百护送。行到华、费间，张闿杀曹嵩全家，取了财物，与五百人逃奔淮南去了。曹操闻报，切齿说："陶谦纵兵杀吾父，此仇不共戴天！吾今悉起大军，洗荡徐州，方雪吾恨！"下令但得城池，将城中百姓尽行屠戮，以雪父仇。

　　再看历史，《三国志·魏书·武帝纪》："太祖父嵩……避难琅琊，为陶谦所害，故太祖志在复仇东伐。夏，使荀彧、程昱守鄄城，复征陶谦，拔五城，遂略地至东海。……遂攻拔襄贲，所过多所残戮。"《三国志》注："韦曜《吴书》曰：'太祖迎嵩，辎重百余两（辆）。陶谦遣都尉张闿将骑二百卫送，闿于泰山华、费间杀嵩，取财物，因奔淮南。太祖归咎于陶谦，故伐之。'"注又引："孙盛曰：'夫伐罪吊民，古之令轨。罪谦之由，而残其属部，过矣。'"从历史记载看，曹操为了报父仇去攻陶谦是可以理解的，而残杀六个城池无辜的百姓，说明他对待人民的态度是残暴的。

再看曹操是怎么对待孔融的。《三国演义》第四十回毛评：

孔融才大名高，意所予夺，天下从之。此曹操之所深忌者。奸雄必去其所忌，而后可以惟我欲为。故称魏王、加九锡之事，必待于融死之后也。当时即无郗虑之谮，而操之欲杀之久矣。《纲目》书操杀融而存其官，盖重予之云。

《三国演义》说：

操曰："吾所虑者，刘备、孙权耳，余皆不足介意。今当乘此时扫平江南。"……选定建安十三年秋七月丙午日出师。太中大夫孔融谏曰："刘备、刘表皆汉室宗亲，不可轻伐；孙权虎踞六郡，且有大江之险，亦不易取。今丞相兴此无义之师，恐失天下之望。"操怒曰："刘备、刘表、孙权皆逆命之臣，岂容不讨！"遂叱退孔融。下令："如有再谏者，必斩。"孔融出府，仰天叹曰："以至不仁伐至仁，安得不败乎！"时御史大夫郗虑家客闻此言，报知郗虑。虑常被孔融侮慢，心正恨之，乃以此言入告曹操，且曰："融平日每每狎侮丞相，又与祢衡相善，……向者祢衡之辱丞相，乃融使之也。"操大怒，遂命廷尉捕捉孔融。融有二子，年尚少，时方在家，对坐弈棋。左右急报曰："尊君被廷尉执去，将斩矣！二公子何不急避？"二子曰："破巢之下，安有完卵乎！"言未已，廷尉又至，尽收融家小并二子，皆斩之，号令融尸于市。

再看历史，《后汉书·孔融传》：

（融）又尝奏宜准古王畿之制，千里寰内不以封建诸侯。操疑其所论建渐广，益惮之。……山阳郗虑承望风旨，以微法奏免融官……岁余，复拜太中大夫……曹操既积嫌忌，而郗虑复构成其罪，遂令丞相军谋祭酒路粹枉状奏融曰："……又前与白衣祢衡跌荡放言云：'父之于子，当有何亲？论其本意，实为情欲发耳。子之于母，亦复奚为？譬如寄物缶中，出则离矣。'……大逆不道，宜极重诛。"书奏，下狱弃市，时年五十六，妻子皆被诛。

就曹操杀孔融这件事看，《三国演义》讲得跟历史稍有不同，历史讲得更确切些。孔融是汉朝的大臣，当然要为汉朝出谋划策。他提出按照古制，京城千里之内不得分封诸侯，那么曹操所封的魏国，应该迁离京城千里以外去，魏国的官和军队都要随同迁去，这自然为曹操所大忌，因此指示郗虑罢免孔融的官。但曹操还是不肯放过孔融，又恢复他的官职，再派手下人摘他的言论，诬为大逆不道，把他全家杀死。这只能显示曹操的残暴。

曹操对于汉朝的大臣是这样，对于自己手下替他屡建奇功的大臣又怎样呢？《三国演义》第六十一回毛评：

> 荀彧之死，或以杀身成仁美之者，非也。初之劝操取兖州，则比之于高（帝）、光（武帝）；继之劝操战官渡，则比之楚、汉。凡其设策定计，无非助操僭逆之谋。杜牧讥其教盗穴墙发柜者，诚为至论矣。既以盗贼之事教之，后乃忽以君子之论谏之，何其前后之相谬耶？盖彧之失在从操之初，而欲盖之以晚节，毋乃为识者所笑。

这里引了杜牧《题荀文若传后》：

> 荀文若为操画策取兖州，比之高、光不弃关中、河内；官渡不令还许，比楚、汉成皋。凡为筹计比拟，无不以帝王许之，海内付之。事就功毕，欲邀名于汉代，委身之道，可以为忠乎？世皆曰曹、马。且东汉崩裂纷披，都迁主播，天下大乱。操起兵东都，提献帝于徒步困饿之中，南征北伐，仅三十年，始定三分之业。司马懿安完之代，窃发肘下，夺偷权柄，残虐狡谲，岂可与操比哉！……教盗穴墙发柜，多得金玉，已复不与同挈，得不为盗乎？何况非盗也，文若之死，宜然耶！

（《全唐文》卷七五四）

杜牧的意思，是说曹操的根据地兖州被吕布夺去后，曹操又想去攻徐州。荀彧教他效法刘邦巩固关中的根据地，效法刘秀巩固河内的根据地，要夺回兖州作为根据地。曹操听了，夺回了兖州根据地。这是关系曹操成败的建议。曹操与袁绍官渡之战，曹操因粮少，要退回许昌。荀彧劝曹操学习刘邦、项羽成皋之战，要他坚持一下，一退就要失败。曹操听了，打败了袁绍，这又是一次关系曹操胜败的建议。杜牧认为，这两次建议，都是劝曹操做帝王，是用帝王来作比。因此后来曹操要称魏公，荀彧反对，等于已经教他偷到了金玉，后来又反对他去偷，是不行的。杜牧这样讲是不恰当的。荀彧教曹操要巩固根据地，用刘邦、刘秀来作比，只是说明巩固根据地的重要，不是教曹操做皇帝。曹操与袁绍在官渡作战，荀彧用刘邦来作例，只是要曹操坚持下去，不是要曹操做皇帝。荀彧劝曹操巩固根据地，是为了打败吕布；劝曹操在官渡坚持下去，是为了打败袁绍；打败了吕布、袁绍，有利于统一北方，不是要曹操做皇帝。后来曹操要称魏公，荀彧反对，要曹操做汉朝的臣子，不要篡夺汉朝的政权。这是曹操所不能容许的。

《三国演义》第六十一回：

却说曹操在许都，威福日甚。长史董昭进曰："自古以来，人臣未有如丞相之功者，虽周公、吕望，莫可及也。栉风沐雨，三十余年，扫荡群凶，与百姓除害，使汉室复存。岂可与诸臣宰同列乎？合受魏公之位，加'九锡'以彰功德。"……侍中荀彧曰："不可。丞相本兴义兵，匡扶汉室，当秉忠贞之志，守谦退之节。君子爱人以德，不宜如此。"曹操闻言，勃然变色。董昭曰："岂可以一人而阻众望？"遂上表请尊操为魏公，加九锡。荀彧叹曰："吾不想今日见此事！"操闻，深恨之，以为不助己也。建安十七年冬十月，曹操兴兵下江南，就命荀彧同行。彧已知操有杀己之心，托病止于寿春。忽曹操使人送饮食一盒至。盒上有操亲笔封记。开盒视之，并无一物。（李渔评："无物者，绝食之意。"）彧会其意，遂服毒而亡。

荀彧在曹操危急存亡的时候，替曹操出谋划策，使他转危为安，转败为胜，建立了大功。在曹操图谋篡夺政权时，荀彧表示反对。曹操只要顾念他建立的大功，就应该保全他，不用他可以，把他罢免也可以，不该逼他自杀。这里更显出曹操的残忍。从人民的角度看，人民是更倾向于刘备的仁慈爱民，反对曹操对人民的残杀。因此《三国演义》的思想倾向于尊刘贬曹，是符合人民的愿望的。杜牧在文中指出，司马懿更坏：在曹操平定北方，使北方安定完好的时代，司马懿偷夺政权，残害善良，狡猾谲诈。所以《三国演义》贬低司马懿父子，也是符合人民的愿望的。《三国演义》的总的思想倾向性，是比较符合人民的愿望的，是比较确切的。

水浒传

《水浒传》的主要的思想倾向,就批本看,有两种不同:一种是李贽的《读〈忠义水浒全传〉序》。他在《水浒传》上加上"忠义"两字,是赞美《水浒传》中一百零八位豪杰为"忠义"。一种是金圣叹腰斩《水浒传》所保存的七十回本,反对招安,否定"忠义",认为梁山泊一百零八人必须加以剿杀。那么就《水浒传》的总的思想倾向,应该怎样看呢?《水浒传》中的宋江,历史上有记载。小说里写的宋江,倘大体上符合历史上的记载的,是比较可信。两种不同的评语,倘大体上符合宋江的历史的,是比较好的;不符合历史记载的,是比较差的。

再说《水浒传》有各种本子,要讲《水浒传》的思想倾向,如结合《水浒传》本子的艺术性强的是比较好的,结合《水浒传》本子的艺术性差的是比较差的。因为艺术性强的本子会淘汰艺术性差的本子,所以结合艺术性差的本子来讲它的思想倾向，会因为艺术性差而那个本子会被淘汰，讲那个本子的思想倾向也会随之被淘汰。

李贽的"忠义"说

《水浒传》的主要的思想倾向，一见于李贽《读〈忠义水浒全传〉序》：

《水浒传》者，发愤之所作也。盖自宋室不竞，冠履倒施，大贤处下，不肖处上；驯致夷狄处上，中原处下。一时君相，犹然处堂燕雀，纳币称臣，甘心屈膝于犬羊已矣。施（耐庵）、罗（贯中）二公身在元，心在宋，虽生元日，实愤宋事也。是故愤二帝之北狩（宋徽宗、钦宗被金兵俘虏北去），则称大破辽以泄其愤；愤南渡之苟安，则称剿三寇以泄其愤（一百十五回本《忠义水浒传》有平田虎、王庆、方腊）。敢问泄愤者谁乎？则前日啸聚水浒之强人也，欲不谓之忠义不可也。是故施、罗二公传《水浒》，而复以忠义名其传焉。夫忠义何以归于《水浒》也？其故可知也。夫《水浒》之众，何以一一皆忠义也？所以致之者可知也。今夫小德役〔于〕大德，小贤役〔于〕大贤，理也。若以小贤役人，而以大贤役于人，其肯甘心服役而不耻乎？是犹以小力缚人，而使大力者缚于人，其肯束手就缚而不辞乎？其势必至驱天下大力大贤而尽纳之

《水浒》矣。则谓《水浒》之众，皆大力大贤有忠有义之人可也。然未有忠义如宋公明者也。今称一百单八人者，同功同过，同死同生，其忠义之心，犹之乎宋公明也。独宋公明者，身居水浒之中，心在朝廷之上，一意招安，专图报国，卒至于犯大难，成大功，服毒自缢，同死而不辞，则忠义之烈也，真足以服一百单八人者之心，故能结义梁山，为一百单八人之主耳。最后南征方腊，一百单八人者阵亡已过半矣，又且智深坐化于六和，燕青涕泣而辞主，二童（童威、童猛）就计于混江。宋公明非不知也，以为见几明哲，不过小丈夫自完之计，决非忠于君、义于友者所忍屑矣。是之谓宋公明也，是以谓之忠义也，传其可无作欤？传其可不读欤？故有国者不可以不读，一日读此传，则忠义不在水浒，而皆在于君侧矣。贤宰相不可以不读，一日读此传，则忠义不在水浒，而皆在于朝廷矣。兵部掌军国之枢，督府专阃外之寄，是又不可以不读也，苟一日而读此传，则忠义不在水浒，而皆为干城心腹之选矣。否则，不在朝廷，不在君侧，不在干城腹心。乌乎在？在水浒，此传之所以为发愤矣。若夫好事者资其谈柄，用兵者借其谋画，要以各见所长云耳，乌睹所谓忠义者哉！

  李贽认为《水浒全传》主要的思想倾向就是忠义，即忠于君、义于友。即一心在招安，招安以后为国家报仇雪耻，如征辽；为国家平定叛乱，如平田虎、王庆、方腊，这是忠。

宋江喝了御赐的毒酒，知道自己要死了，也把毒酒叫李逵喝，怕李逵不死要起来造反，成为不义，这就是义于友。这样来讲《水浒全传》的思想倾向，是宣扬封建的忠君，是愚忠，是落后的思想。李贽不仅不认识《水浒传》是写农民革命，不认识受招安就是背叛革命，走投降路线，受招安后去平方腊，就是帮助封建统治阶级去镇压农民革命，是反革命，还错误地称这样为"忠义"。因此，李贽这篇《读〈忠义水浒全传〉序》，只能说明《水浒全传》的思想倾向是错误的。

那么去掉"忠义"两字，看《水浒全传》的思想倾向又怎样呢？《水浒全传》写农民起义后，在宋江率领下受了招安，去征四寇，有的在战争中死去，有的被皇帝赐的毒酒毒死。说明起义农民走投降路线，是自取灭亡，写出了农民起义失败的教训，教导农民起义后不可走投降路线。因此《水浒全传》的思想倾向，还是有意义的，可取的。

从历史记载看，宋江有没有投降，有没有去征方腊，结局怎样？《宋史·张叔夜传》："宋江起河朔（北），转掠十郡，官军莫敢撄其锋，声言将至海州。叔夜……募死士得千人，设伏近城，而出轻兵距海诱之战。先匿壮卒海旁，伺兵合，举火焚其舟。贼闻之，皆无斗志。伏兵乘之，擒其副贼，江乃降。"宋江因为他的副手被捕，为了救副手，才投降。宋江投降以后，有没有参加征方腊呢？《续资治通鉴长编》："宣和三年四月戊子……刘镇将中军，杨可世将后军，王渊统领马公直并裨将赵明、赵许、宋江，既次洞后……"这是征方腊的战争，历史记载上也有宋江参加。宋江后来怎样？《宋故武功大夫河东第二将折公墓志铭》："公讳可存。……宣和初……方腊之叛，用第四将从军。……腊贼就擒，迁武节大夫。班师过国门，奉御捕草寇宋江，不逾月继获，迁武功大夫。"宋江后来又背叛朝廷，被折可存所擒，当被杀。

小说与历史不同，《水浒传》里写的宋江，历史上确实有这个人。《水浒传》里写的宋江，可以集中概括，把农民起义军中的英雄形象集中概括在《水浒传》中的英雄人物身上。但写宋江的重要情节，还不能背离历史记载。比如，宋江领导梁山泊众英雄接受招安，确有历史记载，他实际上是向封建统治阶级投降，背叛农民革命。因此，小说不能把他领导的梁山农民军，写成革命而坚贞不屈，为革命而牺牲。比如，宋江领导的梁山泊众英雄接受招安后，终于被封建统治者害死。小说写他们的结局，不能写作征四寇立功回来，封侯拜爵，安富尊荣，却写成他们一个个都被害死，造成悲剧。这是小说写历史上的真实人物，不能背离真人的重要情节所造成的。因此，《水浒传》的思想倾向，不能像李贽那样，歌颂他们的忠义，抹杀他们作为农民革命的英雄人物的革命性。只能作为农民革命英雄走上错误的投降道路终于覆灭的悲剧来写，得出革命者不能走投降道路的惨痛教训。

那么李贽的《读〈忠义水浒全传〉序》是否毫无可取呢？

也不是的。先看"忠义"这个词的来历。折可存参加平定方腊的战争,回师到汴京(今开封),约在宣和四年(公元1122年)五六月间;擒杀宋江,当在六七月间。宣和七年(公元1125年)冬,金人便分道南侵。靖康二年(公元1127年)春,北宋便灭亡了。这时候,在广大沦陷区里,人民纷纷起来抗击金兵,称为忠义军。《宋史·宗泽传》称他"连结河东、河北山水砦忠义民兵"。《三朝北盟会编》卷一四三:"张荣,梁山泊取鱼人也。聚梁山泊,有舟师三二百人,常劫掠金人。杜充为留守时,借补荣,官至武功大夫、遥郡刺史,军号张敌万。"从宋江的被擒杀到河北、山东的忠义军的兴起,相差不过三五年。那时梁山泊有忠义军起来抗击金兵。当时的民族矛盾掩盖了阶级矛盾,忠义军首领要取得宋朝大官的联系,得到宋朝的官衔,有利于扩大实力。像梁山泊渔民张荣,接受了宋朝封为武功大夫、遥郡刺史,扩大了势力范围,南下到江苏兴化县缩头湖,作水寨自守。曾和金国元帅达赉作战,俘馘五千余人,迫使金兵北遁,是南宋有名的战役之一。《忠义水浒传》的"忠义"就从忠义军来的。《忠义水浒传》里写宋江一心想招安,受了招安又去征辽,都是从忠义军来的。忠义军是要接受宋朝的封爵,好扩大势力来抗金的。《忠义水浒传》写宋江招安后去征辽,因为忠义军的抗金是在北宋灭亡以后。《忠义水浒传》写的是北宋灭亡以前的事,所以只能写征辽了。

这样看来，李贽的《序》有一点可取，即"是故愤二帝之北狩，则称大破辽以泄其愤"。按宋徽宗、宋钦宗的被掳北去，是被金军所掳，不是被辽军所掳。那么序里称"大破辽以泄其愤"，倘泄二帝北狩之愤，实在是借辽指金，当时的忠义军正是抗金的。称为"忠义"，包含反抗民族压迫的斗争精神在内，这点是可取的。这跟明朝人有反抗蒙古民族压迫的精神有关。至于借辽指金，这种手法，自古已然。如白居易的《长恨歌》"汉皇重色思倾国"，借汉指唐，便是一例。

金圣叹斩绝说与英雄说的矛盾

讲《水浒传》的思想倾向，又有七十回本《水浒传》的金圣叹序。序二：

观物者审名，论人者辨志。施耐庵传宋江，而题其书曰"水浒"，恶之至，迸之至，不与同中国也。……夫耐庵所云"水浒"也者，王土之滨则有水，又在水外则曰浒，远之也。远之也者，天下之凶物，天下之所共击也；天下之恶物，天下之所共弃也。……且亦不思宋江等一百八人，则何为而至于水浒者乎？其幼，皆豺狼虎豹之姿也；其壮，皆杀人夺货之行也；其后，皆敲朴剐刖之余也；其卒，皆揭竿斩木之贼也。有王者作，比而诛之，则千人亦快，万人亦快者也，如之何而终亦幸免于宋朝之斧锧？彼一百八人而得幸免于宋朝者，恶知不将有若千百千万人，思得复试于后世者乎？耐庵有忧之，于是奋笔作传，题曰《水浒》，意若以为之一百八人，即得逃于及身之诛僇，而必不得逃于身后之放逐者，君子之志也。……是故由耐庵之《水浒》言之，则如史氏之有《梼杌》（楚史名，兼有凶人意）是也，备书其外之权诈，备书其内之凶恶，所以诛前人既死之心者，所以防后人未然之心也……

又金圣叹《宋史纲》《宋史目》批语：

宋江虽降而必书曰盗，此《春秋》谨严之志，所以昭往戒，防未然，正人心，辅王化也……君子一言以为智，一言以为不智，如侯蒙其人者（知亳州侯蒙上书，言〔宋〕江才必有大过人者，不若赦之，使讨方腊以自赎），亦幸而遂死耳。脱真得知东平（帝命蒙知东平，未赴而卒），恶知其不大败公事，为世戮笑者哉！何罗贯中不达，犹祖其说，而有续《水浒传》之恶札也。

又金圣叹《水浒传》第七十回批语：

一部书七十回，可谓大铺排；此一回，可谓大结束。读之正如千里群龙，一齐入海，更无丝毫未了之憾。笑杀罗贯中横添狗尾，徒见其丑也。……

聚一百八人于水泊，而其书以终，不可以训矣。忽然幻出卢俊义一梦，意盖欲引张叔夜收讨之一案，以为卒篇也。呜呼！古之君子，未有不小心恭慎而后其书得传者也。吾观《水浒》洋洋数十万言，而必以"天下太平"四字终之，其意可以见矣。后世乃复削去此节，盛夸招安，务令罪归朝廷而功归强盗，甚且至于衺然以"忠义"二字而冠其端，抑何其好犯上作乱，至于如是之甚也哉！

《水浒传》有繁本简本的不同，繁本有三种：一、百回本；二、百二十回本；三、金圣叹删节的七十回本。金本是据百二十回本删节的。金圣叹为什么要删去七十回以后的部分，在七十回后加入卢俊义的一段噩梦呢？郑振铎《〈水浒全传〉序》说："金圣叹之所以要'腰斩'《水浒传》，是从他的反动的政治思想出发的。他生在明末，眼见当时李自成所率领的农民起义军队的节节胜利，便觉得统治阶级对于起义农民不应该以'招安'为'姑息之计'，而应该像他所写的卢俊义梦中的嵇叔夜（嵇康字叔夜，与历史上镇压宋江起义的张叔夜同名，以此暗示。）一样，采取'严刑酷法'，一网打尽。正因此，他就不仅删去第七十一回以后文字，而且还把前面七十回大加修改，特别把凡是有关宋江的文字都改成和原意不同甚至相反，而又根据自己所改加上批语，说是作者在用着什么'春秋笔法'痛写宋江。"这是对金圣叹删节批改《水浒传》的一种看法。但金圣叹的批《水浒传》是有矛盾的，上面说的是他批《水浒传》的一个方面。他批《水浒传》还有另一个方面。如他的《读第五才子书法》称：

一百八人中，定考武松上上。

鲁达自然是上上人物，写得心地厚实，体格阔大。

李逵是上上人物，……《孟子》"富贵不能淫，贫贱不能移，威武不能屈"，正是他好批语。

林冲自然是上上人物，……这般人在世上，定做得事业来。

吴用定然是上上人物。……只是比宋江却心地端正。

花荣自然是上上人物，写得恁地文秀。

阮小七是上上人物，写得另是一样气色。一百八人中，真要算做第一个快人，心快口快，使人对之，龌龊都消尽。

在这里，金圣叹对《水浒传》中这些人，都称为"上上人物"。特别推重李逵，引《孟子》的话来推重他。孟子这话后面说"此之谓大丈夫"，孟子说的"大丈夫"，是比英雄豪杰还要高的一等人，即英雄豪杰再加上有高尚的道德品质的人。金圣叹这样赞美《水浒传》中的杰出人物，跟他在序里极度贬斥《水浒传》中的人物，并要诛尽杀绝，是自相矛盾的，因此光根据他序里的话来作为评判，不免有片面性。

农民起义说

这样，对《水浒传》主要的思想倾向，上面指出三种：一是李贽的"忠义"说，没有看到《水浒传》写农民起义的一面；二是金圣叹序言贬斥《水浒传》写盗贼说，不符合他又竭力赞美《水浒传》的杰出人物；三是《水浒全传》指出受招安的自取灭亡、引以为戒说。

这里又牵涉到论《水浒传》的总的思想倾向应该按照哪一个本子的问题。倘《水浒全传》不能作为评论《水浒传》的本子，那么《水浒全传》的主要思想倾向也不能作为《水浒传》的思想倾向。本书《前言》里指出，评论《水浒传》应以七十回本为主，这是艺术性与思想性结合的看法。金批是自相矛盾的，讨论《水浒传》的总的思想倾向，应以金批竭力赞美《水浒传》中杰出人物的话为准，那么金圣叹在七十回本后面加上去的卢俊义的噩梦怎么办呢？是可以保存的。因为照上引的《折公墓志铭》看，宋江等人的结局是被折可存擒杀的，加上这个噩梦反映了宋江等人的结局是符合历史事实的。就《水浒传》看，这个结局归于一个噩梦，并不影响《水浒传》中杰出人物的英雄业绩。按照金批对《水浒传》中杰出人物的赞美看，《水浒传》的总的思想倾向，还是写出了官逼民反逼上梁山的农民起义，写出了农民革命斗争的英雄精神。

红楼梦

《红楼梦》有曹雪芹创作的八十回本,有高鹗后续四十回的一百二十回本。高鹗的后续如第一百十九回《沐皇恩贾家延世泽》,写贾府的再兴,跟曹雪芹在第五回的《红楼梦》曲子末一支的末了写的"落了片白茫茫大地真干净",预示贾府的一败涂地不同,因此讲《红楼梦》的总的思想倾向,只能根据曹雪芹的八十回本来看。

宝黛爱情由知己结成说

《红楼梦》里的中心故事是贾宝玉和林黛玉的爱情悲剧。《脂砚斋重评石头记》第一回称:

> 灵河岸上三生石畔有绛珠草一株,时有赤霞宫神瑛侍者日以甘露灌溉,……遂得脱却草胎木质,得换人形,仅修成个女

体。……那绛珠仙子道:"他是甘露之惠,我并无此水可还。他既下世为人,我也去下世为人,但把我一生所有的眼泪还他,也偿还得过他了。"(脂批:"余不及一人者,盖全部之主唯二玉二人也。")

脂批在这里指出,《红楼梦》主要写宝玉和黛玉的爱情故事。《红楼梦》在这里又创作了神瑛侍者以甘露灌溉绛珠草,绛珠仙人要以眼泪偿还的故事,说明宝玉、黛玉的爱情不同寻常。第三回写宝玉和黛玉初次见面时,"黛玉一见,便吃一大惊,心下想道:'好生奇怪,倒像在哪里见过的一般,何等眼熟到如此。'"(脂批:"正是想必有灵河岸上三生石畔曾见过。")再写宝玉见黛玉:"两弯似蹙非蹙笼烟眉,一双似喜非喜含情目。态生两靥之愁,娇袭一身之病。""心较比干多一窍,病如西子胜三分。"(脂批:"黛玉之居止容貌亦是宝玉眼中看,心中评。若不是宝玉,断不能知黛玉终是何等品貌。")宝玉看罢,因笑道:"这个妹妹,我曾见过的。"(脂批:"黛玉见宝玉,写一惊字;宝玉见黛玉,写一笑字。一存于中,一发乎外。")这里写二人初会,宝玉看黛玉,不光看到她容貌的特点,还看到她的心思,"心较比干多一窍",即写出初会时,宝玉已经深知黛玉,要成为黛玉的知己了。这点看法表现在宝玉"又问黛玉:'可也有玉没有?'众人不解其语。黛玉便忖度着,因他有玉,故问我也有无,因答道:'我没有那个,想来那玉亦是一件罕物,岂能人人有的。'"(脂批:"奇之至,怪之至。又忽将黛玉亦写成一极痴女子。观此初会,二人之心,则可知以后之事矣。")这个批语,说明众人都不解宝玉这话是什么意思,不懂得怎么回答。倘黛玉跟众人一样,也不会回答的。现在黛玉能够体会宝玉的心思,能够做出回答,所以脂批认为"又忽将黛玉亦写成一极痴女子",又谈到"观此初会,二人之心",即指出二人之心互相体会,以后会成为知己。不仅这样,又写:"宝玉听了,登时发作起痴狂病来,摘下那玉,就狠命摔去,骂道:'什么罕物,连人之高低不择,还说通灵不通灵呢!我也不要这劳什子了!'"这样写,说明宝玉不仅是黛玉的知己,还要跟黛玉取得一致,他说:"如今来了这么一个神仙似的妹妹也没有(玉),可知这不是个好东西!"因为黛玉没有,所以宝玉要狠命摔玉,要跟黛玉取得一致。宝黛建立在互相了解基础上的爱情是极珍贵的,在《红楼梦》里还有不少描写。

封建礼教破坏宝黛爱情说

宝黛爱情的可贵还在于宝黛爱情的叛逆性格。第二回写宝玉说:"女儿是水作的骨肉,男子是泥作的骨肉。我见了女儿我便清爽,见了男子便觉浊臭逼人。"这是违反封建礼教男尊女卑的教导。因此借甄宝玉来影射,说:"他令尊也曾下死答楚过几次，无奈竟不能改。"说明宝玉这种性格，在封建家庭内是会受到答楚的。第三回写王夫人告诉黛玉："我有一个孽根祸胎，是这家里的'混世魔王'。……你只以后不用睬他。""黛玉亦常听见母亲说过，……有个表兄乃衔玉而诞，顽劣异常，极恶读书，最喜在内帏厮混。"（脂批："是极恶每日诗云子曰的读书。"）即反对科举制度做八股文要读的《四书》《五经》，这更是违反封建礼教的。又有《西江月》词，批评宝玉："潦倒不通世务，愚顽怕读文章。"指他不肯去接见官府中人，怕读八股文，怕参加科举考试，这些都是违反封建家庭的教导的，成为封建家庭中的叛逆性格。黛玉不听王夫人不要睬宝玉的劝告，而且跟宝玉从知己的心心相照结成生死不渝的爱情伴侣，这说明黛玉也具有反对封建礼教的叛逆性格。在封建礼教的高压下，他们的爱情只得深深埋藏在各自的内心深处，无法向对方表达，只能通过种种试探来探索对方的心。第二十九回写宝玉"早存了一段心事，只不好说出来，故每每或喜或怒，变尽法子，暗中试探。那林黛玉偏生也是个有些痴病的，也每用假情试探。因你既将真心真意瞒了起来，只用假意，我也将真心真意瞒了起来，只用假意。如此两假相逢，终有一真，其间琐琐碎碎，难保不有口角之争"。第三十二回写："宝玉瞅了半天，方说道'你放心'三个字。林黛玉听了，怔了半天，方说道：'我有什么不放心的？……'……宝玉点头叹道：'好妹妹！你别哄我。果然不明白这话，不但我素日之意白用了，且连你素日待我之意也都辜负了。你皆因总是不放心的原故，才弄了一身病，但凡宽慰些，这病也不得一日重似一日。'林黛玉听了这话，如轰雷掣电，细细思之，竟比自己肺腑中掏出来的还觉恳切，竟有万句言语满心要说，却是半个字也不能吐，却怔怔地望着他。此时宝玉心中也有万句言语，不知从哪一句说起，却也怔怔地望着黛玉。……黛玉走了，他还站着不动。"袭人来给他送扇子，"宝玉出了神……便一把拉住说道：'好妹妹，我的这心事，从来也不敢说，今儿我大胆说出来，死也甘心。我为你也弄了一身的病了，又不敢告诉人，只好掩着。只等你的病好了，只怕我的病才得好呢。睡里梦里也忘不了你。'袭人听了这话，吓得魄消魂散"。宝玉和黛玉的爱情，在封建礼教的压制下，两人都不敢明言，弄了一身病。他们只能作曲折的表达，这说明封建礼教在他们身上的压力有多么严重！所以他们听到这种违反礼教私自相爱的话，要有"轰雷掣电""魄消魂散"的震惊了。在这样的封建高压的家庭里，黛玉又是寄人篱下，不敢吐露真情，她的病"一日重似一日"，八十回后黛玉魂消香殒的结局，在这里已经有了透露。宝玉黛玉爱情的悲剧，结合封建思想封建礼教来写，写得如此深刻。这样暴露封建礼教的罪恶，才是《红楼梦》中主要的思想倾向。

儒林外史

暴露追求功名富贵的弊害

吴敬梓《儒林外史》的思想倾向，见于闲斋老人的《〈儒林外史〉序》：

夫曰"外史"，原不自居正史之列也；曰"儒林"，迥异玄虚荒渺之谈也。其书以"功名富贵"为一篇之骨：有心艳功名富贵而媚人下人者；有倚仗功名富贵而骄人傲人者；有假托无意功名富贵自以为高，被人看破耻笑者；终乃以辞却功名富贵，品地最上一层为中流砥柱。篇中所载之人，不可枚举，而其人之性情心术一一活现纸上，读之者无论是何人品，无不可取以自镜。《传》曰："善者，感发人之善心；恶者，惩创人之逸志。"是书有焉。（《儒林外史》会校会评本）

在这篇序里，指出本书主要的思想倾向，"以'功名富贵'为一篇之骨"，指出清代的十八世纪中叶的封建社会，追求"功名富贵"的种种弊病。本书第一回的题词："功名富贵无凭据，费尽心情，总把流光误。"齐省堂增订本评："全书主脑。"也点出同一用意。第一回题词后说："这一首词，也是个老生常谈，不过说人生富贵功名是身外之物，但世人一见了功名，便舍着性命去求他，及至到手之后，味同嚼蜡。"天目山樵评："无论到手不到手，口里说说也香。到味同嚼蜡时，已是醒过来了，能有几人？否则恐甘蔗渣儿尚要嚼了又嚼也。"华约渔评："袁子才先生有诗云：'明知过后原如梦，争奈当场欲上天。'此之谓也。"（同上）第一回卧闲草堂总评：

"功名富贵"四字是全书第一着眼处，故开口即叫破，却只轻轻点逗。以后千变万化，无非从此四个字现出地狱变相。可谓一茎草化丈六金身……

功名富贵人所必争，王元章（冕）不独不要功名富贵，并且躲避功名富贵；不独王元章躲避功名富贵，元章之母亦生怕功名富贵。呜呼！是真其性与人殊欤？盖天地之大，何所不有，原有一种不食烟火之人，难与世间人同其嗜好耳。

华约渔评：

开手就把《外史》中绝无之一人写作全书楔子,寄慨不少。

第二回卧闲草堂总评:

"功名富贵"四字,是此书之大主脑,作者不惜千变万化以写之。起首不写王侯将相,却先写一夏总甲。夫总甲是何功名,是何富贵?而彼意气扬扬,欣然自得,颇有"官到尚书吏到都"的景象。牟尼之所谓"三千大千世界",庄子所谓"朝菌不知晦朔,蟪蛄不知春秋"也。文笔之妙乃至于此。

全书用"功名富贵"四字作主脑,却在第一回楔子里写一个王冕是不要功名富贵的,映衬当时封建社会中追求功名富贵者的地狱变相,显出当时封建社会的黑暗。在这方面,吴组缃先生的《儒林外史的思想与艺术》做了很好的阐发:

因此功名富贵不止腐蚀了士子们,也对士子们以外的广泛社会散布着恶劣影响。比如牛浦郎本是个市井贫家少年,他为了一心想当官府老爷,就冒了别人姓名,骗人、吓人,无所不为。妇女们像王太太之类,也一心想做诰命夫人,甚至妓女如聘娘也想做官太太想得做了梦。又比如五河县,整个儿成了利欲熏心的世界,正如余大先生说的:"我们县里礼义廉耻一概都灭绝了。"(中华书局《儒林外史研究论文集》)

要讲究文行出处

《儒林外史》第一回《说楔子敷陈大义》，它说的"敷陈大义"，即指王冕对秦老讲的：科举制度"却定的不好！将来读书人既有此一条荣身之路，把那文行出处都看得轻了。"这里显出王冕注重"文行出处"。这个"文行出处"，对王冕来说，就是研究文辞学问，讲究操行，靠自食其力，像第五十五回写市井四个奇人。吴组缃先生在上引的文章里接着说：

如上所述，作者全面地体察了功名富贵的制度对社会人心与政治吏治的腐蚀作用和恶劣影响，因此，他自然而然倾心于两种人物：一种就是轻视功名富贵，襟怀冲淡的人，他们保有先代进步思想，讲究品德和学问，正和作者自己志同道合，因之也是书中的肯定人物，如虞育德、庄绍光、杜少卿和迟衡山等。另一种就是下层细民和落拓不得志的人物。他们都受当时政治社会的压迫，处境很悲惨；或者在功名富贵的圈外，因之能保有善良人民的本色或真性情。……二十一回写卜老爹、牛老爹的友谊，二十回写甘露僧对牛布衣的情分，十六回写匡超人未发达时的家庭关系，十五回写马二先生对匡超人的关爱，作者都以深沉的赞叹和忧郁情绪，描写了这些在贫贱中的人物的真挚笃厚的人情。倾心欣慕之情还突出地寄托在头回对王冕的田家生活和末回对四个市井高士的描写里。作者着力写了这些人物的美好的品质与纯良高洁的内心精神,与功名富贵中人的丑恶习性作对比,以反照儒林中寂寞无人。很明显,作者一心倾向于"微贱"人物的这种深切亲爱的感情,是从对于功名富贵中人的利欲熏心、堕落无耻的反感而来,也是从对于统治者所设"名缰利锁"的罪恶制度的憎恨而来。

这里指出《儒林外史》的思想倾向,以功名富贵为骨干,凡是追求功名富贵的人,往往堕落无耻。又描写功名圈外的人比较真诚笃实。从而把矛头指向封建统治者实即清统治者所设的"名缰利锁"的罪恶。这样立论是深刻的。

聊斋志异

蒲松龄《聊斋志异》的思想倾向性,作者在《聊斋自志》里说:

少羸(瘦)多病,长命不犹(命运不济)。门庭之凄寂,则冷淡如僧;笔墨之耕耘,则萧条似钵(指靠卖文为活,像和尚沿门托钵讨饭)。……盖有漏根因,未结人天之果(佛教称烦恼为漏,烦恼未净,佛家认为没有收到好的报应);而随风荡堕,竟成藩溷之花(《南史·范缜传》:范缜对竟陵王萧子良说:"人生如树花同发,随风而堕,自有拂帘幌堕于茵席之上,自有关篱墙落于粪溷之中。坠茵席者,殿下是也;落粪溷者,下官是也。")……独是子夜(夜半子时)荧荧,灯昏欲蕊;萧斋瑟瑟,案冷疑冰。集腋为裘,妄续《幽冥》之录(刘宋时刘义庆著《幽冥录》);浮白(指饮酒)载笔,仅成孤愤之书。寄托如此,亦足悲矣!嗟乎!惊霜寒雀,抱树无温；吊月秋虫，偎阑自热。知我者，其在青林黑塞间乎！（杜甫《梦李白诗》："魂来枫林青，魂返关塞黑。"）（《聊斋志异》会校会注会评本）

从这篇作者的《聊斋自志》看，作者一生不得志，处境困苦。他著作《聊斋志异》，是表达他胸中的悲愤。知道他的，是他的知己，所以说"其在青林黑塞间乎！"李白是杜甫的知己，只有他知己的魂才能知道他的用意。说明当时一般人把他这部书看作讲狐鬼的书，不把它看作表达他胸中孤愤的书。它是许多篇的结合，主要思想倾向有如下几个。

暴露贪官劣绅的罪恶

蒲松龄的孤愤，有暴露封建统治的黑暗，贪官污吏、土豪劣绅害民的。如《促织》，写明代宣德年间，宫中喜斗蟋蟀，要民间进贡。有人名成名，被派做里正，要他进贡蟋蟀。他百计捕得一只，九岁儿开盆看时，蟋蟀跳出。儿扑捉时扑死了。儿惊骇投井，魂化为蟋蟀，以善斗著名。蒲松龄自称"异史氏曰：'天子偶用一物，未必不过此已忘；而奉行者即为定例。加以官贪吏虐，民日贴妇卖儿，更无休止'"。这里讲贪官污吏的借故剥削人民，引起他的愤慨。

再像《席方平》，写阴司的纳贿，从狱吏到城隍，到郡司，

到冥王,都纳贿,对正直的席方平滥施酷刑。但明伦评:

赴地下而诉,至冥王力已竭矣,冤可伸矣;乃关说不通,而私函密进,钱神当道,木偶登堂,甚且卧以焦肉之床,辟以解身之锯。壮哉此汉!毒矣斯刑!

从冥王到狱吏都纳贿,都滥施酷刑,实际是暴露清朝政治的黑暗,贪官污吏的残暴,人民所遭受的苦难。《席方平》里写到他"诉聪明正直之神,乃可以断斯狱",这是写出了人民的愿望。又如《向杲》,写向杲的庶兄娶一妓为妻,庄公子因此怀恨,把他庶兄打死。向杲为兄诉冤。"庄广行贿赂,使其理不得申。"向"莫可控诉,惟思要路刺杀庄"。庄戒备森严。后在山神祠遇一道士,令他穿一布袍,身化为虎,在庄经过时,"虎暴出",扑杀庄。"异史氏曰:'……然天下事足发指者多矣。使怨者常为人,恨不令暂作虎。'"这里指贪官的纳贿,土豪的残杀,人民负屈含冤的悲愤,所以幻化成虎报仇,表达了人民的愿望。

揭露科举制度的罪恶

蒲松龄又揭露科举制度抹杀人才的罪恶,这是他切身感受的痛苦。他在《司文郎》里写王平子和余杭生都住在报国寺,准备"赴试北闱"。寺中有一瞽僧,能知文。他可以焚文来嗅,分别优劣。王平子焚文,僧嗅而颔之。余杭生焚己作,僧嗅其余灰,咳逆数声,曰:"勿再投矣,格格而不能下,……再焚,则作恶矣。""数日榜放,生竟领荐,王下第。"说明科举制度的试官是盲试官。又有《王子安》,写一名士困于场屋,应试后,近放榜时,大醉卧,写有人报:"汝中进士矣!"王自言:"尚未赴都,何得及第?"又一人来报:"汝殿试翰林,长班在此。"原来是狐扮报人和长班来戏弄他。异史氏写士子应试后望报的心情:"迨望报也,草木皆惊,梦想亦幻。时作一得志想,则顷刻而楼阁俱成;作一失志想,则瞬息而骸骨已朽。此际行坐难安,则似被絷之猱。忽然而飞骑传人,报条无我,此时神色猝变,嗒然若死,则似饵毒之蝇,弄之亦不觉也。"但明伦评:

形容尽致,先生皆阅历备尝之言。

何守奇评:

子安弋获心切,故狐戏之。然当其心满意足时,何知为戏?齐量等观,则词林诸公,安非出于造物之戏也?

这里指科举制度的害人。科举的试官是盲目的,不能赏识真才,是抹杀人才。科举制度又使士子神魂颠倒,是毒害士子。即使被录取，入词林，做了官，并不能对国对民有所贡献，说明科举制度的败坏人才，这是进一步的感慨。

对真挚爱情的赞美

蒲松龄又揭露封建婚姻的罪恶，赞美真挚的爱情。如《阿宝》，写孙子楚对阿宝的真情。孙有枝指（多余的六指），阿宝戏曰："渠去其枝指，余当归之。"生真的以斧自断枝指。孙见阿宝，魂随阿宝去。家畜一鹦鹉忽毙，孙魂化为鹦鹉，飞到阿宝房里。直到阿宝表示："君能复为人，当誓死相从。"生才醒来，终于成为夫妇。这里赞美孙子楚的真情感动阿宝，实即不同于讲门第讲富厚的封建婚姻。又如写《婴宁》，婴宁善笑，王子服一见钟情。婴宁遗花地上，生拾花怅然，神魂丧失。后见女，出袖中花示之。女接之曰："枯矣，何留之？"曰："此上元妹子所遗，故存之。"问："存之何意？"曰："以示相爱不忘也。……"女说："待郎行时，园中花，当唤老奴来，折一巨捆负送之。"何守奇评："憨绝。"类似这样"憨绝"的事写了很多，但生爱女之情，真诚不二。这又写出作者赞美这种真诚的爱情。总之，《聊斋志异》是抒发孤愤之书，这种孤愤，正是揭露封建社会的阴暗，贪官污吏、土豪劣绅的害民，科举制度的罪恶，赞美人民的善良和男女间的真挚爱情，假托狐鬼来表达人民的愿望。

人物

人物是组成形象的主体,小说大都是通过人物和人物活动及其相互关系来反映现实生活的。优秀的小说塑造了典型人物,反映了一定时期社会生活的本质或某些本质方面。

三国演义

《三国演义》的塑造人物有一特点，即《三国演义》中的人物大都为历史上的人物。《三国演义》既要根据历史，又要作为艺术创作不同于历史，运用匠心化历史为艺术创作，这是值得探索的。

毛宗岗《读〈三国志〉法》：

> 吾以为三国有三奇，可称三绝：诸葛孔明一绝也，关云长一绝也，曹操亦一绝也。（《三国演义会评本》）

因此谈人物，先谈这"三绝"。谈三个人物嫌少，因据李贽《读三国史答问》所谈人物，第一关云长，第二张翼德，第三赵云，补上张飞、赵云两人。

诸葛亮

毛宗岗《读〈三国志〉法》说:

> 历稽载籍,贤相林立,而名高万古者,莫如孔明。其处而弹琴抱膝,居然隐士风流;出而羽扇纶巾,不改雅人深致。在草庐之中,而识三分天下,则达乎天时;承顾命之重,而至六出祁山,则尽乎人事。七擒八阵,木牛流马,既已疑鬼疑神之不测;鞠躬尽瘁,志决身歼,仍是为臣为子之用心。比管(仲)、乐(毅)则过之,比伊(尹)、吕(望)则兼之,是古今来贤相中第一奇人。

这里对诸葛亮的一生做了概括。现在来看《三国演义》怎样根据历史而写却又有不同。

先看写诸葛亮的隐居,《三国志·诸葛亮传》注引《魏略》:"亮在荆州,以建安初与颍川石广元、徐元直、汝南孟公威等俱游学。三人务于精熟,而亮独观其大略。每晨夜从容,常抱膝长啸,而谓三人曰:'卿三人仕进可至刺史郡守也。'三人问其所至,亮但笑而不言。"

这段话,在《魏略》里作为史家的叙述。《三国演义》里把它写在第三十七回《司马徽再荐名士》,是水镜先生司马徽亲自去对刘备讲的话。刘备去襄阳赴宴，蔡瑁设计要杀刘备，他跃马过檀溪逃走，住在水镜先生庄上，"水镜曰：'公今日幸免大难！'玄德惊讶不已。"水镜是刘备极为钦佩的高人，经他介绍说出，分量就重了。不仅这样，水镜在介绍诸葛亮时，又加推重，说：

> 每常自比管仲、乐毅，其才不可量也。……时云长在侧曰："某闻管仲、乐毅乃春秋、战国名人，功盖寰宇；孔明自比此二人，毋乃太过？"徽笑曰："以吾观之，不当比此二人，我欲另以二人出之。"云长问："那二人？"徽曰："可比兴周八百年之姜子牙、旺汉四百年之张子房也。"众皆愕然。

这段话是历史上没有的，是《三国演义》加出来的。毛宗岗批：

> 云长高抬管、乐，将孔明一抑。云长意中必谓于管、乐之下，更求其次矣。不想水镜却于管、乐之上，请出太公、留侯来，索性抹倒管、乐，将孔明极力一扬。妙极，妙极。

这里显出《三国演义》与历史不同，它运用修辞的比喻法，用管、乐比孔明，先来一抬。光这一抬还不够，又用关羽的一抑，有了这一抑，水镜就可以再抬，抬得更高，这里又用了修辞的递进法，更进一层了。《三国演义》就这样来抬高孔明，显得与历史不同。《三国演义》这样抬高孔明，又暗用修辞上的引用格。杜甫《咏怀古迹》里赞美诸葛亮："伯仲之间见伊（尹）、吕（望），指挥若定失萧（何）、曹（参）。"这里已经提到吕望（即姜子牙），又提到萧何、曹参，《三国演义》把他们改成张良。这里显出《三国演义》运用比喻、递进、引用格来抬高诸葛亮，就比历史上的诸葛亮更高了。

再看《三国志·诸葛亮传》："时先主屯新野。徐庶见先主，先主器之。谓先主曰：'诸葛孔明者，卧龙也，将军岂愿见之乎？'先主曰：'君与俱来。'庶曰：'此人可就见，不可屈致也。将军宜枉驾顾之。'由是先主遂诣亮，凡三往，乃见。"历史上写徐庶荐诸葛亮，刘备三顾草庐，就写得这样简单。看《三国演义》是怎样渲染扩大的。

先看徐庶荐诸葛。《三国演义》把徐庶荐诸葛放在徐庶与刘备分别，已经走出一段路之后，再回来推荐，更加郑重，这就和历史不同。《三国演义》第三十六回《元直走马荐诸葛》：

（玄德）正望间，忽见徐庶拍马而回。玄德曰："元直复回，莫非无去意乎？"遂欣然拍马向前迎问曰："先生此回，必有主意。"庶勒马谓玄德曰："某因心绪如麻，忘却一语：此间有一奇士，只在襄阳城外二十里隆中。使君何不求之？"玄德曰："敢烦元直为备请来相见。"庶曰："此人不可屈致,使君可亲往求之。若得此人,无异周得吕望、汉得张良也。"玄德曰:"此人比先生才德何如?"庶曰:"以某比之,譬犹驽马并麒麟、寒鸦配鸾凤耳。此人每尝自比管仲、乐毅,以吾观之,管、乐殆不及此人。此人有经天纬地之才,盖天下一人也!"玄德喜曰:"愿闻此人姓名。"庶曰:"此人乃琅琊郡阳都人,复姓诸葛,名亮,字孔明,……亮与弟诸葛均躬耕于南阳。尝好为《梁父吟》。所居之地有一冈,名卧龙冈,因自号为'卧龙先生'。此人乃绝代奇才,使君急宜枉驾见之。若此人肯相辅佐,何愁天下不定乎!"

这段徐庶走马荐诸葛,与历史上的记载有很大不同。除走马一点上文已指出外,这里又用了三个比喻,一是徐庶用吕望、张良来比孔明,二是孔明自比管仲、乐毅,三是徐庶以自己比孔明。写孔明自比较低,而徐庶把他比得很高。除了这三个比喻外,还指出孔明的才干,竭力推崇他的品格高尚,安于躬耕,不求名利。就徐庶的荐诸葛看,与下文司马徽的荐诸葛,其中有两个比喻不是重复吗?要是重复,岂不可厌?这里又显出作者的匠心。这里先写徐庶把孔明比作吕望、张良,再写孔明自比管仲、乐毅,写得自然,并无递进之意。《三国演义》写水镜的荐诸葛就不同了,也用两个相同的比喻,但加上云长的一抑,水镜的一抬,不仅用了抑扬格,还用了递进格,这就有了变化,也显出了云长的学问与性格,完全不同了。

再看三顾草庐。先看毛宗岗三十七回总评：

玄德望孔明之急，闻水镜而以为孔明，见崔州平而以为孔明，见石广元、孟公威而以为孔明，见诸葛均、黄承彦而又以为孔明。正如永夜望曙者，见灯光而以为曙也，见月光而以为曙也，见星光而又以为曙也；又如旱夜望雨者，听风声而以为雨也，听泉声而以为雨也，听漏声而又以为雨也。《西厢》曲云："风动竹声，只道金佩响；月移花影，疑是玉人来。"玄德求贤如渴之情，有类此者。

此卷极写孔明，而篇中却无孔明。盖善写妙人者，不于有处写，正于无处写。写其人如闲云野鹤之不可定，而其人始远；写其人如威凤祥麟之不易睹，而其人始尊。且孔明虽未得一遇，而见孔明之居，则极其幽秀；见孔明之童，则极其古淡；见孔明之友，则极其高超；见孔明之弟，则极其旷逸；见孔明之丈人，则极其清韵；见孔明之题咏，则极其俊妙。不待接席言欢，而孔明之为孔明，于此领略过半矣。

《三国演义》写三顾草庐，这里指出主要写人。一写刘备之求贤若渴。二写孔明，好在无处写，用来衬托。三写诸葛亮的隆中对，《三国演义》所写根据历史，再加上赞美的话："只这一席话，乃孔明未出茅庐，已知三分天下，真万古之人不及也！"这样赞美，是符合《三国演义》的夸张格的。

在赤壁之战中，诸葛亮的作用，在《三国志·诸葛亮传》里是这样写的：

时（孙）权拥军在柴桑，观望成败。亮说权曰："海内大乱，将军起兵据有江东，刘豫州（备）亦收众汉南，与曹操并争天下。今操芟夷大难，略已平矣，遂破荆州，威震四海。英雄无所用武，故豫州遁逃至此。将军量力而处之：若能以吴、越之众与中国（中原）抗衡，不如早与之绝；若不能当，何不案兵束甲，北面而事之！今将军外托服从之名，而内怀犹豫之计，事急而不断（决断），祸至无日矣！"权曰："苟如君言，刘豫州何不遂事之乎？"亮曰："田横，齐之壮士耳，犹守义不辱，况刘豫州王室之胄，英才盖世，众士慕仰，若水之归海，若事之不济，此乃天也，安能复为之下乎！"权勃然曰："吾不能举全吴之地，十万之众，受制于人。吾计决矣！非刘豫州莫可以当曹操者，然豫州新败之后，安能抗此难乎？"亮曰："豫州军虽败于长坂，今战士还者及关羽水军精甲万人，刘琦合江夏战士亦不下万人。曹操之众，远来疲弊，闻追豫州，轻骑一日一夜行三百余里，此所谓'强弩之末，势不能穿鲁缟'者也。故兵法忌之，曰'必蹶上将军'。且北方之人，不习水战；又荆州之民附操者，逼兵势耳，非心服也。今将军诚能命猛将统兵数万，与豫州协规同力，破操军必矣。操军破，必北还，如此则荆、吴之势强，鼎足之形成矣。成败之机，在于今日。"

按照历史记载，诸葛亮在赤壁之战中的贡献就是这些，即激怒孙权，使他决心联合刘备抗曹。但从《三国演义》看就大不同了。第四十三回《诸葛亮舌战群儒》，孔明到了东吴，首先碰到东吴主张迎降曹操的群儒，先要击破群儒的迎降派，才谈得上抗曹。这回的毛总批：

孔明将欲以东吴之兵破曹操之兵，而此回则是孔明以舌为兵也。其战群儒以舌，其激孙权亦以舌。舌如悬河，则以舌为水；言扬属火，则又以舌为火。盖虽赤壁之兵未交，而卧龙先生先有一番水战，先有一番火战矣。

《三国演义》写孔明舌战群儒，击败迎降派，有没有历史根据呢？有因子，没有事实。《通鉴》卷六十五：

是时，曹操遗权书曰："近者奉辞伐罪，旌麾南指，刘琮束手。今治水军八十万众，方与将军会猎于吴。"权以示群下，莫不响震失色。长史张昭等曰："曹公，豺虎也。挟天子以征四方，动以朝廷为辞。今日拒之，事更不顺。且将军大势可以拒操者，长江也。今操得荆州，奄有其地。刘表治水军，蒙冲（兵舰）斗舰，乃以千数。操悉浮以沿江，兼有步兵，水陆俱下。此为长江之险，已与我共之矣。而势力众寡，又不可论。愚谓大计不如迎之。"

鲁肃独不言，权起更衣（上厕所），肃追于宇下。权知其意，执肃手曰："卿欲何言？"肃曰："向察众人之议，专欲误将军，不足与图大事。今肃可迎操耳，如将军不可也。何以言之？今肃迎操，操当以肃还付乡党，品其名位，犹不失下曹从事（地方上的属官），乘犊车，从吏卒，交游士林，累官故不失州郡（升到州郡长官）也。将军迎操，欲安所归乎？愿早定大计，莫用众人之议也！"权叹息曰："诸人持议，甚失孤望。今卿廓开大计，正与孤同。"

可见当时张昭一派人是主张迎降的，但这种迎降的主张已被鲁肃对孙权的一番话击破了，孙权已经不听了，已经不起作用了。接着《通鉴》作：

时周瑜受使至番阳，肃劝权召瑜还。瑜至，谓权曰："操虽托名汉相，其实汉贼也。将军以神武雄才，兼仗父兄之烈，割据江东，地方数千里，兵精足用，英雄乐业。当横行天下，为汉家除残去秽；况操自送死，而可迎之耶！请为将军筹之。今北土未平，马超、韩遂尚在关西，为操后患。而操舍鞍马，仗舟楫，与吴越争衡。今又盛寒，马无稿草。驱中国（中原）士众，远涉江湖之间，不习水土，必生疾病。此数者，用兵之患也，而操皆冒行之。将军禽（擒）操，宜在今日。瑜请得精兵数万人，进住夏口，保为将军破之！"权曰："老贼欲废汉自立久矣，徒忌二袁、吕布、刘表与孤耳。今数雄已灭，惟孤尚存。孤与老贼，势不两立。君言当击，甚与孤合，此天以君授孤也！"因拔刀斫前奏案曰："诸将吏敢复有言当迎操者，与此案同！"乃罢会。

是夜，瑜复见权曰："诸人徒见操书言水步八十万，而各恐慑，不复料其虚实，便开此议，甚无谓也。今以实校之，彼所将中国人不过十五六万，且已久疲。所得（刘）表众，亦极七八万耳，尚怀狐疑。夫以疲病之卒，御狐疑之众，众数虽多，甚未足畏……"

从历史记载看，迎降派被鲁肃对孙权一席话击破后，加上周瑜的坚决抗曹，孙权的当众表决心，迎降派已经销声匿迹了，不需要孔明来舌战群儒，加以击破。《三国演义》为了突出孔明的能言善辩，高出东吴文人，特意利用东吴有迎降派，创作"舌战群儒"这回。在这回里，孔明战胜了张昭、虞翻、步骘、薛综、陆绩、严畯、程德枢，从各个角度进行辩驳，显示孔明卓识伟论，高出东吴文士，这是《三国演义》的虚构。从历史记载看，孙权虽下决心抗曹，但还害怕曹操兵多，众寡不敌。周瑜看到了这一点，所以周瑜夜里去见孙权，解除他这种顾虑，这是周瑜的事。可是《三国演义》在第四十四回《孙权决计破曹操》写道：

> 周瑜回到下处，便请孔明议事。孔明至。瑜曰："今日府下公议已定，愿求破曹良策。"孔明曰："孙将军心尚未稳，不可以决策也。"（毛批："拔剑砍案之后，又说他心未稳，不是孔明看不出。"）瑜曰："何谓心不稳？"孔明曰："心怯曹兵之多，怀寡不敌众之意。将军能以军数开解，使其了然无疑，然后大事可成。"瑜曰："先生之论甚善。"乃复入见孙权。……瑜谢出，暗忖曰："孔明早已料着吴侯之心，其计画又高我一头。久必为江东之患，不如杀之。"

按照历史记载，是周瑜在孙权决策抗曹以后，夜见孙权，解除他怕曹兵多的过虑。《三国演义》把这事写成孔明看出孙权有过虑，写成孔明的智计高过周瑜，写周瑜要杀孔明，经过这一虚构，更突出孔明的智计高出周瑜了。

《通鉴》又称孙权对周瑜说："已选三万人，船粮战具俱办。"说明这三万水军，战具都已办齐了。《三国演义》不这样写，第四十六回《用奇谋孔明借箭》：

> 瑜问孔明曰："即日将与曹军交战，水路交兵，当以何兵器为先？"孔明曰："大江之上，以弓箭为先。"瑜曰："先生之言，甚合愚意。但今军中正缺箭用，敢烦先生监造

十万枝箭，以为应敌之具。……十日之内，可办完否？"……孔明曰："只消三日，便可拜纳十万枝箭。"瑜曰："军中无戏言。"孔明曰："……愿纳军令状……"……孔明曰："望子敬（鲁肃）借我二十只船，每船要军士三十人，船上皆用青布为幔，各束草千余个，分布两边。……"至第三日四更时分，……遂命将二十只船，用长索相连，径望北岸进发。是夜大雾漫天……当夜五更时候，船已近曹操水寨。孔明教把船只头西尾东，一带摆开，就船上擂鼓呐喊。……操传令曰："重雾迷江，彼军忽至，必有埋伏，切不可轻动。可拨水军弓弩手乱箭射之。"……待至日高雾散，孔明令收船急回。二十只船两边束草上，排满箭枝。……孔明回船谓鲁肃曰："每船上箭约五六千矣。不费江东半分之力，已得十万余箭。明日即将来射曹军，却不甚便！"肃曰："先生真神人也！何以知今日如此大雾？"孔明曰："为将而不通天文，不识地利，不知奇门，不晓阴阳，不看阵图，不明兵势，是庸才也。亮于三日前已算定今日有大雾，因此敢任三日之限。……"鲁肃入见周瑜，备说孔明取箭之事。瑜大惊，慨然叹曰："孔明神机妙算，吾不如也！"

历史上并无东吴缺箭的事，《三国演义》虚构草船借箭，把孔明写成神机妙算，高出当时所有的人了。

《通鉴》又称："时东南风急，（黄）盖以十舰最着前，中江举帆，余船以次俱进。……去北军二里余，同时发火，火烈风猛，船往如箭，烧尽北船，延及岸上营落。"历史记载，当时是有东南风。可是《三国演义》第四十八回末了："一阵风过，刮起旗角于周瑜脸上拂过。瑜猛然想起一事在心，大叫一声，往后便倒，口吐鲜血……"第四十九回就是《七星坛诸葛祭风》。周瑜的病是"万事俱备，只欠东风"，"孔明曰：'亮虽不才，曾遇异人，传授奇门遁甲天书，可以呼风唤雨。'"

这样，从历史看，在赤壁之战中，诸葛亮所起的作用，就是激怒孙权，使他决心联刘抗曹。赤壁之战中击败曹操的是主帅周瑜，不是诸葛亮。从《三国演义》看，赤壁之战破曹操的，主要是诸葛亮，不是周瑜。因为东吴有迎降派，首先起来击败迎降派的是孔明；孙权对抗曹狐疑不定，智激孙权使他联刘抗曹的是孔明；孙权表示决心抗曹，但又怕众寡不敌，首先看到这点，要周瑜去解除孙权恐惧的是孔明；草船借箭来充足东吴的武器的是孔明；攻曹要用火攻，要靠东南风，借东南风来助火攻的是孔明；周瑜要杀孔明，杀了孔明就破坏了孙刘联合，不利于破曹，使周瑜无法害自己，保护孙刘联合的是孔明。这样，孔明不就成了赤壁之战取胜的主要关键人物吗？不是把孔明写得智慧才干高于曹操和所有的谋臣，高于孙权和所有的文武官员，他的神机妙算成为最高智慧的化身吗？

《三国演义》突出孔明智慧的事极多，这里再谈空城计一事。《通鉴》卷七十一：

> 亮身率大军攻祁山，戎阵整齐，号令明肃。……于是天水、南安、安定皆叛应亮，关中响震，朝臣未知计所出。帝曰："亮阻山为固，今者自来，正合兵书致人之术，破亮必也。"乃勒兵马步骑五万，遣右将军张郃督之，西拒亮。……（亮）以（马）谡督诸军在前，与张郃战于街亭。谡违亮节度，举措烦扰，舍水上山，不下据城。张郃绝其汲道，击，大破之，士卒离散。亮进无所据，乃拔西县千余家还汉中。收谡下狱，杀之。……谡之未败也，裨将军巴西王平，连规谏谡，谡不能用。及败，众尽星散，惟平所领千人鸣鼓自守。张郃疑其有伏兵，不往逼也。于是平徐徐收合诸营遗兵，率将士而还。

《三国演义》把这事写在第九十五回《马谡拒谏失街亭，武侯弹琴退仲达》及第九十六回《孔明挥泪斩马谡》，即"失街亭""空城计""斩马谡"。从历史看，只有失街亭、斩马谡，没有空城计。空城计从哪里来的呢？《三国志·诸葛亮传》注："郭冲三事"：

> 亮屯于阳平，遣魏延诸军并兵东下，亮惟留万人守城。晋宣帝（司马懿）率二十万众拒亮，而与延军错道，径至前，

当亮六十里所，侦候白宣帝说亮在城中兵少力弱。亮亦知宣帝垂至，已与相逼，欲前赴延军，相去又远，回迹反追，势不相及，将士失色，莫知其计。亮意气自若，敕军中皆卧旗息鼓，不得妄出庵幔。又令大开四城门，扫地却洒。宣帝常谓亮持重，而猥见势弱，疑其有伏兵，于是引军北趣山。明日食时，亮谓参佐拊手大笑曰："司马懿必谓吾怯，将有强伏，循山走矣。"候逻还白，如亮所言，宣帝后知，深以为恨。

裴松之在《诸葛亮传》里引了这段话，再加驳斥，认为没有这件事。《三国演义》里却把这件事引进去了。为什么？为了抬高孔明。从历史记载看，孔明这次出兵祁山，收复天水、南安、安定三郡，却因街亭失守，被迫退回汉中，以致三郡复失，是一次失败。这次是败在魏将张郃手里，不是对作为最高智慧者的孔明的形象有损吗？所以《三国演义》改了，改主将张郃为司马懿。写孔明败于司马懿之手，也有损于作为最高智慧者孔明的形象，所以改变写法，加进空城计。

先看《三国演义》改主将为司马懿：

却说司马懿在城中，令次子司马昭去探前路：若街亭有兵守御，即当按兵不行。司马昭奉令探了一遍，回见父曰："街亭有兵守把。"懿叹曰："诸葛亮真乃神人，吾不如也。"昭笑曰："父亲何故自堕志气耶？男料街亭易取。"懿问曰：

"汝安敢出此大言？"昭曰："男亲自哨见，当道并无寨栅，军皆屯于山上，故知可破也。"

这样写，先写司马懿赞叹孔明是神人，"吾不如也"，显得司马懿自认不如孔明。说明街亭之失，完全是马谡之过，在战争的部署上，孔明还是胜过司马懿。再看街亭失守以后：

急唤关兴、张苞分付曰："汝二人各引三千精兵，投武功山小路而行。如遇魏兵，不可大击，只鼓噪呐喊，为疑兵惊之。彼当自走，亦不可追。待军退尽，便投阳平关去。"又令张翼先引军去修理剑阁，以备归路。……又令马岱、姜维断后，先伏于山谷中，待诸军退尽，方始收兵。……先引五千兵退去西城县搬运粮草。忽然十余次飞马报到，说："司马懿引大军十五万，望西城蜂拥而来！"时孔明身边别无大将，只有一班文官，所引五千军，已分一半先运粮草去了，只剩二千五百军在城中。众官听得这个消息，尽皆失色。孔明登城望之，果然尘土冲天，魏兵分两路望西城县杀来。孔明传令，教"将旌旗尽皆隐匿；诸军各守城铺，如有妄行出入，及高言大语者，斩之！大开四门，每一门用二十军士，扮作百姓，洒扫街道。如魏兵到时，不可擅动，吾自有计。"孔明乃披鹤氅，戴纶巾，引二小童携琴一张，于城上敌楼前，凭栏而坐，焚香操琴。

却说司马懿前军哨到城下，见了如此模样，皆不敢进，急报与司马懿。懿笑而不信，遂止住三军，自飞马远远望之。果见孔明坐于城楼之上，笑容可掬，焚香操琴。左有一童子，手捧宝剑；右有一童子，手执麈尾。城门内外，有二十余百姓，低头洒扫，傍若无人。懿看毕大疑，便到中军，教后军作前军，前军作后军，望北山路而退。……孔明见魏军远去，抚掌而笑。众官无不骇然，……孔明曰："此人料吾生平谨慎，必不弄险；见如此模样，疑有伏兵，所以退去。（毛批：'知彼之能知己，因出于彼所不及知之外，以善全夫己，真正神妙。'）……此人必引军投山北小路去也。吾已令兴、苞二人在彼等候。"（毛批："不惟自己不吓，倒还要去吓人。"）众皆惊服曰："丞相之机，神鬼莫测……"

《三国演义》写失街亭，打了败仗，但还是写司马懿赞叹孔明"乃神人，吾不如也"。再写空城计，毛批赞誉孔明胜过司马懿："真正神妙"。众皆惊服，称赞孔明的神机妙算。这样，通过街亭的打败仗，还写出孔明智慧胜过司马懿，这才完成了把诸葛亮塑造为最高智慧的典型。

关羽

毛宗岗《读〈三国志〉法》：

历稽载籍，名将如云，而绝伦超群者莫如云长。青史对青灯，则极其儒雅；赤心如赤面，则极其英灵。秉烛达旦，人传其大节；单刀赴会，世服其神威。独行千里，报主之志坚；义释华容，酬恩之谊重。……是古今来名将中第一奇人。

鲁迅《中国小说史略》称《三国演义》："惟于关羽，特多好语，义勇之概，时时如见矣。"如《三国演义》叙羽之出身丰采勇力云：

阶下一人大呼出曰："小将愿往，斩华雄头，献于帐下！"众视之，见其人身长九尺，髯长二尺，丹凤眼，卧蚕眉，面如重枣，声似巨钟，立于帐前。绍问何人。公孙瓒曰："此刘玄德之弟关羽也。"绍问："现居何职？"瓒曰："跟随刘玄德充马弓手。"帐上袁术大喝曰："汝欺吾众诸侯无大将也？量一弓手，安敢乱言。与我打出！"曹操急止之曰："公路息怒，此人既出大言，必有勇略；试教出马，如其不胜，责之未迟。"……关公曰："如不胜，请斩某头。"操教酾热酒一杯，与关公饮了上马。关公曰："酒且斟下，某去便来。"出帐提刀，飞身上马。众诸侯听得关外鼓声大震，喊声大举，如天摧地塌，岳撼山崩，众皆失惊。正欲探听，鸾铃响处，马到中军，云长提华雄之头，掷于地上；其酒尚温。（第五回《发矫诏诸镇应曹公》）

鲁迅称赞《三国演义》写关羽的丰采勇力，其实这里正显出《三国演义》的艺术手腕。原来按照历史记载，华雄不是关羽杀的。《三国志·吴书·孙破虏讨逆（坚）传》："坚复相收兵，合战于阳人，大破卓军，枭其都督华雄等。"原来华雄是董卓手下的都督，是被孙坚所杀的。关羽没有斩华雄。《三国演义》因为要突出关羽的神勇，所以把孙坚所杀的华雄，改为关羽温酒斩华雄了。不仅这样，在史籍上，对华雄没有叙述，《三国演义》为了突出关羽的神勇，就先突出华雄的武勇来。第五回《发矫诏诸镇应曹公，破关兵三英战吕布》，写华雄"其人身长九尺，虎体狼腰，豹头猿臂"，率领马步军五万，赴关迎敌。济北相鲍信派弟鲍忠到关下搦战，被华雄所杀。孙坚去攻吴，因袁术不发粮草，军中自乱。华雄夜袭孙坚，孙坚战败，脱头上赤帻逃走，赤帻为华雄所得；华雄又斩了坚部将祖茂。华雄引铁骑下关，用长竿挑着孙坚的赤帻，来寨前搦战，又斩了袁术手下骁将俞涉，斩了韩馥手下上将潘凤。这样极力先写华雄的英勇，在诸侯中一时无人可以出战，后写关羽奋起求战，温酒斩华雄，正是用来突出关羽的神勇。从这里可以看到《三国演义》改变史实的艺术手腕。

鲁迅《中国小说史略》称关羽在华容道上义释曹操，"而羽之气概则凛然"。《三国演义》第五十回《诸葛亮智算华容，关云长义释曹操》：

操回顾，止有三百余骑随后，并无衣甲袍铠整齐者。……一声炮响，两边五百校刀手摆开，为首大将关云长提青龙刀，跨赤兔马，截住去路。操军见了，亡魂丧胆，面面相觑。……程昱曰："……丞相旧日有恩于彼，今只亲自告之，可脱此难。"操从其说，即纵马向前，欠身谓云长曰："将军别来无恙？"云长亦欠身答曰："关某奉军师将令，等候丞相多时。"操曰："曹操兵败势危，到此无路，望将军以昔日之情为重。"云长曰："昔日关某虽蒙丞相厚恩，然已斩颜良，诛文丑，解白马之围，以奉报矣。今日之事，岂敢以私废公？"操曰："五关斩将之时，还能记否？……"云长是个义重如山之人，……又见曹军惶惶，皆欲垂泪，一发心中不忍。于是把马头勒回，谓众军曰："四散摆开！"这个分明是放曹操的意思。操见云长回马，便和众将一齐冲将过去。云长回身时，曹操已与众将过去了……

《三国演义》写关羽在华容道义释曹操，这是《三国演义》的艺术虚构，在历史上根本没有在华容道伏兵拦击曹操的事。《通鉴》卷六十五："操引军从华容道步走，遇泥泞，道不通，天又大风。悉使羸兵负草填之，骑乃得过。羸兵为人马所蹈藉，陷泥中，死者甚众。刘备、周瑜水陆并进，追操至南郡。"这是说曹操已过华容道，到了南郡，在华容道上根本没有军队拦击。《三国演义》写孔明料定曹操会经过华容道，只是用来突出孔明的神机妙算，是智慧的化身。写关羽的义释曹操，只是突出关羽的义气。这一切都是艺术虚构。

《三国演义》塑造关羽为仗义的典型，还有其他艺术虚构之处。《通鉴》卷六十三："曹操击刘备，破之，获其妻子。进拔下邳，禽（擒）关羽。"《三国志·关羽传》也称："建安五年，曹公东征，先主奔袁绍。曹公禽羽以归，拜为偏将军，礼之甚厚。"按历史记载，关羽被曹操所擒，曹操还封他官。《三国演义》认为这样写，有损关羽重义的典型性，因此加以创造。《三国演义》第二十五回《屯土山关公约三事，救白马曹操解重围》，写关羽失了下邳，被围土山，张辽去劝他归顺曹操，他提出三约："公曰：'一者，吾与皇叔设誓，共扶汉室，吾今只降汉帝，不降曹操（毛批："辨君臣之分。"）；二者，二嫂处请给皇叔俸禄养赡，一应上下人等，皆不许到门（毛批："严男女之义。"）；三者，但知刘皇叔去向，不管千里万里，便当辞去（毛批："明兄弟之义。"）。三者缺一，断不肯降。'"曹操都应允了。这样写关羽归顺曹操，还是讲究义气的。

关羽受到曹操的厚待，要立功报答曹操后才走。《通鉴》卷六十三称：

袁绍遣其将颜良攻东郡太守刘延于白马。……操乃引军兼行。趋白马。未至十余里，良大惊，来逆战。操使张辽、关羽先登击之。羽望见良麾盖，策马刺良于万众之中，斩其首而还，绍军莫能当者。遂解白马之围。……是时，白

077

马辎重就道，诸将以为敌骑多，不如还保营。荀攸曰："此所以饵敌，如何去之！"操顾攸而笑。绍骑将文丑与刘备将五六千骑，前后至。诸将复白可上马。操曰："未也。"有顷，骑至稍多，或分趋辎重。操曰："可矣。"乃皆上马。时骑不满六百，遂纵兵击，大破之，斩丑。丑与颜良皆绍名将也，再战悉擒之，绍军夺气。

按历史记载，斩颜良的是关羽，斩文丑的不写明关羽。但《三国演义》所写不同。第二十五回《救白马曹操解重围》：

绍遣大将颜良作先锋，进攻白马。……颜良前部精兵十万，排成阵势。操骇然，回顾吕布旧将宋宪曰："吾闻汝乃吕布部下猛将，今可与颜良一战。"宋宪领诺，绰枪上马，直出阵前。颜良横刀立马于门旗下，见宋宪马至，良大喝一声，纵马来迎。战不三合，手起刀落，斩宋宪于阵前。……魏续曰："杀我同伴，愿去报仇！"操许之。续上马持矛，径出阵前，大骂颜良。良更不打话，交马一合，照头一刀，劈魏续于马下……

操见连折二将，心中忧闷，就去请关羽来。

操又指曰："麾盖之下，绣袍金甲，持刀立马者，乃颜良也。"关公举目一望，谓操曰："吾观颜良，如插标卖首耳！"……关公奋然上马，倒提青龙刀，跑下山来，凤目圆睁，蚕眉直竖，直冲彼阵。河北军如波开浪裂，关公径奔颜良。颜良正在麾盖下，见关公冲来，方欲问时，关公赤兔马快，早已跑到面前。颜良措手不及，被云长手起一刀，刺于马下。忽地下马，割了颜良首级，拴于马项之下，飞身上马，提刀出阵，如入无人之境。（毛批："描写神威真如生龙活虎。"）

又第二十六回《袁本初败兵折将》：

忽报袁绍又使大将文丑渡黄河，已据延津之上。……操令粮食辎重沿河堑至延津。……操令军士皆解衣卸甲少歇，尽放其马。文丑军掩至。……文丑军既得粮草车仗，又来抢马。军士不依队伍，自相杂乱。……张辽、徐晃飞马齐出，大叫："文丑休走！"文丑回头见二将赶上，遂按住铁枪，拈弓搭箭，正射张辽。……一箭射中头盔，将簪缨射去。……坐下战马，又被文丑一箭射中面颊，那马跪倒前蹄，张辽落地。……徐晃急抡大斧，截住厮杀。……晃料敌不过，拨马而回。文丑沿河赶来，忽见十余骑马，旗号翩翻。一将当头提刀飞马而来，乃关云长也，大喝："贼将休走！"与文丑交马，战不三合，文丑心怯，拨马绕河而走。关公马快，赶上文丑，脑后一刀，将文丑斩下马来。

《三国演义》写关羽斩颜良，与历史不同。历史上没有颜良力斩曹操二将的英勇，《三国演义》加上它，用来突出关羽斩颜良的神勇。历史上没有关羽斩文丑，《三国演义》里不仅写了关羽斩文丑，还写文丑战败张辽、徐晃二名将，极写文丑的英勇，从而突出关羽更为神勇。不仅这样，《三国演义》把斩文丑也写在关羽身上，正突出关羽报答曹操知遇之恩，这跟后来的华容道放曹操，都极力写出关羽的义气来。

《三国演义》第六十六回《关云长单刀赴会》，写关羽的英勇。毛宗岗总批：

今日之单刀赴会，又妙在来得轩昂，去得轩昂。读书至此，而叹公之往来自得，旁若无人，岂但在一时为然，岂但在一国为然哉？真将独往独来于天地古今之中耳！

就历史记载看，《三国志·鲁肃传》："肃住益阳，与羽相拒。肃邀羽相见。各驻兵马百步上，但诸将军单刀俱会。肃因责数羽曰：'国家区区本以土地借卿家者，卿家军败远来，无以为资故也。今已得益州，既无奉还之意，但求三郡（长沙、零陵、桂阳三郡），又不从命。'语未究竟，坐有一人曰：'夫土地者，惟德所在耳，何常之有！'肃厉声呵之，辞色甚切。羽操刀起谓曰：'此自国家事，是人何知！'目使之去。备遂割湘水为界，于是罢军。"又同书《吕蒙传》："是时刘备令关羽镇守，专有荆土。权命蒙西取长沙、零、桂三郡。蒙移书二郡，望风归服，惟零陵太守郝普城守不降。"吕蒙后来派郝普旧识邓玄之诱降郝普，收三郡。照历史看，鲁肃约关羽相见，各驻兵马百步上，鲁肃问关羽要长沙、零、桂三郡，关羽不给，孙权派吕蒙去取了三郡。这次相会，并无可称道，关羽还是失了三郡。到了《三国演义》里就不同了。第六十六回：

    肃乃辞孙权，至陆口，召吕蒙、甘宁商议：设宴于陆口寨外临江亭上，修下请书，……具道鲁肃相邀赴会之意，……云长看书毕，谓来人曰："既子敬（鲁肃）相请，我明日便来赴宴。……"使者辞去。关平曰："鲁肃相邀，必无好意，父亲何故许之？"云长笑曰："吾岂不知耶？此是诸葛瑾回报孙权，说吾不肯还三郡，故令鲁肃屯兵陆口，邀我赴会，便索荆州。吾若不往，道吾怯矣。吾来日独驾小舟，只用亲随十余人，单刀赴会，看鲁肃如何近我！"（毛批："极写关公神威。"）……"只教吾儿选快船十只，藏善水军五百，于江上等候。看吾认旗起处，便过江来。"平领命自去准备。

    ……肃与吕蒙商议……蒙曰："如无军来，只于庭后伏刀斧手五十人，就筵间杀之。"计会已定。次日，……见江面上一只船来，……见云长青巾绿袍，坐于船上，傍边周仓捧着大刀，八九个关西大汉，各挎腰刀一口。鲁肃惊疑，接入庭内。叙礼毕，入席饮酒。……肃曰："……昔日令兄皇叔，使肃于吾主之前，保借荆州暂住，约于取川之后归还。今西川已得，而荆州未还，得毋失信乎？"云长曰："此国家之事，筵间不必论之。"……周仓在阶下厉声言曰："天下土地，惟有德者居之，岂独是汝东吴当有耶！"云长变色而起，夺周仓所捧大刀，立于庭中，目视周仓而叱曰："此国家之事，汝何敢多言！可速去！"仓会意，先到岸口，把红旗一招。关平船如箭发，奔过江东来。云长右手提刀，左手挽住鲁肃手，佯推醉曰："公今请吾赴宴，莫提起荆州之事。吾今已醉，恐伤故旧之情。他日令人请公到荆州赴会，另作商议。"鲁肃魂不附体，被云长扯至江边。吕蒙、甘宁各引本部军欲出，见云长手提大刀，亲握鲁肃，恐肃被伤，遂不敢动。（毛批："关公把臂，不独鲁肃丧胆，兼使二将寒心。"）云长到船边，却才放手，早立于船首，与鲁肃作别。肃如痴似呆，看关公船已乘风而去。

按照《三国演义》所写，突出了关羽的胆略和神勇。《三国演义》塑造关羽作为仗义和神勇的典型，从斩华雄、约三事、华容道义释曹操到单刀赴会，《三国演义》所写都和历史记载不同或有出入；换言之，《三国演义》改变历史事实，用艺术手法来创造出一位仗义神勇的典型人物。

曹操

毛宗岗《读〈三国志〉法》：

> 历稽载籍，奸雄接踵，……窃国家之柄而姑存其号，异于王莽之显然弑君；留改革之事以俟其儿，胜于刘裕之急欲篡晋；是古今来奸雄中第一奇人。

对曹操的事，历史记载颇有不同，如曹操被董卓追捕时，逃走中杀死吕伯奢一家事，《三国志·魏书·武帝纪》不载，替他隐瞒。《三国志》注引《魏书》，称曹操"从数骑过故人成皋吕伯奢。伯奢不在，其子与宾客共劫太祖，取马及物，太祖手刃击杀数人"。《魏书》是替曹操开脱，说伯奢子及宾客要劫曹操马及物，所以曹操击杀数人。按曹操逃到中牟，被捕，中牟县令把他放了。那他除马外，哪来的"从数骑"，既是从数骑，伯奢子又怎能劫他，显系不实。《世语》曰："太祖过伯奢。伯奢出行，五子皆在，备宾主礼。太祖自以背卓命，疑其图己，手剑夜杀八人而去。"孙盛《杂记》曰："太祖闻其食器声，以为图己，遂夜杀之。既而凄怆曰：'宁我负人，毋人负我！'遂行。"都没有提到陈宫。《三国志·魏书·吕布传》："兴平元年，太祖复征（陶）谦。（张）邈弟超，与太祖将陈宫、从事中郎许汜、王楷共谋叛太祖。"可见陈宫原是曹操手下的将军，叛曹操归吕布。那么曹操杀吕伯奢一家时，陈宫还未识曹操。《三国演义》第四回，把陈宫拉来作为中牟县令，放了曹操，跟曹操同逃。至成皋地方，曹操说，此间有吕伯奢，是吾父结义弟兄，便去投奔。伯奢曰："老夫家无好酒，容往西村沽一樽来相待。"操忽闻庄后有磨刀之声，但闻人语曰："缚而杀之，何如？"操曰："是矣！今若不先下手，必遭擒获。"遂与宫拔剑直入，不问男女，皆杀之，一连杀死八口。搜至厨下，却见缚一猪欲杀。宫曰："孟德心多，误杀好人矣！"急出庄上马而行。见伯奢驴鞍前鞒，悬酒二瓶，手携果菜而来，请转骑。操不顾，挥剑砍伯奢于驴下。"宫大惊曰：'适才误耳，今何为也？'操曰：'伯奢到家；见杀死多人，安肯干休？若率众来追，必遭其祸矣。'宫曰：'知而故杀，大不义也！'操曰：'宁教我负天下人，休教天下人负我！'"（毛批："到此忽然说出奸雄心事，此二语是开宗明义章第一。"）《三国演义》把陈宫拉来，使曹操说出那两句话，结合他杀死吕伯奢一家，塑造成奸雄形象。

《三国演义》第十七回毛的总评：

曹操一生无所不用其借，借天子以令诸侯，又借诸侯以攻诸侯；至于欲安军心，则他人之头亦可借；欲申军令，则自己之发亦可借。借之谋愈奇，借之术愈幻，是千古第一奸雄。

这里指出《三国演义》怎样把曹操塑造成千古第一奸雄，其中的一种手法，即"借"。从"借天子以令诸侯"说，自从董卓之乱，到董卓部下李傕、郭汜等的战乱，汉献帝到处流浪。在这时，袁绍谋臣劝袁绍起兵来迎接献帝，袁绍不听。曹操谋臣劝曹操起兵来迎接献帝，曹操听了。董昭劝曹操迁都于许，说："明告大臣，以京师无粮，欲车驾幸许都，近鲁阳，转运粮食，庶无欠缺悬隔之忧。大臣闻之，当欣从也。"（第十四回）董昭是献帝派来的人，曹操立即收用了，迁到许都，大权悉归曹操控制。这正说明曹操能用人，能采纳谋臣的建议，胜过当时群雄，成为英雄。《三国演义》塑造曹操是奸雄，只是塑造他不忠于汉而要自己创业，借天子以令诸侯的英雄，但又是多用阴谋诡计罢了。再像"借诸侯以攻诸侯"，《三国演义》里写曹操对付吕布、刘备、袁术的手段。当时刘备在徐州，吕布投刘备，刘备留他居下邳，袁术占据淮南。曹操用"二虎竞食"之计，借天子诏书命刘备为徐州牧，密与一书，教杀吕布，使"二虎竞食"（第十四回）。这计被刘备识破，把密书给吕布看了，使吕布感激刘备。曹操又用"驱虎吞狼"之计，借天子诏命刘备去讨袁术，使刘备出兵与袁术相攻，吕布必生异心。刘备接到天子诏，不得不出兵去攻袁术，吕布因此袭取徐州，刘备回来只好退居下邳，这个计就实现了。这两个计都是荀彧献的，说明曹操能用人。《三国演义》第十七回写曹操起兵十七万进攻袁术，袁术命李丰、乐就、梁刚、陈纪四将分兵十万，坚守寿春，自己统军渡淮退避。曹兵十七万，日费粮食浩大，诸郡又荒旱，接济不及。操催军速战，李丰等闭门不出。仓官王垕入禀操曰："兵多粮少，当如之何？"操曰："可将小斛散之，权且救一时之急。"垕曰："兵士倘怨，如何？"操曰："吾自有策。"垕依命，以小斛分散。操暗使人各寨探听，无不嗟怨，皆言丞相欺众。操乃密召王垕入曰："吾欲向汝借用一物，以压众心，汝必勿吝。"垕曰："丞相欲用何物？"操曰："欲借汝头以示众耳。"垕大惊曰："某实无罪！"操曰："吾亦知汝无罪，但不杀汝，军必变矣。汝死后，汝妻子吾自养之，汝勿虑也。"垕再欲言时，操早呼刀斧手推出门外，一刀斩讫，悬头高竿，出榜晓示曰："王垕故行小斛，盗窃官粮，谨按军法。"于是众怨始解。（李贽评："奸雄奸雄。"）

曹操攻破寿春，忽报张绣猖獗，南阳、江陵诸县复反，特来告急。曹操南征张绣，见一路麦已熟。民因兵至，逃避在外，操使人远近遍喻村人父老："……方今麦熟之时，不得已而起兵，大小将校，凡过麦田，但有践踏者，并皆斩首。军令甚严，尔民勿得惊疑。"……操乘马正行，忽田中惊起一鸠，那马眼生，带入麦中，践坏了一大块麦田。操随呼行军主簿，批议自己践麦之罪。主簿曰："丞相岂可议罪？"操曰："吾自制法，吾自犯之，何以服众？"即掣所佩之剑欲自刎。（毛批："权诈可爱。"）众急救住。……乃以剑割自己之发，掷于地曰："割发权代首。"（李贽评："奸雄，奸雄，此人所不能及也。"）

毛宗岗批、李贽评都讲到曹操的"借"是奸雄，这里含有既奸诈又有雄图的意思。他的挟天子以令诸侯，是有雄图，但实际是利用天子的名义来削平群雄，建立自己的政权，对汉朝来说，是奸诈，所以是奸雄。他借人的头来安军心，是奸诈，但安了军心，又能攻破寿春，有雄图。他割发代首，是权诈，但因此保全麦田，收得民心，有利于征粮，有利于平乱，是有雄图的，所以成为塑造奸雄的典型。

再像曹操对待关羽，《通鉴》卷六十三称曹操"进拔下邳，禽关羽"。与袁绍战，"操使张辽、关羽先登击之，羽望见（颜）良麾盖，策马刺良于万众之中，斩其首而还。……初，操壮关羽之为人，而察其心神无久留之意，使张辽以其情问之。羽叹曰：'吾极知曹公待我厚，然吾受刘将军恩，誓以共死，不可背之。吾终不留，要当立效以报曹公乃去耳。'辽以羽言报操，操义之。及羽杀颜良，操知其必去，重加赏赐。羽尽封其所赐，拜书告辞，而奔刘备于袁军。左右欲追之，操曰：'彼各为其主，勿追也。'"《三国志·关羽传》所记同，裴松之注："臣松之以为曹公知羽不留而心嘉其志，去不遣追以成其义，自非有王霸之度，孰能至于此乎？斯实曹公之休美。"从历史记载看，曹操赏识关羽的英勇，又放他走，这成了曹操是英雄，不成为奸雄了。《三国演义》要塑造曹操奸雄的典型，所以创造出第二十七回《汉寿侯五关斩六将》来。毛宗岗总批：

> 吾读此卷而叹曹操之义，又未尝不叹曹操之奸也。其于关公之去，赠金赠袍，亲自送行，而独吝一纸文凭不即给与，使关公而死于卞喜之伏兵，或死于王植之纵火，则操必曰："非我也，守关将吏也。"己则居爱贤之名，而但责将吏以误杀之罪，斯其奸不已甚与？

按照历史记载，曹操赞美关羽的义气，把他放走，不成为奸雄，所以《三国演义》写成表面上把他放走，骨子里不给通行证，是奸，还是奸雄。按《三国演义》第二十七回《汉寿侯五关斩六将》，写关羽出走时，曹操追上去送黄金一盘，关羽不受，又送锦袍一领，关羽受了，就是不送通行证。过关时，关将不放行，因此过五关，斩六将。《三国演义》写先"投洛阳来"，过东岭关，关将不放行，斩了主将孔秀。其次到了洛阳，斩了孟坦、韩福。其三过汜水关，斩卞喜。其四是过荥阳，斩王植。其五过滑州，到黄河渡口，斩秦琪。这就是过五关斩六将。按曹操迁献帝于许都，即河南许昌。袁绍派颜良进攻白马，在今河南滑县。假定关羽从许昌到滑县渡河，滑县在许昌东北，应该向北或东北走。可是《三国演义》说关羽向洛阳走，洛阳在西面，越走越远，就不对了。过了洛阳再到汜水，又转向东走，到汜水就靠近今黄河，却不渡河，又到荥阳。荥阳在汜水东南，离黄河更远了。再过滑州。从荥阳到滑州很远，应该北行渡过今黄河，再东北行，经过几个县才能到滑县，渡过三国时这里的一条黄河支流。从许昌到滑县，用不着到洛阳、荥阳，说明《三国演义》讲的过五关斩六将都是创造，并无其事。这样创造，无非要把曹操塑造成奸雄罢了。曹操的不成为英雄而成为奸雄，像在上文讲思想倾向部分，指出曹操为报父仇，进攻徐州地区时，大杀百姓。曹操专权时遭到孔融的嘲弄，捏造孔融罪名，加以诬陷，杀了孔融全家。曹操对于建立大功的荀彧，因为荀彧不同意他称魏王，把荀彧迫死。这些才使曹操成为奸雄。

张 飞

《三国演义》写张飞性格很突出，第一回李贽总评：

要杀护送人以救卢植，要杀董卓以泄小愤，绝无回避，一味直前，翼德真快人也！翼德真快人也！

《三国演义》写刘、关、张率领部下去讨黄巾，于路上"只见一簇军马，护送一辆槛车，车中之囚，乃卢植也"。卢植是讨伐黄巾的名将。"玄德大惊，滚鞍下马，问其缘故。植曰：'我围张角，将次可破，……朝廷差黄门左丰前来体探，问我索取贿赂。我答曰："军粮尚缺，安有金钱奉承天使？"左丰挟恨，回奏朝廷，说我高垒不战，惰慢军心；因此朝廷震怒，遣中郎将董卓来代将我兵，取我回京问罪。'张飞听罢，大怒，要斩护送军人，以救卢植。（毛评：'的是快人。'）玄德急止之曰：'朝廷自有公论，汝岂可造次！'……（刘、关、张率军）行无二日，忽闻山后喊声大震。……见汉军大败，……三人飞马引军而出。张角正杀败董卓，乘势赶来，忽遇三人冲杀，角军大乱，……三人救了董卓回寨。卓问三人现居何职，玄德曰：'白身。'卓甚轻之，不为礼。玄德出，张飞大怒曰：'我等亲赴血战，救了这厮，他却如此无礼！若不杀之，难消我气！'（李渔评：'见卢植受屈便要杀，见董卓无礼又要杀，快人！'）便要提刀入帐来杀董卓。"这里突出张飞快人的性格。

《三国演义》第二回《张翼德怒鞭督邮》，写刘备立了功，因没有人情，只授了安喜县尉。署县事一月，与民秋毫无犯。适督邮行部至县，见刘备不向他贿赂，便南面高坐，"大喝曰：'汝诈称皇亲，虚报功绩！目今朝廷降诏，正要沙汰这等滥官污吏！'玄德喏喏连声而退。……张飞饮了数杯闷酒，乘马从馆驿前过，见五六十个老人，皆在门前痛哭。飞问其故。众老人答曰：'督邮逼勒县吏，欲害刘公，我等皆来苦告，不得放入……'张飞大怒，睁圆环眼，咬碎钢牙，滚鞍下马，径入馆驿。……直奔后堂，……飞大喝：'害民贼！认得我么？'

督邮未及开言，早被张飞揪住头发，扯出馆驿，直到县前马桩上缚住，攀下柳条，去督邮两腿上着力鞭打，一连打折柳条十数枝。"（李贽评："快人，快人！世上如何少得如此快人。"）《三国演义》写张飞怒鞭督邮，也是艺术手法。原来《三国志·蜀书·先主传》："先主率其属从校尉邹靖讨黄巾贼有功，除安喜尉。督邮以公事到县，先主求谒，不通，直入缚督邮，杖二百，解绶系其颈着马柳（àng），弃官亡命。"《三国志》注引《典略》，说："督邮至县，当遣备（罢刘备官），备素知之。闻督邮在传舍，备欲求见督邮，督邮称疾不肯见备。备恨之，因还治，将吏卒更诣传舍，突入门，言'我被府君密教收督邮'。遂就床缚之，将出到界，自解其绶以系督邮颈，缚之着树，鞭杖百余下，欲杀之。督邮求哀，乃释去之。"可见鞭打督邮的是刘备，不是张飞。《三国演义》写刘备是仁慈的，写刘备鞭打督邮，有损于刘备仁慈的形象，所以把鞭打督邮的事写在张飞身上，突出张飞暴烈的性格；写刘备劝张飞不杀督邮，显示刘备的仁慈。这样的改变，服从《三国演义》塑造人物性格的需要，写得成功。

《三国演义》第十四回，曹操用诏命封刘备为徐州牧，写密信给刘备，教杀吕布，是用"二虎竞食"计。吕布来贺，"张飞叫曰：'曹操道你是无义之人，教我哥哥杀你！'"（毛批："曹操密书却被他一口喊出。"李贽评："快人快人！"）这里也突出张飞直爽的性格。《三国演义》第二十八回里写古城会："关公望见张飞到来，喜不自胜，付刀与周仓接了，拍马来迎。只见张飞圆睁环眼，倒竖虎须，吼声如雷，挥矛向关公便搠。关公大惊，连忙闪过，便道：'贤弟何故如此？岂忘了桃园结义耶？'……飞曰：'你背了兄长，降了曹操，封侯赐爵。今又来赚我，我今与你拼个死活！'"（毛宗岗评："降曹即是负刘，负刘即是负义。义则兄之，负义则人之。翼德真圣人也！"）这里也强调张飞的真率。《三国演义》第三十八回，刘备三顾草庐："玄德拱立阶下。半响，先生未醒。关、张在外立久，不见动静，入见玄德犹然侍立。张飞大怒，谓云长曰：'这先生如何傲慢！见我哥哥侍立阶下，他竟高卧，推睡不起！等我去屋后放一把火，看他起不起！'"（李贽评："张佛！张圣人！"）李贽这样赞美张飞，也就突出他性格的真率。

《三国演义》又写张飞的英雄。第二十五回写关羽斩了颜良，"操曰：'将军真神人也！'关公曰：'某何足道哉！吾弟张翼德于百万军中取上将之头，如探囊取物耳。'操大惊，回顾左右曰：'今后如遇张翼德，不可轻敌。'令写于衣袍襟底以记之。"（毛评："为长坂桥伏笔。"）第四十二回《张翼德大闹长坂桥》："……张飞睁圆环眼，隐隐见后军青罗伞盖、旄钺旌旗来到，料得是曹操心疑，亲自来看。飞乃厉声大喝曰：'我乃燕人张翼德也！谁敢与我决一死战！'声如巨雷。曹军闻之，尽皆股栗。"（毛评："不独当时闻者股栗，即今日读之犹觉其声如在纸上。")极写张飞的英勇。

《三国演义》又写张飞敬重士大夫。第五十七回《耒阳县凤雏理事》,写刘备不识庞统,派他去管一个耒阳小县。听说庞统不理政事,终日饮酒,便派张飞去巡视。张飞去责问他焉敢尽废县事。庞统即唤公吏,将百余日所积公务都取来剖断。统手中批判,口中发落,耳内听词,曲直分明,并无分毫差错,民皆叩头拜伏。不到半日,将百余日之事,尽断毕了。飞大惊,下席谢曰:"先生大才,小子失敬。吾当于兄长处极力举荐。"这是突出他的虚心爱贤。

张飞的敬重士大夫,包括猛将在内,他的义释严颜就是。《三国演义》第六十三回《张翼德义释严颜》,写他从陆路入川,到了巴郡,有严颜把守,闭门不理。张飞百般辱骂,严颜坚守不出。张飞便学孔明用计,不再叫骂,教军士四散觅路,准备绕道前进。严颜探听到了,起兵做好埋伏,等张飞过去后,起来袭取辎重。张飞使人假扮"张飞"过去,等严颜来袭取辎重时,特来捉住严颜。"飞怒目咬牙大叱曰:'大将到此,何为不降,而敢拒敌?'严颜全无惧色,回叱飞曰:'汝等无义,侵我州郡!但有断头将军,无降将军!'"张飞乃回嗔作喜,亲解其缚,低头便拜。严颜感其恩义,乃降。这里突出了张飞粗中有细,会用计策,爱惜勇将,突出性格的又一方面。

赵云

《三国演义》写赵云,与写关羽、张飞稍有不同。写关羽,把孙坚斩华雄事写成关羽斩华雄;写张飞,把刘备鞭督邮写成张飞鞭督邮。写赵云大都据历史记载来写,这一点不同。写关羽、张飞都有缺点,据《三国志·关羽张飞传》里说的:"羽善待卒伍而骄于士大夫,飞爱敬君子而不恤小人。"因此,关羽部下"南郡太守糜芳在江陵,将军士仁屯公安,素皆嫌羽轻己。自羽之出军,芳、仁供给军资,不悉相救。羽言'还当治之',芳、仁咸怀惧不安。于是(孙)权阴诱芳、仁,芳、仁使人迎权。"这造成关羽的失败到灭亡。张飞"日鞭挝健儿,而令在左右","其帐下将张达、范强杀飞,持其首,顺流而奔孙权"。关、张两人的缺点,造成他们被杀害,只有赵云没有缺点,得以善终,这又是赵云和关、张的不同。赵云的另一特点是有很高的见识。《三国志·赵云传》注引《云别传》曰:"益州既定,时议欲以成都中屋舍及城外园地桑田分赐诸将。云驳之曰:'……益州人民,初罹兵革,田宅皆可归还,令安居复业,然后可役调,得其欢心。'先主即从之。……孙权袭荆州,先主大怒,欲讨权。云谏曰:'国贼是曹操,非孙权也。且先灭魏,则吴自服。操身虽毙,子丕篡盗,当因众心,早图关中,居河渭上流以讨凶逆,关东义士必裹粮策马以迎王师。不应置魏，先与吴战；兵势一交，不得卒解也。'先主不听。"赵云所谏这两点，都是很有见识的。因此，《三国演义》写赵云，根据赵云的历史，就可把他塑造成杰出的英雄人物。

《三国演义》第七回《袁绍磐河战公孙》，写公孙瓒战败，"其马前失，瓒翻身落于坡下"，得赵云救起。赵云"本袁绍辖下之人，因见绍无忠君救民之心，故特弃彼而投麾下"。这样写，其实不如历史。《赵云传》注《云别传》曰："云身长八尺，姿颜雄伟，为本郡所举，将义从吏兵诣公孙瓒。"是赵云受本地推举，就从公孙瓒。不是先从袁绍，后因袁绍不好，改投公孙瓒。因为公孙瓒跟袁绍都是军阀，公孙瓒还不如袁绍，说赵云弃袁绍投公孙瓒，并无知人之明，贬低了赵云。历史上赵云没有弃袁投公孙之事，这是《三国演义》写得不如历史。

《三国演义》写刘备去帮公孙瓒，瓒"教与赵云相见，玄德甚相敬爱，便有不舍之心"。"玄德与赵云分别，执手垂泪，不忍相离。"《三国演义》第二十八回《会古城主臣聚义》："关公教取路往卧牛山来。正行间，忽见周仓引数十人带伤而来。"原来赵云占领山头，与周仓作战，刺伤周仓。这时，赵云才与刘、关、张相会。云说公孙瓒兵败自焚，他四海飘零，到了这里，借此安身。《三国演义》这样写赵云，也不如历史。《云别传》说："云以兄丧，辞瓒暂归。先主知其不返，捉手而别。云辞曰：'终不背德也。'先主就袁绍，云见于邺。先主与云同床眠卧，密遣云合募得数百人，皆称刘左将军部曲，绍不能知。遂随先主至荆州。"可见赵云很早离开公孙瓒，没有留到公孙瓒的灭亡。照《三国演义》写，赵云留到公孙瓒的灭亡，对公孙瓒的灭亡无所作为，这也贬低了赵云。历史说刘备投袁绍时，赵云就去见刘备，替刘备组织部曲，这样也胜过《三国演义》写成在卧牛山落草。

《赵云传》称："及先主为曹公所追于当阳长坂，弃妻子南走。云身抱弱子，即后主也，保护甘夫人，即后主母也，皆得免难。"《三国演义》写这段故事，加上极大的夸张渲染，塑造了赵云的忠诚英勇的形象，极为成功，这段是写得非常突出的。《三国演义》写赵云在乱军和敌军中救出了甘夫人，但阿斗由糜夫人抱着，已失散，他又冲入乱军和敌军中去，终于找到了糜夫人和阿斗，但糜夫人已受重伤不能走动。他决心要扶糜夫人抱阿斗上马，步行送他们冲出去。

云曰："夫人受难，云之罪也。不必多言，请夫人上马。云自步行死战，保夫人透出重围。"糜夫人曰："不可！将军岂可无马！此子全赖将军保护。妾已重伤，死何足惜！愿将军速抱此子前去，勿以妾为累也。"云曰："喊声将近，追兵已至，请夫人速速上马！"糜夫人曰："妾身委实难去，休得两误。"乃将阿斗递与赵云曰："此子性命全在将军身上！"……翻身投入枯井中而死。（毛评："人但知赵云不惜死以保其主，不知糜夫人不惜死以保其主。赵云固奇男子，糜夫人亦奇妇人。"）

这段写赵云与糜夫人都不惜一死以保其主，是极为感动人的。

《三国志·先主穆皇后传》注引《汉晋春秋》："先主入益州，吴遣迎孙夫人。夫人欲将太子归吴，诸葛亮使赵云勒兵断江留太子，乃得止。"《三国演义》第六十一回《赵云截江夺阿斗》，毛总评：

英雄一生出色惊人之事不可多得，得其一便可传为美谈。今偏不止一番，却有两番，则子龙之截江夺阿斗是也。……美子龙者，但称其长坂救主，而不知又有截江夺主一事为之后焉。

《三国演义》写孙权派周善将五百人，扮为商人，分作五船，更诈修国书，以备盘诘。船泊江边，周善自入荆州，令门吏报孙夫人，呈入密书，只说国太病危，欲见亲女，望郡主星夜回东吴，带阿斗去见一面。孙夫人听知母病危急，如何不慌，便将七岁孩子阿斗载在车中，离荆州城，来江边上船。周善方欲开船，只听岸上有人大叫："且休开船，容与夫人饯行！"视之，乃赵云也。原来赵云巡哨方回，听得这个消息，吃了一惊，只带四五骑旋风般沿江赶来。周善只催船速进。赵云沿江赶到十余里，忽见江滩斜缆一只渔船，赵云跳上渔船，只两人驾船，赶上夫人大船。周善教军士放箭，赵云以枪拨箭落水。吴兵用枪乱刺，赵云用青釭剑分开枪搠，跳登大船，入舱中夺了阿斗，抱出船头。一手抱定阿斗，一手仗剑，人不敢近。张飞领十余只船来截住吴船，护着阿斗过船回去。这是写赵云高度警惕和英勇。

赵云的英雄，还表现在《三国演义》第七十一回《据汉水赵云寡胜众》。《云别传》说：

夏侯渊败，曹公争汉中地，运米北山下，数千万囊。黄忠以为可取，云兵随忠取米。忠过期不还，云将数十骑轻行出围（寨），迎视忠等。值曹公扬兵大出，……云陷敌，还趣围。将张著被创，云复驰马还营迎著。公军追至围。此时沔阳长张翼在云围内，翼欲闭门拒守，而云入营，更大开门，偃旗息鼓。公军疑云有伏兵，引去。云擂鼓震天，惟以戎弩于后射公军。公军惊骇，自相蹂践，堕汉水中死者甚多。先主明旦自来至云营围视昨战处，曰："子龙一身都是胆也！"

《三国演义》写黄忠去抢粮，约定午时为期，若过期不回，赵云出兵接应。黄忠与副将张著去抢粮，黄忠被张郃、徐晃围困，张著被文聘围困。赵云到了午时，不见黄忠回来，出军接应。至北山之下，见张郃、徐晃围住黄忠。云大喝一声，挺枪骤马，杀入重围。那枪浑身上下，若舞梨花，遍体纷纷，如飘瑞雪。张郃、徐晃心惊胆战，不敢迎敌。云救出黄忠，且战且走。有军士指曰："东南上围的，必是副将张著。"云又救了张著，杀回本寨：

> 望见后面尘起，知是曹兵追来。……遂拨弓弩手于寨外壕中埋伏，将营内旗枪尽皆倒偃，金鼓不鸣。云匹马单枪，立于营门之外。却说张郃、徐晃领兵追至蜀寨，天色已暮，见寨中偃旗息鼓，又见赵云匹马单枪，立于营外，寨门大开，二将不敢前进。正疑之间，曹操亲到，急催督众军向前。众军听令，大喊一声，杀奔营前，见赵云全然不动，曹兵翻身就回。赵云把枪一招，壕中弓弩齐发。时天色昏黑，正不知蜀兵多少。操先拨回马走。只听得后面喊声大震，鼓角齐鸣，蜀兵赶来。曹兵自相践踏，拥到汉水河边，落水死者不知其数。（毛批："子龙一人有胆，曹操数十万军皆丧胆。"）赵云、黄忠、张著各引兵一枝，追杀甚急。……操弃了北山粮草，忙回南郑。……玄德大喜，看了山前山后险峻之路，欣然谓孔明曰："子龙一身都是胆也！"（李贽评："岂独胆乎？才识俱足以济之。"）

这一段是根据历史写的，但更突出了赵云的英雄，赵云的一身都是胆，更突出了赵云的智慧与才识，又跟关羽、张飞不同，成为独特的英雄人物典型。

水浒传

金圣叹批《水浒传·序三》:

《水浒》所叙,叙一百八人,人有其性情,人有其气质,人有其形状,人有其声口。夫以一手而画数面,则将有兄弟之形;一口而吹数声,斯不免再映(发小声,指声同)也。施耐庵以一心所运,而一百八人各自入妙者,无他,十年格物而一朝物格,斯以一笔而写百千万人,固不以为难也。

这里的"格物",指研究人物和事物;"物格",指研究人物和事物达到极点。这样说,不免抽象。《容与堂本水浒传》卷首《〈水浒传〉一百回文字优劣》,讲得更具体生动:

世上先有《水浒传》一部,然后施耐庵、罗贯中借笔墨拈出。若夫姓某名某,不过劈空捏造,以实其事耳。如世上先有淫妇人,然后以杨雄之妻、武松之嫂实之;世上先有马泊六,然后以王婆实之;世上先有家奴与主母通奸,然后以卢俊义之贾氏、李固实之。若管营,若差拨,若董超,若薛霸,若富安,若陆谦,情状逼真,笑语欲活,非世上先有是事,即令文人面壁九年,呕血十石,亦何能至此哉!亦何能至此哉!此《水浒传》之所以与天地相终始也与?……更可恶者,是九天玄女、石碣天文两节,难道天地故生强盗,而又遣鬼神以相之耶?决不然矣。读者毋为说梦痴人前其可。

这段容与堂本的批语可能是李贽批的。这段批语指出,《水浒传》写的是反映生活的,生活中先有什么人,小说才写出什么人来,当然,他还没有提到集中概括等。这里还贬低九天玄女、石碣天文两节,认为这是虚假的,是生活中不可能有的,这是对的。但在封建社会中,统治者要宣扬神权来巩固他的统治,是要伪造这种事件的,这点也应该指出。

又金圣叹《读第五才子书法》:

或问:施耐庵寻题目写出自家锦心绣口,题目尽有,何苦定要写此一事?答曰:只是贪他三十六个人,便有三十六样出身,三十六样面孔,三十六样性格,中间便结撰得来。
……
《水浒传》只是写人粗卤处,便有许多写法。如鲁达粗卤是性急，史进粗卤是少年任气，李逵粗卤是蛮，武松粗卤是豪杰不受羁靮，阮小七粗卤是悲愤无说处，焦挺粗卤是气质不好。

这里写《水浒传》塑造人物，各有个性特点。现在先看林冲。

林冲

金圣叹《读第五才子书法》：

林冲自然是上上人物，写得只是太狠。看他算得到，熬得住，把得牢，做得彻，都使人怕。这般人在世上，定做得事业来，然琢削元气也不少。

金圣叹批第六回：

此回多用奇恣笔法，如林冲娘子受辱，本应林冲气忿，他人劝回，今偏倒将鲁达写得声势，反用林冲来劝，一也。阅武坊卖刀，大汉自说宝刀，林冲、鲁达自说闲话；大汉又说可惜宝刀，林冲、鲁达只顾说闲话。此时譬如两峰对插，抗不相下，后忽突然合笋，呈惊蛇脱兔，无以为喻，二也。……白虎节堂，是不可进去之处，今写林冲误入，则应出其不意，一气赚入矣，偏用厅前立住了脚，屏风后堂又立住了脚，然后曲曲折折来至节堂，……打陆虞候家时，"四边邻舍都闭了门"，只八个字，写林冲面色、衙内势焰都尽。盖为藏却衙内，则立刻斋粉，不藏衙内，则即日斋粉，既怕林冲，又怕衙内，四边邻舍都闭门，真绝笔矣。

以上这些批语，写出林冲的性格。第六回写林冲正在与鲁智深喝酒，忽女使锦儿在墙缺边叫道："官人！休要坐地！娘子在庙中和人合口！"林冲和锦儿径奔岳庙里来，抢到五岳楼看时，……"胡梯上一个年少的后生独自背立着，把林冲的娘子拦着道：'你且上楼去，和你说话。'林冲娘子红了脸道：'清平世界，是何道理，把良人调戏！'林冲赶到跟前，把那后生肩胛只一扳过来，喝道：'调戏良人妻子当得何罪！'恰待下拳打时，认的是本管高太尉螟蛉之子高衙内。……先自手软了。"这里显出林冲的性格，在这样的场合，是"熬得住"的，所以鲁达赶来要打，林冲反而劝住，显出两人不同的性格来。接着，富安用计，派陆谦去约林冲出外饮酒，再派人去骗林冲娘子，说林冲吃酒时闷倒在地，把林冲娘子骗到陆谦家楼上，高衙内等在那里。锦儿跑出来找到林冲，林冲"跑到陆虞候家，抢到胡梯上，却关着楼门。只听得娘子叫道：'清平世界，如何把我良人妻子关在这里！'……林冲立在胡梯上叫道：'大嫂开门！'……高衙内吃了一惊，斡开了楼窗，跳墙走了。……林冲把陆虞候家打得粉碎，将娘子下楼，出得门外看时，邻舍两边都闭了门。"这里写出了林冲的性格，从"熬得住"到"做得彻"，起先认为高衙内不知道她是林冲妻子所以拦住调戏，并因高太尉的关系"熬住"了。这时看到高衙内有意调戏，因他已逃跑，所以把陆虞候家打得粉碎。这里写出了"邻舍两边都闭了门"。（金批："补写上文惊天动地。"）

接着写陆谦用计，教高太尉取出府里宝刀，托人推说是祖传宝刀卖与林冲，"林冲把这口刀翻来覆去看了一回，喝采道：'端的好把刀！高太尉府中有一口宝刀，……不肯将出来。今日我也买了这口好刀，慢慢和他比试。'……次日，……门首有两个承局叫道：'林教头，太尉钧旨，道你买一口好刀，就叫你将去比看。'……却早来到府前，进得到厅前，林冲立住了脚。两个又道：'太尉在里面后堂内坐地。'转入屏风，至后堂，又不见太尉，林冲又住了脚。两个又道：'太尉直在里面等你，叫引教头进来。'又过了两三重门，到一个去处，……两个又引林冲到堂前，说道：'教头，你只在此少待，等我入去禀太尉。'……林冲心疑，探头入帘看时，只见檐前额上有四个青字，写道'白虎节堂'。林冲猛省道：'这节堂是商议军机大事处，如何敢无故辄入！不是礼！'急待回身，只听得靴履响，脚步鸣，一个人从外面入来。林冲看时，不是别人，却是本管高太尉。……太尉喝道：'林冲！

你又无呼唤,安敢辄入白虎节堂!你知法度否?你手里拿着刀,莫非来刺杀下官!'……'左右,与我拿下这厮!'"

这里又写出林冲的性格要强,买到了宝刀,就想与高太尉府里的宝刀比。又写他比较谨慎,到了厅前就立住脚,至后堂又立住脚,到一个堂前又立在檐前,三次立住,显得他是谨慎,不敢随便前去的。白虎节堂的匾有帘子遮住,在檐前是看不见的,他要探头入帘才看见,他要回身,已经来不及了。其实他只在檐前没有进堂,高俅就诬陷他要来行刺了。幸得当案孙孔目周全,得以不死,脊杖二十,刺配沧州牢城。林冲在临去充军前,对着丈人张教头,坚决要与妻子写休书,不顾丈人劝,不顾娘子哭倒,声绝在地,半响方才苏醒,还是要立休书。这又显示林冲的性格,"做得彻"。他明知不能再与娘子团聚,索性写了休书。

第七八回写两个解差董超、薛霸,收了陆谦十两金子,答应在野猪林结果林冲性命。在夜里,他们用百沸滚汤烫坏了林冲的一双脚。到了野猪林,把林冲捆在树上,薛霸提起水火棍望着林冲脑袋上劈将下来,只听松树背后雷鸣也似一声,跳出一个胖大和尚来。鲁智深救了林冲,提起禅杖,来打两个公人。林冲连忙叫道:"师兄不可下手,……非干他两个事,尽是高太尉使陆虞候分付他两个公人,要害我性命,他两个怎不依他!……"这里又显示林冲的性格,分辨是非,认清敌人,救了两个解差。第九回写林冲被押解到沧州牢城,高太尉又派陆谦、富安来害林冲，与牢城差拨密计，调林冲去看守草料场，等夜里去放火烧死他。哪知这夜大雪压坏了草屋，林冲只好到附近山神庙去过夜，用石头把门压住。后听见草料场起火，正要出门，听门口一个差拨正在自夸："四下草堆上，点了十来个火把，待走哪里去。"另一个道："这早晚烧个八分过了。"又听得一个道："便逃得性命时，烧了大军草料场，也得个死罪。"林冲听清楚那两个是陆谦和富安，便把石头掇开，挺着花枪，拽开庙门，搠倒差拨和富安，杀了陆谦，一个不饶。这又显示林冲的性格，"做得彻"，做得狠。

林冲杀了三人，逃在柴进庄上。柴进介绍他去梁山泊落草。第十回《林冲雪夜上梁山》，写林冲到了梁山。山上头领王伦，是个不及第的秀才；其次杜迁、宋万，武艺平常。王伦因怕林冲有本领，不肯收留。杜迁、宋万都说他是柴大官人介绍来的，如不收留，显得我们忘恩背义。王伦因此要林冲在三日内交"投名状"，即下山去杀一个人来。林冲下山去守，第一天并无一个客人经过，第二天有三百余人结队而过，林冲又不敢动手。第三天碰上青面兽杨志经过，斗了四十多合，不分胜败。只听山高处叫道："两位好汉，不要斗了。"是王伦等下山来请杨志上山。杨志带了一担钱物要上东京去使用走了，王伦才收留了林冲。这里又显出林冲的性格，"熬得住"。

第十八回《林冲水寨大并火》，金批：

圣叹蹙然叹曰："嗟乎！怨毒之于人甚矣哉！当林冲骅首庑下，坐第四，志岂能须臾忘王伦耶？徒以势孤援绝，惧事不成，为世僇笑，而隐忍而止。一旦见晁盖者兄弟七人，无因以前，彼讵不心动乎？……况又加之以猜疑耶？夫自雪天三限以至今日，林冲渴刀已久，与王伦颈血相吸，虽无吴用之舌，又岂遂得不杀哉！"

这回写晁盖、吴用等七人取了生辰纲，在石碣村打败来捕捉的官兵，投奔梁山泊。王伦领着一班头领，出关迎接，到得聚义厅上，饮酒中间，晁盖把胸中之事告诉王伦等众位。王伦听罢，心内踌躇，虚作应答。次早天明，只见人报道："林教头相访。"……林冲道："……不想今日去住无门！（金批：'去住二字，写林冲动摇已久也。'）非在位次低微，只为王伦心术不定，语言不准，难以相聚。"……林冲道："……此人只怀妒贤嫉能之心，但恐众豪杰势力相压。夜来因见兄长所说众位杀死官兵一节，他便有些不然，就怀不肯相留的模样，……今日看他如何相待，若这厮语言有理，不似昨日，万事罢休；倘若这厮今朝有半句话参差时，尽在林冲身上。"次日，王伦设宴，送礼，不肯相留。"只见林冲双眉剔起，两眼圆睁，坐在交椅上大喝道：'你前番我上山来时，也推道粮少房稀。今日晁兄与众豪杰到此山寨，你又发出这等言话来，是何道理？'……林冲把桌子只一脚，踢在一边，抢起身来，衣襟底下掣出一把明晃晃刀来，搭的火杂杂。（金批：'五字不知是写人，不知是写刀，但觉人刀俱活。'）……林冲拿住王伦骂道：'……你这嫉贤妒能的贼，不杀了，要你何用！你也无大量大才，也做不得山寨之主！'……去心窝里只一刀，肐察地搠倒在亭上。"林冲扶晁盖为山寨之主，扶吴用坐第二位，公孙胜坐第三位。这里又突出林冲的性格，极细心，从王伦的举止言谈中看出他的用意。看到晁盖等人可靠，跟他们联系，是"把得牢"。火并王伦，是"做得彻"。推晁盖为山寨之主，吴用、公孙胜为辅，是"做得事业来"。林冲的性格，正像金圣叹所说的，"是上上人物"，塑造出《水浒传》的英雄人物之一。

鲁达

金圣叹《读第五才子书法》：

鲁达自然是上上人物，写得心地厚实，体格阔大。论粗卤处，他也有些粗卤；论粗细处，他亦甚是粗细。然不知何故，看来便有不及武松处。想鲁达已是人中绝顶，若武松直是天神，有大段及不得处。

第二回《鲁提辖拳打镇关西》金总批：

写鲁达为人处，一片热血直喷出来，令人读之深愧虚生世上，不曾为人出力。孔子云"《诗》可以兴"，吾于稗官（指小说）亦云矣。打郑屠忙极矣，却处处夹叙小二报信，然第一段只是小二一个，第二段小二外又陪出买肉主顾，第三段又添出过路的人，不直文情如绮，并事情亦如镜，我欲剖视其心矣。

第二回写史进到渭州去找师父王进，在茶坊里碰到提辖鲁达。鲁达请史进去喝酒，路上碰到使枪棒卖膏药的李忠，是史进开手的师父，鲁达邀他同去喝酒。李忠要收了钱再走，鲁达焦躁，把那看的人都赶走了。李忠只得赔笑道："好急性的人！"（金批："如画。"）这里写鲁达性急。到了酒楼喝酒，听得隔壁阁子里有人啼哭，鲁达又焦躁，便把碟儿盏儿都丢在楼板上。原来有父女两人，来这里投亲不着，女儿被"镇关西"郑大官人硬要娶去做妾，写了三千贯文书，虚钱实契。未及三月，女儿被大娘子赶打出来，郑大官人又着落店主人家追要原契典身钱三千贯。父女因在酒楼上卖唱，得些钱来归还。这两日酒客稀少，违了钱限，怕受羞辱，因此啼哭。

鲁提辖问道："你姓甚么？在哪个客店里歇？哪个镇关

西郑大官人?在哪里住?"(袁无涯批:"到此处偏不焦躁,偏肯详细追问,看英雄心肠如此。")这里写鲁达要救人的用心,粗中有细。"老儿答道:'老汉姓金,排行第二。孩儿小字翠莲。郑大官人便是此间状元桥下卖肉的郑屠,绰号镇关西。老汉父子(女)两个只在前面东门里鲁家客店安下。'鲁达听了道:'呸!俺只道哪个郑大官人,却原来是杀猪的郑屠!这个腌臜泼才,投托着俺小种经略相公门下做肉铺户,却原来这等欺负人!'……鲁达又道:'老儿,你来!洒家与你些盘缠,明日便回东京去,如何?'"(袁批:"真有实惠,不但虚情。")写鲁达救人就是实实在在的。"父女两个告道:'若是能够回乡去时,便是重生父母,再长爷娘。只是店主人家如何肯放?郑大官人须着落他要钱。'鲁提辖道:'这个不妨事,俺自有道理。'"便把十五两银子给了金老,叫他去作准备。鲁达回到房里,"晚饭也不吃,气愤愤地睡了。"(金批:"写鲁达写出性情来,妙笔。")写出了鲁达的热心肠。金老回去做好了一切动身的准备。"天色微明,只见鲁提辖大脚步走入店里来,高声叫道:'店小二,哪里是金老歇处?'……金老引了女儿,挑了担儿,作谢提辖,便待出门。"店小二拦住不放,鲁达大怒,打了店小二两拳,店小二向店里去躲了。金老父女出城自去寻昨日觅下的车儿去了。"鲁达寻思(金批:'粗人偏细,妙绝。'),恐怕店小二赶去拦截他,且向店里掇条凳子坐了两个时辰,约莫金公去得远了,方才起身，径到状元之桥来。"这里写鲁达真心救人，粗中有细。鲁达找到郑屠，要郑屠亲自切十斤精肉臊子，不可见半点肥的。郑屠耐心切了。鲁达再要郑屠亲自切十斤肥的臊子，不要见些精的。郑屠又耐心地切了。鲁达再要郑屠切十斤寸金软骨臊子，不要些肉在上面。"郑屠笑道：'却不是特地来消遣我？'鲁达听得，跳起身来，拿着两包臊子在手里，睁眼看着郑屠说道：'洒家特地要消遣你！'把两包臊子劈面打将去，却似下了一阵的'肉雨'。郑屠大怒，两条忿气从脚底下直冲到顶门，心头那一把无明业火焰腾腾地按捺不住；从肉案上抢了一把剔骨尖刀，托地跳将下来。鲁提辖早拔步立当街上。……郑屠右手拿刀，左手便来要揪鲁达；被这鲁提辖就势按住左手，赶将入去，望小腹上只一脚，腾地踢倒在当街上。鲁达再入一步，踏住胸脯，提着那醋钵儿大小拳头，看着这郑屠道：'洒家始投老种经略相公，做到关西五路廉访使，也不枉了叫作"镇关西"！你是个卖肉的操刀屠户，狗一般的人，也叫作"镇关西"！你如何强骗了金翠莲？'扑的只一拳，正打在鼻子上，……就眼眶际眉梢只一拳，……又只一拳，太阳上正着，……只见郑屠挺在地下，……鲁提辖假意道（金批：'鲁达亦有假意之日，写来偏妙。'）：'你这厮诈死，洒家再打！'……一头骂，一头大踏步走了。"（金批："鲁达亦有权诈之日，写来偏妙。"）

第三回《鲁智深大闹五台山》，写鲁达逃出去碰见金老，

111

金老的女儿嫁给赵员外做外宅，赵员外送鲁达到五台山出家，取名智深。一天，智深在半山亭上碰到一个汉子挑了两桶酒上来，智深夺过一桶喝了。回到庙里，监寺叫起二三十人来打智深。"智深望见，大吼了一声，却似嘴边起个霹雳，大踏步抢入来。……二三十人都赶得没路。……监寺慌忙报知长老。"长老一喝，智深听从长老的话去睡了。写智深不受二三十人的棒打，却听从长老的话。第二次，智深下山又喝醉了酒，到得寺内，打坏了两个金刚塑像。监寺又叫起一二百人执杖叉棍棒来打。"智深见了，大吼一声，别无器械，抢入僧堂里，……撅两条桌脚，从堂里打将出来。……只见长老喝道：'智深不得无礼！众僧也休动手！'"长老给智深一封信，叫他投奔东京大相国寺智清禅师，讨个职事僧做。这里仍写出智深不把一二百人的杖叉棍棒放在眼里，却听从长老的一句话。

第四回《花和尚大闹桃花村》，写智深一路走到桃花村，向刘太公庄上求宿。桃花山上大王要来强娶刘太公女儿，刘太公正在烦恼。智深说他会说因缘，可以劝大王回心转意。刘太公让智深坐在女儿床上，等大王进入房内。大王被智深打了一顿，逃回山去。山上大头领带了喽啰杀来，智深迎上去，原来是李忠。于是通过李忠要二头领退亲，了结强娶刘太公女儿的事。两头领下山去打劫时，智深看到两头领吝啬，便把席上的金银器踏扁了，包在包裹里，从险峻的后山草丛中滚下山去走了。金圣叹对这回总批：智深"遇酒便吃，遇事便做，遇弱便扶，遇硬便打"。李卓吾评智深偷金银酒器："率性而行，不拘小节。"这也是智深的性格。

第六回《花和尚倒拔垂杨柳》，写智深到了大相国寺，被派主管菜园。菜园附近有二三十个泼皮靠偷菜过活，想把智深摔到粪窖里去，先制伏他。没想到智深力大无穷，反把李四、张三踢下粪窖去，一出场就制伏了这批泼皮。这时他听见门外老鸦哇哇叫，是杨树上新添了个老鸦窠。"智深相了一相（金批：'四字不是细作，正是气雄万夫处。'），走到树前……把左手扳住上截，把腰只一趁，将那株绿杨树带根拔起。"这是写智深气雄万夫！又写智深接过铁禅杖，飕飕地使动，浑身上下没半点儿参差。立在墙缺口的林冲看见，喝采道："端的使得好！"智深因与林冲相见，两人一见投机，就地结义。林冲娘子被高衙内调戏，智深提着铁禅杖来打架。智深道："你却怕他本官太尉，洒家怕他甚鸟！俺若撞见那撮鸟时，且教他吃洒家三百禅杖了去！"写智深的无所畏惧。林冲被高太尉陷害，刺配沧州。智深放心不下，一路跟到野猪林，在解差水火棍下救了林冲。事情发展到这一步，林冲问道："师兄，今投哪里去？"鲁智深道："杀人须见血，救人须救彻。洒家放你不下（袁批：'频提"放你不下"，真披沥肝胆之语。'），直送兄弟到沧州。"（金批："天雨粟，鬼夜哭，尽此二十一字。"）

《水浒传》塑造鲁达英雄形象，写得心地厚实，不怕什么高太尉的权势，遇弱便扶，遇暴便打，不管有什么利害。写他气雄万夫，能倒拔垂杨柳。写他有粗鲁处，如在五台山上出家，不懂佛家礼教，到大相国寺，不懂进谒长老礼教。这种烦琐礼数不是为英雄而设，所以英雄可以不管。他精细处又极精细，为了救金氏父女，设想极为周到；为了救林冲，心眼也极为精细。他又是肝胆照人，救人救彻，是梁山泊上的有独特性格的英雄人物。

武 松

金圣叹《读第五才子书法》：

一百八人中，定考武松上上。……武松粗卤是豪杰不受羁靮。

金批第二十五回：

然而此一百六人（除去宋江、武松）也者，固独人人未若武松之绝伦超群。然则武松何如人也？曰："武松，天人也。"武松天人者，固具有鲁达之阔，林冲之毒，杨志之正，柴进之良，阮七之快，李逵之真，吴用之捷，花荣之雅，卢俊义之大，石秀之警者也。断曰第一人，不亦宜乎？

金圣叹称武松为"天人"，就是说《水浒传》中的英雄人物所具有的长处特点都集中在武松一人身上，所以称为"天人"。但"天人"也是人，所以在第二十二回《景阳冈武松打虎》，金的总批：

读打虎一篇，而叹人是神人，虎是怒虎，固已妙不容说矣。乃其尤妙者，则又如读庙门榜文后，欲待转身回来一段；风过虎来时，叫声阿呀翻下青石来一段；大虫第一扑从半空里撺将下来时，被那一惊，酒都做冷汗出了一段；寻思要拖死虎下去，原来使尽气力手脚都苏软了，正提不动一段……

这里称武松为"神人"，但下面列举的事，都说明武松是人，所以看了榜文想转身回来，虎来时叫声啊呀等。但武松又不同于一般的人，所以看了榜文想回而终于没有回，风过虎来时叫声啊呀而没有被虎吓倒，大虫从半空里扑来时一惊而敢和虎斗，这就是神人。是人，又不同于一般人，而是具有各种英雄的特点。

说他具有"鲁达之阔"，像鲁智深在五台山做和尚是不能喝酒的，可是他不受拘束，照样喝得大醉。这是写不受拘束，胸襟开阔。武松在景阳冈店家喝酒，店家招旗上写明"三碗不过冈",武松也不受拘束,一连吃了十八碗酒,绰了哨棒,立起身来道:"我却又不曾醉!"店家告诉他,有官司榜文,景阳冈上有只吊睛白额大虫,晚了出来伤人。他也不管,照样过冈。这就是"鲁达的阔"。但鲁达在五台山上两次喝得大醉,闹到不可开交,只好到东京大相国寺去。而武松不同,喝了十八碗酒,不听劝告,照样过冈,却打死了大虫,为民除害,立了功。再像第二十八回《武松醉打蒋门神》,武松提出"无三不过望",看到酒店的望子(酒旗),不吃三碗酒,不过望子。到快活林,卖酒人家有十二三家,每家吃三碗,恰好有三十五六碗酒,施恩恐武松醉了,如何使得?武松道:"你怕我醉了没本事,……我若吃了十分酒,这气力不知从何而来。若不是酒醉后了胆大,景阳冈上如何打得这只大虫?"武松醉打蒋门神,替施恩夺回了快活林。这是武松两次大醉,胜过鲁达两次大醉,武松之阔,胜过"鲁达之阔"。

　　再说武松具有"林冲之毒"。林冲之毒,如火并王伦。而武松报仇的敌人不同。张都监、张团练是官方人物,他们陷害武松,把他断配恩州。蒋门神派两个徒弟,在飞云浦等候,打算与两个公人一起结果武松性命。武松戴着枷,一个人要对付四个人。第二十八回《武松大闹飞云浦》,写武松到了飞云浦,站住道:"我要净手则个。"那两个提朴刀的走近一步,却被武松叫声"下去!"一脚踢中,头一个翻身跌下水去了。后一个急待转身,武松右脚早起,也扑通一声踢下水里去。武松把枷只一扭，折做两半个，就水边捞起朴刀搠死两个解差公人。把踢下水去的两个，先砍倒一个，又揪住一个，问明蒋门神、张团练都在张都监家鸳鸯楼上吃酒，专等回报，便把那个也杀了。第三十回《张都监血溅鸳鸯楼》，写武松怨恨冲天，提着朴刀径回城里，潜入张都监后花园，趱到鸳鸯楼上，把张团练、蒋门神、张都监一一杀死割了头，在死尸身上割下一片衣襟，蘸血去白粉壁上大写八字道："杀人者，打虎武松也。"武松在张都监家一共杀了十五个人，这比起林冲教鲁智深放了两个解差不杀，要毒多了。由此看来，金圣叹认为武松"绝伦超群"，具有"林冲之毒"是符合实际的，但就手段的毒辣说，武松超过了林冲，而且这种超过过于残忍，所以容与堂本李卓吾批："恶。"又批："只合杀三个正身，其余都是多杀的。"这样看来，就"林冲之毒"说，武松实已超过林冲。

金批又说武松具有"杨志之正，柴进之良，阮七之快，李逵之真，吴用之捷，花荣之雅，卢俊义之大，石秀之警"。先看第二十三回武松到阳谷县找到了武大，与大嫂潘金莲相见。武松住在武大家里，雪天回来，自近火边坐地：

那妇人暖了一注子酒来到房里，一只手拿着注子，一只手便去武松肩胛上只一捏，说道："叔叔，只穿这些衣裳不冷？"武松已自有六七分不快意，也不应她。

那妇人见他不应，劈手便来夺火箸，口里道："叔叔不会簇火，我与叔叔拨火，只要似火盆常热便好。"武松有八九分焦躁，只不做声。那妇人欲心似火，不看武松焦躁，便放了火箸，却筛一盏酒来，自呷了一口，剩了大半盏，看着武松道："你若有心，吃我这半盏儿残酒。"

武松劈手夺来，泼在地下，说道："嫂嫂休要恁地不识羞耻！"把手只一推，争些儿把那妇人推一交。武松睁起眼来道："武二是个顶天立地、噙齿戴发男子汉，不是那等败坏风俗、没人伦的猪狗，嫂嫂休要这般不识廉耻，倘有风吹草动，武二眼里认得是嫂嫂，拳头却不认得是嫂嫂！再来休要恁地！"……

武大挑了担儿归来，……见老婆双眼哭得红红的。……那妇人道："……争奈武二那厮，我见他大雪里归来，连忙安排酒请他吃；他见前后没人，便把言语来调戏我。"……

武大撇了老婆，来到武松房里叫道："二哥，你不曾吃点心，我和你吃些个。"武松只不做声。寻思了半晌，……穿上油膀靴，着了上盖，带上毡笠儿，一头系缠袋，一面出门。武大叫道："二哥哪里去？"也不应，一直地只顾去了。

这段写武松离开武大家，跟石秀离开杨雄家构成对照。第四十四回写石秀把潘巧云跟和尚海阇黎勾搭的事告诉杨雄。杨雄那天在外喝得大醉，回家骂潘巧云："你这贱人！这贼妮子！好歹我要结果了你！"第二天杨雄睡醒，潘巧云"眼泪汪汪，口里叹气"，……那淫妇道："……昨日早晨，我在厨房洗脖项，这厮（指石秀）从后走出来，看见没人，从背后伸只手来摸我胸前道：'嫂嫂，你有孕也无？'被我打脱了手，……"杨雄教潘公从今日便休要做买卖。石秀天明来门前开店，见肉案并柜子都拆了。石秀便知杨雄醉后走透了消息，倒吃这婆娘使个见识，反说我无礼。这是"石秀之警"。武松从武大家搬出，是具有"石秀之警"。

接着阳谷县知县差武松去东京干事，两个月回来。在这两个月里，武大邻居王婆拉拢潘金莲与西门庆通奸。卖雪梨的小贩郓哥到王婆家去找西门庆卖雪梨，言语不合，给王婆打了，便告武大去王婆家捉奸。武大被西门庆踢倒。西门庆又拿毒药给潘金莲毒死了武大，叫何九把武大尸体火化了。武松回来，听潘金莲说武大是心痛病死的，尸体由何九火化。第二十五回写武松去约何九叔上酒店，酒过数杯，掣出尖刀插在桌子上，说明："'冤各有头，债各有主。'你休惊怕，只要实说。"何九叔取出一个袋儿，里面有两块酥黑骨头，一锭十两银子。银子是西门庆送的，他不敢不收。武大的骨殖酥黑，系是毒药身死的见证。武松问奸夫是何人。何九叔说，听说郓哥曾和武大去捉奸。武松便与何九叔去找郓哥。郓哥说："我的老爹六十岁，没人养活。我却难相伴你们吃官司耍。"武松取五两银子给郓哥，又说："事务了毕时，我再与你十四五两银子做本钱。"武松这样对待郓哥，这就是金批说的具有"柴进之良"。

武松带了何九叔及郓哥到县府，把两人口供及银子骨殖呈上，请知县做主。知县接了西门庆贿赂，说只凭两人言语不好办案。武松便叫士兵安排何九叔与郓哥饭食，留在自己房里。又带了三两个士兵和笔墨纸砚，买了酒和猪头、鹅、鸡、果品，到武大家去，亲自把四邻拉了来，不容他们不来。武松请四邻并王婆、嫂嫂六人坐定，酒至七杯，掣出那口尖刀来道："诸位高邻在此，小人冤各有头，债各有主，只要众位做个证见。"揪住那妇人头髻，拔起刀来，望那妇人脸上搠两搠。潘金莲慌忙叫道："叔叔，你放我起来，且饶我，我说便了。"只得从实招来，说一句，由邻居胡正卿写一句。王婆也只得从实招认，由胡正卿写了。武松教两人都点指画了字，四家邻舍书了名，画了字，卷起口词，藏在怀里。先绑了王婆，又杀了潘金莲祭过武大。接着割下那妇人头来，用被包了，在狮子桥酒楼找到西门庆，把奸夫从楼上撞落街心，割下头来。他把两颗人头结做一处，奔回紫石街来，供在灵前祭过，便押了婆子，提了两颗人头，邀四邻作证，径投县里，取出胡正卿写的口词和四家邻舍指证，又取何九叔、郓哥供状，请验明尸身。县官和上司念武松是个义气烈汉，一心要周全他，脊杖四十，刺配二千里外。王婆凌迟处死。从上面的情节可以看到，武松一听说武大尸体由何九火化，立即找何九叔；

从何九叔找到郓哥，即向县里告发；见知县不准状，又立即邀集四邻，取得妇人、王婆口供，杀了妇人和西门庆。这样做，正如金批所说：具有"吴用之捷"。

第二十六回写两个公人和武松到了十字坡，望见一个酒店。窗槛边坐着一个妇人，见武松同两个公人来到门前，便立起身来迎接。武松注意那妇人盯着包裹，先起了疑心。进到店里，两个公人给武松除了枷，好吃酒。那妇人嘻嘻地笑着，入里面托出一镟浑色酒来，筛做三碗。两个公人只顾拿起来吃，武松却要肉下酒，待妇人转身进去，把酒泼了。两个公人喝过酒倒在地上，武松也假装倒地。妇人叫两个汉子来抬武松，抬不动。妇人自己来拉，被武松抱住，压在身下。妇人正求饶，她丈夫张青回来，说明情况，武松才放了妇人。武松说，刚才见嫂嫂瞧我包裹紧，因此特地说些风话漏你下手，一时拿住。这也说明武松具有"石秀之警"。

武松解到孟州，到了牢城营，早有囚徒来看武松，教他准备银两，送与差拨，若吃杀威棒时，也打得轻。差拨来了，看武松不送银与他，差拨道："只道你晓事，如何这等不识时务！"武松道："你到来发话，指望老爷送人情与你，半文也没。"差拨大怒去了，让三四个人来把武松带到点视厅前。管营相公在厅上坐，要打武松一百杀威棒。管营相公身边立着一个人，去管营相公耳朵边略说几句话。只见管营道："新到囚徒武松，你路上途中曾害甚病来？"武松道："我于路不曾害，酒也吃得，肉也吃得，饭也吃得，路也走得。"管营道："这厮是途中得病到这里，我看他面皮才好，且寄下他这顿杀威棒。"两边行杖的军汉低低对武松道："你快说病。你快只推曾害便了。"武松道："不曾害，不曾害，打了倒干净！"两边看的人都笑，管营也笑道："想是这汉子多管害热病了，不曾得汗，故出狂言。不要听他，且把去禁在单身房里。"这段武松的话，正如金批的所谓具有"李逵之真"。

再像武松的行事光明正大，具有"杨志之正"；武松的行事痛快，具有"阮七之快"。最突出的是他的神勇，如打景阳冈上的大虫。那大虫从半空里撺将下来的一扑，他只一闪，闪在大虫背后。那大虫把腰胯一掀，武松只一闪，闪在一边。那大虫把铁棒也似虎尾只一剪，武松又闪在一边。武松能躲过大虫的一扑、一掀、一剪，那大虫的气性先自没了一半。再揪住大虫顶花皮肐膅，按将下来，狠命踢打，把大虫打死。再像打蒋门神，先把拳头虚影一影，便转身，却先飞起左脚，踢中蒋门神小腹，便转过身来，再飞起右脚，踢中蒋门神额角，这一招名唤玉环步、鸳鸯腿，是武松平生的真才实学。不过金批赞武松"绝伦超群"，胜过一百七人，包括宋江在内，又赞美太过。上面指出他太狠，杀人太多，不输"林冲之狠"；这里讲他具有"吴用之捷"，在替武大报仇一事上是有"吴用之捷"，但在运筹决策上不如"吴用之捷"。在广结天下士人上也不能比"柴进之良"，作为梁山泊领袖更不能比宋江的招贤纳士。金批对武松虽赞美过分，但武松还是《水浒传》中所塑造的很杰出的英雄人物。

李逵

金圣叹《读第五才子书法》：

> 李逵是上上人物，写得真是一片天真烂熳到底。……《孟子》："富贵不能淫，贫贱不能移，威武不能屈"，正是他好批语。……任是真正大豪杰好汉子，也还有时将银子买得他心肯。独有李逵，便银子也买他不得，须要等他自肯，真又是一样人。

第三十七回写李逵，宋江与戴宗在酒楼上吃酒，戴宗从楼下把李逵叫上来：

> 李逵看着宋江问戴宗道："哥哥，这黑汉子是谁？"戴宗对宋江笑道："押司，你看这厮怎么粗卤，全不识些体面。"李逵道："我问大哥，怎地是粗卤？"戴宗道："兄弟，你便请问这位官人是谁便好，你倒却说'这黑汉子是谁'，这不是粗卤却是甚么？我且与你说知：这位仁兄，便是闲常你要去投奔他的义士哥哥。"李逵道："莫不是山东及时雨

黑宋江？"戴宗喝道："咄！你这厮敢如此犯上，直言叫唤，全不识些高低，兀自不快下拜等几时？"李逵道："若真个是宋公明，我便下拜。若是闲人，我却拜甚鸟！（袁无涯批：'不肯轻拜，其拜是真。'）节级哥哥，不要赚我拜了，你却笑我。"（袁批："此等乖觉语亦真，正显他人多诈。"）宋江便道："我正是山东黑宋江。"李逵拍手叫道："我那爷，你何不早说些个，（金批：'却反责之，妙绝妙绝。'）也教铁牛欢喜。"扑翻身躯便拜。（金批："扑翻身躯字，写他拜得死心搭地。便字，写他拜的更无商量。"）

这里写李逵的粗鲁与鲁达的粗鲁不同，鲁达见长老，不知怎样行礼，是粗鲁，这是英雄不受佛家礼数拘束。李逵见黑汉子就说"黑汉子"，当面也叫"黑宋江"，这是真，这种粗鲁是真。写李逵反怪宋江何不早说，正表达早想认识宋江，也显出他的粗鲁、他的真。写李逵老实人也作乖觉语，说明他曾受骗，显出他的真性格。写他的拜也显出他一片真诚。

宋江便问道："却才大哥为何在楼下发怒？"李逵道："我有一锭大银，解了十两小银使用了，却问这主人家挪借十两银子，去赎那大银出来，便还他，自要些使用。叵耐这鸟主人不肯借与我……"宋江听罢，便去身边取出一个十两银子，把与李逵，……李逵接得银子，便道："却是好也，两位哥哥只在这里等我一等，赎了银子便来送还，就和宋哥哥去城外吃碗酒。"……李逵得了这个银子，寻思道："……且将去赌一赌，倘或赢得几贯钱来，请他一请也好看。"……一连博上两个叉，……输了。……李逵……便就地下掳了银子，又抢了别人赌的十来两银子，……便走。……听得背后一人赶上来，扳住肩臂喝道："你这厮如何却抢掠别人财物？"……却是戴宗，背后立着宋江。李逵见了，惶恐满面，……只得从布衫兜里取出来，都递在宋江手里。宋江便叫过小张乙前来，都付与他。

这里写李逵一心想请宋江吃酒，但没有钱，所以编造了一个假话要银子去赌博，赌输了又在牌桌上抢银子。这种不顾一切都做得出来的性格，与林冲、鲁达、武松都不同，成了李逵的独特性格。

第三十九回《浔阳楼宋江吟反诗》，写宋江陷在江州府狱里，戴宗也被捕。蔡九知府亲自把宋江、戴宗押赴刑场监斩。那天，水浒英雄乔装改扮，分批到江州来劫法场。蔡九知府听报"午时三刻"，便道："斩讫报来！"两势下刀棒刽子便去开枷，行刑之人执定法刀在手。却见十字路口茶坊楼上一个虎形黑大汉，脱得赤条条的，两只手握两把板斧，大吼一声，却似晴天起个霹雳，从半空中跳将下来，手起斧落，早砍翻了两个行刑刽子，便望监斩官马前砍将来。众士兵急待把枪去搠时,哪里拦挡得住,众人且簇拥蔡九知府逃命去了。……只见人丛里那个黑大汉,抡两把板斧,一味地砍将来。……火杂杂地抡着大斧,只顾砍人。晁盖便叫背宋江、戴宗的两个小喽啰,只顾跟着那黑大汉走。当下去十字街口,不问军官百姓,杀得尸横遍地,血流成渠,推倒颠翻的,不计其数。众头领撇了车辆担仗,一行人尽跟了黑大汉,直杀出城来。……这黑大汉直杀到江边,血溅满身,兀自在江边杀人。晁盖便挺朴刀叫道:"不干百姓事,休只管伤人!"那汉哪里听叫唤,一斧一个,排头儿砍将去。约莫离城沿江上也走了五七里路,前面望见尽是滔滔一派大江,却无了旱路。晁盖看见,只叫得苦。那黑大汉方才叫道:"不要慌,且把哥哥背来庙里。"

　　这段写李逵在救宋江、戴宗时不顾一切地拼命战斗,立了头功;冲杀蔡九知府救出宋江,也立了功。但他不管军官百姓,一味蛮砍,又不考虑如何退走,把水泊好汉领上一条绝路。这样不顾一切地蛮干,又显示李逵的性格,这跟别的水泊英雄又显得不同。

　　第四十二回《黑旋风沂岭杀四虎》,写李逵回家接娘上梁山。走到沂岭,娘道:"我口渴得当不得。"李逵把娘放在松树边一块大青石上,自去寻水。盘过两三处山脚,来到溪边,捧起水来吃了几口,又到山顶一座庙里捧了一个石香炉,挽了半炉水,擎到松树边青石上,却不见了娘。走不到三十余步,只见草地上一团血迹,趁着血迹寻到一处大洞口,见两只小虎在舐一条人腿。李逵挺手中朴刀,赶到洞里一一搠死。那母大虫望窝里来,到洞口,先把尾巴去窝里一剪,便把后半身坐将去。洞里的李逵把腰刀朝母大虫尾底下尽平生气力舍命一戳,和那刀把一起送入肚里。那母大虫吼了一声,跳过洞边摔死了。李逵拿了朴刀就洞里赶出来,忽地跳出一只吊睛白额虎来。那大虫望李逵猛一扑,李逵手起一刀,正中那大虫颔下,伤着他那气管,只听得一声响,登时间死在岩下。(金批:"写武松打虎,纯是精细;写李逵杀虎,纯是大胆。如虎未归洞,钻入洞内;虎在洞外,赶出洞来,都是武松不肯做之事。""武松有许多方法,李逵只是蛮戳,绝倒。""武松文中,一扑一掀一剪都躲过,是写大智量人,让一步法。今写李逵不然,虎更耐不得,李逵也更耐不得,劈面相遭,大家便出全力死搏,更无一毫算计,纯乎不是武松,妙绝。")在杀四虎一事上,显出李逵不顾一切、拼死相搏的精神,突出李逵的性格。

第五十二回《李逵独劈罗真人》,写宋江打高唐州,知府高廉会法术,宋江无法取胜,派戴宗、李逵去请公孙胜。两人找到了公孙胜,去求公孙胜的老师罗真人放公孙胜下山。两人到紫虚观,向罗真人恳求。"罗真人道:'二位不知,此非出家人闲管之事。汝等自下山商议。'……李逵问道:'那老仙先生说甚么?'戴宗道:'你偏不听得?'李逵道:'便是不省得这般鸟做声。'戴宗道:'便是他的师父说道教他休去！'李逵听了，叫起来道：'教我两个走了许多路程，我又吃了若干苦，寻见了，却放出这个屁来！莫要引老爷性发，一只手捻碎你这道冠儿，一只手提住腰胯，把那老贼道倒直撞下山去！'"被戴宗喝住了。当天夜里，李逵等戴宗睡熟了，拿了板斧，偷偷上山，跳进紫虚观，斧劈了罗真人，出来碰上道童又斧劈了。第二天，两人再上山去求罗真人。原来李逵斧劈了两个葫芦。罗真人看在李逵面上，同意公孙胜下山。又施展法术，让李逵掉到蓟州府厅前，被当作妖人关在牢里。戴宗求罗真人救他，说："这李逵虽是愚蠢，不省礼法，也有些小好处：第一，鲠直，分毫不肯苟取于人。第二，不曾阿谀于人，虽死其忠不改。第三，并无淫欲邪心，贪财背义，敢勇当先。"罗真人又施法把李逵从蓟州狱救了回来。戴宗在这里讲的，是李逵的性格特点。李逵斧劈罗真人，也显示他的愚蠢，不省礼法，一味蛮干的性格特色。

吴用

金圣叹《读第五才子书法》：

吴用定然是上上人物。他奸猾便与宋江一般，只是比宋江却心地端正。宋江是纯用术数去笼络人，吴用便明明白白驱策群力，有军师之体。吴用与宋江差处，只是吴用却肯明白说自家是智多星，宋江定要说自家志诚质朴。宋江只道自家笼罩吴用，吴用却又实实在在笼罩宋江。两个人心里各各自知，外面又各各只做不知，写得真是好看煞人。

第十三回写刘唐来投晁盖，说："有北京大名府梁中书收买十万贯金珠宝贝，送上东京，与他丈人蔡太师庆生辰，早晚从这里经过，此等不义之财，取之何碍！"晁盖请吴用商议。吴用道："此一事却好，只是一件，人多做不得，人少又做不得。（金批：'十字千古名言，可谓初出茅庐第一语矣。'）……这段事须得七八个好汉方可，多也无用。"（金批："写得料事如神，加亮之号不虚也。"）这里已经把吴用比诸葛亮，所以既提"初出茅庐"，又称他号"加亮"了。第十四回《吴学究说三阮撞筹》，金批：

加亮说阮，其曲折迎送，人所能也；其渐近即纵之，既纵即又另起一头，复渐渐逼近之，真有如诸葛之于孟获者，此定非人之所能也。故读说阮一篇，当玩其笔头落处，不当随其笔尾去处，盖读稗史亦有法矣。

吴用提出三阮："一个唤做立地太岁阮小二，一个唤做短命二郎阮小五，一个唤做活阎罗阮小七。这三个是亲兄弟。小生旧日在那里住了数年，与他相交时，……为见他与人结交真有义气，……若得此三人，大事必成。"吴用就去劝说三阮。到石碣村找到三阮，先说替大财主家要十数尾金色鲤鱼，要重十四五斤的。引出阮小二说："这般大鱼只除梁山泊里有。"阮小七道："如今泊子里新有一伙强人占了，不容打鱼。"这是把话题从买金色大鲤鱼转到梁山泊。吴用又问："如何官司不来捉他们？"阮小五道："若是那上司官员差他们缉捕人来，都吓得尿屎齐流，怎敢正眼而看他！"吴用先把梁山泊强人一抑，让阮小五来一扬。吴用道："怎地时，那厮们倒快活！"阮小五道："他们不怕天，不怕地，不怕官司；论秤分金银，异样穿绸锦；成瓮吃酒，大块吃肉，如何不快活？我们弟兄三个，空有一身本领，怎地学得他们！"吴用就这样引他们中计，向吴用问计了。吴用道："这等人学他做甚么！他做的勾当，不是笞杖五七十的罪犯，空自把一身虎威都撇下；倘或被官司拿住了，也是自做的罪。"吴用在他们投上来时，又有意推开去，这一推是为了加强他们投上来的决心。阮小二道："如今该管官司没甚分晓，一片糊涂！千万犯了弥天大罪的倒都没事，我兄弟们不能快活，若是但有肯带挈我们的，也去了罢！"吴用道："假如便有识你们的，你们便如何肯去？"阮小七道："若是有识我们的，水里水里去，火里火里去！若能够见用得一日，便死了开眉展眼！"吴用在这里逼进一步，让他们表了态，忽又推开，道："小生短见，假如你们怨恨打鱼不得，也去那里撞筹，却不是好？"阮小二道："我弟兄们几遍商量要去入伙。听得那白衣秀士王伦的手下人都说道他心地窄狭，安不得人。"吴用又从大处落笔，引到正题，道："如今山东、河北多少英雄豪杰的好汉！"阮小二道："好汉们尽有，我兄弟自不曾遇着。"吴用道："只此间郓城县东溪村晁保正，你们曾认得他么？"这就点到了正题，正好由他去引荐，忽又推开，道："如今打听得他有一套富贵待取，特地来和你们商议，我等就那半路里拦住取了，如何？"本说要去投晁保正，忽然变成要去半路里拦住取得他要取的富贵，又一变。阮小五道："这个却使不得，他既是仗义疏财的好男子，我们却去坏他的道路，须吃江湖上好汉们知时笑话。"（余象斗评："此处可见小五真乃豪杰也。"）吴用再一放开，逼出三阮兄弟的豪侠性来，这就显出三阮的完全可靠，就把晁盖邀他们入伙的真意讲出。在吴用说三阮里，看他的曲折迎送，忽擒忽纵，这里正显出吴用的智计和善辩来。

第十五回《吴用智取生辰纲》："吴用笑道：'……我有一条计策，不知中你们意否？如此如此。'晁盖听了大喜，颠着脚道：'好妙计，不枉了称你做智多星！果然赛过诸葛亮！好计策！'"什么计策，见于后面的具体描绘，就是让晁盖等六人扮成贩枣子的客商，待杨志押送挑生辰纲的军汉到达黄泥岗最热最累需要休息的地方，让白胜扮成卖酒的，挑两桶酒来。"贩枣客商"买一桶来吃了没有事。一个"客商"用瓢在另一桶里又兜了半瓢吃，也没事，让杨志等相信那一桶也是好酒。于是另一"客人"用麻醉药放在瓢里，在那一桶里饶酒吃，那白胜劈手夺来倾在桶里。杨志等看清楚那一桶酒有客商吃过没事，就放心买来喝，于是都麻倒了。六个"客商"就倒了枣子，用车子装了生辰纲推走了。这里突出了吴用的智计。

第十八回《林冲水寨大并火》，更突出吴用的机警和智慧。晁盖等六人夺取了生辰纲，事发，投奔梁山泊。王伦领着一班头领，出关迎接，设宴款待。饮酒中间，晁盖把胸中之事，从头至尾，都告诉王伦众位。席散，众头领送晁盖等安歇。晁盖感谢王头领如此错爱，此恩不可忘报。

吴用只是冷笑。晁盖道："先生何故只是冷笑？有事可以通知。"吴用道："兄长性直，你道王伦肯收留我们？兄长不看他的心，只观他的颜色动静规模。"晁盖道："观他颜色怎地？"吴用道："兄长不见他早间席上与兄长说话，倒有交情；次后因兄长说出杀了许多官兵捕盗巡检，放了何涛，阮氏三雄如此豪杰，他便有些颜色变了。虽是口中应答，心里好生不然。若是他有心收留我们，只就早上便议定了坐位。……只有林冲那人，原是京师禁军教头，大郡的人，诸事晓得；今不得已，坐了第四位。早间见林冲看王伦答应兄长模样，他自便有不平之气，频频把眼瞅这王伦，内心自己踌躇。我看这人，倒有顾盼之心，只是不得已。小生略放片言，教他本寨自相火并。"……次早天明，只见人报道："林教头相访。"吴用便对晁盖道："这人来相探，中俺计了。"……吴用向前称谢道："……我等虽是不才，非为草木，岂不见头领错爱之心，顾盼之意，感恩不浅。"……坐定……吴用便动问道："……不知谁荐头领上山？"林冲道："……来此容身，皆是柴大官人举荐到此。"……吴用又道："据这柴大官人，名闻寰海，声播天下的人，教头若非武艺超群，他如何肯荐上山？非是吴用过称，（金批：'妙。"非是"二字，亦用反踢。'）理合王伦让这第一位与头领坐，此天下公论，（金批：'承"若非"句。'）也不负了柴大官人的书信。"（袁无涯批："与说撺筹同一机局，只是以他的心作我的口。"）林冲道："……不想今日去住无门！（金批：'"去住"二字，写林冲动摇已久也。'）非在位次低微，只为王伦心术不定，语言不准，难以相聚。"吴用道："王头领待人接物，一团和气，如何心地倒恁窄狭？"（金批："换一头。"）林冲道："今日山寨，天幸得众多豪杰到此，相扶相助，似锦上添花，如旱苗得雨。此人只妒贤嫉能之心，但恐众豪杰势力相压。夜来因见兄长所说众位杀死官兵一节，他便有些不然，就怀不肯相留的模样，以此请众豪杰来关下安歇。"吴用便道："既然王头领有这般之心，我等休要待他发付，（金批：'恶极。只八个字把雪天三限，直提出来。'）自投别处去便了。"林冲道："众豪杰休生见外之心，林冲自有分晓。（金批：'要知此六个字，全是上文"我等休要受他发付"八个字逼出。'）小可只恐众豪杰生退去之意，特来早早说知。今日看他如何相待，……倘若这厮今朝有半句话参差时，尽在林冲身上。"……吴用便道："头领为新弟兄面上，倒与旧弟兄分颜。（金批：'新弟兄以亲之，旧弟兄以羞之，不谓"弟兄"二字，又可作胶漆用，又可作刀剑用也。'）若是可容则容，不可容时，小生等登时告退。"（金批："四字是吴用一篇结煞语，盖欲讨一的当相许也，恶哉！"）林冲道："先生差矣！（金批：'"差"字来得疾，紧接"新弟兄""旧弟兄"字也。'）古人有言：'惺惺惜惺惺，好汉惜好汉。'量这一个泼男女，腌臜畜生，说甚弟兄！众豪杰且请宽心。"（金批："七字是林冲一篇结煞语，紧答'登时告退'四字。"）

从这段稍有节略的引文里，可以看到吴用杰出的机警和智慧。晁盖没有看出王伦的心思，吴用看出王伦脸色的变动，看到第二天王伦的不肯留，有预见性。不仅这样，吴用还看到林冲的眼光与表情，看到林冲对王伦态度的不满，看到林冲的心思，看到林冲会来联络，看到林冲会有火并，有预见性。再看他对林冲的说法，他是先对林冲一扬，说"头领错爱之心，顾盼之意"，接下来便提到林冲被逼上梁山，激起他的仇恨。又问谁荐头领上山，引出柴大官人。从柴大官人提到林冲的武艺超群，理合王伦让位，来激起林冲心头被压抑的怨恨，激出林冲"去住无门"的感叹。吴用再逼进一步，对王伦一扬，把林冲的心里话让他自己吐出；又用"休要待他发付，自投别处去"的话来激林冲，在"待他发付"里激起林冲雪天三限的怨恨，让林冲自己说出"自有分晓"的决心。吴用还不放手，再用新弟兄、旧弟兄来逼进一步，逼出林冲进一步表达火并王伦的决心。吴用等要向林冲说的话，都巧妙地让林冲自己说出；吴用等要林冲下决心，都等林冲自己表态，又是这样坚决。这里突出吴用的智计，这样来塑造吴用是《水浒传》中智慧最杰出的英雄人物典型。

宋江

金圣叹批《水浒传》人物，大部分是批得与《水浒传》内容一致的，也有批得与《水浒传》内容不同的，是宋江。金圣叹《读第五才子书法》：

时迁、宋江是一流人，定考下下。
……
只如写李逵，岂不段段都是绝妙文字，却不知正为段段都在宋江事后，故便妙不可言。盖作者只是痛恨宋江奸诈，故处处紧接出一段李逵朴诚来，做个形击。（其意思自在显

宋江之恶,却不料反成李逵之妙也)

……

吴用定然是上上人物。他奸猾便与宋江一般,只是比宋江却心地端正。

第十七回《宋公明私放晁天王》,传里介绍宋江:

平生只好结识江湖上好汉,但有人来投奔他的,若高若低,无有不纳,便留在庄上馆谷,终日追陪,并无厌倦;若要起身,尽力资助,端的是挥金似土。人问他求钱物,亦不推托;且好做方便,每每排难解纷,只是周全人性命。……赒人之急,扶人之困,以此山东、河北闻名,都称他做及时雨;却把他比做天上下的及时雨一般,能救万物。

这是传中对宋江的大力赞美。他私放晁盖,因为晁盖是江湖上好汉,是他结识的;这是"周全人性命"。因此传里赞的跟他私放晁盖是一致的。但金批不同:

宋江之罪浮于群盗也,吟反诗为小,而放晁盖为大。何则?放晁盖而倡聚群丑,祸连朝廷,自此始矣。

传赞宋江放晁盖为"周全人性命",是及时雨;金批以放晁盖为大罪，这就不同。

第三十四回写宋江接到宋清家信，告诉他父亲死了。宋江哭得昏迷，奔丧回家，才知父亲宋太公健在。宋江就骂宋清，太公道："这个不干你兄弟之事。是我每日思量要见你一面，因此教四郎只写道我殁了，你便归来得快。……又怕你一时被人撺掇，落草去了，做个不忠不孝的人，为此急急寄书去，唤你归家。"（金批："作者特特书太公家教，正所以深明宋江不孝。"袁无涯批："有是父乃有是子。"）传里写太公教宋江不要落草，做个不忠不孝的人。所以后来宋江多次不肯落草，是听从了太公家教，袁批认为宋江接受家教是好的，即传与批是一致的。金批从宋江后来还是落草着眼，说宋江不孝，即传与批不一致。其实宋江后来的落草有后来的情况，金批在这里就说他不孝，显然是有意贬低他。

第三十五回金总批：

若写宋江则不然，骤读之而全好，再读之而好劣相半，又再读之而好不胜劣，又卒读之而全劣无好矣。

可见传写宋江是好的，金批把他批得全劣无好，其实是金批对传的曲解。传写宋江回家，县里两个新的都头就带兵来捉。宋江对父亲说，他的罪是赦前的事，到官也不过断配他州外府，有程限，日后归来，还可服侍父亲。倘躲在江湖上，撞上一班杀人放火的弟兄们，打在网里，如何能见父亲。这是宋江安慰父亲的话。（袁批："真孝义。"）批和传是一致的。（金批："于清风山收罗花荣、秦明、黄信……纷纷入水泊者，复是何人？……作者正深写宋江权诈，乃至忍于欺其至亲。"）传里是写花荣、秦明、黄信被逼到走投无路，宋江才介绍他们入梁山泊，但宋江自己还不肯入梁山泊。他没有欺骗父亲，金批说他欺骗父亲，批和传相反，传说他好，批说他坏。

宋江到官后，脊杖二十，刺配江州牢城，由两个公差张千、李万押送。路过梁山时，碰上刘唐。刘唐要杀两个公差，请宋江上山。宋江道："这个不是你们弟兄抬举宋江，倒要陷我于不忠不孝之地。"这是写宋江遵守父教，不肯落草。（金批："作者特书之于清风起行之后，吟反诗之前，殆所以深明宋江之权诈耶？"）认为是权诈，是坏的。宋江和两个公差被邀上山，晁盖和众头领要留宋江，宋江说："父亲明明教训宋江，小可不争随顺了，便是上逆天理，下违父教，做了不忠不孝的人，在世虽生何益！如不肯放宋江下山，情愿只就众位手里乞死。"说罢，泪如雨下，拜倒在地。（余象斗评："上山相见，众好汉告留不住。不然，则公明从矣，奈父之命安可逆哉！"金批："极写宋江权术，何也？忠孝之性，生于心，发于色，诚不可夺，……如之何其至于哭乎？"）余批认为宋江因父命不可逆，不肯留在山上，是好的，即传与批一致。金批认为是宋江的权术，认为他的哭是假的，讲他坏，是传与批不一致。

第四十回《宋江智取无为军》，金总批：

> 一路写宋江使权诈处，必紧接李逵粗言直叫，此又是画家所谓反衬法。读者但见李逵粗直，便知宋江权诈，则庶几得之矣。

金批贬斥宋江权诈。再看传目《宋江智取无为军》，是赞美宋江的"智取"，不是贬斥宋江的权诈。传文称梁山好汉在江州劫法场救了宋江、戴宗，到了穆太公庄上，宋江说："只恨黄文炳那厮搜根剔齿，几番唆毒，要害我们。这冤仇如何不报？"因此要去打无为军，杀黄文炳。晁盖道："我们众人偷营劫寨，只可使一遍，如何再行得？"认为不能打。宋江认为回梁山以后，再来打就更困难，还是要趁这个机会打。怎么打呢？别的头领都没有主意，还是由宋江出主意，先派人去探听明白，再派人潜入城内做好内应，再准备好爬上城墙用的装沙土的叉袋、放火用的芦柴，用船载到城下，跟潜伏在城上的人取得联系，就把叉袋堆在城下，攀登上城，活捉黄文炳，杀了他全家。当时，吴用留在山上。攻打无为军，显出宋江的智慧，胜过晁盖和其他头领。这是对宋江的赞美，显出他的才干在晁盖之上，不是贬斥宋江，金批对此却一字不提。

宋江和众头领破了无为军，杀了黄文炳，要回梁山泊。因为这次有许多新兄弟参加进来，宋江要征得他们同意上山，"只见宋江先跪在地下，众头领慌忙都跪下，……宋江便道：'……今日不由宋江不上梁山泊投托哥哥去，未知众位意下若何？如是相从者，只今收拾便行。（金批："只此语，亦不必跪说，偏写宋江跪，皆表其权术也。"）如不愿去的，一听尊命。只恐事发，反遭……'说言未绝，李逵先跳起来，便叫道：'都去！都去！但有不去的，吃我一鸟斧，砍做两截便罢！'（金批：'写宋江权术处，偏写李逵爽直相形之。'）宋江道：'你这般粗卤说话，全在各弟兄们心肯意肯，方可同去。'"（金批："事发一句已说在前，便仍以心肯意肯听之众人，极似不相强者，然写宋江权术不可当。"）按这里写宋江要许多新来的弟兄上山入伙，表示这是件大事，所以要下跪，含有恳求的意思，正显出宋江的诚恳，是好的。金批说成是权术，即把它说坏了。这里写宋江和李逵是两种不同性格，宋江诚恳，李逵粗鲁直爽。金批说成以李逵的直爽来显出宋江的权诈，就把宋江批坏了。

从打无为军捉黄文炳这一仗看，《水浒传》写宋江是一个关键。因为当时宋江还没有上山，打无为军的部队，有梁山泊的许多好汉，以晁盖为首，还有许多来劫法场的新兄弟，这两组好汉，照说应该以晁盖为首去打无为军，以吴用为军师来出谋划策。但传不是这样写，传写吴用不来，晁盖无谋，不主张打，因此写打无为军完全在宋江统率下出谋划策取得胜利，是"智取"，说明宋江有吴用之智；是他指挥一切，晁盖成了在他指挥下的一个头领，隐然以宋江为首了，这是显示宋江没有上山，已经做了梁山泊的好汉和新兄弟的首领了。再说，宋江在发配到江州的路上，在几次发生性命危险时，只要准备杀害宋江的人一听说将杀的是宋江，立刻拜倒在地，说明他有使各路英雄归心的力量。在这里，《水浒传》把宋江塑造成具有英明的统帅的才能，能够统率新旧兄弟的首领，使各路英雄归心的领袖的英雄形象。但还缺一个东西，即神权，因此宋江一上山就要回乡去与弟宋清搬取父亲上山，反对兴师动众，惊动地方，只要一人偷偷下山去。第四十一回《还道村受三卷天书，宋公明遇九天玄女》，写宋江从后门回家，宋清告诉他县里派两个赵都头带兵来管定他们，只等江州文书到就来拘捕，要宋江快去梁山泊请众头领来救。宋江回身走时，已被兵士发现来追，宋江逃入还道村，躲到九天玄女庙的神橱里去。两个都头领兵来搜捕时，庙里刮起一阵阵怪风，吹灭了火把，飞沙走石，把都头和士兵都吓跑了。宋江躺在神橱里，梦中见两位青衣童子请他去见九天玄女，传授他三卷天书，叫他替天行道。等他醒来时，真的有三卷天书在袖内。天亮时，晁盖率领众兄弟来救，已经迎接宋清和宋太公上山了。这样，宋江又得到了神权，实际上成了山寨之主。以后历次作战，像三打祝家庄，打高唐州，打败呼延灼的连环马，打青州、华州，都是宋江率领众头领出兵作战，取得胜利，又引了许多新兄弟上山入伙。晁盖只成了名义上的首领，实权都落到宋江手里了。按照《水浒传》的发展，已经到了让宋江做首领的时候，所以要让晁盖在曾头市中箭了。

《晁天王曾头市中箭》，金总批：

> 夫晁盖欲打祝家庄，则宋江劝：哥哥山寨之主，不可轻动也。晁盖欲打高唐州，则宋江又劝……晁盖欲打青州，则又劝……欲打华州，则又劝……何独至于打曾头市，而宋江默未尝发一言？宋江默未尝发一言，而晁盖亦遂死于是役。……盖宋江弑晁盖之一笔为决不可宥也。……通篇皆用深文曲笔，以深明宋江之弑晁盖。如风吹旗折，吴用独谏，一也；戴宗私探，匿其回报，二也；五将死敌，余各自顾，三也；主军星殒，众人不还，四也；守定啼哭，不商疗治，五也；晁盖遗誓，先云莫怪，六也；骤摄大位，布令详明，七也；拘牵丧制，不即报仇，八也；大怨未修，逢僧闲话，九也；置死天王，急生麒麟，十也。

金批深文周纳，要坐实宋江弑晁盖之罪，断定宋江是坏人。再看《水浒全传》是怎样写的。

《水浒全传》第五十九回，写晁盖要"亲自走一遭，不捉的此辈，誓不回山！"宋江道："哥哥是山寨之主，不可轻动，小弟愿往。"晁盖不许。是宋江劝阻的。又："忽起一阵狂风，正把晁盖新制的认军旗，半腰吹折。众人见了，尽皆失色。吴学究谏道：'此乃不祥之兆，兄长改日出军。'宋江劝道：'哥哥方才出军，风吹折认旗，于军不利，不若停待几时，却去和那厮理会。'"晁盖不听，是宋江也劝阻的。又写宋江"回到山寨，再叫戴宗下山，去探听消息"。晁盖到了曾头市，第一日作战无胜负，第二日作战双方各折了些军马，接下来第三日，曾家闭寨不出，第四日有两个和尚来请头领劫寨，晁盖听了，领众头领夜里去劫寨，中了敌人的计，晁盖被史文恭用药箭射中脸上，倒撞下马，"却得呼延灼、燕顺两骑马死并将去，背后刘唐、白胜救得晁盖上马。……晁盖中了箭毒，已是言语不得。林冲叫扶上车子，……送回山寨。……当晚二更时分，……伏路小校慌急来报：'前面四五路军马杀来，火把不计其数。'……林冲领了众头领，不去抵敌，拔寨都起，回马便走。……退到半路，正迎着戴宗传下军令，教众头领引军且回山寨……都来看晁盖头领时，……饮食不进，浑身虚肿。宋江等守定在床前啼哭，亲手敷贴药饵……"

这样看来，金批说宋江不劝阻，从《水浒全传》看，宋江是劝阻的，劝阻的话被金删去了；金批说风吹旗折，宋江不谏，宋江是谏的，谏的话被金删去了；金批说戴宗私探，匿其回报，看来戴宗不止探一次，初探时无胜负，不必再作安排，再探时晁盖中箭,即命戴宗传令回山,可见不是匿其回报,是省笔。晁盖中箭落马后,呼延灼、燕顺拼死相救,金把"呼延灼、燕顺"改为"三阮、刘唐、白胜五个头领死并将去",说成只有很早跟晁盖在一起的五将死救,其余后来上山的头领各自顾自,其实呼延灼、燕顺是后来上山的。金批说"主军星殒,众人不还",其实戴宗一回报,立即传令回山,并非不还。金批"守定啼哭,不商疗治",其实是边啼哭边敷贴药饵,灌下汤散。别的罪状也都是硬编出来的。可见金圣叹删改了《水浒全传》原文,来编织宋江罪状。

不过在这个总批里,有的话还是有道理的。"夫宋江之必不欲晁盖下山者,不欲令晁盖能有山寨也,又不欲令众人尚有晁盖也。"因为历次都由宋江出征,统帅的权就掌握在宋江手里;历次来归的新兄弟都由宋江领着上山,这许多新兄弟当然都归向宋江。从传看,在打无为军时就是这样了。从传看,是宋江的才能超过晁盖形成的。金批把它说成宋江运用权术来夺取晁盖的位子,是不符合传的写法的,所以他要改动传文来编织宋江的罪状。从传看,传要把宋江写成上上人物,把宋江塑造成具有领导才能、统帅才能、能使各路英雄归向他的梁山泊的首领的英雄形象典型。

红楼梦

《脂砚斋重评石头记》第一回里,写赤瑕宫神瑛侍者日以甘露灌溉绛珠草,后来绛珠草修成绛珠仙子。神瑛侍者下凡,绛珠仙子也下凡,要把一生所有的眼泪还他,因此勾出多少风流冤家来陪他们去了结此案。脂砚斋批:"余不及一人者,盖全部之主惟二玉二人也。"这是说,《红楼梦》中所写人物,以宝玉、黛玉二人为主。

再看第五回写宝玉梦游太虚幻境,在薄命司里看金陵十二钗副册:第一幅画和题词,暗指晴雯;第二幅画和题词,暗指袭人。说明在副册里晴雯、袭人是重要的。宝玉又看金陵十二钗正册;第一幅画和题词,暗指林黛玉和薛宝钗,脂砚斋批得很明白。这样看来,作者的用意和脂砚斋批一致,都认为宝玉、黛玉、宝钗、晴雯、袭人是书中的主要人物。又金陵十二钗正册里有一幅画冰山上雌凤和题词,及《红楼梦曲》第十支《聪明累》都是讲凤姐的,所以王熙凤也是《红楼梦》中的主要人物之一。这里就结合批语来谈这六个人物。

结合批语来谈这六个人物，批语有两种，一是八十回本的脂砚斋批语，一是一百二十回本的王希廉等的批语。在这两个本子里写宝玉、黛玉、宝钗三个人有不同。第七十九回写宝玉面对黛玉改《芙蓉诔》句为"茜纱窗下，我本无缘；黄土垄中，卿何薄命。"暗示黛玉之死，与一百二十回本写宝玉与宝钗结婚，黛玉悲愤死去不同。因此，谈到宝玉、黛玉和宝钗三人，只能据八十回本，不能据后四十回本。这里完全没有贬低后四十回本的用意，只是讲一个人时，不能据两种本子来谈，只能以八十回本来谈。对王希廉等一百二十回本的评语，只能取其评八十回本的，不能取其评后四十回本的。

贾宝玉

《增评补图石头记》卷首读花人论赞的《贾宝玉赞》：

宝玉之情，人情也，为天地古今男女共有之情，为天地古今男女所不能尽之情。天地古今男女所不能尽之情，而适为宝玉、为林黛玉心中、目中、意中、念中、谈笑中、哭泣中、幽思梦魂中、生生死死中、悱恻缠绵固结莫解之情，此为天地古今男女之至情。

这里指出宝玉的一个主要特点是至情，是跟黛玉的生死不解的至情。在上面讲到《红楼梦》的思想倾向时，讲到宝玉、黛玉的爱情悲剧，由于两人的性格都具有违反封建思想、封建礼教的一面，这样由知己而产生爱情，成了心中、目中、意中、念中、谈笑中、哭泣中、幽思梦魂中、生生死死中，悱恻缠绵固结莫解的爱情。但这种爱情是不为封建家庭所容许的，所以黛玉死去、宝玉出家。具有这种由叛逆性格所形成的知己的生死不渝的爱情，是宝玉性格的一个特点。

宝玉又生活在一夫多妻的封建社会里，他又不能不受时代的局限，因此他对女孩子的爱又不够专一。《石头记》第二回写宝玉七八岁时说，"女儿是水做的骨肉，男子是泥做的骨肉。我见了女儿便清爽，见了男子便觉浊臭逼人。"脂砚斋批："真千古奇文奇情。"这个奇情跟上面的至情有矛盾。至情是只爱一个由叛逆性格形成知己的生死不渝的爱情，是专一的、纯洁的。而他对女孩子的喜爱，又是广泛的，只要是漂亮的女孩子都喜爱，甚至不完全是纯洁的，如第六回《贾宝玉初试云雨情》，宝玉"与袭人同领警幻所训云雨之事"。宝玉房里已经有了不少年轻丫头陪伴他，他还不满足，还想要他母亲王夫人身边的丫头金钏。第三十回写他到王夫人房里，见金钏在给王夫人捶腿，他认为王夫人睡着了，就与金钏调情，以致金钏被赶出去投井自杀。王希廉在这段里评宝玉："真正淫人。"这是宝玉性格的又一特点。

宝玉虽说"男子是泥做的骨肉","见了男子便觉浊臭逼人",但他见年轻漂亮的男子又同样喜爱。第十五回写秦钟与尼姑智能的事,被宝玉按住以后,"秦钟笑道:'好人!你只别嚷的众人知道,你要怎么样,我都依你。'宝玉笑道:'这会子也不用说,等一会睡下,再细细的算账。'……宝玉不知与秦钟算何账目,未见真切,未曾言得……"脂砚斋批:"忽又作如此评断,似自相矛盾,却是最妙之文。若不如此隐去,则又有何妙文可写哉?……借石(指作者)之未见真切,淡淡隐去,越觉得云烟渺茫之中,无限丘壑在焉。"第二十八回《蒋玉函情赠茜香罗》,写冯紫英请宝玉去聚宴,席上有唱小旦的蒋玉函。少刻,宝玉出席解手,蒋玉函随了出来。"宝玉见他妩媚温柔,心中十分留恋,便紧紧的搭着他的手。"知道他小名琪官,不觉欣然,解玉玦扇坠送给他。琪官把系小衣的大红汗巾送给宝玉,宝玉把自己系的松花汗巾送给琪官。

宝玉爱好金钏,和金钏调笑,造成了金钏的投井。宝玉爱好琪官,和琪官互赠物品,惹出忠顺亲王派人来见贾政,问宝玉来要琪官,因此触怒贾政,加上贾环诬陷宝玉要强奸金钏,贾政"一叠连声拿宝玉,拿大棍,拿绳捆上","堵起嘴来,着实打死"。贾政毒打宝玉,表面上是为了金钏投井、忠顺亲王府派人来问宝玉要琪官,骨子里是认为宝玉的叛逆性格发展到顶点,会成为最大叛逆的弑君杀父。否则,和一个丫头调笑和优伶交好怎么会酿到弑君杀父呢?所以贾政要毒打儿子，要打掉宝玉的叛逆性格。第三十四回写黛玉因宝玉挨揍哭得两眼肿得像桃儿一般，"抽抽噎噎的说道：'你从此可都改了罢。'宝玉听说，便长叹一声道：'你放心，别说这样话。我便为这些人死了，也是情愿的。'"王希廉批："即或不死，做和尚也愿的，所谓生成脾气，打杀不肯改。"这个批指出贾政毒打宝玉，目的是要改变他的叛逆性格，这个叛逆性格包括与黛玉的爱情在内，所以宝玉首先提到"你放心"，即这种叛逆性格所造成的爱情，是至死不变的。这种坚持叛逆的性格，打杀不改，又是宝玉性格的一个特点。

第五回写宝玉梦入太虚幻境，翻看金陵十二钗正册、副册，"那仙姑知他天分高明，性情颖慧，恐把仙机泄漏"，不让看了。脂批："通部中笔笔贬宝玉，人人嘲宝玉、讥宝玉，今却于警幻意中忽写出此八字来，真是意外之意。"这里指出在封建家庭中，他的所作所为违反封建家教，因此被贬，被嘲讥。但宝玉又是"天分高明，性情颖慧"，这是从仙姑眼中看出的。

第十七回《大观园试才题对额》就是显示宝玉"天分高明，性情颖慧"的。大观园建成后，贾政带了众清客到一处处去看，拟题匾额对联。进园时，碰上宝玉，便命他跟来。进入石洞，一带清流从花木深处曲折泻于石隙之中。再进数步，平坦宽豁。白石为栏，环抱池面，石桥跨港，桥上有亭。贾政与诸人上了亭子，倚栏坐了。因问："诸公以何题此？"诸人道："当日欧阳公《醉翁亭记》有云'有亭翼然'，就名'翼然'。"

贾政笑道："此亭压水而成，还须偏于水题方称。欧阳公之'泻出于两峰之间'，竟用他这一'泻'字。"有一客道："竟是'泻玉'二字妙。"宝玉道："此泉若亦用'泻'字则觉不妥。况此处虽云省亲驻跸别墅，亦当入于应制之例。用此等字眼，亦觉粗陋不雅。用'泻玉'二字，则莫若'沁芳'二字（脂批：'真新雅。'），岂不新雅？"贾政拈髯点头不语。贾政道："再作一副七言对联来。"宝玉四顾一望，便机上心来，乃念道："绕堤柳借三篙翠（脂批：'要紧贴切水字。'），隔岸花分一脉香。"（脂批："恰极工极绮靡秀媚，香奁正体。"）贾政听了，点头微笑。这是宝玉题对额的一例，已可见他的天分高明，性情颖慧。这是他性格的又一方面。

第十九回写宝玉对袭人说："只求你们同看着我，守着我，等我有一日化成了飞灰；飞灰还不好，有形有迹，还有知识。等我化成一股轻烟，风一吹便散了，那时候你们也管不得我，我也顾不得你们了。"（王希廉批："早为后文出家伏根。"）这里的批语提出为宝玉后文出家伏根，说明受佛家思想影响。第二十二回《听曲文宝玉悟禅机》，宝钗念了一支《寄生草》，里面有"赤条条来去无牵挂"一句话。那天贾母替宝钗做生日，设席看戏。席散，贾母把两个小演员叫来给赏钱。一个演小旦的十一岁，凤姐笑道："这个孩子扮上活像一个人。"宝钗心里也知道，只一笑不肯说。宝玉也猜着了不敢说。史湘云笑道："倒像林妹妹的模样儿。"宝玉忙把湘云瞅了一眼，使眼色。湘云生气了，对宝玉说："我也原不如你林妹妹。别人拿她取笑都使得，只我说了就有不是。我原不配说她。她是小姐主子，我是奴才丫头。"又得罪了黛玉，黛玉道："你为什么又和云儿使眼色，这安的是什么心？莫不是她和我顽，她就自轻自贱了。"宝玉落了两处贬谤。回房躺在床上，只是瞪瞪的。袭人笑道："好好的大正月里，娘儿们姊妹们都喜喜欢欢的，你又怎么这个行景了？"宝玉冷笑道："她们娘儿们姊妹们欢喜不欢喜，也与我无干。我是赤条条来去无牵挂。"又填了一支《寄生草》："无我原非你，从他不解伊。肆行无碍凭来去，茫茫着甚悲愁喜？纷纷说甚亲疏密？从前碌碌却因何？到如今回头试想真无趣。"这首曲子里讲的"我""你"，当指宝玉、黛玉，讲的"他""伊"，当指湘云、黛玉。宝玉和黛玉的爱情"不是冤家不聚头"，但在封建家庭中又无从结合、无法排解，这就逼使宝玉只有投向空门一条路。第七十九回写宝玉和黛玉改《芙蓉诔》中的词句，最后宝玉说，"莫若说：'茜纱窗下，我本无缘；黄土垄中，卿何薄命。'黛玉听了，陡然变色，虽有无限狐疑，外面却不肯露出，反连忙含笑点头称妙。"（王希廉批："此一改愈入魔障矣，然已为后来之谶，则黛玉之陡然变色，其亦机动于不自知耶？"）这一改，实际是指出宝玉和黛玉的结局。这个结局又是跟宝玉的走入空门相结合，这又成为宝玉性格的特点。

这样看来，《红楼梦》塑造宝玉的形象，以封建家庭的叛逆性格为主，加以天分高明，性情颖慧，以两个叛逆性格的知己之感，结成生死不渝的爱情，打死也不肯悔改，被逼走上空门，成为背叛封建的叛逆性格的典型。

林黛玉

《增评补图石头记》卷首读花人论赞的《林黛玉赞》：

人而不为时辈所推，其人可知矣。林黛玉人品才情，为《石头记》最，物色有在矣。乃不得于姊妹，不得于舅母，并不得于外祖母，所谓曲高和寡者，是耶，非耶？语云："木秀于林，风必摧之；堆出于岸，流必湍之；行高于人，众必非之。"其势然也，于是乎黛玉死矣！

黛玉的"曲高和寡"指什么？她是宝玉的知己，具有类似的叛逆性格，在封建大家庭里曲高和寡，所以不得于舅母，不得于外祖母，也不得于姊妹。第三回《荣国府收养林黛玉》，写她的舅母王夫人告诉黛玉，称宝玉为"混世魔王"，"以后不用睬他"。可是黛玉一见宝玉，看他"虽怒时而若笑，即瞋视而有情"，是多情的。"黛玉一见，便大吃一惊，心下想道，好生奇怪，倒像在哪里见过的一般，何等眼熟到如此。"

这样一见倾心。以后两人又都因具有对封建思想的叛逆性格，由知己而结成生死不渝的爱情，这就失欢于舅母和外祖母了。这种叛逆性格，是黛玉性格的主要方面。

《林黛玉赞》里又提到她的"人品才情，为《石头记》最"。第三回里写宝玉初见黛玉时，看到她"两弯似蹙非蹙笼烟眉，一双似喜非喜含情目。态生两靥之愁，娇袭一身之病。泪光点点，娇喘微微。闲静时似娇花照水，行动似弱柳扶风。心较比干多一窍，病如西子胜三分"。（脂批："至此八句是宝玉眼中，此一句是宝玉心中，此十句定评直抵一赋。"）即以上十句从宝玉眼中、心中写出黛玉的形象，是娇弱多病、多愁善感、敏感多心的少女形象。宝玉问黛玉："可也有玉没有？"听黛玉说没有，就狠命摔自己的那块玉。当天夜里，黛玉伤心流泪，说："今儿才来了，就惹出你家哥儿的狂病来，倘或摔坏那玉，岂不是因我之过。"这里就显出黛玉的多愁善感来。再像"饭毕，各有丫环用小茶盘捧上茶来。……接了茶毕，早有人捧过漱盂来，黛玉也照样漱了口，然后盥手毕；又捧上茶来，方是吃的茶。"（脂批："今黛玉若不漱此茶，或饮一口，不无为荣婢所诮乎？观此，则知黛玉平生之心思过人。"）荣国府的一套生活习惯，与外界不同。黛玉处处留心，像在饭后用茶漱口这件小事上，她也留心，会照荣国府的规矩去做，写出她的细心。

第八回写宝玉、黛玉在下雪天到薛姨妈家喝酒，宝玉说：

"我只爱吃冷酒。"宝钗笑道:"宝兄弟,亏你每日家杂学旁收的,难道就不知道酒性最热,若热吃下去,发散的就快;若冷吃下去,就凝结在内,五脏去暖他,岂不受害。从此还不改了,快不要吃那冷的了。"宝玉听这话有理,便放下冷的,令人烫来方饮。可巧黛玉的丫头雪雁与黛玉送小手炉来,黛玉因含笑问她:"谁叫你送来的?难为她费心,哪里就冷死了我。"雪雁道:"紫鹃姐姐怕姑娘冷,叫我送来的。"黛玉一面接了,抱在怀中笑道:"也亏你倒听她的话,我平日和你说的,全当耳旁风,怎么她说了你就依,比圣旨还快。"宝玉听这话,知是黛玉借此奚落他,也无回复之词。(王希廉批:"放下冷酒,借雪雁发挥,心灵口敏。")黛玉就是这样心灵口敏。

第十六回写"宝玉又将北静王所赠鹡鸰香串珍重取出来转赠黛玉,黛玉说:'什么臭男人拿过的,我不要他。'遂掷而不取,宝玉只得取回"。(脂批:"略一点黛玉性情。")第二十五回贾环用蜡灯里的滚油烫伤了宝玉的脸,宝玉左边脸上满满地敷了一层药。黛玉要瞧瞧,宝玉忙把脸遮住不肯叫她看,知道她的癖性喜洁。"林黛玉自己也知道有这件癖性,知道宝玉的心内怕她嫌脏。"(脂批:"真真写他二人之心,玲珑七窍。")在这里写出黛玉娇弱多病、多愁善感、心思灵敏、口齿尖刻、有洁癖这样一种性格。

第二十七回写黛玉的《葬花吟》,脂批:"开生面,立新场,是书多多矣。惟此回处生更新,非颦儿断无是佳吟,非石兄断无是情聆。"认为《葬花吟》在开生面、立新场中更生更新。第二十八回写宝玉听了《葬花吟》，听到"侬今葬花人笑痴，他年葬侬知是谁。一朝春尽红颜老，花落人亡两不知"等句，不觉恸倒山坡之上。"试想林黛玉的花颜月貌，将来亦到无可寻觅之时，宁不心碎肠断。"（脂批："只想景想情想事想理，反复追求，悲伤感慨，乃玉兄一生天性，真颦儿不知己则实无再有者。"）这里赞美黛玉的才情，是情景事理的结合，极为感动人。所谓情景事理的结合，指出《葬花吟》不仅写了葬花，也写了黛玉自己的处境和感受，如"一年三百六十日，风刀霜剑严相逼"。这是她的叛逆性格与宝玉生死不渝的爱情，在封建大家庭中的必然遭遇，以她的敏感，会有这种感触。"独倚花锄泪暗洒，洒上空枝见血痕。"这是她自悲身世之泪，所以见血痕。"质本洁来还洁去"，这是在讲花，也是在自喻，说明他们的爱情是纯洁的。《葬花吟》具有这样的内容，所以值得宝玉感动，显示黛玉的才情。

第三十八回《林潇湘魁夺菊花诗》，写评菊诗。"李纨笑道：'等我从公评来，通篇看来，各人有各人的警句。今日公评，《咏菊》第一，《问菊》第二，《菊梦》第三。题目新，诗也新，立意更新了，只得要推潇湘妃子为魁了。"黛玉的《咏菊》："毫端蕴秀临霜写，口角噙香对月吟。满纸自怜题素怨，片言谁解诉秋心。"（王希廉批："毫端二句离不开题面。心字一韵，幽郁而沉细。"）这首诗没有提到菊字，把"蕴秀"

跟"临霜"结合,加上"嚼香对月",就指菊花了,这里也含有菊花的傲霜和高洁在内。"自怜""素怨","谁解""秋心",可以指菊,实际是讲自己,把菊与己结合,写出身世之感,所以好。《问菊》:"孤标傲世偕谁隐,一样花开为底迟。"(王希廉批:"颦卿其有身世之感矣。")这二句也是花与己的结合。这里显示黛玉的才情。

第四十八回《慕雅女雅集苦吟诗》,写黛玉指导香菱学诗。黛玉道:"词句究竟还是末事,第一是立意要紧。若意趣真了,连词句不用修饰,自然是好的,这叫作'不以词害意'。"(王希廉批:"得诗中三昧")。"香菱笑道:'我只爱陆放翁诗:"重帘不卷留香久,古砚微凹聚墨多。"说的真切有趣。'黛玉道:'断不可看这样的诗,你们因不知诗,所以见了这浅近的就爱,一入了这个格局,再学不出来的。'"因介绍香菱先读王维的诗。香菱读了,对黛玉说:"诗的好处,有口里说不出来的意思,想去却是逼真的;有似乎无理的,想去竟是有理有情的。"黛玉笑道:"这话有了些意思,但不知你从何处见得?"香菱举了几个例子,其中一个是"'渡头余落日,墟里上孤烟。'这'余'字合'上'字,难为他怎么想来。我们那年上京来,那日下晚,便挽住船,岸上又没人,只有几棵树。远远的几家人家做晚饭,那个烟竟是青碧连云。谁知我昨儿晚上看了这两句,倒像我又到了那个地方去了。"黛玉笑道:"你说他这'上孤烟'好,你还不知他这一句,还是套了前人的来。

我给你这一句瞧瞧，比这个更淡而现成。"说着，便把陶渊明的"暖暖远人村，依依墟里烟"翻了出来，递与香菱。香菱瞧了，点头叹赏，笑道："原本'上'字是从'依依'两个字上化出来的。"这里写黛玉讲诗，重在意趣真，所以不赞成陆游那两句诗，因为那两句在刻画物象不在写意趣。又讲到诗句的脱化。这些都显示黛玉的才情。

这样看来，《红楼梦》写林黛玉，以她对封建大家庭的叛逆性格为主，写她以一个娇弱多病、多愁善感、容易流泪的女郎，加上具有贞洁的品格、杰出的才华、至死不渝的爱情与不肯屈服的精神，塑造成这位少女的典型。

薛宝钗

《增评补图石头记》卷首读花人论赞的《薛宝钗赞》：

观人者必于其微，宝钗静慎安详，从容大雅，望之如春。以凤姐之黠，黛玉之慧，湘云之豪迈，袭人之柔奸，皆在所容，其所蓄未可量也（然斩宝玉之痴，形忘忌器；促雪雁之配，情断故人。热面冷心，殆春行秋令者欤？至若规夫而甫听读书，谋侍而旋闻泼醋，所谓大方家者，竟何如也？宝玉观其微矣）。

这里只取前面的话，后面加括弧的话是指高鹗补的后四十回，与曹雪芹的用意不同，因此这里只讨论曹雪芹的《红楼梦》八十回，故高鹗补的不取。

第五回写宝钗，与黛玉对写。写宝钗"品格端方，容貌丰美，人多谓黛玉所不及。而且宝钗行为豁达，随分从时，不比黛玉孤高自许，目无下尘，故比黛玉大得下人之心，便是那些小丫头子们亦多喜与宝钗去玩笑。因此黛玉心中便有些悒郁不忿之意，宝钗却浑然不觉"。这是开始介绍宝钗。第八回写宝玉去看宝钗：

宝玉掀帘一迈步进去，先就看见薛宝钗坐在炕上做针线，头上挽着漆黑油光的髻儿，蜜合色棉袄，玫瑰紫二色金银鼠比肩褂，葱黄绫棉裙，一色半新不旧，看来不觉奢华。唇不点而红，眉不画而翠，脸若银盆，眼如水杏。罕言寡语，人谓藏愚；安分随时，自云守拙。（脂批："这方是宝卿正传，与前写黛玉之传一齐参看，各极其妙，各不相犯。"）

按第三回写宝玉眼中的黛玉，只写眉、目、态、娇、泪、喘、静、动、心、病，（脂批："不写衣裙妆饰，正是宝玉眼中不屑之物，故不曾看见。"）这里写宝钗，就写她的发和衣裙，说明在宝玉眼中，黛玉和宝钗是有不同，对黛玉只注意看她的神情态度，对宝钗就兼注意她的衣裙了。

接着写宝钗问宝玉要看那块玉，看时念出玉上的八个字：

"莫失莫忘，仙寿恒昌。"莺儿嘻嘻笑道："我听这两句话，倒像和姑娘的项圈上的两句是一对儿。"宝玉要金项圈看，上面有"不离不弃，芳龄永继"。宝玉看了，因笑问："姐姐这八个字，倒真与我的是一对。"这样写暗示宝玉与黛玉是精神契合，宝玉与宝钗是一对，但貌合神离。这里对那块玉，有诗嘲云："好知运败金无彩，堪叹时乖玉不光。白骨如山忘姓氏，无非公子与红妆。"这四句暗示贾家失败，这个失败跟上层的斗争有关，贾家只是牵涉进去。在这一斗争中，公子、红妆死的是白骨如山。

第五回写宝玉梦游太虚幻境，遇警幻仙子，引他到一处："早有一位女子在内，其鲜艳妩媚，有似乎宝钗；风流袅娜，则又如黛玉。"（脂批："难得双兼，妙极。"）警幻仙子说："如尔则天分中生成一段痴情，吾辈推之为意淫。惟意淫二字，可心会而不可言传，可神通而不能语达。"（脂批："按宝玉一生心性，只不过是'体贴'二字，故曰'意淫'。"）"再将吾妹一人，乳名兼美，（脂批：'妙，盖指薛林而言也。'）字可卿者许配与汝。"这里写宝玉意中所最为体贴的是兼美，即宝钗、黛玉两人，故警幻仙子以兼美许配给他，兼美又字可卿，即可人，是可喜爱的人，写黛玉、宝钗同样使得宝玉喜爱。

第三十六回写宝玉被父亲毒打后，在园内休养，却每日甘心为诸丫头充役。"或如宝钗辈有时见机劝导，反生起气来，只说好好的一个清净洁白女子，也学得沽名钓誉人了，国贼禄蠹之流。这总是前人无故生事，立意造言，原为引导后世的须眉俗物。不想我生不幸，亦且琼闺绣阁中，亦染此风，真真有负天地钟灵毓秀之德。"这是对宝钗的不满，所以不能成为知己。"独有林黛玉自幼不曾劝他去立身扬名，所以深敬黛玉"，成为知己。

第二十八回写贵妃打发夏太监出来，送来端午节礼，送给宝玉的有上等宫扇两柄、红麝香珠两串、凤尾罗二端、芙蓉簟一领，送给宝钗的跟宝玉一样，送给林黛玉的只有扇子同数珠儿，别的都没有。这件事引起三个人的不同反应。"宝玉听了笑道：'这是什么缘故，怎么林妹妹的不同我的一样，倒是宝姐姐的同我的一样，别是传错了罢。'"接着黛玉走来，对宝玉说："我没这么大福禁受，比不得宝姑娘，什么金什么玉的，我们不过是草木之人罢了！"宝玉听她提出金玉二字来，不觉心动疑猜，便说道："除了别人说什么金什么玉，我心里要有这个想头，天诛地灭，万世不得人身！""宝钗因往日母亲对王夫人等，曾提过金锁，是个和尚给的，等日后有玉的，方可结为婚姻等话，所以总远着宝玉。昨日见元春所赐的东西，独她与宝玉一样，心里越发没意思起来。"这里显出宝玉一心在黛玉身上。黛玉也心在宝玉身上，但感到她跟宝玉的爱情会受到挫折。宝钗远着宝玉，对元春的赐物，独她的和宝玉一样，心里越发没有意思，说明她的心不在宝玉身上。

第二十七回《滴翠亭杨妃戏彩蝶》,写宝钗在扑彩蝶,跟着彩蝶到了滴翠亭,听见亭子里有人说话,一个说丢了一块手帕,给爷们拾了,要爷们还她。那一个说,爷要谢礼。一个说,拿我这个给他罢。又说,我们只顾说话,怕有人在外听见,把隔子窗推开了。宝钗听见这话,心中吃惊:这一开,见我在这里,她们岂不臊了。使个金蝉脱壳的法子,放重脚步,笑着叫道:"颦儿,我看你往哪里藏?"让亭子内的红玉、坠儿认为她们的私房话给黛玉偷听去了,与宝钗无关。这样为了保护自己,把可能引起的忌恨推到别人身上,又显出宝钗性格的另一方面。第三十回,王夫人因宝玉和金钏调笑,不责怪宝玉,反而打了金钏一巴掌,把她赶出去,金钏因此投井死了。第三十二回写王夫人说:"谁知她这么大气性,就投井死了,岂不是我的罪过。"宝钗笑道:"姨妈是慈善人,固然是这样想。据我看来,她并不是赌气投井,多半是下去住着,或是在井跟前玩,失了脚,掉下去的。她在上头拘束惯了,这一出去,自然要到各处去玩玩逛逛,岂有这样大气性呢?纵然有这样大气,也不过是个糊涂人,也不为可惜。"宝钗碰上对自己不利的事,就嫁祸于人,来保护自己。明明是王夫人逼死了金钏,她为了讨好王夫人,就把金钏的投井说成是她自己的过错。在这里又写出宝钗另一方面的性格,这正符合封建大家庭的需要。

第三十二回里又写王夫人对宝钗说,要把新衣服给金钏作装裹，不巧各丫头都没有新衣服，只有林妹妹做生日的两套。又想林妹妹素日是个有心的。既说了给她做生日，这会子又给去装裹，岂不忌讳。宝钗忙道："我前日倒做了两套，拿来给她，岂不省事。"王夫人道："虽然这样，难道你不忌讳？"宝钗笑道："姨妈放心，我从来不计较这些。"就去取了衣服来。这也是讨好王夫人，也是对王夫人的笼络。第二十二回写贾母替宝钗做生日，设宴听戏，要宝钗点戏，宝钗推让不了，点了一出《西游记》，贾母自是欢喜。然后凤姐点戏，凤姐点了一出《刘二当衣》，贾母果真更欢喜。（王希廉批："所谓老年人喜热闹戏文也。"又批："只一点戏，宝钗之后即继以凤姐，而两人皆如贾母之意出之，是作者得《春秋》比事之法，可以知宝钗之为人矣。"）这是宝钗讨好贾母，也是对贾母的笼络。第三十六回写宝钗到怡红院，看见宝玉睡午觉，袭人坐在旁边，替他绣白绫红里的兜肚，绣鸳鸯戏莲。袭人笑道："好姑娘，你略坐一坐，我出去走走就来。"说着就走了。宝钗坐在袭人坐的位子，拿起针来就替袭人绣。这是讨好袭人，也是对袭人的笼络。第四十五回写黛玉近日又复嗽起来，觉得比往常又重。宝钗来看望她。宝钗说："昨儿我看你那药方上，人参肉桂，觉得太多了，虽说益气补神，也不宜太热。依我说，先以平肝养胃为要，肝火一平，胃气无病，饮食就可以养人了。每日早起拿上等燕窝一两、冰糖五钱，用银吊子熬出粥来，若吃惯了，比药还强，最是滋阴补气的。"黛玉怕又兴出新文来，熬什么燕窝粥，惹得底下人嫌我太多事。宝钗说："只怕燕窝我们家里还有，与你送几两，每日叫丫头们熬了，又便宜，又不兴师动众的。"黛玉忙笑道："东西是小，难得你多情如此。"这是宝钗讨好黛玉，是对黛玉的笼络。第五十六回写凤姐病了，由探春、李纨、宝钗三人来管理家务。探春提出兴利除弊，一样是不让买办替各房购买头油脂粉，把这笔钱交各房老妈子自去置办，免得买办脱了空，或买的不是正经货；一样是把园子里的花草果叶凡值钱的，分包给几个本分老成能知园圃的老妈子，只问她们一年可以孝敬些什么，园子有人专管，不致作践，老妈妈也可得些小补，可以省了花匠、山子匠、打扫人的工费。平儿道："这件事须得姑娘说出来，我们奶奶虽有此心，未必好出口。此刻姑娘们在园里住着，不能多弄些玩意儿陪衬，反叫人去监管修理，图省钱，这话断不好出口。"宝钗忙走过来，摸着她的脸笑道："你张开嘴，我瞧瞧你的牙齿舌头是什么做的。你说了这些话，想不到三姑娘（指探春）说一套话出来，你就有一套话回奉。总是三姑娘想得到的，你们奶奶也想到了，只是必有个不可办的缘故。这会子又是因姑娘们住的园子，不好因省钱令人去监管……"宝钗这样说，就是讨好平儿，也是讨好凤姐，平儿和凤姐也在她的笼络中了。她就是这样善于讨好人、笼络人，这又是她性格的一个特点。

第十八回称贾妃命题叫宝玉和众姊妹赋诗。宝玉写《怡红院》，用了"绿玉"二字。宝钗看见了，对他说："贵人因不喜'红香绿玉'四字，才改了'怡红快绿'，你这会子偏又用了'绿玉'二字，岂不是有意和她分驰了。况且蕉叶之典故颇多，再想一个改了罢。"宝玉道："我这会子总想不起什么典故出处来。"宝钗笑道："你只把'绿玉'的'玉'字改作'蜡'字就是了。唐朝韩翃《咏芭蕉诗》：'冷烛无烟绿蜡干'都忘了吗？"这里写出宝钗的才学来。第三十回写宝玉问宝钗怎么不看戏去，宝钗道怕热。"宝玉笑道：'怪不得他们拿姐姐比杨贵妃，原也体胖怯热。'宝钗听说，不由得大怒。可巧小丫头靓儿因不见了扇子，和宝钗笑道：'必是宝姑娘藏了我的，好姑娘，赏我罢。'宝钗指她道：'你要仔细，我和谁玩过，你来疑我。和你素日嘻皮笑脸的那些姑娘们，你该问她们去！'说的靓儿跑了。宝玉自知又把话说造次了。"（王希廉批："无端奚落，乌能含忍？趁靓儿寻扇而曰'我和谁玩过'，其言凛然。不料宝姐姐亦有此恶机锋。"）宝钗有才华，也有机智，能够对付宝玉的奚落，这是宝钗性格的又一面。

丰容妩媚，安分随时，能讨好人笼络人，又会金蝉脱壳来保护自己，既有才情又极机智，把这些结合起来，就塑造成宝钗这个典型形象。

王熙凤

脂砚斋批第三回："另磨新墨，搦锐笔，特独出熙凤一人。未写其形，先使闻声，所谓绣幡开遥见英雄俺也。"说明作者对凤姐是用特笔来写的。第三回写黛玉到了贾府，见过外祖母贾母。贾母"一语未了，只听得后院中有人笑声说：'我来迟了，不曾迎接远客。'（脂批：'第一笔，阿凤三魂六魄已被作者拘定了，后文焉得不活跳纸上？'）黛玉纳罕道，这些人个个皆敛声屏气，恭肃严整如此，这来者系谁，这样放诞无礼。心下想时，只见一群媳妇丫环，围拥着一个人，从后房门进来。……一双丹凤三角眼，两弯柳叶掉梢眉，身量苗条，体格风骚：粉面含春威不露，丹唇未启笑先闻。黛玉连忙起身接见。贾母笑道：（脂批：'阿凤一至，贾母方笑，与后文多少笑字作偶。'）'你不认得她，她是我们这里有名的一个泼皮破落户儿，南省俗谓作辣子，你只叫她凤辣子就是。'（脂批：'阿凤笑声进来，老太君打诨，虽是空口传声，却是补出一向晨昏起居，阿凤于太君处承欢应候，一刻不可少之人，看官勿以为闲文淡文也。'）……这熙凤携着黛玉的手，上下细细地打量了一回（脂批：'写阿凤全部传神第一笔也。'），便仍送至贾母身边坐下，因笑道：'天下真有这样标致人物（脂批："这方是阿凤言语，若一味浮词套语,岂复为阿凤哉!"),我今才算见了。况且这通身的气派,竟不像老祖宗的外孙女儿(脂批:"仍归太君,方不失《石头记》文字,且是阿凤身心之至文。"),竟是个嫡亲的孙女,怨不得老祖宗天天口头心头一时不忘。(脂批:"却是极淡之语,偏能恰投贾母之意。")只可怜我这妹妹(脂批:"这是阿凤见黛玉正文。"),这样命苦,怎么姑妈偏就去世了。'说着便用帕拭泪。(脂批:'若无这几句,便不是贾府媳妇。')贾母笑道:'我才好了(脂批:"文字好看之极。"),你倒来招我。你妹妹远路才来,身子又弱,也才劝住了,快再休提前话。'(脂批:'反用贾母劝,看阿凤之术亦甚矣。')"凤姐在第一次出场时,即以不同于众姊妹的身份出现,一到场就引得贾母发笑,得到贾母的欢心。她的一言一动,都在迎合贾母,这显示她的性格的一个方面。

第六回写周瑞家的对刘姥姥说:"这位凤姑娘,少说些有一万个心眼子,再要赌口齿,十个会说话的男人也说她不过。就只一件,待下人未免太严了些。"第十三回《王熙凤协理宁国府》,写贾珍向王夫人请凤姐去协理秦可卿的丧事说:"从小儿大妹妹顽笑着就有杀伐决断,如今出了阁,又在那府里办事,越发历练老成了。我想了这几日,除了大妹妹,再无人了。"那凤姐素日最喜揽办,好卖弄才干,今日见贾珍如此一说,她心中早已欢喜。第十四回脂批:"写凤姐之珍贵,写凤姐之英气,写凤姐之声势,写凤姐之心机,写凤姐之骄大。"这回写凤姐"自入抱厦内来按名查点各项人数都已到齐，只有迎送亲客上的一人未到，即命传到，那人已张惶愧惧。凤姐冷笑道：'我说是谁误了，原来是你。你原比他们有体面，所以才不听我的话。'……凤姐便说道：'明儿他也睡迷了，后儿我也睡迷了，将来都没有人了。本来要饶你，只是我头一次宽了，下次人就难管了，不如开发的好。'登时放下脸来，喝命带出，打二十大板。……凤姐道：'明儿再有误的，打四十；后日的六十。有不怕打的只管误！'"

第十五回《王熙凤弄权铁槛寺》，写宁府送殡到铁槛寺，凤姐住在附近的水月庵里。庵里的老尼来求凤姐办一件事，原来长安县内张财主的女儿金哥，到善才庵内进香，被长安府府太爷的小舅子李衙内看上。李衙内打发人到张家求亲，不想金哥已受了原任长安守备公子的聘礼。李衙内定要娶金哥，张家便向守备家退定礼，守备家不收，张家就上京找门路，要压守备家接受退还的定礼。老尼知道长安节度使云光与贾府最契，求凤姐写封信去求云老爷和那守备说一声，不怕那守备不依。凤姐答应办，条件是给三千两银子谢礼。凤姐便命来旺进城，找主文相公假托贾琏所嘱，修书一封送与节度使。云光跟守备讲了，守备忍气吞声收了前聘之物。金哥闻得父母退了亲事，便悄悄自缢了。那守备之子闻讯，也投河而死。凤姐坐享了三千两，自此胆识愈壮，以后有了这样的事，便恣意地作为起来。（脂批："一段收拾过阿凤心机胆量，真与雨村是乱世之奸雄。"）这里写凤姐逞能要强，有威势，有心机胆量，会弄权害人，这是凤姐性格的又一方面。

第十一回《见熙凤贾瑞起淫心》，写凤姐在看园中的景致，贾瑞走来以言语挑逗："也是合该我与嫂子有缘，遇见嫂子。"一面拿眼睛不住地觑着凤姐儿。凤姐虚与敷衍，心里暗忖："哪里有这样禽兽的人呢？他果如此，几时叫他死在我的手里，他才知道我的手段。"第十二回《王熙凤毒设相思局，贾天祥正照风月鉴》，写贾瑞到凤姐家去探看，凤姐约他天黑后悄悄地在西边穿堂等她；贾瑞摸黑钻入穿堂，忽然穿堂的门倒关，给冻了一夜。祖父代儒因他一夜不归，认定非赌即嫖，打他三四十板，不许吃饭，跪在院内读文章，其苦万状。过后又去找凤姐，凤姐叫他天黑后在一间空屋里等她，却派贾蓉、贾蔷入晚去抓住贾瑞，逼他写了两张借银五十两的借据，拉到大台矶底下蹲着。忽然一桶尿粪从上泼下，贾瑞满脸浑身皆是尿屎，回去更衣洗濯，不久就病倒死去。（王希廉批："贾瑞因属邪淫，然使凤姐初时，一闻邪言，即正色呵斥，亦何至心迷神惑，至于殒命。乃凤姐不但不正言拒斥，反以情话挑引，且两次诓约，毒施凌辱，竟是诱人犯法，置之死地而后已。不但极写凤姐之刁险，且以描其钟情之处，亦必如此引盗入室。"）

第六十七回《苦尤娘赚入大观园，酸凤姐大闹宁国府》，写贾琏私娶尤二姐，在外租屋居住。凤姐探明情况，先把尤二姐赚入大观园，一面使旺儿打听到这尤二姐早已许配给张华，张父得了尤婆子二十两银子，退了亲的。凤姐便封二十两银子与旺儿，命他与张华联名写一张状子，告琏二爷国孝家孝期间背旨瞒亲，仗财依势，强逼退亲，停妻再娶。上都察院传旺儿，旺儿说："主人实有此事。"凤姐又使丫头秋桐虐待尤二姐。尤二姐要死不能，要生不得，渐次黄瘦下去。贾琏请医生开了下瘀通经的药，让尤二姐服下去，把一个已经成形的男胎打下来。尤二姐想病已成势，日无所养，反有所伤，料定必不能好，吞金死了。

这里写凤姐为了贪图三千两银子，暗里弄权，强迫退婚，逼死两条人命。又为了对付尤二姐，把她赚入大观园，加以虐待，置于死地。写她阴谋暗害，刻毒险恶，是凤姐性格的另一方面。这跟她的能干好胜，有魄力，能办事，能讨得贾母欢心结合起来，塑造成凤姐的典型。

晴雯

第五回写贾宝玉梦游太虚幻境，翻开金陵十二钗副册，看见一页上题辞："霁月难逢，彩云易散。心比天高，身为下贱。风流灵巧招人怨，寿夭多因诽谤生，多情公子空牵念。"（脂批："恰极之至，病补雀金裘回中与此合看。"）

第三十一回《撕扇子作千金一笑》，是写晴雯的。晴雯把扇子失了手，跌在地下，将骨子跌折：

宝玉因叹道："蠢才，蠢才，将来怎么样？明日你自己当家立业，难道也是这么顾前不顾后的？"晴雯冷笑道："二爷近来气大的很。行动就给脸子瞧。前日连袭人都打了，今日又来寻我们的不是。要踢要打，凭爷去。就是跌了扇子，也是平常的事。先时连那么横的玻璃缸、玛瑙碗，不知弄坏了多少，也没见个大气儿。这会一把扇子就这么着急了，何苦来！嫌我们就打发了我们，再挑好的使，好离好散的，倒不好？"宝玉听了这些话，气得浑身乱战。因此说道："你不用忙，将来有散的日子。"袭人在那边，早已听见，忙赶过来向宝玉道："好好的，又怎么了？可是我说的，一时我不到，就有事故儿。"晴雯听了冷笑道："姐姐既会说，就该早来，也省了爷生气。自古以来就是你一个人伏侍爷的，我们原没伏侍过。因为你伏侍的好，昨日才挨窝心脚。我们不会伏侍的，明日还不知是个什么罪呢？"袭人听了这话，又是恼，又是愧。待要说几句话，又见宝玉已经气得黄了脸，少不得自己忍了性子，推晴雯道："好妹妹，你出去逛逛，原是我们的不是。"晴雯听了她说"我们"二字，自然是她和宝玉了，不觉又添了醋意，冷笑几声道："我倒不知道你们是谁，别叫我替你们害臊了！便是你们鬼鬼祟祟干的那事，也瞒不过我去！哪里就称起'我们'来了！（王希廉批：'晴姐真是一把昆吾刀，又锋又快。')那明公正道,连个姑娘还没挣上去呢,也不过和我似的,哪里就称上'我们'了!"袭人羞得脸紫涨起来,想一想,原是自己把话说错了。宝玉一面说道:"你们气不忿,我明日偏抬举她。"袭人忙拉了宝玉的手道:"她是一个糊涂人,你和她分证什么?况且你素日是有担待的,比这大的,过去了多少,今日是怎么了?"晴雯冷笑道:"我原是糊涂人,哪里配和我说话,我不过奴才罢咧!"……(王希廉批:"跌扇子后,你我拌嘴,悉属伶牙俐齿,不可犯干,听者自难于处分。""舌有莲花。""宝玉房中丫头,除晴雯以外,断不敢将此等语答袭人。""自此以往,袭人已不可容晴雯矣,祸机之伏始此。")

这一段突出了晴雯的性格。晴雯的地位,在怡红院里是跟袭人相仿的,所以说"也不过和我似的"。但晴雯是干净的,不像袭人和宝玉"鬼鬼祟祟干的那事",这是晴雯高出袭人的地方。再说,袭人和宝玉"鬼鬼祟祟干的那事,也瞒不过我",说明晴雯又是精明的,她不揭发,心地是善良的;但又不肯让人,所以在这里点出来,说明她又缺乏警惕性,不知这话对袭人说了要遭忌害的。晴雯这样反击,说明她并不把宝玉看作主子,所以敢于指责宝玉踢袭人的事,敢于揭出袭人暗中干的丑事,这些都显示她的"心比天高",在怡红院中她是最聪明、机警、纯洁的人。但袭人说她是糊涂人,所谓糊涂,就指她敢于和宝玉顶撞，敢于和袭人顶撞，不考虑这种顶撞会产生怎样的后果。她懂得袭人的意思，所以说"我不过奴才罢咧"，即指出在袭人心中，奴才是不能和主子顶撞的，即感叹自己的"身为下贱"。晴雯又从袭人说的"我们"两字里，一直触及袭人的灵魂深处，触及袭人自己以为在怡红院中的地位，加以深入揭露，使袭人羞得脸紫涨起来。这里显示她的感觉锐敏，对对方的话，一个字都不放过。写出晴雯性格的一个方面。

接下来写宝玉从薛蟠处喝酒回来，见院中乘凉的枕榻上有个人睡着。经宝玉一推，那人翻身起来，说："何苦又来招我？"宝玉一看，原来却是晴雯。宝玉将她拉在身旁坐下，笑道："你的性子越发惯娇了……"晴雯道："怪热的，拉拉扯扯做什么？叫人来看见，像什么？我这身子，也不配坐在这里。"宝玉笑道："你既知道不配，为什么睡着呢？"晴雯嗤的一声笑道："你不来使得，你来了就不配了。起来，让我洗澡去。"宝玉笑道："你既没有洗，拿了水来，咱们两个洗。"晴雯摇手笑道："罢，罢，我不敢惹爷……"宝玉请晴雯拿果子来吃，晴雯笑道："我慌张得很，连扇子还跌折了，哪里还配打发吃果子。倘或再打破盘子，还更了不得。"宝玉便笑道："比如那扇子，原是扇的，你要撕着玩，也可以使得，只是不可生气时拿他出气。这就是爱物了。"晴雯听了笑道："既这么说，你就拿了扇子来我撕，我最喜欢撕的。"宝玉听了，便笑着，递与她。晴雯果然接过来，哧的一声撕了两半，接着又听哧哧几声。宝玉立旁笑着，说："响得好，再撕响些。"麝月走过来笑道："少作些孽罢。"宝玉把她手里扇子也夺了递与晴雯。晴雯接了，也就撕作两半。二人都大笑。（王希廉批："要到你们、我们，才可拉拉扯扯，醋意儿尚在袭人身上。""晴雯撕扇子，撒娇可爱。"）

上一段写宝玉对晴雯的责备，是在宝玉心中闷闷不乐时。这回宝玉酒后高兴，只说晴雯惯娇，还对晴雯拉拉扯扯，要跟晴雯一块儿去洗澡，要把扇子给晴雯撕，还说："古人云：'千金难买一笑。'几把扇子能值几何？"这里说明宝玉对晴雯的喜爱。而晴雯的撒娇，是晴雯性格的又一方面。

第五十二回《勇晴雯病补雀毛裘》，写贾母把一件珍贵的孔雀毛的氅衣给宝玉。哪知宝玉出门回来，后襟上烧了一块。织补匠人不认识这是什么料，都不敢揽这活。病中的晴雯移过灯来细瞧了一瞧，说道："这是孔雀金线的。如今咱们也拿孔雀金线，就像界线似的，界密了，只怕还可混得过去。"宝玉忙道："这如何使得，才好了些，如何做得生活。"晴雯道："不用你蝎蝎螫螫的，我自知道。"她坐起来，只觉头重身轻，满眼金星乱迸，待不做，又怕宝玉着急，少不得咬牙挣着。织补不上三五针，便伏在枕上歇一会。只听自鸣钟敲了四下，刚刚补完，嘎唷一声，便身不由主倒下了。这显示了晴雯急人之难，奋不自顾，而且两手灵巧。

第七十四回《惑奸谗抄检大观园》，写王夫人因傻丫头拾到了个绣春囊,上面绣着春宫图,便派王善保家的负责抄查。谈到园内丫头,王善保家的道:"头一个是宝玉屋里的晴雯,那丫头仗着她生的模样儿比别人标致些,又生了一张巧嘴,天天打扮得像个西施样子,在人跟前能说惯道,抓尖要强。一句不投机,她就立起两只眼睛来骂人,妖妖调调,大不成个体统。"王夫人就派丫头去把晴雯叫来,冷笑道:"好个美人儿,真像个病西施了。你天天作这轻狂样儿给谁看。你干的事打量我不知道么?我且放着你,自就明儿揭你的皮!宝玉今日可好些?"晴雯一听便知有人暗算了,跪下回道:"我不大到宝玉房里去,又不常和宝玉在一处,好歹我不能知。那都是袭人和麝月两个人的事。太太问她们。"王夫人道:"这就该打嘴,你难道是死人,要你们做什么?"晴雯道:"我原是跟老太太的人,因老太太说,园里空大人少,宝玉害怕,所以拨了我去外间屋里上夜,不过看屋子。所以宝玉的事,竟不曾留心。太太既怪,从此后我留心就是了。"王夫人忙说:"你不近宝玉,是我的造化,竟不劳你费心!"喝声:"出去!站在这里,我看不上这浪样儿!"晴雯运气非同小可,一出门,直哭到园内去。当夜王善保家的抄到怡红院,要搜晴雯的箱子。晴雯不满地将箱子豁琅一声掀开,两手提着底子往地下一倒,将所有之物尽都倒出来。写晴雯的不屈,敢于反抗。

第七十七回《俏丫鬟抱屈夭风流》,写王夫人到怡红院来查人,叫晴雯的哥嫂来领她出去。晴雯四五日水米不曾沾牙,在炕上给拉了下来,蓬头垢面,由两个女人搀架着走了。宝玉倒在床上大哭起来,对袭人说:"我竟不知晴雯犯了什么弥天大罪,怎么人人的不是,太太都知道了,单不挑出你和麝月、秋纹来。"袭人听了心内一动,低头半日,无可回答。宝玉道:"你是头一个出了名的至善至贤的人。"(王希廉批:"我则必疑至善至贤之人挑唆王夫人矣。")

这里写的正是"风流灵巧招人怨,寿夭多因诽谤生,多情公子空牵念。"王善保家的说晴雯像西施,王夫人说她像病西施,加上她能补雀毛裘,正说明她的风流灵巧。她的灵巧还表现在口角锋芒,得罪了袭人,得罪了王善保家的,终被谗言害死了。她病死前,宝玉还偷偷地去看她,正是"多情公子空牵念"了。第七十八回《痴公子杜撰芙蓉诔》来祭她:"其为质则金玉不足喻其贵,其为体则冰雪不足喻其洁,其为神则星日不足喻其精,其为貌则花月不足喻其色。"写她的被谗毁,"高标见嫉,闺闱恨比长沙;贞烈遭危,巾帼惨于雁塞。自蓄辛酸,谁怜夭折。"这样对她的各个方面做了概括,从"心比天高""风流灵巧",加上品质的高洁,美丽聪明,富有反抗性,这样来塑造出一位晴雯的典型。

袭人

第五回写宝玉梦游太虚幻境,翻金陵十二钗副册第二幅画的题辞:"枉自温柔和顺,空云似桂如兰。堪羡优伶有福,谁知公子无缘。"对于袭人的"枉自温柔和顺",为什么称"枉自"呢?第三回写"这袭人亦是贾母之婢",贾母"素喜袭人心地纯良,克尽职任,遂与了宝玉。"袭人"伏侍贾母时,心中眼中只有一个贾母;今与宝玉,心中眼中又只有个宝玉。只因宝玉性情乖僻,每每规谏,宝玉不听,心中着实忧郁。"这样看来,她伏侍贾母时是温柔和顺的,顺着贾母的;她伏侍宝玉时,看到宝玉的叛逆性格跟封建家教不顺,所以要每每规谏,那就不完全顺着宝玉,所以说"枉自"了。第六回《贾宝玉初试云雨情》,写宝玉梦入太虚幻境,警幻仙子教给他云雨之事,他醒来后,"遂强袭人同领警幻所训云雨之事。袭人素知贾母已将自己与了宝玉的,今便如此,亦不为越理,遂和宝玉偷试一番,幸得无人撞见。自此宝玉视袭人更与别个不同(脂批:'伏下晴雯。'),袭人侍宝玉更为尽职。"上面指出,袭人对于宝玉的叛逆性格,每每规谏;不是顺着他的。但对于这次云雨之事,却又顺着他。这就跟晴雯不同。晴雯对于宝玉的叛逆性格,没有规谏,但宝玉要同晴雯一起洗澡,晴雯就拒绝了。所以副册里把袭人排在晴雯后面。王夫人特别赞赏袭人,认为她是至贤至善的人,就把宝玉交给她;又怕晴雯把宝玉勾引坏了,就把她赶走,逼死。这主要说明袭人是顺着封建家教办的,虽然她已和宝玉有了私情,王夫人还是信任她;晴雯是不顺着封建家教办的,所以虽然跟宝玉没有私情，王夫人还怕她把宝玉勾引坏了，把她赶走，这也说明封建大家庭的虚伪，同时反映了袭人的性格。

第十九回《情切切良宵花解语》，写袭人骗宝玉，说家里要赎她回去，让宝玉发急，然后提出"三件事来，你果然依了我，就是你真心留我了！"宝玉忙笑道："你说哪几件，我都依你。……只求你们同看着我，守着我，等我有一日化成了飞灰……"急得袭人忙说："我正为劝你这些，更说得狠了。""这是第一件要改的。""第二件，你真喜读书也罢，假喜也罢，只在老爷跟前……只做出个喜读书的样子来。……凡读书上进的人，你就起个名字叫作禄蠹。又说只除明明德外无书，都是前人不能解圣人之书，便另出己意，混编纂出来的。……再不可谤僧毁道，调脂弄粉……"这里写袭人规劝宝玉的三件事，正是迎合封建大家庭的需要来说的。封建大家庭要求子弟传宗接代，反对化烟出家等说法；要求子弟读书学八股考科举做官，好光宗耀祖；要子弟求神拜佛，求得神佛的保护；要分别男尊女卑，不能调脂弄粉，和丫头亲密。这三点，宝玉正好违反封建家教。袭人以自己的去留来要挟，要求宝玉改，正说明她是封建家教的忠实追随者。以上这些，是袭人性格的一个方面。

第三十一回《撕扇子作千金一笑》，上一节谈到晴雯和宝玉闹别扭，惹得宝玉生气，袭人推晴雯道："好妹妹，你出去逛逛，原是我们的不是。"晴雯听到"我们"二字，便说：

"便是你们鬼鬼祟祟干的那事,也瞒不过我去。"(王希廉批:"自此以往,袭人已不可容晴雯矣,祸机之伏始此。")到第三十四回,宝玉被贾政毒打以后,王夫人派人来叫一个跟二爷的人去,袭人想了一想,便嘱晴雯、麝月、秋纹等人好生在房里,她就去了。王夫人道:"你不管叫个谁来也罢了,又丢下他,教谁服侍呢?"袭人说,"那四五个丫头会服侍二爷了。"可见王夫人并不要袭人去,是袭人自己乘机去进言的。

袭人道:"……我今大胆在太太跟前说句不知好歹的话,论理……"说了半截,忙又咽住。王夫人道:"你只管说。"袭人道:"太太别生气,我就说了。"王夫人道:"我有什么生气的,你只管说来。"袭人道:"论理,我们二爷也得老爷教训教训。若老爷再不管,不知将来做出什么事来呢!"王夫人一闻此言,便合掌念声阿弥陀佛,不由得赶着袭人叫了一声:"我的儿!亏了你也明白这话,和我的心一样。"……袭人……陪着落泪,又道:"……那一日,那一时,我不劝二爷,只是再劝不醒。偏生那些人又肯亲近他,也怨不得他这样,总是我们劝的倒不好了。今日太太提起这话来,我还记挂着一件事,每要来回太太,讨太太个主意,只是我怕太太疑心,不但我的话白说了,且连葬身之地都没了。"王夫人听了这话,内中有因,忙问道:"我的儿,你只管说。近来我因听见众人背前面后都夸你,我只说你不过在宝玉身上留心,或是诸人跟前和气，这些小意思。谁知你方才和我说的话，全是大道理，正合我的心事。你有什么，只管说什么，只别叫别人知道就是了。"袭人道："……如今二爷也大了，里头姑娘们也大了，况且林姑娘、宝姑娘又是两姨姑表姊妹，虽说是姊妹们，到底是男女之分，日夜一处起坐，不方便，由不得叫人悬心；便是外人看着，也不像大家子的体统。……二爷素日性格，太太是知道的。他又偏好在我们队里闹，倘或不防前后，错了一点半点，不论真假，人多口杂，那起小人的嘴，有什么避讳。心顺了，说得比菩萨还好；心不顺，就编得连畜生不如。二爷将来倘或有人说好，不过大家直过，设若叫人哼出一声不是来，我们不用说，粉身碎骨，罪有万重，都是平常小事。但后来二爷一生的声名品行，岂不完了！……"王夫人听了这话，如雷轰电掣一般。……忙笑道："我的儿，你竟有这个心胸。……你今日这一番话，提醒了我，难为你成全我两个声名体面，真真我不知道你这样好罢了。你且去罢，我自有道理……"（王希廉批："袭人意中，宝钗是宾，黛玉是主，在口中不得不连类说之。""袭姑娘之浸润，无一字不称太太之意而出，又无一字不钻太太之心而入。后来黛玉之死，晴雯之撵，已伏此数语中矣。""袭人与宝玉之有交关，同院人谁不知之。恐有人露到王夫人耳里，故先于无意中撇清一层。""都从旁敲侧击之言，写出一段道理来，却无一句一字空设。如此卖主求荣，花姑娘于律当斩。"）

179

袭人对王夫人说的这一次话，王希廉的评语是很有道理的。袭人看到宝玉对金钏的喜爱，他们两人说了几句调笑的话，王夫人不能容忍，认为金钏把宝玉勾引坏了，就把她逼死。照这样看来，那么宝玉和黛玉的爱情和亲密关系，宝玉对晴雯的喜爱和亲密关系，远远超过金钏，只要挑拨一下，也是王夫人所不能容忍的。所以她点了黛玉的名，宝钗只是作为陪衬。她又指出宝玉"偏好在我们队里闹"，她自己以宝玉声名体面的保护者自居，取得王夫人的完全信任。然后让王夫人在"我们队里"做一番清洗工作，第一个清洗掉的自然是王夫人看不惯的晴雯了。这样，掩盖了自己做的鬼鬼祟祟的丑事，用旁敲侧击的手法进行暗害，使王夫人撵走晴雯，把她置于死地，这是袭人性格的又一面。这样多方面地结合起来，塑造了袭人这一典型。

儒林外史

《儒林外史》中所描写的人物，鲁迅《中国小说史略》第二十三篇说：

大都实有其人，而以象形谐声或廋词隐语寓其姓名，若参以雍乾间诸家文集，往往十得八九（详见本书上元金和跋）。

金和《〈儒林外史〉跋》称：

书中之庄征君者程绵庄，马纯上者冯粹中，迟衡山者樊南仲，武正字者程文也。他如平少保之为年羹尧，凤四老爹之为甘凤池，牛布衣之为朱草衣，权勿用之为是镜，……《高青丘集》即当时戴名世诗案中事。

何其芳同志《吴敬梓的小说〈儒林外史〉》称它：

用白描的手法，简洁的朴素的语言，通过人物自己的行动和对话生动地描画出来了中国封建社会的知识分子的精神空虚和精神堕落，这是《儒林外史》的一个很重要的艺术成就。

王冕

《儒林外史》第一回《说楔子敷陈大义，借名流隐括全文》。何其芳同志说：

这就是说他著书的用意，他所反对的和肯定的是什么，都在这第一回里提了出来。他一开头就表示不赞成当时的热衷功名富贵的人，后面更具体地指出用《四书》《五经》八股文取士的办法不好，会使读书人"把那文行出处都看得轻了"，而他所歌颂的乃是王冕那样的人物。

吴敬梓写王冕，要给当时腐败浑浊的封建社会中的知识分子树立一个正面的榜样。

第一回写王冕，七岁上死了父亲。母亲做些针线，供他到村学堂里去读书。过了三年，无力继续上学，就到隔壁秦老家放牛。他把点心钱积起来，见闯学堂的书客，便买几本旧书看，看了三四年，心下也着实明白了。一次，在一阵大雨过后，见湖里有十来枝荷花，苞子上清水滴滴，荷叶上水珠滚来滚去。王冕想道："可惜我这里没有一个画工，把这荷花画他几枝，也觉有趣。"自此，聚钱托人买些胭脂铅粉之类，学画荷花。初时画得不好，画到三个月之后，那荷花精神颜色无一不像。乡间人见画得好，也有拿钱来买的。一传两，两传三，诸暨一县都晓得是一个画没骨花卉的名笔，争着来买。到了十七八岁，不在秦家了，每日画几笔画，读古人书。不满二十岁，就把那天文、地理、经史上的大学问，无一不贯通。（天目山樵一评："全书诸名士开山祖师，却又非虞、庄、杜诸人所及。"）但他既不求官爵，又不纳朋友，终日闭户读书。县里的翟头役是秦老的亲家，一日来找秦老，说本县老爷请王相公画二十四幅花卉册页。王冕屈不过秦老的情，用心画了二十四幅花卉，题了诗。时知县用来送给告老回乡的大官危素。危素看了，爱不忍释，要时知县约王冕相会。时知县嘱翟头役去请，王冕推辞不去。时知县亲自坐轿下乡来请，王冕却已离家走了。王冕到了济南，以卖卜测字卖画过活，过了半年才回来，打听危素已还朝，时知县已升任，便谢过秦老，依旧吟诗作画，奉养母亲。母亲病危时，吩咐王冕："不要出去做官。况且你的性情高傲，倘若弄出祸来，反为不美。"母亲去世后，王冕哀号下葬，负土成坟。

朱元璋得了金陵，立为吴王。一日，率领十几骑来访王冕，对王冕说道："孤在江南，即慕大名。今来拜访，要先生指示：浙人久反之后，何以能服其心？"王冕道："若以仁义服人，何人不服？若以兵力服人，浙人虽弱，恐亦义不受辱。"吴王点头称善，致谢而去。不数年间，吴王削平祸乱，建号大明，年号洪武。到了洪武四年，秦老进城带回一份邸抄，王冕见是礼部议定取士之法：三年一科，用《五经》《四书》八股文。王冕对秦老道："这个法却定的不好！将来读书人既有此一条荣身之路，把那文行出处都看得轻了。"后来有人传说，朝廷要征聘王冕出来做官，王冕就收拾行李逃往会稽山中。半年后，朝廷果然遣一官员拟授王冕咨议参军之职，但王冕久已不知去向，那官员只得捧诏回旨去了。

第一回写王冕是有真实传记的，看批语，小说写王冕，对传记是有改动的。（天目山樵二评："据《曝书亭集·王冕传》：'父命牧牛陇上，潜入塾听村童诵读，暮亡其牛，父怒挞之'。"）小说里改成"七岁上死了父亲"，没有写他听村童诵读丢牛的事。这样改，一写他家境贫寒，二写他替秦老放牛是用心的。小说写他母亲叫他替秦老放牛，王冕道："娘说的是。我在学堂里坐着，心里也闷，不如往他家放牛，倒快活些。"（天目山樵评："善体亲心，是谓孝子。"）作者这样写，是写王冕在儿童时期是善良的，能体会母亲心情的。他在想画荷花时，想道："天下哪有个学不会的事。"（天目山樵一评："此句宜正告天下后世没志气的人。"）这是写王冕既聪明又有志气。写翟头役拿时知县的请帖来请王冕，王冕不肯去，说："头翁，你有所不知。假如我为了事，老爷拿票子传我，我怎敢不去？如今将帖来请，原是不逼迫我的意思了，我不愿去，老爷也可以相谅。"（天目山樵一评："此等说话，危老先生、时知县尚不懂，无怪翟买办发急。"）这是说，王冕按春秋时代品格高尚的人的说法行事。（天目山樵二评："君召之役，则往役；君欲见之，则不往见之。"）按照当时的规定：民要替君服役，所以君召他去服役，他就得去服役；君欲见他，他可以不去见。因为当时品格高尚的人不愿做官，所以不愿见。后来君欲召见，人们认为这是无上光荣的事，这种精神早已丧失了，所以危素、时知县都不懂了。再后来，时知县亲自坐轿下乡来访王冕，王冕避开不见。他回来时对秦老说："时知县倚着危素的势，要在这里酷虐小民，无所不为。这样的人，我为甚么要相与他？"这说明他不但品格高尚，并且对相与的人是有很大讲究的。从这里，写出王冕善体母亲的心，是善良的、有志气的、有学识的、品格高尚的人，这是一方面。

接下来写到王冕对吴王说的话："若以仁义服人，何人不服……"（天目山樵二评："按《传》，冕隐九里山，为胡大海所执。大海问策，冕答云云，此借为答吴王语。"）这里把胡大海的问策改为吴王向他请教，把胡大海抓住他，改为吴王向他拜访，这样改，要提高他作为高人隐士的身价。因为王冕既作为全书的正面人物，写他被胡大海抓住再向胡大海进言，不如写吴王去访问，更足以抬高他的地位。又说朝廷派官员捧着诏书来授他咨议参军之职，因不知他的去向而作罢。(天目山樵一评:"按《传》,冕在胡大海军中,太祖授以咨议参军而冕死。")照传,他已经出山,替胡大海出谋划策,所以明太祖给他官职,虽然他病死了,但他已经有了官职。因为小说里写他是儒林中正面人物的榜样,认为当时官场恶浊,做官的人都追求功名富贵,沾染恶浊的习气,所以提倡不做官,因此把王冕写成不出山,不做官。小说里写王冕把邸抄指给秦老看,说科举考八股文不好,"读书人既有此一条荣身之路,把那文行出处都看得轻了"。(天目山樵一评:"危素之谪与八股之行皆在其后,此特借以了前案及映起全书许多时文鬼耳。")这里指出,明朝的推行科举制度,考八股文,都是王冕死后的事,小说把它提前,让王冕来批评科举考八股,认为那样做会"把文行出处都看轻",这是《儒林外史》所批判的一个重点。既然把王冕写成一位儒林中的正面人物,所以把这个主要意思让王冕口中说出,更能起到树立一个榜样的作用。像这样改变王冕的历史,把他塑造成一位理想的人物,这是又一方面。把这几方面结合起来,塑造出一位作为儒林榜样的典型。

范进

第三回《周学道校士拔真才,胡屠户行凶闹捷报》,写范进出场,作为一个童生去考秀才,从二十岁去应考,考了二十余次，考到五十四岁没有考中，还在考。在广州虽是地气温暖，但到十二月上旬，范进还穿着麻布直裰，冻得乞乞缩缩，面黄肌瘦，胡子花白。他去应考，是第一个交卷，引起考官周学道的注意，将范进卷子用心看了一遍，不知都说些什么话。可怜他的苦志，又看了一遍，觉得有些意思。看了第三遍，"才晓得是天地间的至文"，把他取了第一名。谒见那日，着实赞扬了一回。

范进家住着一间草屋，一间披房，正屋母亲住着，妻子住在披房里。他妻子是集上胡屠户的女儿。胡屠户拿着一副大肠和一瓶酒，走了进来，说道："我自倒运，把个女儿嫁你这现世宝穷鬼，历年以来不知累了我多少！如今不知因我积了甚么德，（齐省堂本评：'出口便妙，与后文对照读之，令人拍案叫绝。'）带挈你中了个相公。"到了六月尽间，同案的人约范进去乡试。范进没有盘费，去同丈人商议，被胡屠户一口啐在脸上，骂了个狗血喷头，道："像你这尖嘴猴腮，也该撒抛尿照照，不三不四就想天鹅屁吃！"范进瞒着丈人，到城里乡试。出了场，即便回家，家里已是饿了两三天。到出榜那日，家里没有米，母亲吩咐范进抱那只生蛋的母鸡去卖，换几升米来。范进去了不到两个时候，先后有三批报录人到范进家报喜，范进高中了，挤了一屋子，要喜钱。老太太央一个邻居去找范进。那邻居飞奔到集东头，见范进抱着鸡在寻人买。邻居告诉他中了举人，范进不信。邻居要夺他手里的鸡，范进道："高邻，你晓得我今日没有米，要卖这鸡去救命，为甚么拿这话来混我。"邻居劈手把鸡夺了，掼在地下，拉了回来。范进走进屋里，见中间报帖已经升挂起来，上写道："捷报贵府老爷范讳进高中广东乡试第七名亚元。"范进看过一遍，又念一遍，自己把两手拍了一下，笑了一声道："噫，好了！我中了！"说着，往后一跤跌倒，牙关咬紧，不省人事。老太太慌了，忙将几口开水灌了过来。他爬将起来，又拍着手大笑道："噫，好了！我中了！"不由分说就往门外飞跑，把报录的人和邻居都唬了一跳。邻居请报录人坐着吃酒，商议他这疯了如何是好。报录人内有一个人道："他只因欢喜狠了，痰涌上来，迷了心窍。如今只请他怕的这个人来打他一个嘴巴，说：'这报录的话都是哄你，你并不曾中。'他吃这一吓，把痰吐了出来，就明白了。"范进最怕的是胡屠户。胡屠户领着个二汉，提着七八斤肉，四五千钱，正来贺喜。众人如此这般同他商议。屠户只得喝了两碗酒壮一壮胆，凶神一般走到范进跟前说道："该死的畜生！你中了甚么？"一个嘴巴打将去，范进昏倒于地，众邻居替他抹胸口，捶背心，吐出几口痰来好了。胡屠户上前道："贤婿老爷……我每常说，我的这个贤婿，才学又高，品貌又好，就是城里头那张府、周府这些老爷，也没有我女婿这样一个体面的相貌。"（天目山樵二评："'尖嘴猴腮''倒运鬼'忽然变相。"）自此以后，果然有许多人来奉承他：有送田产的，有送店房的，还有那些破落户，两口子来投身为仆图荫庇的。到两三个月，范进家奴仆丫鬟都有了，钱米是不消说了。范进的娘子胡氏督率着家人、媳妇、丫鬟，洗碗盏杯箸。老太太看了说道："你们嫂嫂、姑娘们要仔细些,这都是别人家的东西,不要弄坏了。"家人媳妇道："老太太，哪里是别人的，都是你老人家的！"老太太听了，把细瓷碗盏和银镶的杯盘逐件看了一遍，哈哈大笑道："这都是我的了！"大笑一声，往后便跌倒。忽然痰涌上来，不省人事。

这里写范进从考中秀才到考中举人这一段，淋漓尽致地写出科举制度跟世态炎凉的结合，科举制度影响到人的灵魂深处。幽闲草堂第三回总评："范进进学，大肠瓶酒是胡老爹自携来，临去是'披着衣服，腆着肚子'；范进中举，七八斤肉、四五千钱是二汉送来，临去是'低着头，笑迷迷的'。前后映带，文章谨严之至。"不仅这样，范进向胡屠户借盘费去应举，胡屠户骂他"尖嘴猴腮"，"想天鹅屁吃"，等他考中了举人，就尊称他为"贤婿老爷"，"那张府、周府这些老爷，也没有我女婿这样一个体面的相貌"，天目山樵二评为"忽然变相"。这都是世态炎凉。考中了举人，一下子草屋变成了三进三间的屋子，原来几天挨饿要卖老母鸡来换米的，一下子田产、店房、细瓷碗盏、银镶杯盘都有了，钱米是不消说了，所以范进听到中举，要高兴得痰迷心窍，发疯了。这样写科举制度对人的影响，是写得深刻的。

第四回写范进办了母亲的丧事,张静斋劝他去谒见取中他举人的房师,即高要县汤知县,认为高要县富裕可以去打秋风。范进比较老实,问自己在守孝可行得,张静斋道:"礼有经,亦有权,想没有甚么行不得处。"范进就跟张静斋到高要县去,递上帖子。汤知县奉接了帖子,一个写"世侄张师陆",一个写"门生范进",自心里沉吟道:"张世兄屡次来打秋风,甚是可厌;但这回同我新中的门生来见,不好回他。"吩咐快请。两人进来见过,汤知县问范进:"因何不去会试?"范进方才说道:"先母见背,遵制丁忧。"(天目山樵二评:"盖范进变服而来,帖上又不注'制'字,故汤知县有此问。作书者不忍明言,故出此语,令人自悟。张静斋所谓'礼有经有权'者,即此。")汤知县大惊,忙叫换去了吉服,拱进后堂,摆上酒来。……知县安了席坐下,用的都是银镶杯箸。范进退前缩后地不举杯箸,知县不解其故。(齐省堂评:"吉服可穿,银箸不用,所谓舍本逐末也。")静斋笑道:"世先生因遵制,想是不用这个杯箸。"知县忙叫换去,换了一个瓷杯,一双象牙箸来。范进又不肯举。静斋道:"这个箸也不用。"随即换了一双白颜色竹子的来,方才罢了。知县疑惑他居丧如此尽礼,倘或不用荤酒,却是不曾备办。落后看见他在燕窝碗里拣了一个大虾元子送在嘴里,方才放心。(天目山樵一、二评:"谑而虐矣,盖作者甚恶此辈。")

这里写范进原是居丧守孝的,是科举中人张静斋教他从权,即不必守孝,可以出外去打秋风,弄钱。他听了,就换去孝服,在帖子上也不写表示居丧的"制"字,所以汤知县不知他在居丧。后来写他不用银筷,不用象牙筷,好像居丧守孝,但还是把一个大虾元子送在嘴里,说他吃荤腥的。这里指出,居丧守孝,应穿孝服,不应换吉服;帖子上应注明"制"字,不应不注;应吃素,不应吃荤腥;应在家守孝,不应出外打秋风。范进对于当时这些居丧的规矩都破坏了,却不用银筷、象牙筷,是本末倒置。这里是对科举中人的虚伪的揭露。

第七回写范进考中进士,钦点山东学道,去进谒荐取他中秀才的房师周司业。周司业说,他在山东家乡训蒙时,有个学生叫荀玫,倘来应考,请加留意选拔。他按临兖州府,想起老师的嘱咐,查了六百多卷子,查不到荀玫的卷子。一个幕客道:"数年前有一位老先生点了四川学差,在何景明先生寓处吃酒,景明先生醉后大声道:'四川如苏轼的文章,是该考六等的了。'这位老先生记在心里,到后典了三年学差回来,再会见何老先生,说:'学生在四川三年,到处细查,并不见苏轼来考,想是临场规避了。'"说罢将袖子掩了口笑;又道:"不知这荀玫是贵老师怎么样向老先生说的?"范学道愁着眉道:"苏轼既文章不好,查不着也罢了。(天目山樵一评:'若说苏东坡或者曾闻人说过。盖当时《古文观止》未出,故不及今人之博。')这荀玫是老师要提拔的人,查不着不好意思的。"这里笑四川学差和范学道两位考官连大名鼎鼎的苏轼都不知道,说明当时的考官,就知道八股文,此外极为无知,这又是一方面。把这几方面集中起来,就塑造了范学道这一个典型形象。

严贡生

第四回写张静斋与范进到了高要县,先在关帝庙里坐下。外面走进一个人来,与二位叙过礼坐下,那人道:"贱姓严,舍下就在咫尺。去岁宗师案临,幸叼岁荐,与我这汤父母是极好的相与。二位老先生都是年家故旧?"二位各道了年谊师生,严贡生不胜钦敬。严贡生道:"老先生,人生万事,都是个缘法,真个勉强不来的。汤父母到任的那日,几十人在那里同接,老父母轿子里两只眼睛只看着小弟一个人。次日小弟到衙门去谒见,老父母方才下学回来,诸事忙作一团,却连忙丢了,叫请小弟进去,换了两遍茶,就像相与过几十年的一般。"张乡绅道:"总因你先生为人有品望,所以敝世叔相敬,近来自然时时请教。"严贡生道:"后来倒也不常进去。实不相瞒,小弟只是一个为人率真,在乡里之间,以不晓得占人寸丝半粟的便宜,所以历来的父母官都蒙相爱。汤父母容易不大喜会客,却也凡事心照。"(齐省堂本评:"又说谎话,又怕对穿,于是吞吞吐吐,似真似假,文章煞费苦心。")

严贡生刚说在乡里从不晓得占人寸丝半粟的便宜,第五回就写有两个人到汤知县堂上喊冤。一个叫王小二,是严贡生的紧邻。去年三月内,严贡生家的一口小猪错走到王家,王小二慌忙送回严家。严家说,猪到人家,再寻回来最不利市,让王家出八钱银子把小猪买回去。小猪在王家养到一百多斤,不想错走到严家。小二的哥哥王大到严家讨猪。严贡生说,猪本来是我的,你要讨猪,照时值估价,拿几两银子来领了猪去。王大就同严家争吵了几句,被严贡生几个儿子打了一个臭死,腿都打折了。另一个喊冤的老者黄梦统,去年九月上县来交钱粮,写立借契向严贡生借二十两银子,每月三分钱;后来遇到一个乡里亲眷,借到银子,就没有去取严家的银子。过了大半年,想起这事,去严府取回借约。严家向他要这几个月的利钱,把他的驴和米同稍袋作抵,却又不归还契约。汤知县听了说道:"一个做贡生的人,忝列衣冠,不在乡里间做些好事,只管如此骗人,其实可恶!"便将两张状子都批准。(齐省斋本评:"原来汤父母竟不认得严乡绅的。"天目山樵一、二评:"最好的相与。""凡事心照!")有人把这话报知严贡生,严贡生卷卷行李一溜烟走了,由他的弟弟严监生出钱来了结这案子。

这里写汤知县根本不认识严贡生,严贡生却乱吹汤知县是他的"最好的相与",凡事心照;他欺压乡民,残害善良,还说不晓得占人寸丝半粟的便宜。这是写儒林中败类严贡生的一个方面。

严监生的妻子王氏病危，就把妾赵氏扶了正。后来，他和王氏先后死去。严贡生从省里科举回来，二房赵氏派人送去端盒和毡包。严贡生打开一看，是簇新的两套缎子衣服和二百两银子，满心欢喜，便换了孝巾，去见赵氏，开口就叫道："二奶奶（天目山樵一评：'称"二奶奶"。'），人生各禀的寿数。我老二已是归天去了，你现今有恁个好儿子，慢慢带着他过活，焦怎的？"过了几日，严贡生带着第二个儿子到省里的周府招亲。赵氏在家掌管家务，真个是钱过北斗，米烂陈仓，僮仆成群，牛马成行，享福度日。不想儿子出起天花来，到七日上就断了气。

严贡生在省城替二儿子成了亲，雇了两只大船回高要县。离县不过二三十里路了，严贡生忽然一时头晕，只是要跌，叫用人去烧一壶开水来，自己从箱子里取出一方云片糕，约有十多片，吃了几片，将肚子揉着，放了两个大屁，登时好了。剩下的几片云片糕，搁在后舱口板上，半日也不来查点。那掌舵的左手扶舵，右手拈来，一片一片送在嘴里了。少刻，船拢了码头。严贡生叫二相公同新娘先坐轿回家去，又叫人把箱笼行李搬上岸。船家水手都来讨喜钱。严贡生忽转进舱来，四面看了看，问用人四斗子道："我的药往哪里去了？"四斗子道："何曾有甚药？"严贡生道："方才我吃的不是药？分明放在船板上的！"那掌舵的道："想是刚才船板上几片云片糕。那是老爷剩下不要的，小的大胆就吃了。"严贡生道："吃了？好贱的云片糕！……我因素日有个晕病，费了几百两银子合了这一料药，……方才这几片，不要说值几十两银子！……只是我将来再发了晕病却拿甚么药来医？……"叫四斗子写帖子，"送这奴才到汤老爷衙里去，先打他几十板子再讲！"……把帖子写了，四斗子接过走上岸去。……几个搬行李的脚子到船上来道："这事原是你船上人不是，方才若不如是着紧的问严老爷要喜钱酒钱，严老爷已经上轿去了。（齐省堂本评：'一语点醒，可见瞒不过旁人。'）都是你们拦住那严老爷，才查到这个药。如今自知理亏，还不过来向严老爷跟前碰头讨饶！……"严贡生就这样扬长上轿去了。

严贡生在省城，已得知弟弟严监生夫妇死了，在世时扶妾赵氏为正。赵氏生的一个孩子又病死了，正要过继严贡生的第五个儿子。严贡生到了严监生家里，将十几个管事家人都叫来，吩咐道："我家二相公明日过来承继了，是你们的新主人，须要小心伺候。赵新娘是没有儿女的，二相公只认得她是父妾，她也没有还占着正屋的，吩咐你们媳妇子把群屋打扫两间，替她搬过东西去，腾出正屋来，好让二相公歇宿，彼此也要避过嫌疑……"这些家人、媳妇领了严贡生的言语，来催赵氏搬房，被赵氏一顿臭骂，不敢就搬。……赵氏放声哭骂，足足闹了一夜，次日让一乘轿子抬到县门口喊冤。汤知县叫补进词来，次日发出："仰族亲处复。"族长严振先复话:"赵氏本是妾,扶正也是有的;严贡生说与律例不合,不肯叫儿子认做母亲,也是有的。总候太老爷天断。"那汤知县也是妾生的儿子,见了复呈道:"'律设大法,理顺人情',这贡生也忒多事了!"就批示说:"赵氏既扶过正,不应只管说是妾。如严贡生不愿将儿子承继,听赵氏自行擅择,立贤立爱可也。"严贡生看了这批,火冒三丈,随即到府里去告。府尊也是有妾的,看着觉得多事,"仰高要县查案"。严贡生到省赴按察司一状,司批:"细故赴府县控理。"

第六回幽闲草堂本总评:

省中乡试回来,看见两套衣服、二百两银子,满心欢喜,一口一声称呼"二奶奶",盖此时大老意中之所求不过如此,既已心满志得,又何求乎?以此写晚近之人情,乃刻棘刻楮手段。如谓此时大老胸中已算定要白占二奶奶家产,不惟世上无此事,亦无此情。要知严老大不过一混账人耳,岂必便是毒蛇猛兽耶?

这里写严贡生用云片糕作药,假装治病,来赖掉船钱。又不承认赵氏扶正,说她是妾,要霸占二房的家产,写他的无赖,这又是一方面。幽闲草堂本的评语,指出严贡生不过是儒林中的无赖,还不是毒蛇猛兽。他谋夺二房家产,但二房有儿子,按照封建礼教的规定是不能夺,所以他收到两套绸缎衣裳、二百两银子已很满足，称二房为"二奶奶"，承认二房的地位。到了二房的儿子死了，就不再承认她是"二奶奶"，改称"赵新娘"了，要她让出正屋，企图占有二房的全部家产。这样来塑造儒林无赖的严贡生，是典型的。

马二先生

第十三回写蘧公孙从街上走过，见书店里贴着一张报帖："本坊敦请处州马纯上先生精选三科乡会墨程。"公孙心里想道："原来是个选家，何不拜他一拜？"到书坊会见了马二先生，寒暄过后问道："先生便是处州学，想是高补过的。"马二先生道："小弟补廪二十四年，蒙历任宗师的青目，共考过六七个案首，只是科场不利，不胜惭愧！"马二先生次日回拜，公孙又问道："尊选墨程，是哪一种文章为主？"马二先生道："文章总以理法为主，任他风气变，理法总是不变。（齐省堂本评：'这一席话却是正论不磨。'）所以本朝洪、永是一变，成、弘又是一变，细看来，理法总是一般。大约文章既不可带注疏气，尤不可带词赋气。带注疏气不过失之于少文采，带词赋气便有碍于圣贤口气，所以词赋气尤在所忌。"公孙道："请问批文章是怎样个道理？"马二先生道："也是全不可带词赋气。小弟每见前辈批语，有些风花雪月的字样，被那些后生们看见，便要想到诗词歌赋那条路上去，便要坏了心术。古人说得好，'作文之心如人目'。凡人目中，尘土屑固不可有，即金玉屑又是着得的么？所以小弟批文章……时常一个批语要做半夜，不肯苟且下笔，要那读文章的读了这一篇，就悟想出十几篇的道理，才为有益。"二人几番切磋，结为性命之交。

第八回写南昌太守王惠，曾投降造反的宁王，事发被朝廷悬赏缉捕。王惠逃到浙江乌镇地方，碰见公孙，两人在点心店里一谈，才知道公孙的祖父与王惠原来是南昌太守的前后任。王惠只说因宁王叛乱，只身逃亡，分文无着。公孙便把他替祖父收的款子二百两银子送给王惠，王惠因把随身携带的一个枕箱给了公孙。第十三回里讲到公孙有个丫头双红，公孙喜她殷勤，就把王惠的旧枕箱与她盛花儿针线，又无意中把遇见王惠的事向她说了。不想公孙的亲戚娄公子家有个用人叫宦成，把双红这丫头拐了去。公孙大怒，投了秀水县，出批文拿了回来，押在差人家里。双红对宦成讲到这旧枕箱的来历，给差人听见了。差人就做好控告公孙的呈子，想去敲一笔竹杠。那时公孙不在家，差人从双红口中打听到马二先生是公孙挚友，就找上门去，拿出呈子来，道："他家竟有这件事。我们公门里好修行，所以通个信给他，早为料理……只要破些银子，把这枕箱买了回来，这事便罢了。"马二先生听差人说：要三二百两银子，心里着急道："头翁，我的束脩其实只得一百两银子，这些时用掉几两，还要留两把作盘费到杭州去。挤得干干净净，抖了包，只挤出九十二两银子来（天目山樵一评：'马二先生真难得。'），一厘也不得多。"差人想一想道："我还有个主意，现今丫头已是他拐到手了，不如趁此就写一张婚书，上写收了她身价银一百两，合着你这九十多，不将有二百之数？"马二先生道："只要你做的来，这一张纸何难，我就可以做主。"马二先生随即把婚书、银子交与差人。

马二先生替公孙了结了箱子的事，去杭州选文章。到了杭州，住在文瀚楼书坊里，没有文章可选，便到西湖上走走。过了六桥，见一座楼台在水中间，隔着一道板桥。从桥上走过去，见楼门锁着，给了管门的一个钱，开锁进去。见里面是三间大楼，楼上供着仁宗皇帝御书，吓了一跳，慌忙整一整头巾，理一理宝蓝直裰，在靴桶内拿出一把扇子来当了笏板，恭恭敬敬朝着楼上扬尘舞蹈，拜了五拜。（齐省堂本评："大有蘧伯玉不欺暗室之意。"）出来过了雷峰，进净慈寺，经过南屏，跑进清波门，到下处关门睡了。

第三日到城隍山走走，再上去到了山岗上，看到左边的钱塘江。那日江上无风，水平如镜，过江的船上载有轿子。再走上些，又看见右边西湖，湖里的打鱼船如一个个小鸭子浮在水面。马二先生心旷神怡，只管走了上去，在一个大庙门前坐下吃茶，又遥见隔江的山忽隐忽现。马二先生叹道："真乃'载华岳而不重，振河海而不泄，万物载焉'。"（齐省堂本评:"如此佳景,入腐头巾目中,得其叹赏,正复不易。")

鲁迅《中国小说史略》第二十三篇称:

此马二先生字纯上,处州人,实即全椒冯粹中,为著者挚友,其言真率,又尚上知春秋汉唐,在"时文士"中实犹属诚笃博通之士,但其议论,则不特尽揭当时对于学问之见解,且洞见所谓儒者之心肝者也。至于性行,乃亦君子,例如西湖之游,虽全无会心,颇杀风景,而茫茫然大嚼而归,迂腐之本色固在。

鲁迅认为《儒林外史》中写的马二先生是"诚笃博通之士",只是议论有些迂腐。可见作者写儒林中人,有讽刺,有肯定,写马二先生就属于肯定的人。先看马二先生给公孙讲八股文,认为"文章总以理法为主"。(齐省堂本评:"正论不磨。")他讲的理法,就法讲,即"不可带注疏气,尤不可带词赋气"。八股文有什么价值,要称为正论呢?原来八股文代圣贤立言,要模仿圣贤的口气讲话,好比写剧本要按照剧中人的口气讲话,所以不可带注疏气,不可带词赋气,正像眼中不可有金屑。钱锺书先生《谈艺录》称:"窃谓欲揣摩孔孟情事,须从明清两代佳八股文中求之,真能栩栩欲活。……其善于体会,妙于想象,故与杂剧传奇相通。"那么马二先生的论八股文是正确的。再看马二先生的评选八股文,"时常一个批语要做半夜",是写他精心。"要那读文章的读了这一篇,就悟想出十几篇的道理",这是很好的编辑工作,也是值得肯定的。再看马二先生替公孙赎回那个箱子的事,马二先生为了朋友的天大关系,倾其所有来赎那个箱子,真是不易,更是值得赞美。(齐省堂本评:"马二先生又有血性,又有担当,此种朋友实不多得。")再像写马二先生游西湖,看到许多女客,马二先生低着头走了过去,不曾仰视。马二先生游净慈寺,只管在人群里撞。女人不看他,他也不看女人,显得正经。马二先生看到仁宗皇帝御书,就恭恭敬敬拜了五拜。齐省堂评为"不欺暗室",即在只有他一个人的地方,还是这样,也得到当时人的称赞。不过这里也显出他的愚忠。他不会欣赏西湖的美景,却引用了《中庸》中的话:"今夫地,一撮土之多,及其广厚,载华岳而不重,振河海而不泄,万物载焉。"这话本是讲大地的,用来赞美西湖,显得小了,不相称,正显出他的迂腐头巾气。把这几方面结合起来,塑造出一个肯定而带迂腐的儒林中人物典型。

杜少卿

第三十一回写杜慎卿对鲍廷玺讲到杜少卿,说:"他家有个管家王胡子,是个坏不过的奴才,他偏生听信他。我这兄弟有个毛病,但凡说是见过他家太老爷的,就是一条狗也是敬重的。你将来先去会了王胡子，这奴才好酒，你买酒与他吃，叫他在主子跟前说你是太老爷极欢喜的人，他（杜少卿）就连三的给你银子用了。他不喜欢人叫他老爷，你只叫他少爷。他又有个毛病，不喜欢人在他跟前说人做官，说人有钱。总说天下只有他一个人是大老官，肯照顾人。"鲍廷玺按照杜慎卿的教导到了天长杜府，由王胡子送上一个手本求见。杜少卿道："你说我家里有客，不得见他。"王胡子说："他说受过先太老爷多少恩德，定要当面叩谢少爷。"（天目山樵二评："王胡子已吃多少酒来了。"）杜少卿说："既如此说，你带了他进来。"

又有一回，王胡子带了四个小厮，抬着一个衣箱进来，说：杨裁缝求见。那裁缝走到天井里双膝跪下，磕下头去，放声大哭。杜少卿大惊道："杨司务，这是怎的？"杨裁缝道："小的这些时在少爷家做工，今早领了工钱去，不想才过了一会，小的母亲得个暴病死了。小的拿工钱都还了柴米店里，而今母亲的棺材衣服，一件也没有。没奈何，只得求少爷借几两银子。"（天目山樵二评："衣箱才送进来，随脚复进来回话，而又云领去工钱都还柴米店里，还钱之后其母一会暴死，而复到杜府借。时候不合，情事不对，其伪显然。"）杜少卿道："你要多少银子？"裁缝道："多则六两，少则四两罢了。"杜少卿惨然道："这父母身上大事，你也不可草草。至少要买口十六两银子的棺材，衣服、杂货共须二十金。（天目山樵一、二评：'全不知人情世事。')……我这一箱衣服也可当得二十多两银子。王胡子，你就拿去同杨司务当了，一总把与杨司务去用。"

第三十二回写看祠堂的黄大向杜少卿磕头，说："小的住的祠堂旁边一所屋，原是老太爷买与我的。而今年代多，房子倒了。求少爷向本家老爷说声，公中弄出些银子来把这房子收拾收拾。"杜少卿道："你这房子既是我家太老爷买与你的，自然该我修理，要多少银子重盖？"黄大道："如今只好修补，也要四五十两银子。"杜少卿拿出五十两银子递与黄大。接着，臧三爷请杜少卿去吃酒，敬斟了一杯便跪下说道："我前日替人管着买了一个秀才，宗师有人在这里揽这个事，我把三百两银子兑与了他，后来他又说出来：'上面严紧，秀才不敢卖。'但是这买秀才的人家，要来退这三百两银子，我若没有还他，这件事就要破！身家性命关系，我所以和老哥商议。"杜少卿道："原来是这个事！我明日就把银子送来与你。"类似的事还有几起。张俊民医师的小儿要应考，怕学里人说他冒籍，要捐一百二十两银子修学宫。张俊民去求杜少卿，杜说："这容易，我替你出。你就写一个愿捐修学宫求入籍的呈子来。"鲍廷玺也来求杜少卿，说要叫班子，买行头。杜少卿道："我给你一百两银子……用完了，你再来和我说话。"住在杜府受到供养的娄太爷看不过去，自己的病势又日重一日，对杜少卿说道："我在你家三十年,是你令尊一个知心的朋友……你的品行文章,是当今第一人,但是你不会当家……像你这样做法,都是被人骗了去,没人报答你的……若管家王胡子,就更坏了!你眼里又没有官长,又没有本家,这本地方也难住。南京是个大邦,你的才情,到那里去,或者还遇着个知己,做出些事业来……大相公,你听信我言,我死也瞑目!"杜少卿道:"老伯的好话,我都知道了。"忙吩咐雇了两班脚子,抬娄太爷过南京到陶红镇;又拿出百十两银子来,付与娄太爷的儿子回去办理后事。

这里写杜少卿是位豪华公子,但极轻视金钱,人家用种种话欺骗他,他却慷慨地拿出银子来给人用。他虽是仕宦之家,却瞧不起科举,也不肯交结官府。王知县要见他,他不去;王知县被摘了印,县里人都说他是混账官,不肯借房子给他住,而杜少卿却叫王胡子接他到花园里来住。杜少卿意气豪迈,又重视孝道,讲义气,这是他性格的特点。

杜少卿把家产花光了,将房子并与本家,落了千把多银子,搬到南京租屋居住,交了许多名士。三月初旬,杜少卿偕同娘子,叫了几乘轿子,让厨子挑了酒席,去游清凉山的姚园。上到山顶,痛饮大醉,竟携着娘子的手,大笑着,在岗子上走了一里多路。背后三四个妇女嘻嘻笑笑跟着,两边看的人目眩神摇,不敢仰视。

接着,巡抚的一个差官,同天长县的一个门斗,拿了一角文书来寻他。杜少卿接过文书来看,是巡抚李大人推荐他，为此饬知该县立即请他"束装赴院，以便考验，申奏朝廷，引见擢用"。杜少卿看了道："李大人是先祖的门生，所以荐举我。我怎敢当？但大人如此厚意，我即刻料理起身，到辕门去谢。"上船到了安庆，拜见李大人，道："小侄菲才寡学，大人误采虚名，恐其有玷荐牍……大人垂爱，小侄岂不知。但小侄麋鹿之性，草野惯了，近又多病，还求大人另访。"李大人道："世家子弟，怎说得不肯做官？我访的不差，是要荐的！"杜少卿不敢再说，辞别出来。接着，文书已经到了，县里邓老爷亲自上门请他上路进京。杜少卿拿手帕包了头，叫两个小厮搀扶着，做个十分有病的模样，路也走不全，出来迎谢知县，拜在地下就不得起来。知县慌忙扶他起来，道："不想先生病得狼狈至此，不知几时可以勉强就道？"杜少卿道："治晚不幸大病，生死难保，这事断不能了。总求老父母代我恳辞。"杜少卿就这样托病辞了知县，在家有许多时不出来。

杜少卿的所作所为，时人反映不一。有位高老先生在一次酒席间谈到天长杜家，道："这少卿是他杜家第一个败类！……混穿混吃，和尚、道士、工匠、花子，都拉着相与，却不肯相与一个正经人！不到十年内，把六七万银子弄的精光……不想他家竟出了这样子弟！学生在家里，往常教子侄们读书，就以他为戒。"席散，迟衡山道："方才高老先生这些话，分明是骂少卿，不想倒替少卿添了许多身份。众位先生，少卿是自古及今难得的一个奇人！"（天目山樵一评：

"纯极。")后来杜少卿靠"卖文为活","布衣蔬食,心里淡然",过着"山水朋友之乐"的生活。

这里突出他不愿做官,安于清贫的山水朋友之乐,不受礼教的拘束;和妻子携手游山、上馆子吃酒,使人不敢仰视,又显示他的性格的不羁来,塑造成另一种的典型。作品用映衬的手法来写,不做官的娄太爷称赞他"品行文章是当今第一人",而现任翰林院侍读的高老先生称他"是杜家的第一个败类",成为对照。迟衡山是轻视科举、瞧不起诗赋、讲究"礼乐兵农"的人,他认为高老先生的骂,"倒替少卿添了许多身份",即反而抬高了少卿,这又是一种看法。《儒林外史》要批判的,正是讲究科举,追求功名富贵,把人的文行出处都抛荒了,使人变坏了。杜少卿看轻科举,不愿涉足官场,正显示他品格的高超。他的豪放不羁,已经带有一些离经叛道的意味了。杜少卿的生活经历,是反映作者自己的生活经历,有他自己的生活经历在内,这也是儒林中值得赞赏的人物。

聊斋志异

《聊斋志异》是许多篇小说的集合，塑造了不少人物，以下这些人物在书中较有代表性。

席方平

《席方平》写阴司官吏收受贿赂、手段残暴的种种罪恶，用来反映封建社会的黑暗。席方平的父亲席廉，与里中富家羊姓有隙。羊先死，贿冥使捶击席廉，号呼死去。席方平决心赴阴司代父申冤，他的魂到了阴司。席父见了方平，流泪说："狱吏悉受贿，日夜搒掠，胫股摧残甚矣！"方平大骂狱吏，写了状子向城隍控诉。羊闻讯，内外送了贿赂。县城隍认为控诉没有凭据，不准。方平又到郡里控诉，郡司压了半月才审问，把他打了一顿，批交城隍复审。方平回到县里，又受到各种刑罚。城隍怕他再告，派差役送他还阳。他又逃到冥府，向冥王控诉。冥王有怒色，命先打他二十板子，再放在火床上揉搽，骨肉焦黑。冥王问："敢再讼乎？"方平说："大冤未申，寸心不死，必讼！"冥王大怒，命二鬼把他一身锯为两半，令合身来见，再问如前。方平诡说："不讼矣。"冥王立命还阳。他又想向灌口二郎神控告，被二鬼捉回去见冥王。冥王给他千金产业，活一百岁，在簿籍上写明，盖上印，送他去投胎，成为婴儿。他终日啼哭，不吃奶汁，三天死了，魂灵找到二郎神，终于申了冤，判了冥王、郡司、城隍、小鬼的罪，让方平和父还阳，享有羊家的家产。

本篇但明伦评：

赴地下而诉，至冥王力已竭矣，冤可申矣；乃关说不通，而私函密进，钱神当道，木偶登堂，甚且卧以焦肉之床，辟以解身之锯。壮哉此汉！毒矣斯刑！

这篇塑造了席方平这位反抗者的形象，他替父申冤，受到毒刑，仍坚强不屈，称"大冤未申，寸心不死，必讼！"他不顾"千金之产"的诱惑，也不管已经投胎转世为人，不达目的决不罢休。他逐级控告，受到的刑罚也逐级加重。城隍没有加刑，郡司就打了他，冥王残酷地用了火床、锯解的毒刑。在受毒刑以后，他想从冥王的控制下脱出来，诡言"不讼矣"，这里显示他的权变。这样把他的顽强反抗和权变结合起来，塑造成席方平申冤不屈的形象。

司文郎

《司文郎》是抨击八股文和科举制度的弊病。有位王平子参加顺天府（今北京市）乡试，与余杭生、宋姓少年都住在报国寺里。王极推重宋，出所作八股文向宋请教，以他为师。余杭生把八股文也给宋看，宋认为不佳，并加訾点。考完后，王把文稿给宋看，宋颇赞赏。一天，宋和王看到一个盲僧坐廊下，宋惊讶道："这是奇人，最懂得文章，不可不请教。"王向他请教，盲僧要把文章烧了，他可用鼻嗅。王烧了一篇文章，盲僧嗅了点头说："君初法大家，虽未逼真，亦近似矣。"余杭生不甚相信，先烧古大家文，盲僧说："妙哉！此文我心受之矣，非归有光、胡友信何解办此！"余杭生大惊，始焚己作，盲僧嗅着，说："勿再投矣，格格而不能下……再焚，则作恶矣。"余杭生惭而退。几日放榜，余杭生考中举人，王落第。宋与王去告诉盲僧，盲僧叹道："我虽盲于目，而不盲于鼻，考官连鼻都盲了！"余杭生来了，讥讽盲和尚辨判文章有误。盲僧说："你试找考官的文章，各取一篇来烧了，我便知道谁是你的房师。"余杭生和王共找到八九人的文章，每烧一篇，盲僧都说不是；烧到第六篇，忽向壁大呕，下气如雷，向余杭生说："此真汝师也！嗅之，刺于鼻，棘于腹，膀胱所不能容，直自下部出矣！"余杭生大怒去，乃知即某门生也。王闻听次年再行乡试，遂不归，止而受教。积数月，教习益苦。乃试，宋曰："此战不捷，始真是命矣！"俄以犯规被黜。宋大哭，不能止。王反慰解之。宋曰："仆为造物所忌，困顿至于终身，今又累及良友。其命也夫！其命也夫！"又拭泪曰："久欲有言，恐相惊怪：某非生人，乃飘泊之游魂也。少负才名，不得志于场屋。徉狂至都，冀得知我者，传诸著作。甲申之年，竟罹于难，岁岁飘蓬。幸相知爱，故极力为他山之攻，生平未酬之愿，实欲借良朋一快之耳。今文字之厄若此，谁能复漠然哉！"王亦感泣，问："何淹滞？"曰："去年上帝有命，委宣圣及阎罗王核查劫鬼，上者备诸曹任用，贱名已录，所未投到者，欲一见飞黄之快耳，今请别矣。"王问："所任何职？"曰："梓潼府中缺一司文郎，暂令聋僮署篆，文运所以颠倒。万一幸得此秩，当使圣教昌明。"明日，忻忻而至，曰："愿遂矣！宣圣命作《性道论》，视之色喜，谓可司文。"王归，弥自刻厉。是年，捷于乡；明年，春闱又捷。遂不复仕。

这篇的司文郎，即宋姓少年。他前世就有才华，但科举考试老考不取，因此到了北京，想找到个知己，把他的才学在著作中流传下来。碰上明朝灭亡的战乱死了，但魂灵不散，想把自己的才学传给士子，使士子考中科举，来实现自己前生没有实现的愿望。他认为余杭生的文章不好，又骄傲自满，无法教导；王的文章写得好，但还有不足，因此尽力教导。余杭生的文章怎样恶劣，王的文章怎样可取，都通过盲僧的嗅来做具体描绘。结果，余杭生考中，王却落选，说明考官是盲试官。宋前世和今生两世都遇到盲试官，竭力刻画盲试官埋没人才的罪恶。只有他到了天上，在孔子主持下考试，才考中了司文郎。这样，王才能在乡试、春试中都考中了。小说这样塑造司文郎的形象，来控诉科举制度埋没人才的罪恶。

婴宁

《婴宁》写一个爱情故事，抛开封建社会中父母之命、媒妁之言那一套，有进步意义。有王子服，绝聪慧。上元节，与表兄吴生同游，至村外，吴生有事去。生见有女郎携婢，捻梅花一枝，容华绝代，笑容可掬。生注目不移，竟无顾忌。女顾婢曰："个儿郎目灼灼似贼！"遗花地上，笑语自去。（但明伦评："曰'个儿郎'而遗花笑语自去，其有意耶，其无意耶？"）生拾花怅然，怏怏返家，藏花枕底，垂头而睡，不语不食。母忧之。适吴生来，就榻研诘，生具吐其实。数日，吴复来，曰："已得之矣。我以为谁何人，乃我姑氏女即君姨妹行，今尚待聘。"问："居何里？"吴诡曰："西南山中，去此可三十余里。"生怀梅袖中，望南山行去，三十余里，北向一屋，墙内桃杏尤繁。俄闻墙内有女子，长呼"小荣"，由东而西，执杏花一朵，俯首自簪。举头见生，遂不复簪，含笑捻花而入。审视之，即上元途中所遇也。（但明伦评："前捻梅，此执杏。梅者，媒也；杏者，幸也。媒所以遗地上，笑而去；幸则唯含笑而入矣。"）心骤喜，自朝至于日昃，盈盈望断，并忘饥渴。时见女子露半面来窥，似讶其不去者。（但明伦评："笑而入矣，幸矣；而又恐其去，料其必不去也，故来窥，故又时来窥；久而不去，个儿郎可喜而亦可讶矣。"）忽一老妪扶杖出，顾生曰："何处郎君，闻自辰刻便来，以至于今，意将何为？得毋饥耶？不如从我来，啖以粗粝；家有短榻可卧，待明朝归。"生大喜，从媪入。坐次，具展宗阀。媪曰："郎君外祖，莫姓吴否？"曰："然。"媪惊曰："是吾甥也！"生曰："此来即为姨也。"媪曰："老身秦姓。弱息（女）仅存，渠母改醮，遗我鞠养。"未几，婢子具饭，餐已，婢来敛具。媪曰："唤宁姑来。"良久，闻户外隐有笑声。媪又唤曰："婴宁，汝姨兄在此。"户外嗤嗤笑不已。婢推之以入，犹掩其口，笑不可遏。媪曰："此王郎，汝姨子。"生问："妹子年几何矣？"女复笑不可仰视。媪谓生曰："年已十六，呆痴裁（才）如婴儿。"生曰："小于甥一岁。"生目注婴宁，不遑他瞬。婢向女小语云："目灼灼，贼腔未改！"女又大笑。次日，生至舍后，闻树头苏苏有声，仰视，则婴宁在上。见生来，狂笑欲堕。生曰："勿尔，堕矣！"女且下且笑，不能自止。生扶之，阴捘其腕。女笑又作，良久乃罢。生乃出袖中花示之。女接之曰："枯矣，何留之？"曰："此上元妹子所遗，故存之。"问："存之何意？"曰："以示相爱不忘也。"曰："此大细事。至戚何所靳惜？待兄行时，园中花，当唤老奴来，折一巨捆负送之。"（但明伦评："笑已止矣。捘其腕而又作，其有意耶，其无意耶？袖中花，卿所遗也，明教我留之以示相爱不忘。此等事，天地之大，包不住一情字。方将与卿诉之，而共证之，而乃若有知，若无知，似有情，似无情。"）生曰："妹子痴耶？""何便是痴？"曰："我非爱花，爱捻花之人耳。"女曰："葭莩之情，爱何待言。"生曰："我所谓爱，非瓜葛之爱，乃夫妻之爱。"女曰："有以异乎？"曰："夜共枕席耳。"语未已，婢潜至，生惶恐遁去。少时，会母所。母问："有何长言，周遮乃尔？"女曰："大哥欲我共寝。"生大窘，急目瞪之，女微笑而止，幸媪不闻。因小语责女。女曰："适此语不应说耶？"生曰："此背人语。"女曰："背他人，岂得背老母？"（但明伦评："是直斥生不应说也，而囫囵得妙。又直斥以不得背父母，而又痴语掩之，妙语妙人。"）食方竟，家中人提双卫（驴）来寻生。生出门，适相值，便入告媪，且请偕女同归。二人遂发……

这里写婴宁，经常笑，成为她性格的一个特点，还有憨痴，又成为她性格的一个特点。但她是通过笑和憨痴来表达若有情，若无情，若有知，若无知。其实是黠慧，是有情有知的，通过若无情若无知来表达。她第一次见生时，说："个儿郎目灼灼似贼！"遗花地上。从遗花给生，说明她已对生有情了。到第二次看见生时，但明伦评："笑而入矣，幸矣；而又恐其去，料其必不去也，故来窥，故又时来窥。"这里正见她的有情。媪唤她见生时，户外隐有笑声，入户笑不可遏，这又显出对生的喜爱。生目注婴宁，不遑他瞬，女又大笑，还是有情。到生阴㨆其腕，她勿拒而笑，做了进一步的表示。生出袖中花示之，凭她的黠慧，假作无知，假装痴。生提出"夜共枕席"，女告媪："大哥欲与我共寝。"这话是说给生听的，所以媪听不见。生小语责女，女曰："适此语不应说耶？背他人，岂得背老母？"但评是对的，这里女假装不懂，假装痴，实际是责备生：不应该说这种话，不应背老母。这样，婴宁既是容华绝代，又是黠慧娇憨善笑，又是多情，通过若有意，若无意，若有知，若无知，若有情，若无情，来表达她的有意有知有情，来显示她的黠慧，来塑造她独特的形象。

连 城

《连城》写青年男女真挚的爱情，生死不变。乔生，少负才名。为人有肝胆，与顾生善；顾卒，时恤其妻子。史孝廉有女，字连城，工刺绣，知书。出所刺《倦绣图》，征少年题咏，意在择婿。生献诗云："慵鬟高髻绿婆娑，早向兰窗绣碧荷。刺到鸳鸯魂欲断，暗停针线蹙双蛾。"又赞挑绣之工云："绣线挑来似写生，幅中花鸟自天成。当年织锦非长技，幸把回文感圣明。"（苏蕙为织锦回文璇玑图诗寄给丈夫窦滔，感动滔，使夫妇和好。唐武则天皇后作《璇玑图诗序》加以赞美。这里称连城的刺绣胜过苏蕙。）女得诗喜，对父称赏。父贫之。女逢人辄称道，又遣媪矫父命，赠金以助灯火。生叹曰："连城，我知己也！"倾怀结想，如渴思啖。无何，女许字与鹾贾（盐商）之子王化成，生始绝望；然梦魂中犹佩戴之。未几，女病瘵（痨病），沉痼不起。有西域头陀自谓能疗；但须男子膺肉一钱，捣合药屑。史使人诣王家告婿。婿笑曰："痴老翁，欲我剜心头肉也！"使返，史乃言于人曰："有能割肉者妻之。"生闻而往，自出白刃，割膺授僧。血濡袍裤，僧敷药始止。合药三丸，三日服尽，疾若失。史将践其言，先告王。王怒，欲讼官。史乃设筵召生，以千金列几上，曰："重负大德，请以相报。"生怫然曰："仆所以不爱膺肉者，聊以报知己耳，岂货肉哉！"拂袖而归。女闻之，意良不忍，托媪慰谕之。生告媪曰："'士为知己者死'，不以色也。诚恐连城未必真知我，但得真知我，不谐何害？"媪代女郎矢诚自剖。会王氏来议吉期，女前症又作，数月寻卒。生往临吊，一痛而绝。生自知已死，入一廨署。值顾生，惊问："君何得来？"即把手将送令归。生问连城。顾即导生旋转多所，见连城。生告顾曰："有事君自去，仆乐死，不愿生矣。"顾返，向生贺曰："我为君平章已确，即教小娘子从君返魂,好否?"两人各喜。方将拜别。连城曰:"重生后,惧有反覆。请索妾骸骨来,妾从君家生,当无悔也。"生然之……

连城与乔生的相爱,从征诗开始,征诗是为了择婿,说明连城爱文才。连城父亲把她许给盐商之子,说明她父亲是爱财。连城征诗而得乔生,两人引为知己,由知己而相爱,这就不是有钱的盐商子所能夺了。连城因不能嫁给知己乔生而郁结成病,西域头陀提出以膺肉合药,不过作一考验。盐商子经不起考验,乔生为报知己而接受考验,连城的知己之感又进了一层。因此王氏来议吉期,女为了知己而死,乔生也为了知己而死,连城不复生,乔生也不愿复生。这样由知己之感产生爱情,生死不渝,塑造了忠于爱情的连城形象,在封建社会中,这样的形象是值得称道的。

小翠

《小翠》写女子报德和巧慧的故事。王太常,小时,昼卧榻上。忽阴晦,巨霆暴作。一物大于猫,来伏身下。移时晴霁,物即径出。兄闻喜曰:"弟必大贵,此狐来避雷霆劫也。"后果少年登进士,以县令入为侍御。生一子名元丰,绝痴,十六岁不能知牝牡,乡党无与为婚。适有妇人率少女登门,自请为妇。视其女,嫣然展笑,真仙品也。喜问姓名,自言："虞氏，女小翠，年二八矣。"遂治别院，使夫妇成礼。同巷有王给谏者，相隔十余户，然素不相能，思中伤之。公知其谋，忧虑无所为计。一夕，早寝。女冠带，饰冢宰状，剪素丝作浓髭，又以青衣饰两婢为虞候，窃跨厩马而出，戏云："将谒王先生。"驰至给谏之门，即又鞭挞从人，大言曰："我谒侍御王，宁谒给谏王耶！"回辔而归。比至家门，门者误以为真，奔白王公。公急起承迎，方知为子妇之戏，怒甚，谓夫人曰："人方踦我之瑕，反以闺阁之丑登门而告之，余祸不远矣！"夫人怒奔女室，诟让之。女惟憨笑，并不一置词。时冢宰某公赫甚，其仪采服从，与女伪装无少殊别，王给谏亦误为真。屡侦公门，中夜而客未出，疑冢宰与公有阴谋。谋遂寝，由此益交欢公。公探知其情，窃喜。逾岁，首相免。适有以私函致公者，误投给谏。给谏大喜，先托善公者往假万金，公拒之。给谏自诣公所，公觅巾袍，并不可得。给谏伺候久，怒公慢，愤将行。忽见公子衮衣旒冕，有女子自门内推之以出。大骇，已而笑抚之，脱其服冕而去。（但明伦评："从何处着想，从何处设法，运筹帷幄，决胜千里，单刀匹马，斩将而归。"）公急出，则客去远。闻其故，惊颜如土，大哭曰："此祸水也，指日赤吾族矣！"与夫人操杖往。女阖扉任其诟厉。公怒，斧其门。女在内含笑而告之曰："翁无烦怒！有新妇在，刀锯斧钺，妇自受之，必不令贻害双亲。翁若此，是欲杀妇以灭口耶？"公乃止。给谏归，果抗疏揭王不轨,衮冕作据。上惊验之,其旒冕乃梁蘵心所制,袍则败布黄袱也。上怒其诬。又召元丰至,见其憨状可掬,笑曰:"此可以作天子耶?"乃下之法司,以给谏充云南军。王由是奇女。一日,女浴于室,公子见之,欲与偕;女笑止之。既出,乃更泻热汤于瓮,解其袍裤,与婢扶入之。公子觉蒸闷,大呼欲出。女不听,以衾蒙之。少时,无声,启视,已绝。女坦笑不惊,曳置床上,拭体干洁,加覆被焉。夫人闻之,哭而入,骂曰:"狂婢何杀吾儿!"以首触女,婢辈争曳劝之。方纷嚷间,一婢告曰:"公子呻矣!"辍涕抚之,则气息休休,而大汗浸淫,沾浃裯褥。食顷,汗已,忽开目回顾,遍视家人,似不相识,曰:"我今回忆往昔,都如梦寐,何也?"夫人以其言语不痴,大异之。携参其父,屡试之,果不痴。大喜,如获异宝。年余,公为给谏之党奏劾免官。旧有玉瓶,价累千金,将出以贿当路。女爱而把玩之,失手堕碎。公夫妇闻之,交口呵骂。女奋而出,谓公子曰:"我在汝家,所保全者不止一瓶,何遂不少存面目?实与君言,我非人也。以母遭雷霆之劫,深受而翁庇翼;又以我两人有五年夙分,故以我来报曩恩、了夙愿耳。身受唾骂,擢发不足以数,所以不即行者,五年之爱未盈,今何可以暂止乎!"盛气而出,追之已杳……

但明伦评:

　　观小翠之所行,可谓从容有度矣。当夫妇成礼之后,其翁姑固尝惕惕焉惟恐其憎子痴者,尔时即用瓮蒸衾蒙之术,胡不可也?乃不以为嫌,而反给之、装之,若惟恐其痴之不甚者。痴不可用而可用,视乎用之之人耳。用我之痴,启彼之疑;用我之痴,致彼之诬;谈笑之间,雄兵已却。高鸟尽,良弓藏,夫而后痴儿可无有矣。向使骤化痴癫,急调琴瑟,敌势方盛,何以破之?是囊恩终未报、宿愿仍难了也。失手碎玉瓶,有所借口而飘然以去,急流勇退,小翠有焉,即谓堕瓶为脱身之计也可。

这个批语,指出小翠的报恩,是有步骤的。她要报恩,就要解救王公的困难。第一次用的是假装宰相去访问王侍御,使王给谏不敢与王公为难。第二次,利用元丰的痴,替他用麦秸来做冕旒,造成王给谏的诬告,让王给谏充军到云南。第三次,用瓮蒸衾蒙的方法,治好了元丰的痴。经过了这三次的报恩,王公救她母亲的恩已经报了,她就可以走了。因此利用打碎玉瓶,遭到呵骂的机会走了。但明伦认为,假使小翠先把元丰的痴病治好了,那就不好利用元丰的痴,来造成王给谏的诬告,就不好报恩了。这篇小说的结尾,又写元丰想念小翠,日就羸悴,二年后,小翠感元丰的真情想念,又出来和元丰相会,使自己日渐变得老丑,使元丰另娶一位新娘,这位新娘长得和小翠原来的面貌一样,使元丰不再想念她,她才走了。这又是一种报恩,报了元丰相思的恩情。她的报恩,并不是都得到翁姑的感激的。第一次她扮宰相去欺骗王给谏时,翁怒甚,使姑去诟让她。第二次她使王给谏陷于诬告时,翁怒甚,操杖往,斧其门。第三次她治疗元丰痴病时,姑骂她,用头撞她。在她进行报恩的时候,遭到了这样的辱骂和打击,但她并不灰心,还是一次一次地进行报恩的计划。这些计划,又是利用人们所无法预料的智计造成的。但明伦评:"运筹帷幄,决胜千里,单刀匹马,斩将而归。"赞美她的智计,赞美她的勇敢而能取胜。这样的报恩,好在遭到唾骂、操杖、斧门而不悔,还要继续报恩,这是更为难得的。恩已经报了,感激元丰的想念,再一次报恩,更显出小翠的多情。通过这样的描写,来塑造小翠这个报恩的形象是杰出的。

情节

　　情节是小说中人物的生活和斗争的演变过程，由一组以上能显示人物和人物、人物和环境之间的错综复杂关系的具体事件和矛盾冲突所构成。

　　历史小说以历史上的重大事件构成主要情节，其他小说以生活中的矛盾斗争为根据，经作家的集中、概括并加以组织结构而成。在这里，只能结合评语和小说内容选择主要情节来谈谈。

三国演义

《三国演义》是历史小说,历史小说的主要情节是历史上的重大事件。许多主要情节在古代史籍中可以找到文字依据。三国历史上的重大事件,如袁绍与曹操的官渡之战,曹操与刘备、孙权的赤壁之战,构成《三国演义》的重大情节。《三国演义》怎样写这两大战役,从中可以看出《三国演义》对情节的安排。

官渡之战

《三国演义》第三十回《战官渡本初败绩》,毛宗岗总批:

当曹操攻吕布之时,袁绍可以全师袭许都而不袭,一失也。当曹操攻刘备之时,袁绍又可以全师袭许都而不袭,是再失也。迨吕布已灭,刘备已败,然后争之,斯已晚矣。然苟能以全师屯官渡而拒其前，以偏师袭许都而断其后，未尝不可以取胜，而绍又不为，是三失也。既已失之于始，谅不能得之于终，此田丰之所以知其必败耳。

袁绍善疑，曹操亦善疑。然曹操之疑，荀彧决之而不疑，所以胜也；袁绍之疑，沮授决之而仍疑，许攸决之而愈疑，所以败也。曹操疑所疑，亦能信所信。韩猛之粮，不疑其诱敌；许攸之来，不疑其诈降，所以胜也。袁绍疑所不当疑，又信所不当信。见曹操致荀彧之书，则疑其虚；见审配罪许攸之书，则信其实；听许攸袭许都之语，则疑其诈；听郭图谮张郃之语，则信其真，所以败也。

这两段总评指出袁绍在决策上的失败，曹操在决策上的成功；袁绍在用人上的失算，曹操在用人上的成功。这是决定官渡之战曹胜袁败的原因。这两段实际是按照历史上的官渡之战来立论的，也说明《三国演义》的写官渡之战，基本上本于历史。只是对历史的叙述有夸张、有强调，在夸张强调上又加一些虚构，这是《三国演义》写官渡之战的一种手法。第三十回：

却说袁绍兴兵，望官渡进发。……绍马临发，田丰从狱中上书谏曰："今且宜静守以待天时，不可妄兴大兵，恐有不利。"逢纪谮曰："主公兴仁义之师，田丰何得出此不祥之语！"绍因怒，欲斩田丰，众官告免。绍恨曰："待吾破了曹操，明正其罪！"

按《通鉴》卷六十三建安五年（公元200年）七月，绍军阳武（在官渡水北），开始官渡之战，那时田丰没有进谏。田丰是在这年正月曹操击破刘备，还军官渡时，袁绍议进军攻曹操，"田丰曰：'曹操既破刘备，则许下非复空虚。且操善用兵，变化无方，众虽少，未可轻也。今不如以久持之。将军据山河之固，拥四州之众，外结英雄，内修农战，然后简其精锐，分为奇兵，乘虚迭出，以扰河南，救右则击其左，救左则击其右，使敌疲于奔命，民不得安业，我未劳而彼已困，不及三年，可坐克也。今释庙胜之策，而决成败于一战，若不如志，悔无及也。'绍不从。丰强谏忤绍，绍以为沮众，械系之。"田丰在一月里就被袁绍械系，所以《三国演义》说成田丰从狱中上书。田丰没有上书，《三国演义》说成上书，说成逢纪谮，加上这些虚构的话，强调袁绍不善纳谏因而致败，又指出袁绍内部不团结，互相猜忌，造成失败。这是为了强调袁绍不善听取好的意见，却听信谗言，所以做了这样的虚构。

《三国演义》又称：

沮授曰："我军虽众，而勇猛不及彼军；彼军虽精，而粮草不如我军。彼军无粮，利在急战，我军有粮，宜且缓守。

若能旷以日月,则彼军不战自败矣。"绍怒曰:"田丰慢我军心,吾回日必斩之。汝安敢又如此!"叱左右:"将沮授锁禁军中,待我破曹之后,与田丰一体治罪!"

按《通鉴》,沮授是这样说的,只说"绍不从",没有绍怒和锁禁沮授的话,这样写,也是要突出绍的不受善言以致失败,所以加进了一些虚构。

又《通鉴》作:"九月,……曹操出兵与袁绍战,不胜,复还坚壁。"《三国演义》写成袁曹两军对阵,曹操指斥袁绍谋反,袁绍指斥曹操"托名汉相,实为汉贼"。两军交战,曹军张辽与袁军张郃斗了四五十回合,不分胜负。许褚又与高览捉对厮杀。曹军三千冲阵,袁军审配令两翼弩手万弩并发,曹军大败。《三国演义》对《通鉴》说的曹军不胜,做了这样的描写。这是把历史的简单叙述,加以具体的描绘而有虚构。

《通鉴》又作:"绍为高橹(无屋顶的楼),起土山,射营中,营中皆蒙盾而行。操乃为霹雳车,发石以击绍,楼皆破。绍复为地道攻操,操辄于内为长堑以拒之。"《三国演义》作审配建议就曹操寨前起土山,令军士下视寨中放箭。绍从之,筑成土山五十余座,上立高橹,分拨弓弩手于其上射箭。曹军大惧,皆顶着遮箭牌守御。曹操谋士刘晔进曰:"可作发石车以破之。"连夜造发石车数百乘,拽动石车,炮石飞空,人无躲处,袁军皆号其车为"霹雳车"。审配又令军人暗打地道，刘晔曰："可绕营掘长堑，则彼伏道无用也。"《三国演义》又对《通鉴》的叙述做了生动具体的描写，《通鉴》里没有献计的人名，《三国演义》里写出献计的人名，这是为了写得具体，使读者信有其事。

《通鉴》作："绍运谷车数千乘至官渡，荀攸言于操曰：'绍运车旦暮至，其将韩猛，锐而轻敌，击可破也。'操曰：'谁可使者？'攸曰：'徐晃可。'乃遣偏将军河东徐晃与史涣邀击猛，破走之，烧其辎重。"《三国演义》作：

有徐晃部将史涣获得袁军细作，解见徐晃。晃问其军中虚实，答曰："早晚大将韩猛运粮至军前接济，先令我等探路。"徐晃便将此事报知曹操。荀攸曰："韩猛匹夫之勇耳。若遣一人引轻骑数千，从半路击之，断其粮草，绍军自乱。"操曰："谁人可往？"攸曰："即遣徐晃可也。"操遂差徐晃将带史涣并所部兵先出，后使张辽、许褚引兵救应。当夜韩猛押粮车数千辆，解赴绍寨。正走之间，山谷内徐晃、史涣引军截住去路。韩猛飞马来战，徐晃接住厮杀。史涣便杀散人夫，放火焚烧粮车。韩猛抵当不住，拨回马走。徐晃催军烧尽辎重。袁绍军中，望见西北上火起，正惊疑间，败军报来："粮草被劫！"绍急遣张郃、高览去截大路，正遇徐晃烧粮而回。恰欲交锋，背后张辽、许褚军到，两下夹攻，杀散袁军，四将合兵一处，回官渡寨中。

《三国演义》这段写的，本于历史，稍加变化。如《通鉴》不说怎么得到绍运粮的消息，《三国演义》做了补充。《通鉴》只说"烧其辎重"，不说绍派军来袭，操派军救应等，《三国演义》只做些补充。

接下来《通鉴》作："绍复遣车运谷，使其将淳于琼等将兵万余人送之，宿绍营北四十里。沮授说绍，可遣蒋奇别为支军于表，以绝曹操之抄，绍不从。"这里《通鉴》说，袁绍再派车去运粮，使淳于琼等将兵保护运粮车。这里不说到哪里去运粮，从下文看，袁绍的大批粮食，积储在乌巢，当去乌巢运粮。但下文又说，淳于琼等又是驻扎在乌巢保卫粮食的，这就跟这里说的去保护运粮车矛盾了。《三国演义》不谈运粮事，作：

审配曰："行军以粮食为重，不可不用心提防。乌巢乃屯粮之处，必得重兵守之。"……袁绍遣大将淳于琼，部领督将眭元进、韩莒子、吕威璜、赵睿等，引二万人马守乌巢。那淳于琼性刚好酒，军士多畏之；既至乌巢，终日与诸将聚饮。

《三国演义》这样改，把《通鉴》的矛盾解决了。《通鉴》里不说淳于琼好酒聚饮，《三国演义》里这样写，为了写他的失败。

下面讲许攸，《通鉴》作："许攸曰：'曹操兵少，而悉师拒我，许下余守，势必空弱。若分遣轻军，星行掩袭，许可拔也。许拔则奉迎天子以讨操，操成擒矣。如其未溃，可令首尾奔命，破之必也。'绍不从，曰：'吾要当先取操。'会攸家犯法，审配收系之。攸怒，遂奔操。"许攸的投曹操，是袁绍失败的一个原因，比较重要，所以《三国演义》做了改写，加进了新的东西。《三国演义》第三十回《劫乌巢孟德烧粮》作：

且说曹操军粮告竭，急发使往许昌教荀彧作速措办粮草，星夜解赴军前接济。使者赍书而往，行不上三十里，被袁军捉住，缚见谋士许攸。那许攸字子远，少时曾与曹操为友，此时却在袁绍处为谋士。当下搜得使者所赍曹操催粮书信，径来见绍曰："曹操屯军官渡，与我相持已久，许昌必空虚；若分一军星夜掩袭许昌，则许昌可拔，而操可擒也。今操粮草已尽，正可乘此机会，两路击之。"绍曰："曹操诡计极多，此书乃诱敌之计也。"攸曰："今若不取，后将反受其害。"正话间，忽有使者自邺郡来，呈上审配书。书中先说运粮事；后言许攸在冀州时，尝滥受民间财物，且纵令子侄多科税，钱粮入己，今已收其子侄下狱矣。绍见书大怒曰："滥行匹夫！尚有面目于吾前献计耶！汝与曹操有旧，想今亦受他财贿，为他作奸细，啜赚吾军耳？（毛宗岗批：'此疑所不当疑，是教之投操也。'）本当斩首，今权且寄头在项！可速退出，今后不许相见！"许攸出，仰天叹曰："忠言逆耳，竖子不足与谋！吾子侄已遭审配之害，吾何颜复见冀州之人乎！"遂欲拔剑自刎。左右夺剑劝曰："公何轻生至此？袁绍不纳直言，后必为曹操所擒。公既与曹公有旧，何不弃暗投明？"只这两句言语，点醒许攸，于是许攸径投曹操。

《通鉴》在这里没有说明许攸怎么知道曹操粮尽，所以《三国演义》做了补充。《通鉴》光说"攸家犯法"，犯什么法没有说，《三国演义》做了补充。《通鉴》光说许攸因家人被收系而怒投曹操，《三国演义》加上袁绍的斥责，怀疑他作曹操的奸细，他被逼得无路可走，才去投曹操的。

接下来写许攸献计。曹操烧乌巢粮草，袁军溃败，《三国演义》还是本着《通鉴》来写，对《通鉴》做了补充加强。《三国演义》写许攸去投曹操，曹操"携手共入，操先拜于地。攸慌扶起曰：'公乃汉相，吾乃布衣，何谦恭如此？'操曰：'公乃操故友，岂敢以名爵相上下乎？'"《通鉴》里没有这些话，《三国演义》加进去表示曹操会笼络人。又写许攸向曹操说自己曾向袁绍献计："'以轻骑乘虚袭许昌，首尾相攻。'操大惊曰：'若袁绍用子言，吾事败矣。'"《通鉴》里也没有。《三国演义》这样写，突出许攸显示自己的智计。《通鉴》又作："既入坐，谓操曰：'……今有几粮乎？'操曰：'尚可支一岁。'攸曰：'无是，更言之。'又曰：'可支半岁。'攸曰：'足下不欲破袁氏耶？何言之不实也！'操曰：'向言戏之耳，其实可一月，为之奈何？'"《三国演义》稍做变化，作："操曰：'有半年耳。'攸拂袖而起，趋步出帐曰：'吾以诚相投，而公见欺如是，岂吾所望哉！'操挽留曰：'子远勿嗔，尚容实诉，军中粮实可支三月耳。'攸笑曰：'世人皆言孟德奸雄，今果然也。'操亦笑曰：'岂不闻兵不厌诈！'……攸大声曰：'休瞒我，粮已尽矣！'操愕然曰：'何以知之？'攸乃出操与荀彧之书以示之曰：'此书何人所写？'操惊问曰：'何处得之？'攸以获使之事相告。"这一段，主要是根据《通鉴》，再加以夸张的写法。其实这种夸张反而不合理，假定曹操写给荀彧的信上说粮食已经没有了，那成了曹操等粮食完了再去信要，不太迟了吗？那就不成为曹操了，还是说有一月之粮就去信要，才合理。

《通鉴》写许攸献计："'袁氏辎重万余乘，在故市、乌巢，屯军无严备。若以轻兵袭之，不意而至，燔其积聚，不过三日，袁氏自败也。'操大喜，乃留曹洪、荀攸守营，自将步骑五千人，皆用袁军旗帜，衔枚缚马口，夜从间道出，人抱束薪。所历道有问者，语之曰：'袁公恐曹操抄略后军，遣兵以益备。'闻者信以为然，皆自若。"《三国演义》写这段，本于《通鉴》，又加增饰。如《通鉴》作"屯军无严备"，《三国演义》作："今拨淳于琼守把，琼嗜酒无备。公可选精兵诈称袁将蒋奇领兵到彼护粮。"《通鉴》作："乃留曹洪、荀攸守营。"《三

国演义》作:

> 操自选马步军士五千,准备往乌巢劫粮。张辽曰:"袁绍屯粮之所,安得无备?丞相未可轻往,恐许攸有诈。"操曰:"不然。许攸此来,天败袁绍。今吾军粮不给,难以久持;若不用许攸之计,是坐而待困也。彼若有诈,安肯留我寨中?且吾亦欲劫寨久矣。今劫粮之举,计在必行,君勿疑。"辽曰:"亦须防袁绍乘虚来袭。"操笑曰:"吾已筹之熟矣。"便教荀攸、贾诩、曹洪同许攸守大寨,夏侯惇、夏侯渊领一军伏于左,曹仁、李典领一军伏于右,以备不虞。教张辽、许褚在前,徐晃、于禁在后,操自引诸将居中。共五千人马,打着袁军旗号,军士皆束草负薪,人衔枚,马勒口,黄昏时分,望乌巢进发。

在这段里,还是根据《通鉴》,再加增饰,加进了一些人物和安排。

以下写曹操率军攻破乌巢营寨,焚烧袁军粮仓。袁绍派张郃、高览进攻曹营,受到挫折,张郃、高览被迫投降曹操。袁绍军大崩溃等,也是同样写法,即《三国演义》本于《通鉴》,再加增饰,加进了一些人物和安排。这是《三国演义》对主要情节的一种写法。

作为情节,显示人和人物、人物和环境之间的错综复杂的矛盾冲突，所显示人物的不同性格，官渡之战正是这样。如《三国演义》总评所指出的，曹操能信所当信，许攸之来，不疑其诈降，敢于用他的计谋；《三国演义》写张辽献疑，更加强了曹操的智计，显出曹操的善谋善断。袁绍疑所不当疑，信所不当信，如许攸献计，袁绍倘能采用，就可以打败曹操。如曹操只有一月之粮，袁绍倘用许攸计，分兵去袭许都，曹操必分兵往救，许都不能再供应曹军粮食，相持一月，曹军必溃。袁绍疑所不当疑，逼使许攸投曹，为曹献计，是绍自取失败，显得袁绍无谋无断，造成溃败。《三国演义》加强了袁绍对许攸的疑虑，加强了逼使许攸投操，加强了袁的多疑而无谋。再像写许攸是有智计的，在袁绍那里，向绍献计而不用，反遭疑忌；到了曹操那里，向曹操献计，曹操用了就成功，正显出许攸的多智计。

再像写田丰，有谋略，袁绍不用，田丰强谏，反而被囚，《三国演义》里写他狱中上书，加强他的强谏，加强触怒袁绍，到袁绍大败归来，《通鉴》说："或谓田丰曰：'君必见重矣。'丰曰：'公貌宽而内忌，不亮吾忠，而吾数以至言迕之。若胜而喜，犹能赦我，今战败而恚，内忌将发，吾不望生。'"这里显示田丰忠于袁绍，有智谋，有预见；更突出袁绍貌宽而内忌的性格。这里又写出逢纪曰："丰闻将军之退，拊手大笑，喜其言之中也。"这里写出逢纪伪造田丰的话来陷害田丰，显出袁绍信所不当信来杀田丰，显示逢纪陷害田丰的罪恶。

再像写张郃,《通鉴》作：袁绍"乃使其将高览、张郃等攻操营,郃曰：'曹公精兵往,必破琼等,琼等破则事去矣,请先往救之。'郭图固请攻操营。郃曰：'曹公营固,攻之必不拔,若琼等见擒,吾属尽为虏矣。'绍但遣轻骑救琼,而以重兵攻操营,不能下。……郭图惭其计之失,复谮张郃于绍曰：'郃快军败。'郃忿惧,遂与高览焚攻具,诣操营降。"这里突出三个人的性格,张郃有预见,能看到曹操一定能打败淳于琼等,烧尽粮草储备,使袁军全面崩溃,所以力主去救淳于琼;又预见攻曹营必不克,显得张郃富有作战经验,是知彼知己的良将。郭图既不知彼,又不知己,又陷害张郃,是坏人。写袁绍无谋,不听信张郃,反而听信郭图,逼使张郃、高览投操,造成溃败。《三国演义》在这方面又做了增饰和加强。

在官渡之战这一重大情节里,正写出错综复杂的矛盾冲突,从中显示出各种人物的不同性格来。

赤壁之战

《三国演义》写赤壁之战跟官渡之战有同有异。官渡之战,《三国演义》主要是根据《通鉴》来写,对战事的发展演变加以夸张增饰。《三国演义》写赤壁之战,有一部分也是据《通鉴》加以夸张增饰;另有一部分写得生动形象的重要事件,则是《通鉴》所没有的，这就和官渡之战的写法完全不同了。因此，官渡之战，在《三国演义》里只写了一回，即第三十回。赤壁之战，《三国演义》里写了八回，即第四十三回《诸葛亮舌战群儒，鲁子敬力排众议》，第四十四回《孔明用智激周瑜，孙权决计破曹操》，第四十五回《三江口曹操折兵，群英会蒋干中计》，第四十六回《用奇谋孔明借箭，献密计黄盖受刑》，第四十七回《阚泽密献诈降书，庞统巧授连环计》，第四十八回《宴长江曹操赋诗，锁战船北军用武》，第四十九回《七星坛诸葛祭风，三江口周瑜纵火》，第五十回《诸葛亮智算华容，关云长义释曹操》。就这八回看，《通鉴》完全没有，《三国演义》里新创造的，即不属于增饰的，有《诸葛亮舌战群儒》《孔明用智激周瑜》《群英会蒋干中计》《用奇谋孔明借箭》《庞统巧授连环计》《七星坛诸葛祭风》《诸葛亮智算华容，关云长义释曹操》，即八回中有一半是《通鉴》里没有而《三国演义》所新创的，有一半是根据《通鉴》的叙述加以夸张增饰的，这就跟官渡之战写得有很大不同了。在这里想各举一例来说说，先看根据《通鉴》加以增饰的事。

《通鉴》卷六十五建安十三年（公元208年）十月：

> 亮见权于柴桑，说权曰："海内大乱，将军起兵江东，刘豫州收众汉南，与曹操并争天下。今操芟夷大难，略已平矣，遂破荆州，威震四海。英雄无用武之地，故豫州遁逃至此。愿

将军量力而处之：若能以吴越之众，与中国（中原）抗衡，不如早与之绝；若不能，何不按兵束甲，北面而事之？今将军外托服从之名，而内怀犹豫之计，事急而不断，祸至无日矣！"权曰："苟如君言，刘豫州何不遂事之乎？"亮曰："田横，齐之壮士耳，犹守义不辱。况刘豫州王室之胄，英才盖世，众士慕仰，若水之归海。若事之不济，此乃天也，安能复为之下乎？"权勃然曰："吾不能举全吴之地，十万之众，受制于人！吾计决矣，非刘豫州莫可以当曹操者。然豫州新败之后，安能抗此难乎？"亮曰："豫州军虽败于长坂，今战士还者及关羽水军精甲万人，刘琦合江夏战士亦不下万人。曹操之众远来疲敝，闻追豫州，轻骑一日一夜行三百余里，此所谓强弩之末势不能穿鲁缟者也。故兵法忌之，曰：'必蹶上将军。'且北方之人不习水战，又荆州之民附操者，逼兵势耳，非心服也。今将军诚能命猛将统兵数万，与豫州协规同力，破操军必矣。操军破，必北还。如此，则荆吴之势强，鼎足之形成矣。"

在赤壁之战中，诸葛亮这一段话非常重要，他指出孙权"外托服从之名，内怀犹豫之计，事急而不断，祸至无日矣！"再用激将法激怒孙权，使他决心抗曹。再指出抗曹的作战方略，指出抗曹的取胜，指出取胜后所形成的三国鼎立之势。战争的发展，一切如他的预料。

再看《三国演义》第四十三回写这次谈话：

孔明致玄德之意毕，偷眼看孙权：碧眼紫髯，堂堂一表。孔明暗思："此人相貌非常，只可激，不可说。等他问时，用言激之便了。"……权曰："若彼有吞并之意，战与不战，请足下为我一决。"孔明曰："亮有一言，但恐将军不肯听从。"权曰："愿闻高论。"

以下"孔明曰"的一段话，即用上引《通鉴》中的一段话，文字稍有更动，如"海内大乱"作"向者宇内大乱"，"遂破荆州"作"近又新破荆州"，"何不按兵束甲"作"何不从众谋士之议，按兵束甲"，"刘豫州何不遂事之乎？"作"刘豫州何不降操？""安能复为之下乎！"作"又安能屈处人下乎！"接下来作：

孙权听了孔明此言，不觉勃然变色，拂衣而起，退入后堂。众皆哂笑而散。鲁肃责孔明曰："先生何故出此言？幸是吾主宽洪大度，不即面责。先生之言，藐视我主甚矣。"孔明仰而笑曰："何如此不能容物耶！我自有破曹之计，彼不问我，我故不言。"……肃闻言，便入后堂见孙权。权怒气未息，顾谓肃曰："孔明欺吾太甚！"肃曰："臣亦以此责孔明，孔明反笑主公不能容物。破曹之策，孔明不肯轻言，主公何不求之？"权回嗔作喜曰："原来孔明有良谋，故以言词激我。我一时浅见，几误大事。"便同鲁肃重复出堂，再请孔明叙话。

权见孔明,谢曰:"适来冒渎威严,幸勿见罪。"孔明亦谢曰:"亮言语冒犯,望乞恕罪!"……权曰:"曹操平生所恶者,吕布、刘表、袁绍、袁术、豫州与孤耳。今数雄已灭,独豫州与孤尚存。孤不能以全吴之地,受制于人。吾计决矣。"

以下即同上文《通鉴》所引,文字稍有出入。这段话,《三国演义》基本上是引自《通鉴》,只是稍做增饰,它的写法,与写官渡之战一致。在孔明这段话末了处,毛宗岗评:"隐然以荆州自处,而与吴魏并列为三。"显示诸葛亮有预见,识见卓越。

再看《通鉴》完全没有的记载,全出《三国演义》虚构的,这部分如前文指出的不少,今只举一事来谈,即草船借箭。第四十六回《用奇谋孔明借箭》:

瑜问孔明曰:"即日将与曹军交战,水路交兵,当以何兵器为先?"孔明曰:"大江之上,以弓箭为先。"瑜曰:"先生之言,甚合愚意。但今军中正缺箭用,敢烦先生监造十万支箭,以为应敌之具。此系公事,先生幸勿推却。"孔明曰:"都督见委,自当效劳。敢问十万支箭,何时要用?"瑜曰:"十日之内,可完办否?"孔明曰:"操军即日将至,若候十日,必误大事。"瑜曰:"先生料几日可完办?"孔明曰:"只消三日,便可拜纳十万支箭。"瑜曰:"军中无戏言。"孔明曰:

"怎敢戏都督！愿纳军令状，三日不办，甘当重罚。"瑜大喜，唤军政司当面取了文书……鲁肃曰："此人莫非诈乎？"瑜曰："他自送死，非我逼他。……公今可去探他虚实，却来回报。"肃领命来见孔明。孔明曰："……望子敬借我二十只船，每船要军士三十人，船上皆用青布为幔，各束草千余个，分布两边。吾别有妙用。第三日包管有十万支箭。只不可又教公瑾得知。"……至第三日四更时分，孔明密请鲁肃到船中。……遂命将二十只船，用长索相连，径望北岸进发。是夜大雾漫天，长江之中，雾气更甚，对面不相见。孔明促舟前进，……当夜五更时候，船已近曹操水寨。孔明教把船只头西尾东，一带摆开，就船上擂鼓呐喊。……却说曹寨中听得擂鼓呐喊，……操传令曰："……可拨水军弓弩手乱箭射之。"……箭如雨发。孔明教把船吊回，头东尾西，逼近小寨受箭，一面擂鼓呐喊。待至日高雾散，孔明令收船急回。二十只船两边束草上堆满箭枝。孔明令各船上军士齐声叫曰："谢丞相箭！"比及曹军寨内报知曹操时，这里船轻水急，已放回二十余里，追之不及。……肃曰："先生真神人也！何以知今日如此大雾？"孔明曰："……亮于三日前已算定今日有大雾，因此敢任三日之限。公瑾教我十日完办，工匠料物都不应手，将这一件风流罪过，明白要杀我。我命系于天，公瑾焉能害我哉！"

《三国演义》第四十六回，毛宗岗总评：

孔明借曹操之箭以与周瑜，却使周瑜不知，则孔明之智为尤奇矣。十日之限已可畏，偏要缩至三日；三日之限已甚危，偏又放过两日。令读者阅至第三日之夜，为孔明十分着急、十分担忧。几于水尽山穷、径路断绝，而不意奏功俄顷，报命一朝，真乃妙事妙文。

按《三国演义》虚构草船借箭，是写周瑜气量狭小，看到诸葛亮智计胜过自己，又是刘备的谋臣，所以要杀掉诸葛亮，除去刘备的谋臣，可以为吴国制服刘备。当时孙刘联合抗曹，他要杀诸葛亮，一定要制造借口，要诸葛亮造十万支箭，立下军令状，到期交不出箭来，就可按军法办事，把他杀死。《三国演义》借此写出诸葛亮神机妙算，能算出三日夜有大雾，能料定在大雾中曹操不敢出战，只会派弓弩手射箭，所以虚构草船借箭的故事，使鲁肃称诸葛亮为"神人"，周瑜称"孔明神机妙算，吾不如也！"突出诸葛亮的智计超过曹操，也超过周瑜。不过《三国演义》虚构这个情节，也带来不足：一是贬低了周瑜，《三国志·吴书·周瑜传》注引《江表传》："（程）普颇以年长，数凌侮瑜。瑜折节容下，终不与校。普后自敬服而亲重之，乃告人曰：'与周公瑾交，若饮醇醪，不觉自醉。'"周瑜对待下级的凌侮，还这样宽容，因此《三国演义》写他气量狭窄，不能容人，并不符合他的性格，写诸葛亮的神机妙算，又不免带有几分虚妄。

水浒传

《水浒传》的主要情节,想谈迫上梁山前的智取生辰纲和逼上梁山后的三打祝家庄。智取生辰纲包括第十三回《赤发鬼醉卧灵官殿,晁天王认义东溪村》,第十四回《吴学究说三阮撞筹,公孙胜应七星聚义》,第十五回《杨志押送金银担,吴用智取生辰纲》。三打祝家庄包括第四十五回《病关索大闹翠屏山,拼命三火烧祝家店》,第四十六回《扑天雕两修生死书,宋公明一打祝家庄》,第四十七回《一丈青单捉王矮虎,宋公明两打祝家庄》,第四十九回《吴学究双掌连环计,宋公明三打祝家庄》。中间还夹杂第四十八回《解珍解宝双越狱,孙立孙新大劫牢》,他们的投梁山,跟三打祝家庄有关。

智取生辰纲

第十三回金圣叹总批:

以晁盖为一部书提纲挈领之人，而又不得不先放去一十二回，直至十三回方与出名，此所谓有全书在胸而后下笔著书者也。

金圣叹指出晁盖为一部书提纲挈领之人，即指晁盖是梁山泊开创局面的首领。王伦气量小，不能容人，到梁山泊开创局面时，只能被火并掉。林冲一个人上山，势单力薄，只能在王伦手下忍气吞声地过日子。而晁盖是与吴用、公孙胜、刘唐、三阮还有一批庄客成伙上山的，声势不同。晁盖还没有上山时，已有刘唐来投奔，请晁盖去取生辰纲；又有公孙胜来投奔，劝晁盖去取生辰纲；又有吴用来出谋划策，再加上吴用去说服三阮。这样，这七个人中，已有了作为首领的晁盖，作为谋臣的吴用，能兴云驱风的公孙胜，作为猛将的刘唐，善于水战的三阮，这七个人隐然成了梁山泊开创新局面的班子了。而这七个人的聚会，就靠智取生辰纲。

第十三回写刘唐来投奔晁盖，要把一套富贵与他说知，因醉卧灵官殿上，被雷横都头和士兵捆了，捉到晁盖庄上来。晁盖请雷横和士兵喝酒，抽身来看刘唐，叫他承认自己是外甥来寻娘舅，好救他。这样，晁盖就把刘唐救了，又取十两花银送与雷横。雷横带了士兵走了，刘唐却追上去问雷横要回银子，两人各拿朴刀厮拼五十余合。吴用拿着铜链出来，就中一隔，劝两人不要再斗，问明情况，心中暗想，不曾见晁盖有这个外甥，而且年甲不相登，必有些蹊跷。恰好晁盖赶来，喝住了刘唐。吴用对晁盖说道："这个令甥端的非凡，是好武艺。这个有名惯使朴刀的雷都头，也敌不过，只办得架隔遮拦。"（金批："凡一个好汉出现，必有一番出色语。今是刘唐出现处，故特地写出八个字，为他出色。"）以上写晁盖设法救刘唐，正写出晁盖的义气；写刘唐斗雷横，正写出刘唐的好武艺；写吴用一听便知有些蹊跷，正写出吴用的智慧。这样，三位好汉就聚会了。

第十四回《吴学究说三阮撞筹，公孙胜应七星聚义》，写吴用去劝说三阮入伙，金圣叹总批："阮氏之言曰：'人生一世，草生一秋。'嗟乎！意尽乎言矣。"阮小七说这话，也即阮小二说的："我兄弟们不能快活；若是但有肯带挈我们的，也去了吧！"阮小五道："我也常常这般思量：（金批：'藏下生平无数心事，不描已见。'）我兄弟三个的本事又不是不如别人。谁是识我们的？"（金批："另自增出'识我'二字，又加一倍精采。前只说得官司糊涂及快活不快活等语，见豪杰悲愤，此增出'识我'二字，见豪杰肝肠，必不可少也。"）吴用道："假如便有识你们的，你们便如何肯去。"阮小七道："若是有识我们的，水里水里去，火里火里去！若能够见用得一日，便死了也开眉展眼！"这里写出三阮的性格和不能快活的悲愤与甘为知己者死的豪杰肝肠。这样，就在劝说三阮入伙中写出了三阮的性格来。三阮到了晁盖庄上，有公孙胜寻来，晁盖先不出来接待，庄客不让他进去。公孙胜打倒了庄客，惊动晁盖，说有十万贯金珠宝贝，专送与保正，作进见之礼。这里初步显示公孙胜的性格。公孙胜又说打听到杨志要从黄泥冈大路上来。晁盖提到黄泥冈附近安乐村有个白胜，他们可以住在白胜家，吴用就定计智取生辰纲。

第十五回《杨志押送金银担，吴用智取生辰纲》。金圣叹总批：

> 今也一杨志，一都管，又二虞候，且四人矣。以四人而欲押此十一禁军，岂有得乎？……今（梁）中书徒以重视十万、轻视杨志之故，而曲折计划，既已出于小人之道，而尚望黄泥冈上万无一失，殆必无之理矣。

这里指出，梁中书把十万贯金银财宝装了十一担，派十一个禁军挑着，命杨志押送。又不放心，于是推说另有一担是夫人送的，再派一都管、二虞候监管，是防杨志的。这就造成都管、虞候妨碍杨志指挥十一个禁军，造成了黄泥冈上的失事。十一个禁军挑着百十斤重的担子走上黄泥冈，脚疼走不得。众军汉道："这般天气热，兀的不晒杀人！"都去松林树下睡倒了。杨志拿起藤条，打得这个起来，那个睡倒。老都管道："权且教他们众人歇一歇，略过日中行如何？"杨志道："你也没分晓了！如何使得？"老都管就呼叱杨志，杨志不得不让军众歇一下。这时,松林里一字儿摆着七辆江州车儿,七个人脱得赤条条的在那里乘凉,这就转入杨志和七人的矛盾。七个人见杨赶入来,齐叫一声:"阿也!"(金批:"二字妙绝,只须此二字,杨志胸中已释然矣。")杨志认为原来是几个贩枣子的客人,就消解了疑虑。接着写一个汉子挑着一副担桶的酒上冈子来。众军汉要凑钱买酒吃,杨志喝住,怕酒内有蒙汗药。七个客人出来买酒吃,两个客人去车子前取出两个椰瓢来,开了桶盖,轮替舀酒吃,一桶酒都吃尽了。(余象斗评:"七个客人吃酒,诡计正在此处,杨志无疑矣。")七个客人道:"正不曾问得你多少价钱?"(金批:"何必不问价,只为留得此句作饶酒地也。")那汉道:"我一了不说价。五贯足钱一桶,十贯一担。"七个客人道:"五贯便依你五贯,只饶我们一瓢吃。"(金批:"只用一饶字,便忽接入第二桶,奇计亦复奇文。")那汉道:"饶不得,做定的价钱。"一个客人把钱还他,一个客人便去揭开桶盖,兜了一瓢,拿上便吃,(金批:"一个便吃,以示无他。")那汉去夺时,这客人手拿半瓢酒,望松林里便走,那汉赶将去。只见这边一个客人从松林里走将出来,手里拿一个瓢,便来桶里舀了一瓢酒,(金批:"一个然后下药。")那汉看见,抢来劈手夺住,往桶里一倾,便盖了桶盖,将瓢往地下一丢,口里说道:"你这客人好不君子相!戴头识脸的,也这般罗唣!"(李卓吾评:"好圈套,如何识得破。")

即在第二客人用瓢舀酒时,瓢里即下了蒙汗药。那汉劈手夺往桶里一倾,蒙汗药都下到桶里了。众军汉请老都管来求杨志,买那一桶酒吃。杨志寻思道:"俺在远处望这厮们都买他的酒吃了,那桶里当面也见吃了半瓢,想是好的。"(金批:"独说那桶当面亦吃过一瓢,表出杨志英雄精细,超过众人万倍。")就同意了。众军汉先兜两瓢,叫老都管吃一瓢,杨提辖吃一瓢,杨志哪里肯吃。(金批:"写杨志英雄精细,固也。然杨志即使肯吃,亦不得于此处写他肯吃,何也?从来叙事之法,有宾有主,有虎有鼠。夫杨志,虎也,主也,彼老都管与两虞候,特宾也,鼠也。设叙事者于此不分宾主,不辨虎鼠,杂然写作老都管一瓢,杨志一瓢,两个虞候各一瓢,众军汉各一瓢,将何以表其为杨志哉!故于此处特特勒出一句不吃,然后下文另自写来,此固史家叙事之体也。")老都管自先吃了一瓢,两个虞候各吃一瓢。众军汉一发上,那桶酒登时吃尽了。杨志见众人吃了无事,自本不吃,一者天气甚热,二乃口渴难熬,拿起来只吃了一半,(金批:"另自写,又写得曲折夭矫。")枣子分几个吃了。那七个贩枣子的客人,立在松树旁边,指着这一十五人说道:"倒也!倒也!"那七个客人推出七辆江州车儿,把车子上的枣子都丢在地上,将这十一担金珠宝贝都装在车子内,遮盖好了,叫声:"聒噪!"一直往黄泥冈下推去了。

这段智取生辰纲,突出吴用的智计,是跟杨志做斗争。

金批称杨志英雄精细，吴用的智计就要欺骗杨志。杨志看到七人时，七人惊惶的表情，赤条条的没有掩饰，使杨志相信他们真是贩枣子的小本商人，就放心了，这是斗智的胜利之一。让杨志看到一桶酒他们都喝了没事，看到另一桶酒有人喝过半瓢也没事，才敢让大家买来喝，这是又一次被骗过，丢失了生辰纲。通过这一情节，初步写出了七个人的性格和智取生辰纲的矛盾斗争。这一斗争发展到官府派何涛观察派兵追捕，三阮的水战，公孙胜的法术打败何涛，七人被迫上梁山，以晁盖为首打开了梁山泊的新局面。智取生辰纲就成了上山前的一个重要情节。

三打祝家庄

智取生辰纲以晁盖为主，三打祝家庄以宋江为主。先看第四十五回写杨雄、石秀、时迁投奔梁山泊，先在祝家店借宿。时迁偷了店家的报晓鸡，杀来吃了，因此打起来，石秀放火把祝家店烧了。三人出走，碰到一二百人赶来，时迁被挠钩搭住捉去了。再看第四十六回《扑天雕两修生死书，宋公明一打祝家庄》。写杨雄在路上碰到杜兴，杜兴在李家庄庄主李应手下做主管，就由杜兴陪杨雄、石秀去见李应，由李应写信请求祝家庄释放时迁。祝彪把信撕了，说了侮辱李应的话。李应大怒，披甲上马，拿了点钢枪去责问。祝彪与李应斗了十七八回合，一箭射中李应臂上。杨雄、石秀投奔到梁山泊。晁盖听到时迁偷鸡的事，大怒，喝叫："这厮两个，把梁山泊好汉的名目去偷鸡吃，因此连累我等受辱。今日先斩了这两个……我亲领军马去洗荡了那个村坊……"宋江劝住晁盖，说："哥哥山寨之主，岂可轻动？"（金批："自此以下，凡写梁山兴师建功，宋江悉不许晁盖下山。"）这说明三打祝家庄时，山寨的实权已归宋江，宋江先派石秀和杨林去探路。石秀挑了柴去卖，遇见钟离老人。老人告诉他，庄里尽是盘陀路，只看白杨树便转弯，便是活路。当夜宋江进军，陷在盘陀路里，幸有石秀领出了险境。宋江又去拜访李应，未被接见，却已证实拆散了李祝两家的联合。

再看这一回的金圣叹总评：

> 于祝家庄之东，先立一李家庄；于祝家庄之西，又立一扈家庄。三庄相连，势如翼虎。打东则中帅西救；打西则中帅东救；打中则东西合救。……早于杨雄、石秀未至山泊之日，先按下东李，此之谓絷其右臂。入下回，十六虎将浴血苦战，生擒西扈，此之谓钺其左腋。东西定，而歼厥三祝……

宋江在一打祝家庄时，已拆散了祝李两家的联合；二打祝家庄时，又拆散了祝扈两家的联合，孤立祝家，便于三打，这是写宋江的能指挥作战。又指出石秀的精细，能识破祝家庄的盘陀路。

第四十七回《一丈青单捉王矮虎，宋公明两打祝家庄》。金圣叹总批：

欧鹏救矮虎，三娘便战欧鹏；邓飞助欧鹏奔三娘，祝龙便助三娘取宋江；马麟为宋江迎祝龙，邓飞便弃欧鹏保宋江，……此是第一阵。……第一阵妙于以我四将战彼三将，而我四将中前后转换，必用一将保护宋江，则亦以三将战三将，而迭跃挥霍，写来便有千军万马之势。

按二打祝家庄时，扈三娘捉去了王矮虎，林冲也活捉了扈三娘，这就拆散了扈家庄与祝家庄的联系。这样，一打祝家庄，拆散了李祝两家的联合，二打祝家庄，拆散了扈祝两家的联合，最终孤立了祝家庄。第四十九回《吴学究双掌连环计，宋公明三打祝家庄》，写登州兵马提辖孙立，与解珍、解宝、邹渊、邹闰、孙新、顾大嫂、乐和共八位好汉，杀了贪官和土豪，来投奔梁山。孙立听说宋江二打祝家庄，陷了几位兄弟，便来献计，道："栾廷玉（祝家庄的教师）和我是一个师父教的武艺。……我们今日只做登州对调来郓州守把，经过来此相望，他必然出来迎接；我们进身入去，里应外合，必成大事。"吴用、宋江用了孙立的计策，约期内外夹攻，一举破了祝家庄。吴用又用计假扮本州知府，带领三五十部汉到李家庄，说祝

249

家庄有状子告李应结连梁山强盗破庄；"且提去府里，你自与他对理明白"，把李应和杜兴一并缚了带去。行不上三十余里，林子边撞出宋江、林冲、花荣一班人马，把"知府"等赶跑，把李应、杜兴解缚开锁，带上山去，家眷都已接上山来。这就是吴用的双掌连环计，一环是用孙立破了祝家庄，一环是扮知府把李应一家接上山来入伙。

三打祝家庄，从杨雄、石秀的来投奔，到打破祝家庄，请李应上山入伙，总的说来是写梁山大权已归宋江掌握。如晁盖两次要杀杨雄、石秀，都被宋江劝住；跟晁盖一同起义的吴用，也站到宋江一边劝说。在三打祝家庄时，宋江用石秀探路，这是用新来的头领建了功；靠林冲活捉扈三娘，这是用旧的头领建了功；用孙立等八位好汉内外夹攻打破祝家庄，这是靠新兄弟立了功；采纳吴用的双连环计，这是让旧兄弟立了功。这里写出宋江善于用人，能使各路好汉归向他。他也会领导作战，一打破了盘陀路，拆散了李家庄与祝家庄的联合；二打活捉扈三娘，拆散了扈家庄与祝家庄的联合；三打利用孙立等内外结合，打破了祝家庄。三打祝家庄虽然错综复杂，但像百川归海那样，归结到进一步确立宋江的地位。在三次攻打祝家庄里，也显示各种人物的性格：晁盖显得正直；宋江显得有气度，能容人用人，使四方豪杰归心；石秀显得精细机智；吴用显出智多星的智慧，善于用计等。三打祝家庄这一重大情节，显得比智取生辰纲更错综复杂了。

红楼梦

《红楼梦》里的主要情节,想谈两个:一个是秦可卿之死,包括第十三回《秦可卿死封龙禁尉,王熙凤协理宁国府》,第十四回《贾宝玉路谒北静王》,第十五回《王熙凤弄权铁槛寺》。另一个是宝玉挨毒打,包括第二十八回《蒋玉函情赠茜香罗》,第三十二回《含耻辱情烈死金钏》,第三十三回《手足耽耽小动唇舌,不肖种种大受笞挞》,第三十四回《情中情因情感妹妹,错里错以错劝哥哥》。这两大情节也是错综复杂,牵涉到不少人物。

秦可卿之死

《脂砚斋重评石头记》第十三回末脂批:

《秦可卿淫丧天香楼》,作者用史笔也。老朽因有魂托凤姐、贾家后事二件，嫡是安富尊荣坐享人能想得到处，其事虽未漏其言，其意则令人悲切感服，姑赦之，因命芹溪删去。

原来《石头记》有半回写《秦可卿淫丧天香楼》，脂砚斋劝作者删去。但秦可卿之死，作者明写的虽已删去，但暗中透露的还在。如第十三回写"二门上传事云板连叩四下，正是丧音"，"人回东府蓉大奶奶没了"，"彼时合家皆知，无不纳罕，都有些疑心"。（脂批："九字写尽天香楼事，是不写之写。"）即无不认为可卿不是病死的，而是淫丧天香楼。又写宝玉"从梦中听见说秦氏死了，连忙翻身爬起来，只觉心中似戳了一刀的不忍，哇的一声喷出一口血来。"宝玉为什么如此伤心呢？第五回写宁府花园中梅花盛开，尤氏请贾母、邢夫人、王夫人携宝玉来赏梅花。一时宝玉困倦，欲睡中觉。贾蓉之妻秦氏便忙笑回道："我们这里有给宝叔收拾下的屋子，老祖宗放心，只管交与我就是了。"秦氏把宝玉领到自己屋内。有一嬷嬷说："哪里有个叔叔往侄儿的房里睡觉的礼？"秦氏笑道："他能多大了，就忌讳这些了。"众奶母伏侍宝玉卧好，款款散去。秦氏便吩咐小丫鬟们好生在廊檐下看着猫儿狗儿打架。宝玉惚惚睡去，犹似随了秦氏悠悠荡荡至一所在，即梦游太虚幻境，遇见警幻仙子。仙子说："将吾妹一人，乳名兼美，字可卿者，许配与汝，今夕良时，即可成姻。"（墨笔批："可卿者，即秦也，是一是二，读者自省。"）便秘授以云雨之事。事后，警幻仙子携宝玉至迷津，有一怪物扑来，宝玉喊叫："可卿救我！"秦氏闻宝玉口中连叫"可卿救我"，因纳闷道，我的小名，这里没人知道，他如何从梦里叫出来。（墨笔批："作者瞒人处，亦是作者不瞒人处。"）又写宝玉梦到太虚幻境，进入薄命司，翻看金陵十二钗正册，有一幅画着高楼大厦，有一美人悬梁自缢，其判云："情天情海幻情身，情既相逢必主淫。漫言不肖皆荣出，造衅开端实在宁。"（墨笔批："判中才是秦可卿真正死法，真正实事。书中掩却真面，却从此处透逗。"）即认为秦可卿应是上吊死的。这里也暗中透露秦可卿勾引宝玉，所以说"造衅开端实在宁"。宝玉听说秦氏的死讯，急得吐血，当与第五回写的有关。

第十三回写可卿死了，"贾珍哭的泪人一般"，（脂批："可笑如丧考妣，此作者刺心笔也。"）众人忙劝，且商议如何料理要紧，贾珍拍手道："如何料理，不过尽我所有罢了！"贾珍是秦可卿的公公，公公为什么对媳妇这样悲伤，（脂批："刺心笔。"）暗指贾珍私通媳妇，被媳妇的丫头瑞珠看见了；媳妇怕丑事败露，就上吊死了，所以贾珍那样悲痛。又称："秦氏之丫鬟名唤瑞珠者，见秦氏死了，她也触柱而亡。"（脂批："补天香楼未删之文。"）"贾珍遂以孙女之礼殡殓。""贾珍因想贾蓉不过是个黉门监，灵幡经榜上写时不光彩，便是执事人也不多。"因此出一千二百两银子，托宫内相戴权去捐了个龙禁尉。贾珍又托薛蟠弄到一副檣木,作为棺材,百年不坏。贾珍又因里头尤氏犯了旧疾,不能料理事务,就请凤姐来帮忙料理。第十四回写到做道场:"那应佛僧,正开方破狱,传灯照亡,参阎君,拘都鬼,延请地藏王,开金桥,引幢幡。那道士们,正伏章申表,朝三清,叩玉帝,禅僧们行香,放焰口,拜水忏。又有十二众青年尼僧,搭绣衣,靸红鞋,在灵前默诵接引诸咒,十分热闹。"(王希廉评:"写得如火如荼。")

到发引日,六十四名青衣请灵,前面铭旌上大书"诰封一等宁国公冢孙妇防护内廷紫禁道御前侍卫龙禁尉享强寿贾门秦氏宜人之灵柩"。一应执事陈设,皆系现赶新做出来的,一色光彩夺目。官客送殡的王孙公子,不可枚数。连家下大小轿车辆不下百十余乘。连前面各色执事、陈设、百耍,浩浩荡荡,摆了三四里远。走不多时,路旁彩棚高搭,设席张筵,和音奏乐,俱是各家路祭。这里竭力写出贾府为秦可卿大出丧的盛况。

送殡的末了,秦可卿的灵柩停在铁槛寺。第十五回《王熙凤弄权铁槛寺》,写凤姐住在寺附近的水月庵里。庵里的老尼求凤姐逼长安守备公子收回他聘张金哥的聘礼,让张家可以把女儿另许长安府太爷小舅子李衙内。凤姐替她办了,得到张家三千两银子,却造成守备公子和金哥两个青年男女的殉情自杀。

这样，秦可卿之死，隐约地透露出宁府大家族中的丑史。罪恶的主要魁首是贾珍，但贾珍居然出面大办丧事，接待公侯贵宾，显示封建大家族的虚伪。这种丑史，又隐约地害及年轻的宝玉。这是一方面。又一方面，贾珍大办丧事，穷奢极侈，淫逸骄奢，兼而有之。在丧事中，凤姐弄权，为了贪图三千两银子，害死了一对定亲的青年男女。这又写出封建大家族的罪恶，是另一方面。这两方面的结合，淫逸骄奢与弄权害人，就伏下荣、宁二府崩溃的根源。这种崩溃，在可卿对凤姐的托梦里，已经有了透露，所谓"月满则亏""登高必跌重""树倒猢狲散"，秦氏的托梦，可以解释成在荣、宁二府这个大家族烈火烹油、鲜花着锦之盛的表面繁荣里，着实含有隐蔽的丑史和罪恶在内，含有趋向彻底崩溃的征兆，这个征兆就通过托梦来透露。再就其中的人物看，贾珍的虚伪、丑恶和骄奢，可卿的淫乱，宝玉的聪秀、钟情和被溺爱，凤姐的干练、弄权和害人都有充分的表现，是个值得探索的重要情节。

宝玉挨毒打

宝玉的挨毒打，跟他与琪官交好有关，见第二十八回《蒋玉函情赠茜香罗》。冯芝英家请宝玉去赴宴，席上有唱小旦的蒋玉函。

少刻，宝玉出席解手，蒋玉菡便随了出来……宝玉见他妩媚温柔，心中十分留恋，便紧紧的搭着他的手，叫他闲了往我们那里去。还有一句话借问："也是你们贵班中有一个叫琪官儿的，他在哪里？如今名驰天下，我独无缘一见。"蒋玉菡笑道："就是我的小名儿。"宝玉听说，不觉欣然，跌足笑道："有幸有幸，果然名不虚传。今儿初会，便怎么样呢？"想了一想，向袖中取出扇子，将一个玉玦扇坠解下来，递与琪官。……琪官……将系小衣儿一条大红汗巾子解下来递与宝玉道："这汗巾子，是茜香国女国王所贡之物，夏天系着，肌肤生香，不生汗渍。昨日北静王给我的，今日才上身。……二爷请把自己系的解下来，给我系着。"宝玉听说，喜不自禁，连忙接了，将自己一条松花汗巾解了下来，递与琪官。

宝玉的挨毒打，又跟他与金钏的调笑有关。第三十回写宝玉来到王夫人上房内。

王夫人在里间凉榻上睡着，金钏儿坐在旁边捶腿，也乜斜着眼乱恍。宝玉轻轻的走到跟前，……有些恋恋不舍的，悄悄的探头瞧瞧王夫人合着眼，便自己向身边荷包里带的香雪润津丹掏了出来，便向金钏儿口里一送。金钏儿并不睁眼，只管嚼了。宝玉上来便拉着手，悄悄的笑道："我明日和太太讨你，咱们在一处罢。"金钏儿不答。宝玉又道："不然等太太醒了，我就讨。"金钏儿睁开眼，将宝玉一推，笑道："你忙什么，金簪子吊在井里头，有你的只是有你的，连这句话语，难道也不明白。我告诉你个巧宗儿，你往东小院子里拿环哥儿、彩云去。"宝玉笑道："凭他怎么去罢，我只守着你。"只见王夫人翻身起来，照金钏儿脸上就打了个嘴巴子，指着骂道："下作小娼妇，好好的爷们，都教你们教坏了！"宝玉见王夫人起来，早一溜烟去了。这里金钏儿半边脸火热，一声不敢言语。……王夫人便叫玉钏儿："把你妈叫来，带出你姐姐去。"金钏儿听说，忙跪下哭道："我再不敢了！太太要打要骂，只管发落，别叫我出去，就是天恩了。我跟了太太十来年，这会子撵出去，我还见人不见人呢！"

虽是金钏儿苦求，王夫人也不肯收留，到底唤了金钏儿之母白老媳妇来，领了下去。那金钏儿含羞忍辱地出去，在家里哭天哭地，投井死了。

第三十三回写忠顺亲王府有人来见贾政，说：

"我们府里有一个做小旦的琪官，一向好好在府里，如今竟三五日不见回去。……人都说，他近日和衔玉的那位令郎相与甚厚，……求老爷转谕令郎，请将琪官放回……"贾政听了这话，又惊又气，即命唤宝玉来。……宝玉听了，唬了一跳，……因说道："……听得说他如今在东郊离城二十里，有个什么紫檀堡,他在那里置了几亩田地,几间房舍,想是在那里也未可知。"那长史官听了……便忙忙走了。贾政此时气得目瞪口歪,一面送那长史官,一面回头命宝玉不许动,回来有话问你。一直送那官员去了,才回身。忽见贾环带着几个小厮一阵乱跑,贾政喝令小厮快打快打,……贾环见他父亲盛怒,便乘机说道:"……那井里淹死了一个丫头……泡的实在可怕,所以才赶着跑了过来。"贾政听了惊疑,问道:"好端端的谁去跳井?……"贾环……跪下道:"……我听见我母亲说,……宝玉哥哥前日在太太屋里,拉着太太的丫头金钏儿强奸不遂,打了一顿,那金钏儿便赌气投井死了。"话未说完,把个贾政气得面如金纸,大喝:"快拿宝玉来!"一面说,一面便往里边书房里去,喝令:"今日再有人劝我,我把这冠带家私一应交与他,与宝玉过去!我免不得做个罪人,把这几根烦恼鬓毛剃去,寻个干净去处自了,也免得上辱先人、下生逆子之罪!"……那贾政喘吁吁直挺挺坐在椅子上,满面泪痕,一叠声:"拿宝玉!拿大棍!拿索子捆上!把各门都关上!有人传信到里头去,立刻打死!"……贾政……只喝令"堵起嘴来,着实打死!"小厮们不敢违拗,只得将宝玉按在凳上,举起大板,打了十来下。贾政犹嫌打轻了,一脚踢开掌板的,自己夺过来,咬着牙,狠命盖了三四十下。众门客见打的不祥了,忙上前夺劝,贾政哪里肯听,说道:"你们问问他,干的勾当可饶不可饶!素日皆是你们这些人,把他酿坏了,到这步田地,还来解劝,明日酿到他弑君杀父,你们才不劝不成!"众人……只得觅人进去给信王夫人,……王夫人一进房来,贾政更如火上浇油一般,那板子越发下去的又狠又快。……早被王夫人抱住板子,贾政道:"罢了罢了,今日必定要气死我才罢!"……

贾政的毒打宝玉,是为了忠顺王府来问宝玉要演小旦的琪官,以及贾环说宝玉强奸金钏不遂,把她逼得投井而死,其实这不过是起因,贾政的毒打,还有更深刻的原因。贾政提出"上辱先人、下生逆子",这个"逆"正指宝玉的叛逆性格,这种叛逆性格在世代相传的封建家长看来,是"上辱先人"的,是会"酿到弑君杀父"的,是不能容忍的。因此,这种毒打,正是对宝玉叛逆性格的长期积怨的总爆发,是一次大惩罚,是意义深远的。这次毒打,也跟贾政的个性有关。在封建大家庭的家长里,贾政是比较正直的,他不玩弄戏子,不糟蹋丫头,因此他对这两种丑恶罪行是憎恶的,这就更引起他的愤怒,加重他的毒打。从这里,可以看到贾政的性格特点。对贾环和他母亲赵姨娘来说,在毒打这件事上,也显示两人的性格。赵姨娘是妾,在封建大家庭里地位是低的,贾环是庶生,地位也不能和宝玉相比。因此他们要陷害宝玉。赵姨娘捏造宝玉的罪状,贾环去诬告,假如贾政因此把宝玉打死了,那贾环就成了贾政唯一的儿子,他的地位就可由庶子转正，赵姨娘母以子贵，也可与王夫人平起平坐了。所以赵姨娘的捏造罪名，贾环的诬告，这里有深刻的封建大家庭内部斗争的意味。再看王夫人劝贾政的话："宝玉虽然该打，老爷也要自重。况且炎天暑日的，老太太身上也不大好，打死了宝玉事小，倘或老太太一时不自在了，岂不事大！"王夫人也是封建礼教的信从者，对宝玉的叛逆性格也是看不惯的，认为贾政打宝玉是"该打"。她又替丈夫着想，提请"老爷也要自重"，不要气坏身体。更重要的，她讲究孝道，"打死宝玉事小，倘或老太太一时不自在了，岂不事大！"完全从封建礼教的角度来劝贾政的。贾政要勒死宝玉，她不敢反对，不过她只有这一个儿子，是将来的依靠，所以她说："必定苦苦的以他为法，我也不敢深劝。今日越发要他死，岂不是有意绝我！既要勒死他，快拿绳子来先勒死我，再勒死他！"王夫人完全是一位谨守封建礼教的主妇和母亲，她说话的立场是鲜明的。

再看贾母：

只听窗外颤巍巍的声气说道："先打死我，再打死他，岂不干净了！"……只见贾母扶着丫头喘吁吁的走来，贾政上前躬身陪笑道："大暑热天，母亲有何生气，亲自走来，有话只该叫了儿子进去吩咐。"贾母听说，便止住步，喘息一回，厉声说道："你原来是和我说话呢，我倒有话吩咐，只是可怜我一生没养个好儿子，却教我和谁说去！"贾政听这话不像，忙跪下含泪说道："为儿的教训儿子，也为的是光宗耀祖。母亲这话，我做儿的如何禁得起！"贾母听说，便啐了一口说道："我说一句话，你就禁不起，你那样下死手的板子，难道宝玉就禁得起了？你说教训儿子是光宗耀祖，当初你父亲怎么教训你来？"说着不觉就滚下泪来。贾政又陪笑道："母亲也不必伤感，皆是作儿的一时性起，从此以后，再不打他了。"贾母便冷笑道："你也不必和我使性子赌气的。你的儿子，我也不该管你打不打。我猜着你也厌烦我们娘儿们，不如我们赶早儿离了你，大家干净。"说着便令人去看轿马，"我和你太太宝玉立刻回南京去！"……贾政听说，忙叩头哭道："母亲如此说，贾政无立足之地。"贾母冷笑道："你分明使我无立足之地，你反说起我来。只是我们回去了，你心里干净，看有谁来不许你打？"

贾母这一番话，又显示在封建大家庭中贾母的崇高地位，贾政要讲孝道，要遵从贾母的意旨，贾母就用孝道来责备贾政。贾母说："先打死我，再打死他！"这是最严厉的责备。即打死宝玉是最大的不孝，跟打死母亲同样的罪恶。说"我一生没养个好儿子"，即指斥贾政不是好儿子，即指斥他不孝。因为孝要顺着母亲的心，贾母喜爱宝玉，贾政毒打宝玉，就违反母亲的心，所以是不孝。贾政说"教训儿子也为的是光宗耀祖",这话实际是反驳贾母的话,即打宝玉要打掉他的叛逆性格,使他走上考科举做官的路,才是光宗耀祖。贾母溺爱宝玉,容忍他的叛逆性格,反而害了他,因此打宝玉,要他走光宗耀祖的路,是孝,不是不孝。对于光宗耀祖,贾母是同意的,不好驳他,但认为不能下死手的板子,因此教训他:"当初你父亲怎么教训你来?"这样一反问,贾政也觉得打得太重了,承认自己不是,赌气说"以后再不打他了"。贾母听他还在赌气,生气地要到南京去,这是一个撒手锏,使贾政不得不跪着讨饶。从这里看到,贾母对贾政的叱责和贾政的对答到认罪,句句都站在各自的立场,反映各自的身份个性和封建观点,真是写得生动形象和深刻极了。

儒林外史

《儒林外史》工于讽刺,这里谈烈妇殉夫、匡超人得意,前一个情节讽刺礼教吃人,后一个情节讽刺科举的毒害。

烈妇殉夫

《儒林外史》第四十八回《徽州府烈妇殉夫》:

王先生(玉辉)走了二十里,到了女婿家,看见女婿果然病重,医生在那里看,用着药总不见效。一连过了几天,女婿竟不在了,王玉辉恸哭了一场。见女儿哭得天愁地惨,候着丈夫入过殓,出来拜公婆和父亲道:"父亲在上,我一个大姐姐死了丈夫,在家累着父亲养活,而今我又死了丈夫,难道又要父亲养活不成?父亲是寒士,也养活不来这许多女儿!"王玉辉道:"你如今要怎样?"三姑娘道:"我而今辞别公婆、父亲,也便寻一条死路,跟着丈夫一处去了!"公婆两个听见这句话,惊得泪下如雨,说道:"我儿,你气疯了!自古蝼蚁尚且贪生,你怎么讲出这样话来!你生是我家人,死是我家鬼,我做公婆的怎的不养活你,要你父亲养活?快不要如此!"三姑娘道:"爹妈也老了,我做媳妇的不能孝顺爹妈,反累爹妈,我心里不安,只是由着我到这条路上去罢。只是我死还有几天工夫,要求父亲到家替母亲说了,请母亲到这里来,我当面别一别,这是要紧的。"王玉辉道:"亲家,我仔细想来,我这小女要殉节的真切,倒也由着她行罢。自古心去意难留。"因向女儿道:"我儿,你既如此,这是青史上留名的事,我难道反拦阻你?你竟是这样做罢。我今日就回家去,叫你母亲来和你作别。"

亲家再三不肯。王玉辉执意,一径来到家里,把这话向老孺人说了。老孺人道:"你怎的越老越呆了!一个女儿要死,你该劝她,怎么倒叫她死?这是甚么话说!"王玉辉道:"这样事你们是不晓得的。"老孺人听见,痛哭流涕,连忙叫了轿子,去劝女儿,到亲家家去了。王玉辉在家,依旧看书写字,候女儿的信息。老孺人劝女儿,哪里劝的转。一般每日梳洗,陪着母亲坐,只是茶饭全然不吃。母亲和婆婆着实劝着,千方百计,总不肯吃。饿到六天上,不能起床。母亲看着,伤心惨目,痛入心脾,也就病倒了,抬了回来,在家睡着。

又过了三日,二更天气,几把火把,几个人来打门,报道:

"三姑娘饿了八日，在今日午时去世了！"老孺人听见，哭死了过去，灌醒回来，大哭不止。王玉辉走到床面前说道："你这老人家真正是个呆子！三女儿她而今已是成了仙了，你哭她怎的？（天目山樵一、二评：'成仙非儒者之言，权辞以慰妇人耳。'）她这死的好，只怕我将来不能像她这一个好题目死哩！"因仰天大笑道："死的好！死的好！"大笑着，走出房门去了。

次日，余大先生知道，大惊，不胜惨然，即备了香楮三牲，到灵前去拜奠。拜奠过，回衙门，立刻传书办备文书请旌烈妇。二先生帮着赶造文书，连夜详了出去。二先生又备了礼来祭奠。三学的人听见老师如此隆重，也就纷纷来祭奠的，不计其数。过了两个月，上司批准下来，制主入祠，门首建坊。到了入祠那日，余大先生邀请知县，摆齐了执事，送烈女入祠。阖县绅衿，都穿着公服，步行了送。当日入祠安了位，知县祭，本学祭，余大先生祭，阖县乡绅祭，通学朋友祭，两家亲戚祭，两家本族祭，祭了一天，在明伦堂摆席。通学人要请了王先生来上坐，说他生这样好女儿，为伦纪生色。王玉辉到了此时，转觉心伤，辞了不肯来。（齐省堂本评："入情入理。"）众人在明伦堂吃了酒，散了。

次日，王玉辉到学署来谢余大先生。余大先生、二先生都会着，留着吃饭。王玉辉说起："在家日日看见老妻悲恸，心下不忍，意思要到外面去作游几时。（天目山樵二评：'矫情者决裂于一时,岂能持久?')又想:要作游除非到南京去,那里有极大的书坊,还可逼着他们刻这三部书。"……王玉辉老人家不能走旱路,上船从严州、西湖这一路走。一路看水色山光,悲悼女儿,凄凄惶惶。(天目山樵一评:"可知'仰天大笑'却是强制。")一路来到苏州,……见船上一个少年穿白的妇人,他又想起女儿,心里哽咽,那热泪直滚出来。(天目山樵一评:"追魂摄魄之笔。")

这段写王玉辉的三女儿殉节,写出了礼教吃人的罪恶。三女儿殉节,公婆和母亲都反对,只有王玉辉一个人赞美。三女儿为什么不听劝阻,只听父亲的赞美呢?原来跟王玉辉编写的三部书有关。他去看余大先生(余有达是徽州府学训导),说他编了三部书,其中一部《礼书》是分类的,如事亲之礼、敬长之礼、事夫之礼,还引子史中的事实作印证,教子弟自幼学习,照着去做。三女儿自幼学了这部《礼书》,吃人的礼教深深印入脑海,所以三女儿的殉节,是王玉辉宣扬封建礼教的结果,是他教唆的。徽州府学训导余大先生听王玉辉说写了《礼书》,认为"这一部书该颁于学宫,通行天下",大加宣扬。三女儿以身殉节,余大先生知道后不胜惨然,这第一个反应是表达了真实感情,但接着备了香楮三牲亲自去拜奠,备文书去请旌烈妇,要把烈妇的神主送入节孝祠,要在门首建牌坊,还要请知县摆齐了执事亲送烈女人祠，祭了一天。所以这个吃人的礼教，不仅迂儒王玉辉在宣扬它，从徽州府学训导到地方知县等上司，即封建统治阶级都在宣扬它。但《儒林外史》的讽刺艺术还深刻表现在，反复强调封建礼教和人性的冲突：写母亲和婆婆千方百计地劝，这是人性的表现；写余大先生的不胜惨然，是人性的表现；连中毒极深的王玉辉，在明伦堂摆席，请他来上坐时，转觉心伤，辞了不肯来，也是人性的表现。他在家日日看见老妻悲恸，心下不忍，也是人性的表现；出外一路看着山光水色，悲悼女儿，凄凄惶惶；在苏州看见少年穿白的妇人，想起女儿，心里哽咽，热泪滚落下来，更是人性的表现。这样反复强调，竭力写出礼教吃人的罪恶和违反人性，具有更加深刻的讽刺作用。

匡超人得意

《儒林外史》第十五回《思父母匡童生尽孝》，写匡超人是温州府乐清县人，自小上过几年学，二十一岁时跟着一个卖柴客人去省城，先在柴行里记账，后靠拆字谋生。马二先生碰到他，知道他生活困难，但好读书，便替他讲了许多虚实反正、吞吐含蓄之法，送他十两银子，叫他回家去做小生意奉养父母。第十六回写匡超人搭郑老爹的船回到家里后，拿银子买了几口猪养在圈里，自此以卖猪肉磨豆腐供养父母，入晚就一边读书一边侍候瘫痪的父亲到四更鼓。一天夜里，乐清知县有事下乡，听见夜深时分还有人读书，便有意照顾他，让他去考，考取了又参加府考、院考，以第一名入泮。接着知县坏了，府里派官来摘印。潘保正听有人说知县待匡超人甚好，密访后劝匡出外暂避，并介绍他到杭州去找潘三爷。他协助潘三爷替人家办了一个案子，潘三爷得了二百两银子，分给他二十两。潘三爷又叫他去代替童生金跃考秀才，发案时候金跃高中了，潘三爷得了五百两银子，分给他二百两。后由潘三爷做媒，娶了郑老爹三女儿为妻，一年有余生了一个女儿。被参发审的乐清县知县因参款都是虚情，依旧复任，并进京授了给事中，派人寄书来，约匡超人进京。这时他又接到兄长匡大的信，要他去温州应考。他去应岁考，取在一等第一，题了优行，贡入太学肄业。有朋友来告诉他，潘三爷被拿了，两个案子都牵涉到他。匡超人便急着进京，硬逼娘子回乐清老家去住。他进京见了李给谏，李给谏大喜，说："目今朝廷考取教习，包管贤契可以取中。"又问他可曾婚娶，匡超人嫌丈人郑老爹地位低微，答道："还不曾。"李给谏就把外甥女嫁给他，还倒赔数百金妆奁。

匡超人考取教习，要回本省地方取结。一进杭州，先到旧丈人郑老爹家来，只听得里面嚎天喊地地哭，原来郑氏娘子过不惯乡下生活，病不到一百天就死了。匡超人在杭州碰见旧友，旧友说："潘三哥在监里，听见尊驾回来了，意思要会一会，叙叙苦情，不知先生意下何如？"匡超人说："小弟而今既替朝廷办事，就要照依着朝廷的赏罚，若到这样地方去看人，便是赏罚不明了。"（天目山樵二评："此过意忍心作此言，以明不能进监探望之故，其实为出脱身体，惟恐累耳。"）

匡超人取定了结，便收拾行李上船。在舱中遇见两个衣冠人物，那老年的叫牛布衣，那一位叫冯琢庵，都是往京师会试去的。冯琢庵道："先生是浙江选家，尊选有好几部弟都是见过的。"匡超人道："我的文名也够了……家里有个账，共是九十五本……不瞒二位先生说，此五省读书的人，家家隆重的是小弟，都在书案上，香火蜡烛，供着'先儒匡子之神位'。"牛布衣笑道："先生，你此言误矣！所谓'先儒'者，乃已经去世之儒者，今先生尚在，何得如此称呼？"匡超人红着脸道："不然！所谓'先儒'者，乃先生之谓也。"牛布衣见他如此说，也不和他辩。冯琢庵又问道："操选政的还有一位马纯上，选手何如？"匡超人道："这马纯兄理法有余，才气不足；所以他的选本也不甚行……惟有小弟的选本，外国都有的！"

匡超人没有考秀才时，流落在杭州，对马纯上的赠银赠衣并指导他写文章，真是感激不尽。他回家后，每天早起晚睡，杀猪磨豆腐，供养父母，服侍瘫在床上的父亲，是个很淳朴勤劳的青年。自从考中秀才以后，开始变得巧诈了，在潘三爷指导下做犯法的事。考中秀才后,他的要求不高,与郑老爹的女儿结婚,生了一个女儿,婚姻是美满的。等到去温州岁考,补了廪,以优行贡入太学,就变得更坏了。到了京里,住在李给谏家,推说不曾婚娶,抛弃妻子,另攀高门。考取教习后,要回本省取结,对潘三爷以前对他的帮助都忘了,为了考虑自身的干系,不肯去探潘三爷的监。又在牛布衣、冯琢庵前自吹自擂,而对自己有过帮助和教导的马纯上加以贬低。

一个淳朴的青年,只因考科举,追求功名,把文行出处都抛荒了,人也变得越来越坏了,这正说明科举制度和追求功名富贵的害处。

聊斋志异

《聊斋志异》每篇的篇幅不大,它的情节不像长篇小说那么复杂,比较简单些。这里谈《阿宝》篇的"魂附鹦鹉"、《连锁》篇的"续句生情"两个情节。

魂附鹦鹉

《阿宝》篇写孙子楚,粤西名士,闻邑中富翁有女阿宝,绝色美人。有人戏生,劝其通媒。生不自揣,果从其教。翁嫌其贫困,未允。媒媪将出,恰遇阿宝。女戏曰:"生如断其枝指,当归之。"媪告生,生曰:"不难。"以斧自断其指,大痛彻心。媪惊,奔告女,女亦奇之,戏请再去其痴。生闻言,自谓不痴。清明日,同社数人邀生出游,遥见一女子憩树下,娟丽无双。众曰:"此女必阿宝。"少顷,女遽去。众情颠倒,生独默然,魂随阿宝而去,归卧如醉,强拍问之,则蒙眬应曰:

"我在阿宝家。"女每梦与人交,问其名,曰:"我孙子楚也。"生卧三日,气息奄奄。

家旧养一鹦鹉,忽毙,小儿持弄于床。生自念倘得身为鹦鹉,振翼可达女室。心方注想,身已翩然鹦鹉,遽飞而去,直达宝所。女喜而扑之,锁其肘,饲以麻子。大呼曰:"姐姐勿锁,我孙子楚也!"女大骇,解其缚,亦不去。女祝曰:"深情已篆中心。今已人禽异类,姻好何可复圆?"鸟云:"得近芳泽,于愿已足。"他人饲之不食,女自饲之则食。女坐,则集其膝;卧,则依其床,如是三日。女甚怜之,阴使人瞷生,生则僵卧气绝,已三日,但心头未冰耳。女又祝曰:"君能复为人,当誓死相从。"鸟云:"诳我。"女乃自矢。鸟侧目若有所想。少间,女束双弯,解履床下。鹦鹉骤下,衔履飞去。(但明伦评:"虽已旦旦相邀,而骤取其誓物,于人则痴,于鸟则不痴。")女急呼之,飞已远矣。女使妪往探,则生已寤。家人见鹦鹉衔绣履来,堕地死,方共异之。生既苏,即索履,众莫知故。适妪至,入视生,问履所在。生曰:"是阿宝信誓物。借口相复,小生不忘金诺也。"妪反命,女益奇之,故使婢泄其情于母。母审之确,乃曰:"此子才名亦不恶,但有相如之贫。择数年得婿若此,恐将为显者笑。"女以履故,矢不他。翁媪从之,驰报生。生喜,疾顿瘳。……生乃亲迎成礼,相逢如隔世欢。

这个魂附鹦鹉的情节，是孙子楚和阿宝由最初相爱到成婚的关键。因为阿宝的父母嫌生贫，不愿把阿宝嫁给他。但鹦鹉衔女履去，这个信誓物是女许嫁给生的，对女的父母来说，相当于定亲的礼物，加上"女以履故，矢不他"，加上"此子才名亦不恶"，就同意把女嫁给生了，所以这个情节，是两人由相爱到成婚的关键。在封建社会里，男女一见都不容易，要相对吐露衷曲更难，所以通过魂化鹦鹉来达到目的，这是在特定环境里的巧妙设想。从整个故事看，阿宝父母嫌生贫，不愿把女许配给他。阿宝不嫌生贫，开始时戏说："渠去其枝指，余当归之。"到听说生真的去了枝指，开始感到奇异。再戏请去其痴。到后来，生的魂随女去，"夜辄与狎"，实际上女开始感到生的痴情，开始相爱了。但这种相爱，不能改变父母的嫌生贫，光有相爱还不行，因此通过魂附鹦鹉这个情节，才能达到由相爱到口头相许，是个具有关键性的情节。

续句生情

《连锁》篇写杨于畏与女鬼相恋事，有续句生情的情节：

 杨于畏，……斋临旷野，墙外多古墓。夜闻白杨萧萧……忽墙外有人吟曰："玄夜凄风却倒吹，流萤惹草复沾帷。"（但明伦评："孤寂如鹜，幽恨如绵，十四字已是写足。杨之续句，特从空处发其余意耳。")反复吟诵,其声哀楚。听之,细婉似女子,疑之。明日,视墙外,并无人迹,惟有紫带一条,遗荆棘中,拾归置诸窗上。向夜二更许,又吟如昨。杨移机登望,吟顿辍。悟其为鬼,然心向慕之。次夜,伏伺墙头。一更向尽,有女子姗姗自草中出,手扶小树,低首哀吟。杨微嗽,女忽入荒草而没。杨由是伺诸墙下,听其吟毕,乃隔壁而续之曰:"幽情苦绪何人见?翠袖单寒月上时。"(但明伦评:"承上二句而畅言之,真能道其所欲道,而复道其所不能道者矣。苦吟者遇斯风雅,能不惠然肯来耶?狂生罗唣,亦惟所不能自已者;而紫带复系,又不得谓非缘也。虽无鱼水之欢,已在琴瑟之数,茕茕弱质,忍使之受屈于舆台鬼哉!梦去锄凶,呼来将伯,宝刀似妾,亦各酬所好焉耳。卒之青鸟双鸣,红颜再世,十余年如一梦,乐今朝而悲往昔,岂能忘翠袖单寒时耶?")

《聊斋志异》里写了不少狐鬼与人相恋的故事,这些女狐、女鬼,实际上是指女性。写连锁这个女鬼,实际是指孤苦无依的女子,所以称"流萤惹草复沾帏"。下文称连锁约杨于畏在梦中到她住处,女独居院宇中,所以有帏。倘真是女鬼,在棺中,怎么有院宇,有帏呢?所以但明伦评她的两句诗:"孤寂如鹜,幽恨如绵。"写出她的孤寂、幽恨。她在哀吟时,杨微嗽,她就避开了。后来杨听到她的哀吟,替她续了两句,使成完篇。她吟的两句是表达自己的孤寂幽恨的,续句点明"幽情苦绪何人见?翠袖单寒月上时"。用"何人见",是写出她在孤寂之中思得赏音;"翠袖单寒"用杜甫《佳人》句:"天寒翠袖薄,日暮倚修竹"。指她是佳人,"翠袖单寒"即翠袖薄,兼有孤单的意思,杜甫点明"日暮",与连锁的情景不合,所以改作"月上时"。这样的续句,"真能道其所欲道,而复道其所不能道者矣"。因此,连锁原来是听见杨的微嗽就隐避的,这时候,听见杨的续句,感到杨不但能赏识她,还能体会她的心情,说出她想说而说不出的话,并且推尊她为佳人,就有知己之感。在她孤寂无依中,得到这样一位了解她推重她的知己,就非常感激,不再避开他,就来亲近他了。

接下去,杨乃入室,方坐,忽见丽者自外来,敛衽曰:"君子固风雅士,妾乃多所畏避。"杨喜,拉坐。与谈诗文,慧黠可爱。剪烛西窗,如得良友。辄嘱曰:"君秘勿宣。妾少胆怯,恐有恶客见侵。"杨诺之。女每于灯下为杨写书,字态端媚。又自选宫词百首,录诵之。一日,薛生造访,翻书得宫词,最后一页细字一行云:"某月日连锁书。"笑曰:"此是女郎小字。"杨遂告之。薛求一见,杨因述所嘱。薛仰慕殷切,杨不得已,诺之。薛与窗友二人来,淹留不去。忽闻吟声,凄婉欲绝。内一武生王某,掇巨石投之,大呼曰:"作态不见客,甚得好句,呜呜恻恻,使人闷损!"吟顿止。一夕,方独酌,忽女子搴帏入,曰:"不知何处来一龌龊隶,逼充

275

媵妾。顾念清白裔,岂屈身舆台之鬼?然一线弱质,乌能抗拒?君如齿妾在琴瑟之数,必不听自为生活。"杨大怒,愤将致死。女曰:"来夜早眠,妾邀君梦中耳。"杨诺之。因于午后偃卧。忽见女来,授以佩刀,引手去。至一院宇,方阖门语,闻有人搭石挞门。女惊曰:"仇人至矣。"杨启户叱之,隶横目相仇,捉石以投,中杨腕,不能握刃。方危急间,遥见一人,腰矢野射,审视之,王生也。大号乞救。王生张弓急至,射之中股,再射之,殪。遂与共入女室。女战惕羞缩,遥立不作一语。案上有小刀,长仅尺余,而装以金玉,出诸匣,光芒鉴影。王叹赞不释手。乃出,分手去。杨亦自归。夜间,女来称谢。杨归功王生。女曰:"彼爱妾佩刀,今愿割爱相赠,见刀如见妾也。"次日,至夜,女果携刀来。由是往来如初。积数月,忽于灯下笑而向杨曰:"妾受生人气,日食烟火,顿有生意。"下写女约期发圹,见女貌如生,复活了。每谓杨曰:"二十年如一梦耳。"这个与女鬼相恋的故事,实际只要把女鬼作为孤女,写杨与孤女相恋,靠王生的力量赶走隶人,即可。这个故事中的续句生情就成为这个故事中的关键情节了。但明伦的评语,即联系整个故事来谈这个情节的。

细节

　　细节是文学作品中细腻地描绘人物性格、事件发展、社会环境和自然景物的最小的组成单位。社会环境和人物性格的完整描写是由许多细节描写所组成的；细节描写要服从艺术形象的塑造和主题思想的表达，以具体生动地反映事物的特征、增强艺术感染力为目的。

三国演义

《三国演义》是历史小说，历史小说写人物事件要受到历史的限制。比方写关羽斩颜良，在历史上确有其事，不过历史记载比较简单，小说要写得具体生动，就要靠细节描写。这些细节描写是历史记载所没有的，是出于作者的想象和创造。有时作者可以改变历史记载，像在人物篇里讲到关羽温酒斩华雄，指出根据历史记载，华雄是被孙坚所杀，小说改成关羽斩华雄，来突出关羽的英雄形象。但华雄是被义军所杀，这点还是不能改变的，所以还是受到历史的限制。这里先引历史上吕蒙白衣摇橹袭取荆州的故事，对照《三国演义》的《吕子明白衣渡江》，看它所写的细节。

白衣渡江的细节

先看《通鉴》卷六十八建安二十四年（公元219年）十

月，吕蒙伪称病笃，孙权命陆逊代蒙，使关羽对陆逊没有顾忌，抽调荆州兵北去攻樊城，吕蒙乘机偷袭荆州。《通鉴》作：

（陆）逊至陆口，为书与（关）羽，称其功美，深自谦抑，为尽忠自托之意。羽意大安，无复所嫌，稍撤兵以赴樊。逊具启形状，陈其可禽之要。……（权）遂发兵袭羽。权欲令征虏将军孙皎与吕蒙为左右部大督，蒙曰："若至尊以征虏能，宜用之；以蒙能，宜用蒙。昔周瑜、程普为左右都督，督兵攻江陵。虽事决于瑜，普自恃久将，且俱是督，遂共不睦，几败国事，此目前之戒也。"权寤，谢蒙曰："以卿为大督，命皎为后继可也。"……

吕蒙至寻阳，尽伏其精兵䑽艫（船）中，使白衣摇橹，作商贾人服，昼夜兼行。羽所置江边屯候，尽收缚之，是故羽不闻知。……蒙入江陵，释于禁之囚，得关羽及将士家属，皆抚慰之，约令军中不得干历人家，有所求取。蒙麾下士与蒙同郡人，取民家一笠以覆官铠，官铠虽公，蒙犹以为犯军令，不可以乡里故而废法，遂垂涕斩之。于是军中震栗，道不拾遗。

再看《三国演义》第七十五回《吕子明白衣渡江》：

时（关）公正将息箭疮，按兵不动。忽报："江东陆口守将吕蒙病危，孙权取回调理，近拜陆逊为将，代吕蒙守陆口。

今逊差人赍书具礼，特来拜见。"关公召入，指来使而言曰："仲谋见识短浅，用此孺子为将！"（李渔评："公之轻陆逊者，正在年幼耳。"）来使伏地告曰："陆将军呈书备礼，一来与君侯作贺，二来求两家和好。幸乞笑留。"（毛宗岗评："币重而言甘，诱我也。"李贽评："都是妙算。"）公拆书视之，书词极其卑谨。关公览毕，仰面大笑，令左右收了礼物，发付使者回去。使者回见陆逊曰："关公欣喜，无复有忧江东之意。"

逊大喜，密遣人探得关公果然撤荆州大半兵赴樊城听调，只待箭疮痊可，便欲进兵。逊察知备细，即差人星夜报知孙权。孙权召吕蒙商议曰："今云长果撤荆州之兵，攻取樊城，便可设计袭取荆州。卿与吾弟孙皎同引大军前去，何如？"孙皎字叔明，乃孙权叔父孙静之子次也。蒙曰："主公若以蒙可用则独用蒙，若以叔明可用则独用叔明。岂不闻昔日周瑜、程普为左右都督，事虽决于瑜，然普自以旧臣而居瑜下，颇不相睦；后因见瑜之才，方始敬服。今蒙之才不及瑜，而叔明之亲胜于普，恐未必能相济也。"（毛宗岗评："老成之见。"）权大悟，遂拜吕蒙为大都督，总制江东诸路军马，令孙皎在后接应粮草。

蒙拜谢，点兵三万，快船八十余只，选会水者扮作商人，皆穿白衣，在船上摇橹，却将精兵伏于艨艟船中。次调韩当、蒋钦、朱然、潘璋、周泰、徐盛、丁奉等七员大将，相继而进。其余皆随吴侯为合后救应。……然后发白衣人，驾快船往浔阳江去。昼夜趱行，直抵北岸。江边烽火台上守台军盘问时，吴人答曰："我等皆是客商，因江中阻风，到此一避。"随将财物送与守台军士。军士信之，遂任其停泊江边。约至二更，艧艦中精兵齐出，将烽火台上官军缚倒，暗号一声，八十余船精兵俱起，将紧要去处墩台之军，尽行捉入船中，不曾走了一个。于是长驱大进，径取荆州，无人知觉。将至荆州，吕蒙将沿江墩台所获官军，用好言抚慰，各各重赏，令赚开城门，纵火为号。众军领命，吕蒙便教前导。比及半夜，到城下叫门。门吏认得是荆州之兵，开了城门。众军一声喊起，就城门里放起号火。吴兵齐入，袭了荆州。吕蒙便传令军中："如有妄杀一人，妄取民间一物者，定按军法。"原任官吏，并依旧职。将关公家属另养别宅，不许闲人搅扰。一面遣人申报孙权。

　　一日大雨，蒙上马引数骑点看四门。忽见一人取民间箬笠以盖铠甲，蒙喝左右执下问之，乃蒙之乡人也。蒙曰："汝虽系我同乡，但吾号令已出，汝故犯之，当按军法。"其人泣告曰："某恐雨湿官铠，故取遮盖，非为私用。乞将军念同乡之情！"蒙曰："吾固知汝为覆官铠，然终是不应取民间之物。"叱左右推下斩之，枭首传示毕，然后收其尸首，泣而葬之。自是三军震肃。

　　以上就吕蒙用计，白衣摇橹取荆州说，是一个重要情节。取了荆州以后，下令不得取民间一物，有兵士取民家一笠来盖官铠，因而被杀，这当属于细节，因为这跟取荆州来说，属于小节。这样，《通鉴》里也写了细节。这个细节说明吕蒙执法严明，善于抚慰百姓，使百姓归向他。

再把《三国演义》和《通鉴》比，《三国演义》除了按照《通鉴》的情节来写，又补了不少细节。如《通鉴》只作陆逊"为书与羽"，没有送礼物，《三国演义》做了"呈书备礼"，这就像毛宗岗批语说的："币重而言甘，诱我也。"加上这个"备礼"的细节，就有"诱我"之意，这里也写关羽的骄傲自满，不以为意。《三国演义》再作"来使伏地告曰"，加上"来使伏地"这一细节，显出东吴来使的卑躬屈节，又加上关羽说的"仲谋见识短浅，用此孺子为将"这一细节，更突出关羽的骄傲。诸葛亮在刘备面前，尚称孙权为"孙将军"，不直呼"孙仲谋"，今写关羽在东吴使者面前直称"仲谋"，显出他瞧不起孙权。他还批评"仲谋见识短浅"，称东吴新起用的大将陆逊为"孺子"，简直不把东吴放在眼里。这些细节都极写关羽的骄傲自满，完全丧失警惕，反衬陆逊用"币重言甘"使关羽中计。《三国演义》又加上"关公览毕，仰面大笑"这一细节，对关羽的丧失警惕，再加描绘。同时又写"使者回见陆逊曰：关公欣喜，无复有忧江东之意"。加上这一细节，表明陆逊用计的成功。接下来写孙权要孙皎和吕蒙共同统率大军去袭取荆州，吕蒙认为两人分掌军权有矛盾，

《三国演义》里加上"今蒙之才不及瑜,而叔明之亲胜于普,恐未必能相济也"。这话也属于《三国演义》加出来的细节,更有说服力,能打动孙权,说明吕蒙的见识高。

写吕蒙袭取荆州,《三国演义》作"点兵三万,快船八十余只"。这又是《三国演义》加出来的细节。我们看周瑜赤壁之战,统率的部队只有三万人。这里作三万,说明是极多了。以下写烽火台上守军盘问,吴军答话,写吴军将财物送与守台军士,军士任其停泊,这些细节说明关羽没有派可靠将吏督察守台军士,这跟关羽瞧不起吴军将帅,放松警惕有关。再写吴军精兵把墩台之军尽行捉入船中,用守台军士赚开城门,夺取荆州,写这些细节,跟关羽抽调荆州军上前线,使荆州空虚有关。最后写军士用箬笠盖铠甲,《三国演义》写"其人泣告曰"的话,也是补出来的细节,用来显示吕蒙严于执法,不徇私情。这些细节描写,都跟人物的性格、事件的发展有关。

三顾草庐的细节

《通鉴》卷六十五建安十二年(公元207年):"徐庶见备于新野,备器之。庶谓备曰:'诸葛孔明,卧龙也,将军岂愿见之乎?'备曰:'君与俱来。'庶曰:'此人可就见,不可屈致也。将军宜枉驾顾之。'备由是诣亮,凡三往,乃见。"历史的记载就这样简单。再看《三国演义》第三十七回《刘玄德三顾草庐》，就加出许多细节来，这里想就写社会环境和自然景物的细节来谈谈。

次日，玄德同关、张并从人等来隆中。遥望山畔数人，荷锄耕于田间，……玄德曰："卧龙先生住何处？"农夫曰："自此山之南，一带高冈，乃卧龙冈也。冈前疏林内茅庐中，即诸葛先生高卧之地。"玄德谢之，策马前行。不数里，遥望卧龙冈，果然清景异常。（毛宗岗批："未见其人，先观其地。"）……遂上马，行数里，勒马回观隆中景物，果然山不高而秀雅，水不深而澄清；地不广而平坦，林不大而茂盛；猿鹤相亲，松篁交翠：观之不已。（毛宗岗批："再将卧龙所居之处赏鉴一番，妙在勒马回观。盖玩山色者，宜于遥看；游胜地者，不忍遽别也。"李渔评："写得有情有景。"）

这是写一顾茅庐，看到诸葛亮家的童子，说先生不在家，不知何往。这里写刘备去时远看卧龙冈的景物，用概括写，作"清景异常"。当时因急于去访诸葛亮，无心赏玩景物，所以只有一个印象，而这个印象可以用来衬托诸葛亮的为人，即一种异常的清景，才配作为诸葛亮这样高人的住处。所以这个印象，不光写景，也用来衬托人物。等到不遇回去，勒马回观隆中景物，才仔细鉴赏，看到了山水怎样，土地林木怎样，猿鹤松竹怎样。这样细致描写，"写得有情有景"，不光在写自然景物，也从自然景物中反映出刘备恋恋不忍离去的感情，透露出他对诸葛亮仰慕的心情。所以这里写景的细节，还在反映人物的心情，是情景交融的写法。

三人回至新野，过了数日，玄德使人探听孔明，回报曰："卧龙先生已回矣。"玄德便教备马……再往访孔明，关、张亦乘马相随。时值隆冬，天气严寒，彤云密布。行无数里，忽然朔风凛凛，瑞雪霏霏，山如玉簇，林似银妆。（毛宗岗评："卧龙冈雪景必更可观。"）张飞曰："天寒地冻，尚不用兵，岂宜远见无益之人乎？不如回新野以避风雪。"玄德曰："吾正欲使孔明知我殷勤之意。"（李渔评："此语是有意要孔明知，恐亦非玄德语气。"）……将近茅庐，忽闻路旁酒店中有人作歌，玄德立马听之。……歌罢，又有一人击桌而歌。……二人歌罢，抚掌大笑。玄德曰："卧龙其在此间乎？"（李贽评："若是孔明如此，又不好矣。然处处孔明，亦足见玄德之诚也。"）遂下马入店。……玄德揖而问曰："二公谁是卧龙先生？"……长须者曰："我等非卧龙，皆卧龙之友也，我乃颍川石广元，此位是汝南孟公威。"玄德喜曰："备久闻二公大名，幸得邂逅。今有随行马匹在此，敢请二公同往卧龙庄上一谈。"广元曰："吾等皆山野慵懒之徒，不省治国安民之事，不劳下问。明公请自上马，寻访卧龙。"（毛宗岗评："又妙在极闲极冷。"）

玄德乃辞二人，上马投卧龙冈来。到庄前下马，扣门问童子曰:"先生今日在庄否?"童子曰:"现在堂上读书。"玄德大喜,遂跟童子而至中门,只见门上大书一联云:"淡泊以明志,宁静而致远。"(毛宗岗评:"观此二语,想见其为人。")玄德正看间,忽闻吟咏之声,乃立于门侧听之,……玄德待其歌罢,上草堂施礼曰:"备久慕先生,无缘拜会。……今特冒风雪而来,得瞻道貌,实为万幸!"那少年慌忙答礼曰:"将军莫非刘豫州,欲见家兄否?"玄德惊讶曰:"先生又非卧龙耶?"少年曰:"某乃卧龙之弟诸葛均也。……"玄德曰:"卧龙今在家否?"均曰:"昨为崔州平相约,出外闲游去矣。"玄德曰:"何处闲游?"均曰:"或驾小舟于江湖之中,或访僧道于山岭之上,或寻朋友于村落之间,或乐琴棋于洞府之内;往来莫测,不知去所。"(毛宗岗评:"说出高人韵事,又妙在极闲极冷。")……玄德再三殷勤致意而别。

这里写二顾茅庐,也写了景物细节,如途中"瑞雪霏霏,山如玉簇,林似银妆"。(毛宗岗评:"卧龙冈雪景必更可观。")所以这样写雪景,是用来陪衬卧龙冈雪景,也用来衬托诸葛亮。写景的细节都是有用意的。

二顾茅庐更主要地写了社会环境的细节,如刘备听了路旁酒店中的两人唱歌,进酒店与两人交谈,请两人同往卧龙庄一谈。"广元曰:'吾等皆山野慵懒之徒,不省治国安民之事,不劳下问。'"这里写出那个社会环境中一种人的生活,即高人隐士的生活和思想。再写刘备进了茅庐,看到门上一联:"淡泊以明志,宁静而致远。"反映了诸葛亮的志趣,这又是当时社会环境中一种人的生活志趣,跟石广元二人的志趣又不完全相同。再看诸葛均讲诸葛亮的出外闲游,毛宗岗评:"说出高人韵事。"即诸葛亮跟友人的闲游,属于高人韵事的生活;反映了当时社会环境中在特定地区的一种人的生活。这些都属于社会环境中的生活细节,写这些细节,也跟刻画诸葛亮的人物性格有关,是有作用的。

水浒传

武松打虎的细节

第二十二回《景阳冈武松打虎》,金圣叹总评:

写虎能写活虎,写活虎能写其搏人,写虎搏人又能写其三搏不中,此皆是异样过人笔力。

看这回写武松打虎:

只听得树背后扑地一声响,跳出一只吊睛白额大虫来。武松见了,叫声"阿呀!"从青石上翻将下来,便拿那条哨棒在手里,闪在青石边。(金批:"一闪。以下人是神人,虎是活虎,读者须逐段定睛细看。……活虎正搏人,是断断必无处得看者也。乃今耐庵忽然以笔墨游戏,画出全副活虎搏人图来。……东坡画雁诗云：'野雁见人时，未起意先改，君从何处看，得此无人态？'我真不知耐庵何处有此一副虎食人方法在胸中也。圣叹于三千年中，独以才子许此一人，岂虚语哉！"）那大虫又饥又渴，把两只爪在地下略按一按，和身望上一扑，从半空里撺将下来。武松被那一惊，酒都做冷汗出了。……只一闪，闪在大虫背后。那大虫背后看人最难，便把前爪搭在地下，把腰胯一掀，掀将起来。武松只一闪，闪在一边。大虫见掀他不着，吼一声，却似半天里起个霹雳，振得那山冈也动，把这铁棒也似虎尾，倒竖起来只一剪，武松却又闪在一边。原来那大虫拿人，只是一扑一掀一剪，三般提不着时，气性先自没了一半。（金批："此段作一束，以上只用四闪法，以下放出气力来。"）那大虫又剪不着，再吼了一声，一兜兜将回来。武松见那大虫复翻身回来，双手抡起哨棒，尽平生气力只一棒，从半空劈将下来。只听得一声响，簌簌地将那树连枝带叶劈脸打将下来。定睛看时，一棒劈不着大虫；（金批："尽平生气力矣，却偏劈不着大虫，吓杀人句。"）原来打急了，正打在枯树上，把那条哨棒折做两截，只拿得一半在手里。那大虫咆哮，性发起来，翻身又只一扑，扑将来。武松又只一跳，却退了十步远。那大虫恰好把两只前爪搭在武松面前。武松……两只手就势把大虫顶花皮胳肢揪住，一按按将下来。那只大虫急要挣扎，被武松尽气力捺定，哪里肯放半点儿松宽。武松把只脚望大虫面门上、眼睛里只顾乱踢。那大虫咆哮起来，把身底下爬起两堆黄泥，做了一个土坑。武松把那大虫嘴直按下黄泥坑里去，那大虫吃武松奈何得没了些气力。武松把左手紧紧地揪住顶花皮，偷出右手来，提起铁锤般大小拳头，尽平生之力，只顾打。打到五七十拳，那大虫眼里、口里、鼻子里、耳朵里都迸出鲜血来，更动弹不得，只剩口里兀自气喘。武松放了手，来松树边寻那打折的哨棒，拿在手里，只怕大虫不死，把棒橛又打了一回。眼见气都没了，方才丢了棒。寻思道："我就地拖这死大虫下冈子去。"就血泊里双手来提时，哪里提得动，原来使尽了全力，手脚都酥软了。（金批："有此一折，便越显出方才神威。"）

金圣叹批："人是神人，虎是活虎。"所谓"神人"，指有神奇气力和机敏的人；"活虎"指写出虎的搏人的全部本领。把这两点都写出来，就靠细节描写得极生动、极有力量。先看写武松，武松看见大虫跳出来，"叫声'阿呀'"，写他的惊吓，不自觉地叫出来。写他"从青石上翻将下来"，也写他惊吓，但不是跳起来，而是翻下来。写他"拿那条哨棒在手里"，还是要依靠哨棒来打虎的；"闪在青石边"，还在躲避，心里是害怕的。通过这几个细节，写武松的吃惊、躲闪，从躲闪里写出武松又是机灵的。这样写还不够，还写大虫从半空里撺将下来，武松一惊，酒都做冷汗出了。这比前面的吃惊更不同,吓出一身冷汗,酒意全消,人更清醒,所以更显得机灵。武松经过了四闪,就要打虎了。假如武松一棒就把大虫打倒在地,那大虫太不机灵了,所以写哨棒打在枯树上,打折了。这一细节,不仅写大虫不易打,也写出武松失去了打虎的武器,只能徒手相搏了。以下的细节,像大虫把身底下爬起两堆黄泥,武松把大虫嘴直按下黄泥坑里去等,都写出武松的神力来。最后写武松拖不动这只死大虫,这个细节正写出打虎时用尽了全力。武松打虎写得生动有力,就靠运用了这许多细节。金批"虎是活虎",即小说既写出虎的声势、虎的吼声,也写了虎的一扑、一掀、一剪,运用这些细节,就把虎写活了,显出细节的重要来。

夜闹浔阳江的细节

《水浒传》第三十六回《没遮拦追赶及时雨,船火儿夜闹浔阳江》,写宋江被两个公差押解到江州去,在浔阳江上遇险得救的故事,其中有写自然景物的细节,也有写社会环境的细节。

宋江和两个公人,心里越慌。三个商量道:"没来由看使枪棒(看薛永使枪棒,宋江给了他五两银子),恶了这厮!(穆春不准当地人给钱与薛永,因宋江给了,便不准当地店家留宋江三人住宿）如今闪得前不巴村，后不着店，却是投哪里去宿是好？"只见远远地小路上望见隔林深处射出灯光来。（金圣叹批："先说是小路上，便与江岸相引。"）宋江见了道："兀那里灯光明处，必有人家，遮莫怎地陪个小心，借宿一夜，明日早行。"公人看了道："这灯光处又不在正路上。"（金批："再插一句不是正路，务与江岸相引。"）……三个人当时落路来，行不到二里多路，林子背后闪出一座大庄院来。

宋江和两个公人来到庄院前敲门，庄家听得，出来开门……宋江陪着小心答道："……欲求贵庄借宿一宵，来早依例拜纳房金。"……庄客入去通报了，……太公吩咐，教庄客领去门房里安歇，就与他们些晚饭吃。……宋江……和两个公人去房外净手，看见星光满天，（金批："既不甚亮，又不甚暗，在此夜事情恰好。"）又见打麦场边屋后，是一条村僻小路，（金批："闲中先看出妙。不然，后文如何忽然生得出来。"）宋江看在眼里。三个净了手，入进房里，关上门去睡。……只听得外面有人叫开庄门。……火把光下，宋江张看时，那个提朴刀的正是在揭阳镇上要打我们的那汉。……宋江……对公人说道："我们只宜走了好。……"两个公人都道："说得是，事不宜迟，及早快走。"宋江道："我们休从门前出去，撅开屋后一堵壁子出去罢。"……三个人便趁星光之下，望林木深处小路上只顾走。正是慌不择路，走了一个更次，望见前面满目芦花，一派大江，滔滔滚滚,正来到浔阳江边。只听得背后喊叫,火把乱明,吹风胡哨赶将来。……宋江正在危急之际,只见芦苇丛中悄悄地忽然摇出一只船来。……艄公早把船放得拢来,三个连忙跳上船去。……

只见那艄公摇着橹,口里唱起湖州歌来。唱道:"老爷生长在江边,不爱交游只爱钱。昨夜华光来趁我,临行夺下一金砖。"……只见那艄公放下橹,说道:"……你三个却是要吃板刀面?却是要吃馄饨?"……

宋江和那两个公人抱做一块,望着江里。只见江面上咿咿哑哑橹声响。艄公回头看时,一只快船飞也似的从上水头急溜下来,船上有三个人,一条大汉,手里横着托叉,立在船上。艄头两个后生,摇着两把快橹,星光之下,(金批:"四字之妙,正是苦不甚明,又不极暗。")早到面前。那船头上横叉的大汉便喝道:"前面是甚么艄公,敢在当港行事?船里货物,见者有分。"这船艄公回头看了,慌忙应道:"原来却是李大哥,我只道是谁来。……"大汉道:"张家兄弟,你在这里又弄这一手!船里甚么行货?有些油水么?"艄公答道:"……却是两个鸟公人,解一个黑矮囚徒,……"船上那大汉道:"咄!莫不是我哥哥宋公明?"宋江听得声音厮熟,便舱里叫道:"船上好汉是谁?救宋江则个!"那大汉失惊道:"真个是我哥哥,早不做出来!"宋江钻出船上来看时,星光明亮,(金批:"极写宋江半日心惊胆碎,不复知天地何色,直至此,忽然得救,夫而后依然又见星光也。")那船头上立的大汉正是混江龙李俊。背后船艄上两个摇橹的,一个是出洞蛟童威,一个是翻江蜃童猛。这李俊听得是宋公明,便跳过船来,口里叫苦道:"哥哥惊恐。……"那艄公呆了半晌,做声不得,方才问道:"李大哥,这黑汉便是山东及时雨宋公明么?"李俊道:"可知是哩!"……宋江问李俊道:"这个好汉是谁?请问高姓?"(金批:"半日有叫张大哥,有叫张兄弟,他又自叫张爷爷,张字之多,非一遍矣。此处宋江忽然又问高姓,活画出前文吓极。")李俊道:"哥哥不知,这个好汉却是小弟结义的兄弟,姓张,是小孤山下人氏,单名横字,绰号船火儿,专在此浔阳江做这稳善的道路。"(金批:"以极险恶事而谓之稳善,岂非以世间道路,更险恶于板刀面耶?")宋江和两个公人都笑起来……

这段写宋江的经历,有写人物性格、事件发展的细节。像写宋江等三人住在穆家庄,去房外净手,"看见星光满天","屋后是一条村僻小路",这就跟后来"趁星光之下,望林木深处小路上只顾走"相应,是属于事件发展的细节。再像写宋江在火把光中看到在揭阳岭上要打他们的大汉,跟他们逃跑和穆春等人的追赶有关,也是属于事件发展的细节。宋江三人逃到浔阳江边,只见芦苇丛中悄悄地摇出一只船来,这同他们逃入船内的事件发展有关。写宋江从火把光中看到要打他们的大汉就从村僻小路逃跑，写出宋江的警觉。写艄公唱湖州歌，宋江三人听了都吓得酥软了，写宋江的害怕。宋江看到李俊来救他，才看见星光明亮，写宋江得救后的喜悦。再像艄公要逼死宋江时，宋江仰天叹道："因为我不敬天地，不孝父母，犯下罪责，连累你们两个。"芥子园本眉批："临危自忏，真感德人。"表现了他的善良性格。写宋江三人跳上船去时，"一个公人便把包裹丢下舱里"，"艄公听着包裹落地有好些响声，心中暗喜。"这跟艄公唱的"昨夜华光来趁我，临行夺下一金砖"相吻合，反映艄公谋财害命的残忍性格，这又是反映人物心情和性格的细节。

这里也有描绘自然景物和社会环境的细节。如先写"星光满天"，再写"星光之下"，三写"星光明亮"，（金批："在此夜事情恰好"）一是点出与此夜事情相关的。（又批："正是苦不甚明，又不极暗。"）二是点出艄公眼中情景。（又批："直至此，忽然得救，夫而后依然又见星光也。"）写宋江心情的极度变化。三处写星光，或与情景有关，或与心情有关。再像写"满目芦花，一派大江，滔滔滚滚"，衬出宋江走投无路的惶恐心情。"只见芦苇丛中悄悄地忽然摇出一只船来"，引出宋江求救的迫切心情。"火把也自在芦苇中明亮"，使宋江感到脱离险境的愉快心情。写到自然景物，都与人物的心情有关。再像艄公唱湖州歌，说明他是在浔阳江上过着摆渡打劫的生涯。他对宋江三人讲的吃板刀面，吃馄饨，也属于他打劫客商的手段。再写李俊又去做买卖，李俊说棹船出来江里赶些私盐，这又是一种营生。下面李俊又讲曾经"在江边净做私渡。有那一等客人贪省贯百钱的，又要快，便来下我船。等船里都坐满了，却教兄弟张顺也扮做单身客人，背着一个大包，也来趁船。我把船摇到半江里，歇了橹，抛了钉，插一把板刀，却讨船钱，本合五百足钱一个人，我便定要他三贯。却先问兄弟讨起，教他假意不肯还我，我便把他来起手，一手揪住他头，一手提定腰胯，扑通地掼下江里，排头儿定要三贯，一个个都惊得呆了，把出来不迭。都敛得足了，却送他到僻净上岸。我那兄弟自从水底下走过对岸，等没了人，却与兄弟分钱去赌"。这里讲浔阳江上的三种营生：一种是靠偷渡来勒索，一种是吃板刀面、吃馄饨的谋财害命，一种是赶私盐，这是属于浔阳江上社会环境中的不正当的营生的细节。李俊讲的故事，在一篇大文中不属于有关的情节，删去了这个故事上下文仍可衔接，所以还是属于插入故事中的一个有关社会环境的细节。

红楼梦

薛宝钗羞笼红麝串的细节

《石头记》第二十八回、第二十九回：

此刻忽见宝玉笑道："宝姐姐！我瞧瞧你的那香串子。"可巧宝钗左腕上笼着一串，见宝玉问她，少不得褪了下来。宝钗原生的肌肤丰泽，不容易褪下来。宝玉在旁边，看着雪白的臂膊，不觉动了羡慕之心，暗暗想道：这个膀子，若长在林妹妹身上，或者还得摸一摸；偏长在她身上，正是恨我没福。忽然想起金玉一事来，再看看宝钗形容，只见面若银盆，眼同水杏，唇不点而红，眉不画而翠，比林黛玉，另具一种妩媚风流，不觉就呆了。宝钗褪下串子来，递与他，也忘了接。宝钗见他呆了，自己倒觉不好意思，丢下串子，回身才要走。只见林黛玉倚着门槛上，嘴里咬着手帕子，在那里笑。宝钗道：

"你又禁不得风吹,怎么又站在那风口里?"林黛玉笑道:"何曾不是在房里的,只因听见天上一声叫,出来瞧了瞧,原来是个呆雁。"(王希廉评:"一个无心,一个有意,可以窥钗黛之心。")宝钗道:"呆雁在哪里呢?我也瞧瞧。"林黛玉道:"我才出来,他就忒儿一声飞了。"口里说着,将手里帕子一甩,向宝玉脸上甩来。宝玉不知,……正碰在眼睛上,倒吓了一跳,问是谁。林黛玉摇着头儿笑道:"不敢,是失了手。因为宝姐姐要看呆雁,我比给她看,不想失了手。"宝玉揉着眼睛,待要说什么,又不好说的。

这段里写了宝玉、宝钗、黛玉,通过细节描写来显示三个人的性格和关系。红麝串是元春从宫里派太监送来的,宝玉有,宝钗也有,黛玉没有。那么宝玉为什么要看宝钗腕上的红麝串呢?原来宝玉拿到了元春赐的东西,知道其中一部分为黛玉所没有,就叫紫鹃把他所得的东西一并带给黛玉,请黛玉爱什么留下什么。黛玉说:"昨儿已得了,二爷留着吧。"宝玉碰见黛玉,笑道:"我的东西,叫你拣,你怎么不拣?"黛玉道:"我没这么大福禁受,比不得宝姑娘什么金什么玉的,我们不过是个草木之人罢了!"可见黛玉已经知道,元春赐给宝钗的东西跟宝玉一样,赐给她的东西就少了,所以宝玉要看宝钗腕上的红麝串就触及黛玉的心。宝钗肌肤丰泽,引起了宝玉的爱好,这又触及黛玉的心,正如上面黛玉说的:

"我很知道你心里有妹妹,只是见了姐姐,就把妹妹忘了。"宝玉看宝钗看得呆了,所以引起黛玉倚着门槛上笑,笑她瞧到个呆雁。宝钗要看呆雁,她就把手里的帕子向宝玉脸上甩来,说明呆雁就指宝玉。但又不好明说,所以说:"是我失了手。"这一甩手帕的细节,已经告诉宝钗,呆雁在那里。加上这一说明,宝玉心里也明白了,但不好说。这样,在红麝串这一细节里,黛玉怪宝玉见了姐姐就忘了妹妹,不仅忘了,还看姐姐看得发呆,所以称他为呆雁了。在宝钗心里,见元春赐的东西,独她与宝玉一样,心里越发没意思起来。又见宝玉看自己看得发呆,褪下串子来递与他也忘了接,自己倒觉不好意思,丢下串子想走,说明她对宝玉并没意思。再看宝玉,看见宝钗就忘了黛玉的顾忌,黛玉正因为没有红麝串而感叹:"我没这么大福禁受,比不得宝姑娘……"宝玉要是想到林妹妹,至少在林妹妹前不该提什么红麝串,更不该看了宝姐姐就发呆,这说明宝玉心里怎么想就怎么表现出来。

再看黛玉"倚着门槛上,嘴里咬着手帕子在那里笑",这个细节是有意思的。宝钗问她:"你又禁不得风吹,怎么又站在那风口里?"这说明宝钗对宝玉没有意思,所以关心黛玉。黛玉说"何曾不是在房里的",只因要瞧呆雁才出来。可是黛玉原是在房里的,因为看到宝钗不好意思要走,所以站到门口上来看呆雁了。(王希廉批:"一个无心,一个有意,可以窥钗黛之心。")宝钗无心,所以"自己倒觉不好意思",

所以关心黛玉。黛玉有意,所以笑宝玉为呆雁。(王希廉又批:"笑而咬着手帕,忍笑声也,细思之自得其故。")黛玉看到宝玉的发呆而忍笑,看到宝玉之发呆而宝钗倒觉不好意思,所以忍笑。黛玉要把手帕甩向宝玉脸上,即告诉宝钗呆雁是谁,这跟宝玉之发呆而宝钗的无意有关。正因为宝钗的无意所以显出宝玉的发呆来,所以感到可笑。这里的几个细节,反映人物的各种心情,可供体味。

刘姥姥醉卧怡红院的细节

《石头记》第四十一回《刘姥姥醉卧怡红院》:

刘姥姥觉得腹内一阵乱响,忙的拉着一个丫头,要了两张纸,就解衣。众人又是笑,又忙喝她:"这里使不得!"忙命一个婆子,带了东北角上去了。那婆子指与她地方,便乐得走开去歇息。那刘姥姥因吃了些酒,她脾胃不与黄酒相宜,且吃了许多油腻饮食发渴,多吃了几碗茶,不免痛泻起来,蹲了半日方完。及出厕来,酒被风吹。且年迈之人蹲了半天,忽一起身,只觉得眼花头晕,辨不出路径。四顾一望,皆是树木山石楼台房舍,却不知哪一处,是往哪一路去的了。只得顺着一条石子路慢慢的走来,及至到了房舍跟前,又找不着门,再找了半日,忽见一带竹篱。刘姥姥心中自忖道:这里也有扁豆架子。一面想，一面顺着花障走了来。得了一个月洞门进去，只见迎面一带水池，只有七八尺宽，石头砌岸，里面碧波清水，流往那边去了。上面有一块白石，横架在上面。刘姥姥便踱过石去，顺着石子甬路走去，转了两个弯子，只见有个房门。于是进了房门，便见迎面一个女孩儿，满面含笑迎出来。刘姥姥忙笑道："姑娘们把我丢下了，叫我碰头碰到这里来。"说了，只觉那女孩儿不答。刘姥姥便赶来拉她的手，咯咚一声，便撞到板壁上，把头碰的生疼。细瞧了一瞧，原来是一幅画儿。刘姥姥自忖道：原来画儿有这样凸出来的。一面想，一面看，一面又用手摸去，却是一色平的，点头叹了两声。一转身方得了一个小门，门上挂着葱绿洒花软帘。刘姥姥掀帘进去。……刚从屏后得了一个门……遂走出来。忽见有一副最精致的床帐。她此时又带了七八分的酒，又走乏了，便一屁股坐在床上，只说歇歇，不承望身不由己，便前仰后合的蒙眬着两眼，一歪身就睡熟在床上。

且说众人等她不见，……袭人掂掇道："一定她醉了迷了路，……我且瞧瞧去。"……进了怡红院，……进了房门，转过集锦橱子，就听的鼾齁如雷。忙进来，只闻见酒屁臭气满屋，一瞧，只见刘姥姥扎手舞脚的仰卧在床上。袭人这一惊不小，慌忙的赶上来，将她没死活的推醒。那刘姥姥惊醒，睁眼见袭人，连忙爬起来道："姑娘，我该死了！我失错，并没弄脏了床。"一面说，一面用手去掸。袭人……只向她摇手，不叫她说话。

忙将当地大鼎内，撮了三四把百合香，仍用罩子罩上。所喜不曾呕吐。忙悄悄的笑道："不相干，有我呢，你随我出来。"刘姥姥答应着，跟了袭人，出至小丫头子们房中，命她坐下，向她道："你说醉倒在山子石上，打了个盹儿。"刘姥姥答应是。又与她两碗茶吃，方觉酒醒了。因问道："这是哪个小姐的绣房，这样精致，我就像到了天宫里的一样。"袭人微微笑道："这个么，是宝二爷的卧室。"那刘姥姥吓的不敢做声……

这段《刘姥姥醉卧怡红院》，描绘人物性格、事件发展、社会环境和自然景物的细节。这里写了刘姥姥和袭人两人，还有不知名的丫头和婆子。大观园里的丫头都瞧不起乡下的刘姥姥，所以不愿陪她去上厕所，叫一个婆子陪去。婆子也不肯好好陪，指与她地方就走开去了。这说明刘姥姥在大观园里，除了供上面主子们取笑作乐外，下面的丫头、婆子都是瞧不起她的。在大观园里，丫头的地位比婆子高，这里显出丫头、婆子的不同身份来。要讲人物性格，写了刘姥姥和袭人两人。刘姥姥是乡下人，在大观园里自然辨不出路径。她看到一张女孩儿的画，当作真的人，忙笑道："姑娘们把我丢下了，叫我碰头碰到这里来。"这些细节，写出刘姥姥淳朴的性格。刘姥姥见了袭人，说："我该死了！我失错！"这些细节写刘姥姥自卑的性格，刘姥姥认为那个绣房像天宫一样，又显出乡下人生活的俭朴。再看袭人，她猜想刘姥姥可能会闯进怡红院去,忙回去瞧瞧,写她关心怡红院的整洁,也写她的细心。她烧了三四把百合香,来掩盖满屋的臭气,这些细节写她会掩盖疏忽,处事周到。她向刘姥姥说:"不相干,有我呢。"她没有责备刘姥姥,也没有吵嚷得别人知道,写她耐性,会把这事掩饰过去。写她要刘姥姥说"醉倒在山子石上,打了个盹儿",把这事完全掩饰过去。这些都是属于有关人物身份性格的细节。再像写婆子的走开,造成刘姥姥的迷路,由迷路走进怡红院,走进怡红院看见了大的穿衣镜,她用手去摸,摸到开的机括,露出门来,使她进入房内,躺到床上,这些细节又是写事件发展的。

这里又写了不少景物,有概括的树木山石楼台房舍,有刘姥姥一路走去所见的石子路、竹篱、花障、月洞门、池内的碧波清水、一块白石、女孩儿画以及室内的种种装饰等,写这些景物的细节,都是为了写事件的发展,发展到醉卧怡红院。写刘姥姥看到室内的各种精致布置,使她说出"像天宫一样"的话,这是写怡红院那样的社会环境,与农民生活有天渊之别。这些写社会环境的细节,也显示贾府的奢华靡丽,从乡下人刘姥姥眼中看出,更有意味。这里写出了景物和社会环境的细节。

儒林外史

《儒林外史》工于讽刺,它也通过细节来讽刺,如第十二回《侠客虚设人头会》。

侠客虚设人头会的细节

又忙了几日,娄通政有家信到,两公子同在内书房商议写信到京。此乃二十四五,月色未上,两公子秉了一支烛,对坐商议。到了二更半后,忽听房上瓦一片声的响,一个人从屋檐上掉下来,满身血污,(天目山樵一评:"踏得屋上瓦响及满身血污,皆剑侠所无,而二娄不辨也,此其所以为傻角。")手里提了一个革囊。两公子烛下一看,便是张铁臂。两公子大惊道:"张兄,你怎么半夜里走进我的内室,是何缘故?这革囊里是甚么物件?"张铁臂道:"二位老爷请坐,容我细禀。我生平一个恩人,一个仇人。这仇人已衔恨十年,无从下手，今日得便，已被我取了他首级在此。这革囊里面是血淋淋的一颗人头。但我那恩人已在这十里之外，须五百两银子去报了他的大恩。自今以后，我的心事已了，便可以舍身为知己者用了。我想可以措办此事，只有二位老爷，此外哪能有此等胸襟？（齐省堂本译：'又带奉承，投其所好。'）所以冒昧黑夜来求，如不蒙相救，即从此远遁，不能再相见矣。"遂提了革囊要走。两公子此时已吓得心胆皆碎，忙拦住道："张兄且休慌，五百金小事，何足介意！但此物作何处置？"张铁臂笑道："这有何难！我略施剑术，即灭其迹。但仓卒不能施行，候将五百金付去之后，我不过两个时辰，即便回来，取出囊中之物，加上我的药末，顷刻化为水，毛发不存矣。二位老爷可备了筵席，广招宾客，看我施为此事。"两公子听罢，大是骇然。弟兄忙到内里取出五百两银子付与张铁臂。张铁臂将革囊放在阶下，银子拴束在身，叫一声多谢，腾身而起，上了房檐，行步如飞，只听得一片瓦响，（天目山樵二评："又是一片瓦响，直是笨贼。"）无影无踪去了。当夜万籁俱寂，月色初上，照着阶下革囊里血淋淋的人头……

……四公子向三公子道："……我们竟办几席酒，把几位知己朋友都请到了，等他来时开了革囊，果然用药化为水，也是不容易看见之事。我们就同诸友做一个'人头会'，有何不可？"三公子听了，到天明，吩咐办下酒席，把牛布衣、陈和甫、蘧公孙都请到，家里住的三个客是不消说。只说小饮，且不必言其所以然，直待张铁臂来时，施行出来，好让众位都吃一惊。

众客到齐，彼此说些闲话。等了三四个时辰，不见来，直等到日中，还不见来。三公子悄悄向四公子道："这事就有些古怪了。"……看看等到下晚，总不来了。厨下酒席已齐，只得请众客上坐。……直到天晚，革囊臭了出来，家里太太闻见，不放心，打发人出来请两位老爷去看。二位老爷没奈何，才硬着胆开了革囊，一看，哪里是甚么人头！只有六七斤一个猪头在里面。（齐省堂本评："好贵猪头，卖五百两银子。"）两公子面面相觑，不则一声，立刻叫把猪头拿到厨下赏与家人们去吃。

这里写张铁臂不会轻身术，把屋瓦踏得一片声响；写他不会跳，从屋檐上掉下来；写他不会用刀剑，弄得满身血污，通过这些细节写他不是剑侠。娄家二位公子把他当作剑侠，说明不识人。张铁臂说："取出囊中之物，加上我的药末，顷刻化为水。"既说"顷刻化为水"，又说"仓卒不能施行"，自相矛盾。"顷刻"的时间很短，何况还要等两位公子去取出五百金来，还要把五百金在身上结束停当，真能顷刻化为水，在这段时间里早已化为水了，可见张铁臂的谎言和二位公子不会辨别话的真假。又张铁臂说："我不过两个时辰即便回来。"他是在黑夜二更半来的，两个时辰回来，那么到五更天亮时应该回来了,何必等到第二天下晚才怀疑呢?这里是通过细节来写人物和事件,写出了张铁臂的骗钱,和人头会的虚设。

季遐年写字的细节

《儒林外史》第五十五回《添四客述往思来》,季遐年是四客之一:

> 一个是会写字的。这人姓季,名遐年,自小儿无家无业,总在这些寺院里安身。……他的字写的最好,却又不肯学古人的法帖,只是自己创出来的格调,由着笔性写了去。……用的笔,都是那人家用坏了不要的,他才用。……每日写了字,得了人家的笔资,自家吃了饭,剩下的钱就不要了,随便不相识的穷人,就送了他。
>
> 那日大雪里,……又随堂吃了一顿饭。吃完,看见和尚房里摆着一匣子上好的香墨,季遐年问道:"你这墨可要写字?"和尚道:"这昨日施御史的令孙老爷送我的,我还要留着转送别位施主老爷,不要写字。"季遐年道:"写一幅好哩。"不由分说,走到自己房里,拿出一个大墨荡子来,拣出一锭墨,舀些水,坐在禅床上替他磨将起来。和尚分明晓得他的性子,故意的激他写。他在那里磨墨,正磨的兴头,侍者进来向老

和尚说道："下浮桥的施老爷来了。"和尚迎了出去。那施御史的孙子已走进禅堂来，看见季遐年，彼此也不为礼，自同和尚到那边叙寒温。季遐年磨完了墨，拿出一张纸来，铺在桌上，叫四个小和尚替他按着。他取了一管败笔，蘸饱了墨，把纸相了一会，一气就写了一行。那右手后边小和尚动了一下，他就一凿，把小和尚凿矮了半截，凿的杀喳的叫。老和尚听见，慌忙来看，他还在那里急的嚷成一片。老和尚劝他不要恼，替小和尚按着纸，让他写完了。施御史的孙子也来看了一回，向和尚作别去了。

这里写季遐年写字，说"他的字写的最好"，好在"不肯学古人的法帖，只是自己创出来的格调"。用的是人家用坏了的笔，又要好墨，蘸饱了墨，又要自己磨墨，这些都是细节。通过这些细节，说明他写字的特色，即一方面是极认真的，要好墨，要自己磨墨，要蘸饱了墨。另一方面是极随便的，即用人家用坏了的笔，用坏笔怎能写好字呢？因为墨好则字有光泽。笔蘸饱了墨，可以补笔坏的缺点，大概写的字较大，所以可用坏笔写。又写的字自成一格，所以有名。

《儒林外史》的下文写施御史的孙子派一个小厮来请他去写字，他去见了施御史的孙子大骂："你是何等之人，敢来叫我写字！我又不贪你的钱，又不慕你的势，又不借你的光，你敢叫我写起字来？"他自认为不给施御史的孙子写字，骂得很痛快。其实他不贪钱，不慕势，不借光，却爱上好的香墨。上好的香墨是一个细节，这匣上好的香墨是施御史的孙子送来的，送来就是诱他写字的。老和尚说："我还要留着转送别位施主老爷，不要写字。"和尚分明晓得他的性子，故意地激他写。接着施御史的孙子亲自来了，可见两人是事先商量好的。他虽不给施御史的孙子写字，还是给老和尚骗了。那么施御史的孙子为什么还要派人请他去写字呢？因为他在庙里写的字，是没有上款的，施御史的孙子请他去写字，当要请他写有上款的字，那却是得不到的。

聊斋志异

《胭脂》篇的细节

东昌卞氏……有女小字胭脂,才姿惠丽。……对户龚姓之妻王氏,佻脱善谑,女闺中谈友也。一日,送至门,见一少年过,白服裙帽,丰采甚都。女意似动,秋波萦转之。少年俯其首,趋而去。去既远,女犹凝眺。王窥其意,戏之曰:"以娘子才貌,得配若人,庶可无恨。"女晕红上颊,脉脉不作一语。王……曰:"此南巷鄂秀才秋隼,……娘子如有意,当寄语使委冰焉。"女无言,……系念颇苦,渐废饮食,寝疾惙顿。王氏适来省视,研诘病因。……王戏之曰:"果为此者,病已至是,尚何顾忌?先令夜来一聚,彼岂不肯可?"(冯镇峦评:"渐引入焉,可恶!")女叹息曰:"事至此,已不能羞。但渠不嫌寒贱,即遣媒来,疾当愈;若私约,则断断不可。"(但明伦评:"赖有此耳。")王领之,遂去。王幼时与邻生宿介通，……是夜宿适来，因述女言为笑，戏嘱致意鄂生。宿久知女美，闻之窃喜，……次夜，逾垣入，直达女所，以指叩窗。内问："谁何？"答以"鄂生"。女曰："……郎果爱妾，但宜速遣冰人，若言私合，不敢从命。"（冯评："侃侃正论，可爱可敬。匹妇不可夺志，谁言强暴不可抗。"）宿姑诺之，苦求一握纤腕为信。女不忍过拒，力疾启扉。宿遽入，即抱求欢。……女曰："……若复尔，便当鸣呼，……"宿恐假迹败露，……宿捉足解绣履而去。（稿本乙评："祸胎在此。"）……宿既出，又投宿王所。既卧，心不忘履，阴摸衣袂，竟已乌有。……先是，巷中有毛大者，游手无籍，尝挑王氏不得，……是夜，过其门，推之未扃，潜入。方至窗外，踏一物，软若絮帛，拾视，则巾裹女舄。伏听之，闻宿自述甚悉，喜极，抽身而去。逾数夕，越墙入女家，门户不悉，误诣翁舍。翁窥窗，见男子，察其音迹，知为女来者。心忿怒，操刀直出。毛大骇，反走。方欲攀垣，而卞追已近，急无所逃，反身夺刀；媪起大呼，毛不得脱，因而杀之。女稍瘥，闻喧始起。共烛之，翁脑裂不复能言，俄顷已绝。于墙下得绣履，媪视之，胭脂物也。逼女，女哭而实告之，……言鄂生之自至而已。

天明，讼于邑。邑宰拘鄂，……横加梏械，书生不堪痛楚，以是诬服。（但评："不揆情，不度理，不察言，不观色，竟以捶楚得之，宰何愦愦。"）……后委济南府复案。时吴公南岱守济南，一见鄂生，疑不类杀人者，……乃唤生上，温语慰之。(但评:"此中自然别有人在,必须求其人之所自来,则心稍浮,气稍粗,亦必不能得。")……生自言:"曾过其门,但见旧邻妇王氏与一少女出,某即趋避,过此并无一言。"……公罢质,命拘王氏。……便问王:"杀人者谁?"王对:"不知。"公诈之曰:"胭脂供言,杀卞某汝悉知之,胡得隐匿?"妇呼曰:"冤哉!淫婢自思男子,我虽有媒合之言,特戏之耳。彼自引奸夫入院,我何知焉!"公细诘之,始述其前后相戏之词。……公问王氏:"既戏后,(但评:'一戏字引出无限妙绪。')曾语何人?"王供:"无之。"公怒曰:"夫妻在床,应无不言者,何得云无?"王供:"丈夫久客未归。"公曰:"虽然,凡戏人者,皆笑人之愚,以炫己之慧,更不向一人言,将谁欺?"命梏十指。妇不得已,实供:"曾与宿言。"公于是释鄂拘宿。……严械之。宿自供:"赚女是真。自失履后,未敢复往,杀人实不知情。"……又械之,宿不任凌籍,遂以自承。……闻学使施公愚山,贤能称最,……因以一词控其冤枉,语言怆恻。公讨其招供,反复凝思之,拍案曰:"此生冤也!"遂请于院司,移案再鞫。问宿生:"鞋遗何所?"供言:"忘之。但叩妇门时,犹在袖中。"转诘王氏:"宿介之外,奸夫有几?"……供言:"身与宿介,稚齿交合,故未能谢绝;后非无见挑者,身实未敢相从。"因使指其人以实之。供云:"同里毛大,屡挑而屡拒之矣。"……公固疑是毛,……施以毒刑,尽吐其实。(但评:"问遗鞋

313

得之矣，至已忘其所，而曰入妇门时，犹在袖中，粗心者将忽置之，未必能推问宿介之外矣。"）

这里有属于人物性格和景物及社会环境和事件发展的细节，写胭脂"秋波萦转之"，"凝眺"，"晕红上颊"，"脉脉不作一语"，写这位少女对鄂秀才的一见倾心，写她的多情、娇羞。再写她"萦念颇苦，渐废饮食"，到心忧病困，这些细节写她由多情而产生种种疑虑，陷入单相思。写她说"已不能羞"，但"私约则断断不可！"这即后来宿介冒充鄂秀才，要求一握纤腕为信，她肯启扉相见，即"已不能羞"，对"即抱求欢"，则坚决拒绝，即"断断不可"，写她已承认爱鄂秀才，但还拒绝苟合。通过这些细节，写出胭脂这位姑娘的性格来。再写王氏，"王窥其意"，看出胭脂的心思。又说"当寄语委冰"，用戏语来打动她；"笑而去"，在"笑"里含有戏弄意。又提出"先令夜来一聚"，进一步戏弄她。写王氏轻佻，会戏弄人，与宿介私通，通过这些细节，写出王氏轻佻而不正经，是又一种妇女的性格。像鄂秀才，见了少女，"俯其首，趋而去"，写他的老实。被捕后，"不知置词，惟有战栗"，写他害怕，不会讲话，是诚朴怯弱的少年，是一种性格。写宿介，与王氏私通，又想勾引胭脂，冒充鄂秀才去调戏，脱去胭脂的绣鞋，是放荡无行的士子，是又一种人的性格。

这里不仅通过细节来写人物性格，也通过细节来写事件发展。有胭脂爱鄂秀才的细节描写，才引出王氏说"寄语使委冰"的戏弄。有了这个戏弄，引出胭脂的害病。有了胭脂的害病，引出王氏"先令夜来一聚"的戏弄。有了这一戏弄，引出宿介的调戏和脱去胭脂一只绣鞋。有了这一绣鞋，引出毛大的行凶杀人。有了毛大的行凶杀人，引出两次冤狱。有了两次冤狱，才有两次平反。

这里也通过细节来写景物和社会环境。像写宿介脱女绣履是一细节，这里的绣履是一物。写绣履的脱落，毛大的踏绣履，拾视绣履，又媪的得绣履，施公问"鞋遗何所？"绣履成为细节中的重要物。再像写官署审案，对鄂秀才是"横加梏械"，解郡，"敲朴如邑"；对宿介，"又械之，宿不任凌籍"。严刑拷打，屈打成招，成为当时衙门的一种风气，成了当时黑暗的社会环境之一。

这篇小说里审冤案，审明冤案也跟细节有关。吴南岱平反鄂秀才的冤案，从他说"但见旧邻妇王氏与一少女出，某即趋避"这一细节里，点出王氏来，即追捕王氏。从王氏引出她"前后相戏之词"这个细节，引出"曾与宿言"这个细节。追捕宿介，翻了鄂秀才的冤案。到施公审案，问宿生："鞋遗何所？"追问绣履这一细节。再问王氏另外有何奸夫这一细节，问出毛大来。这样，循吏的审案，也在细节上做研究，更说明细节的重要了。

再看本篇的评语，如冯评王氏"渐引入焉，可恶！"但评胭脂："赖有此耳。"冯评胭脂："侃侃正论,可爱可敬。"贬低王氏,推重胭脂,爱憎分明,跟分别人物性格的说法是一致的。又稿本乙评,以绣履为祸胎,跟事件发展有关。又但评官署审案,"不揆情,不度理,不察言,不观色,竟以捶楚得之",写出当时的社会环境属于官衙方面的一种。再像但评："一戏字引出无限妙绪",但评从问遗鞋中深入追查。以上这些对理解细节的作用,可供体味。

结构

结构是文艺作品的组织方式和内部构造。作家、艺术家根据对生活的认识，按照塑造形象和表现主题的需要，运用各种艺术表现手法，把一系列生活材料、人物、事件等，分别轻重主次合理而匀称地加以安排和组织，使其既符合生活的规律，又适应一定作品的体裁的要求，达到艺术上的完整和谐。

三国演义

首尾照应，中间关锁

《三国演义》有多种结构，先说首尾照应与中间关锁。毛宗岗《读〈三国志〉法》：

叙三国不自三国始也，三国必有所自始，则始之以汉帝。叙三国不自三国终也，三国必有所自终，则终之以晋国。

……《三国》一书，有首尾大照应、中间大关锁处。如首卷以十常侍为起，而末卷有刘禅之宠中贵以结之，又有孙皓之宠中贵以双结之，此一大照应也。又如首卷以黄巾妖术为起，而末卷有刘禅之信师婆以结之，又有孙皓之信术士以双结之，此又一大照应也。照应既在首尾，而中间百余回之内若无有与前后相关合者，则不成章法矣。于是有伏完之托黄门寄书，孙亮之察黄门盗蜜以关合前后；又有李傕之喜女巫，张鲁之用左道以关合前后。凡若此者，皆天造地设，以成全篇之结构者也。

《三国演义》是历史小说，所写的主要事件不能背离历史。因此就全书的结构看，它的开头和结尾，就得照顾到历史。先说三国的开头，当然开头于汉帝；再说三国的终结，终结于晋。这是历史，《三国演义》是历史小说，不得不在这方面尊重历史。

《三国演义》第一回的开头：

话说天下大势，分久必合，合久必分。……汉朝自高祖斩白蛇而起义，一统天下；后来光武中兴，传至献帝，遂分为三国。推其致乱之由，殆由于桓、灵二帝。（毛宗岗评："《出师表》曰：'叹息痛恨于桓、灵。'故从桓、灵说起。桓、灵不用十常侍，则东汉可以不为三国；刘禅不用黄皓，则蜀可以不为晋国。此一部大书前后照应处。"）桓帝禁锢善类，崇信宦官。及桓帝崩，灵帝即位，大将军窦武、太傅陈蕃共相辅佐；时有宦官曹节等弄权，窦武、陈蕃谋诛之，机事不密，反为所害，中涓自此愈横。

这是《三国演义》的开头，这个开头先对三国的历史演变做了个极概括的说明，即"天下大势，分久必合，合久必分"。从东汉的统一到分为三国,是"合久必分";从分为三国,又统一到晋,是"分久必合"。从东汉分为三国,一定有个原因,这里简要地说明原因,是由于汉桓帝、灵帝二帝禁锢善类、宠信宦官造成的。毛宗岗在批语里引用了诸葛亮的《出师表》,做了进一步的说明,这就是《三国演义》全书的开头。

《三国演义》第一百二十回《降孙皓三分归一统》,毛宗岗总评:

> 此卷纪三分之终,而非纪一统之始也。书为三国而作,则重在三国,而不重在晋也。惟三国之所自合,而归结于晋武,犹之原三国之所从分,而追本于桓、灵也。……以篡窃之晋而并三国,则武帝岂足以比高、光?晋之刘毅对司马炎曰:"陛下可比汉之桓、灵。"然则《三国》一书,以桓灵起之,即谓以桓、灵收之可耳。

这里讲《三国演义》的结束,从开头的"合久必分",到这里的"分久必合",正是证实开头的概括的话。《三国演义》的结尾说:

> 自此三国归于晋帝司马炎,为一统之基矣。(毛评:"一部大书,此一句是总结。")此所谓"天下大势,合久必分,

分久必合"者也。（毛评："直应转首卷起语，真一部如一句。"）后来后汉皇帝刘禅亡于晋泰始七年，魏主曹奂亡于太安元年，吴主孙皓亡于太康四年，皆善终。（毛评："不以司马炎作结，仍以三国之主作结，方是《三国志》煞尾。"）

这里指出《三国演义》首尾呼应，开头点出三国，结尾结束三国。除了这个首尾呼应外，毛评又指出首尾的两个呼应来。天下三足鼎立始于汉献帝时，原因是由于桓帝、灵帝的政治昏乱，才造成献帝时的天下大乱，分为三国。毛评指出晋武帝司马炎时也是政治昏乱，传到惠帝，再到愍帝、怀帝，这二帝都被刘聪所杀，西晋灭亡。这跟桓帝传到灵帝、献帝，后汉灭亡相似，所以毛评引刘毅说，司马炎"可比汉之桓、灵"，因称《三国演义》可说"以桓、灵起"，"以桓、灵收"，这又是一种起结的呼应。毛评认为《三国演义》的开头，写后汉的分为三国，是由于桓帝宠信宦官，灵帝时有宦官曹节弄权，又有宦官张让、赵忠与曹节等十人朋比为奸，号为"十常侍"，朝政日非，以致天下人心思乱，造成三国。这是全书的开头。全书结尾部分，第一百十五回《诏班师后主信谗，托屯田姜维避祸》，写姜维围困邓艾于祁山，后主听信宦官黄皓的话，三次下诏要姜维班师。姜维班师回朝，向郤正请教避祸保国之道，郤正教他去沓中屯田，既可避祸，又可积粮为国。这里讲黄皓乱政，与开头讲宦官十常侍乱政相呼应。

第一百二十回写吴主孙皓"宠幸宦官岑昏。濮阳兴、张布谏之，皓怒，斩二人，灭其三族"，（毛评："又是一个中常侍，又蜀之黄皓，正是一对。第一便杀两个顾命定策大臣，其亡可知。"）这又是开头和结尾相呼应。

《三国演义》开头写张角遇见南华老仙，传给他《太平要术》，能呼风唤雨，自号太平道人，讲张角会法术。第一百十六回写钟会率大军攻蜀，姜维上表后主："请降诏遣左车骑将军张翼领兵守护阳安关，右车骑将军廖化领兵守阴平桥。"后主接姜维表，召黄皓问计。皓谓城中有一师婆，供奉一神，能知吉凶，可召来问之。师婆作法降神，神附师婆身大叫曰："陛下欣乐太平。数年之后，魏国疆土亦归陛下矣。"后主遂不听姜维之言。这是开头写张角遇仙，与这里的师婆降神先后呼应。又第一百二十回，写东吴主孙皓"又召术士尚广，令筮蓍问取天下之事。尚对曰：'陛下定得吉兆：庚子岁，青盖当入洛阳。'"（李贽评："刘家听了师婆坏了事，孙家又听术士筮蓍，如何不败？"）这和张角的遇仙、师婆的降神相呼应。

《三国演义》又讲到开头、结尾和中间的关锁。开头结尾讲到宦官都是坏的，第六十六回《伏皇后为国捐生》，写伏皇后写信给父亲伏完，请他密图曹操，托宦官穆顺把信送给伏完。伏完写了回信，托穆顺藏在头发内。曹操知道了，在宫门前守候，搜出伏完的书信，穆顺被杀。这是写好的宦官，与开头、结尾写的坏的宦官，作为相反的关锁。第一百十三回写吴主孙亮，年方十六。一日食生梅，令黄门取蜜。见蜜内有鼠粪数块，召藏吏责之。藏吏叩首曰："臣封闭甚严，安有鼠粪？"亮曰："黄门曾向尔求蜜食否？"藏吏曰："黄门于数日前曾求蜜食，臣实不敢与。"亮指黄门曰："此必汝怒藏吏不与尔蜜，故置粪于蜜中，以陷之也。"黄门不服。亮曰："此事易知耳，若粪久在蜜中，则内外皆湿；若新在蜜中，则外湿内燥。"命剖视之，果然内燥，黄门服罪。这个黄门，也是宦官，与开头结尾的宦官相关联。不过开头结尾的宦官为害大，这个宦官为害小。

又开头讲张角有妖术，结尾讲后主信师婆降神。第十三回写李傕常使女巫击鼓降神于军中。封了官，傕喜曰："此女巫降神祈祷之力也！"遂重赏女巫，使手下将士离心。又第五十九回写张鲁祖张陵在西川鹤鸣山中造作道书以惑人。张鲁继承张陵道书的说法，自称"师君"。这是开头讲左道惑众与中间讲左道的相关锁。

错综交接之六起六结

《三国演义》叙三国事头绪纷繁，就其中重要的人物和事件说，有六起六结，又是错综交接的。毛宗岗《读〈三国志〉法》：

《三国》一书,总起总结之中,又有六起六结。其叙献帝,则以董卓废立为一起,以曹丕篡夺为一结。其叙西蜀,则以成都称帝为一起,而以绵竹出降为一结。其叙刘、关、张三人,则以桃园结义为一起,而以白帝托孤为一结。其叙诸葛亮,则以三顾草庐为一起,而以六出祁山为一结。其叙魏国,则以黄初改元为一起,而以司马受禅为一结。其叙东吴,则以孙坚匿玺为一起,而以孙皓衔璧为一结。凡此数段文字,联络交互于其间,或此方起而彼已结,或此未结而彼又起,读之不见其断续之迹,而按之则自有章法之可知也。

　　《三国演义》不光讲了三国的起结,也分别讲了魏、蜀、吴三国各自的起结,这三国各自的起结又各有时间的不同。除了三国各自的起结,又有三国中主要人物的各自的起结,不仅有刘、关、张三人的起结,还有刘、关、张三人各自的起结。不仅有魏国、吴国各自的起结,还有曹操、孙坚、孙权各自的起结。三国之分,自汉献帝始,所以又有献帝的起结。这样看来,三国中就三国各自的三起三结外,主要人物还不止三起三结。总之,就《三国演义》来说,除总起总结外,还有分起分结,构成了《三国演义》的结构。

　　下面是献帝的起结。《通鉴》卷五十九记载灵帝中平六年(公元189年)四月,帝崩,皇子辩即皇帝位,年十四。(何)太后临朝。封皇弟协为渤海王,协年九岁。以后将军袁隗为太傅，与大将军何进参录尚书事。七月，徙渤海王协为陈留王。何进白太后，请尽罢中常侍以下，以三署郎补其处，太后不听。何进召（董）卓，使将兵诣京师（以胁太后）。八月戊辰，何进入长乐宫，白太后请尽诛诸常侍。中常侍张让、段珪率其党数十人持兵，伏省户下，诈以太后诏召何进入坐省阁，尚方监渠穆拔剑斩何进。何进部曲将吴匡、张璋在外闻进被害，欲引兵入宫，袁术因烧南宫青琐门。让等因将太后、少帝及陈留王，劫省内官属，从复道走北宫。袁绍遂闭北宫门，勒兵捕诸宦者，无少长皆杀之，凡二千余人。张让、段珪等困迫，遂将帝与陈留王数十人，步出谷门，夜至小平津。河南中部掾闵贡夜至河上，厉声质责张让等，让等惶怖，遂投河而死。贡扶帝与陈留王得露车，共乘之，至济舍止。从济舍南行，公卿稍有至者。董卓至显阳苑，闻帝在北，因与公卿往奉迎于北芒阪下。帝见卓将兵卒至，恐怖涕泣。卓与帝语，语不可了。乃更与陈留王语，问祸乱由起，王答自初至终，无所遗失。卓大喜，以王为贤。且为董太后所养，卓自以与太后同族，遂有废立之意。九月甲戌，卓复会群僚于崇德前殿，遂胁太后策废少帝为弘农王，立陈留王为帝。

《三国演义》第二回《何国舅谋诛宦竖》、第三回《议温明董卓叱丁原》，讲起献帝来，跟《通鉴》一致，当然《三国演义》要加以夸饰和补充。再看献帝的让位，《通鉴》卷六十九世祖文皇帝：黄初元年（220年）正月，武王（曹操）

至洛阳麓。太子即王位。十月，汉帝使行御史大夫张音持节奉玺绶诏册，禅位于魏。辛未，升坛受玺绶，即皇帝位。十一月，奉汉帝为山阳公。《三国演义》写献帝的让位，写得与《通鉴》稍有不同，大概《通鉴》写献帝的即位，即写董卓的废立，对董卓的罪恶不容隐讳，所以《三国演义》只要稍加夸饰就行了。《通鉴》写献帝的让位，本于《三国志·魏书·文帝纪》，陈寿写《文帝纪》对于献帝的让位不免要美化文帝，有所隐讳。《三国演义》自然不同，要揭露曹丕，所以写得不同了。对于献帝不肯让位，被曹丕逼迫，无可奈何才让位的情况，《通鉴》里没有写，《三国志》里没有写，《后汉书·曹皇后纪》里写了。曹皇后即曹操的中女，曹操杀了伏皇后，立为曹皇后。"魏受禅，遣使求玺绶，后怒不与，如此数辈。后乃呼使者入，亲数让之，以玺绶抵轩下，因涕泣横流曰：'天不祚尔！'左右皆莫能仰视。"从这段记载看，曹皇后是反对禅位的，那么献帝的反对禅位是不言自明的。曹皇后经过数辈人的逼迫，才被迫把玺绶抛出来的，那么献帝的禅位，也当是经过数辈人的逼迫，是不言自明的，因此《三国演义》写的应该比《通鉴》更真实些。

《三国演义》第八十回《曹丕废帝篡炎刘》：

> 却说华歆等一班文武，入见献帝。歆奏曰："伏睹魏王，自登位以来，德布四方，仁及万物，越古超今，虽唐、虞无以过此。群臣会议，言汉祚已终，望陛下效尧、舜之道，以

山川社稷，禅与魏王……"帝闻奏大惊，半晌无言，觑百官而哭曰："……朕虽不才，初无过恶，安忍将祖宗大业，等闲弃了！汝百官再从公计议。"

华歆引李伏、许芝近前奏曰："陛下若不信，可问此二人。"李伏奏曰："自魏王即位以来，麒麟降生，凤凰来仪……"许芝又奏曰："臣等职掌司天，夜观乾象，见炎汉气数已终，陛下帝星隐匿不明……"帝曰："祥瑞图谶，皆虚妄之事，奈何以虚妄之事，而遽欲朕舍祖宗之基业乎？"王朗奏曰："自古以来，有兴必有废，有盛必有衰，岂有不亡之国、不败之家乎？汉室相传四百余年，延至陛下，气数已尽，宜早退避，不可迟疑，迟则生变矣！"帝大哭，入后殿去了……

次日，官僚又集于大殿，令宦官入请献帝。帝忧惧不敢出。曹后曰："百官请陛下设朝，陛下何故推阻？"帝泣曰："汝兄欲篡位，令百官相逼，朕故不出。"曹后大怒曰："吾兄奈何为此逆乱之事耶！"言未已，只见曹洪、曹休带剑而入，请帝出殿。曹后大骂曰："俱是汝等乱贼，希图富贵，共造逆谋！吾父功盖寰区，威震天下，然且不敢篡窃神器。今吾兄嗣位未几，辄思篡汉，皇天必不祚尔！"言罢，痛哭入宫。左右侍者皆欷歔流涕。

曹洪、曹休力请献帝出殿，帝被逼不过，只得更衣出前殿。华歆奏曰："陛下可依臣等昨日之议，免遭大祸。"帝痛哭曰："卿等皆食汉禄久矣；中间多有汉朝功臣子孙，何忍作此不臣之事？"歆曰："陛下若不从众议，恐旦夕萧墙祸起，非臣等不忠于陛下也。"……歆纵步向前，扯住龙袍，变色而言曰："许与不许，早发一言！"……帝颤栗不已。……帝泣谓群臣曰："朕愿将天下禅于魏王，幸留残喘，以终天年。"贾诩曰："魏王必不负陛下，陛下可急降诏，以安众心。"帝只得令陈群草禅国之诏，令华歆赍捧诏玺，引百官直至魏王宫献纳……

《三国演义》这一段写献帝不肯禅位，曹后反对禅位，华歆等以免遭大祸相威胁，不得已才下诏禅位。以上就是献帝始作董卓傀儡，后作曹操傀儡，由逼宫"登基"到逼宫"禅位"的起结。

鼙鼓震惊与琴瑟雅奏的调配

鼙鼓比战鼓，指战争；琴瑟比和好，是协调的生活。这是指《三国演义》把两种不同的生活结合起来，写激烈的战争后，接写一种和缓的生活来做调配，或在两次激烈战争中，插入一段和缓生活，一张一弛，构成《三国演义》的又一种结构。毛宗岗《读〈三国志〉法》：

《三国》一书，有笙箫夹鼓、琴瑟间钟之妙。如正叙黄巾扰乱，忽有何后、董后两宫争论一段文字；正叙董卓纵横,忽有貂蝉凤仪亭一段文字;正叙傕、汜猖狂,忽有杨彪夫人与郭汜之妻来往一段文字;正叙下邳交战,忽有吕布送女、严氏恋夫一段文字;正叙冀州厮杀,忽有袁谭失妻、曹丕纳妇一段文字;正叙荆州事变,忽有蔡夫人商议一段文字;正叙赤壁鏖兵,忽有曹操欲取二乔一段文字;正叙宛城交攻,忽有张济妻与曹操相遇一段文字;正叙赵云取桂阳,忽有赵范寡嫂敬酒一段文字;……正叙司马懿杀曹爽,忽有辛宪英为弟画策一段文字。至于袁绍讨曹操之时,忽带叙郑康成之婢;曹操救汉中之日,忽带叙蔡中郎之女。诸如此类,不一而足。人但知《三国》之文是叙龙争虎斗之事,而不知为凤、为鸾、为莺、为燕,篇中有应接不暇者,令人于干戈队里时见红裙,旌旗影中常睹粉黛,殆以豪士传与美人传合为一书矣。

这里举了不少例子,如第六回《焚金阙董卓行凶,匿玉玺孙坚背约》,前半回写董卓逼献帝从洛阳迁都长安,火烧洛阳宫殿,发掘洛阳地区的陵寝坟墓,盗窃财物,驱赶洛阳人民数百万口,前赴长安。纵军士淫烧杀掠,啼哭之声震动天地。后半回写孙坚进驻洛阳,在井中捞起一妇人尸首,项下悬一锦囊,囊中有一玉玺。孙坚得到玉玺后,回到江东去,遭到刘表的拦击。第七回《袁绍磐河战公孙,孙坚跨江击刘表》,写讨伐董卓的义军散了,袁绍军北去就发生与公孙瓒的战争。孙坚回到东吴,就发生与刘表的战争,孙坚中了刘表军的埋伏,体中石、箭死去。这两回写战争中烧杀掳掠的事，写得紧张激烈。第八回《王司徒巧使连环计，董太师大闹凤仪亭》，写王允为国事忧虑，夜深月明，步入后园，仰天垂泪。看到歌伎貂蝉在长吁短叹，就问她。她说："见大人两眉愁锁，必有国家大事，因此长叹。"王允就请貂蝉执行他的连环计。使人请吕布来，以貂蝉为自己的女儿，许配吕布。王允又请董卓到府，称貂蝉为歌伎，献与董卓。对吕布说："太师说要接小女回去，配与奉先（吕布）。"吕布到董卓府里，见貂蝉于窗下梳头。貂蝉亦见吕布，故蹙双眉，以香罗拭泪。卓入朝议事，布执戟相随。见卓与献帝共谈，随提戟入相府见貂蝉，在凤仪亭相会。貂蝉泣告布，已为太师所夺，愿一死以明妾志，望荷花池便跳，被吕布慌忙抱住。卓在殿上不见吕布，即回府到花园中，见吕布与貂蝉共语，卓抢了画戟赶来，布回身便走。卓掷戟刺布，布打戟落地。王允因此离间吕布与董卓，使吕布杀了董卓。在第六、第七回紧张激烈的斗争后，接着写花前月下的长吁短叹，写王允使貂蝉敬酒歌舞与貂蝉对吕布眉目传情，这正如在鏖鼓激烈声后继以轻歌曼舞互相调剂。

又第三十二回《夺冀州袁尚争锋，决漳河许攸献计》，写袁绍死后，袁谭、袁尚兄弟争夺冀州，兄弟相攻。袁谭战败，向曹操求救。曹操进军击破袁尚，用许攸计，决漳河水，淹冀州。全城水深数尺，加以城中粮尽，守西门的审荣开门降曹，冀州为曹操所得。接着第三十三回《曹丕乘乱纳甄氏》，写曹丕领随身军，径投袁绍家，见二妇人啼哭，忽见红光满目，遂按剑而问曰："汝何人也？"一妇人告曰："妾乃袁将军之妻刘氏也。"丕曰："此女何人？"刘氏曰："此次男袁熙之妻甄氏也。因熙出镇幽州，甄氏不肯远行，故留于此。"丕拖此女近前，见披发垢面。丕以衫袖拭其面而观之，见甄氏玉肌花貌，有倾国之色。遂对刘氏曰："吾乃曹丞相之子也。愿保汝家，汝勿忧虑。"遂按剑坐于堂上。……操至绍府门下，问曰："谁曾入此门来？"守将对曰："世子在内。"操唤出责之。刘氏出拜曰："非世子不能保全妾家，愿献甄氏为世子执箕帚。"操教唤出甄氏拜于前。操视之曰："真吾儿妇也！"遂令曹丕纳之。这里前一回写生死搏斗，从兄弟的相攻，到曹操破袁尚之战，再到曹军攻破冀州城之战。接下来忽写曹丕纳甄氏为妇，从激烈的战争，转入婚姻之喜。

又第十六回写吕布派宋宪、魏续去山东买马三百余匹，路过小沛，被张飞夺去。吕布带兵来小沛责问，张飞出马，与吕布酣战一百余合，未分胜负。玄德令人出城，至吕布营中，说情愿送还马匹，两相罢兵。陈宫劝吕布攻刘备，布听之，攻城愈急。玄德令张飞在前，云长在后，自居于中，保护老小，当夜三更，乘着月色，出北门，冲出敌阵，奔许昌投曹操去了。

接下来写张济死了，由其侄张绣统其众，用贾诩为谋主，结连刘表，屯兵宛城，欲兴兵犯阙夺驾。曹操起兵十五万，亲讨张绣。张绣听贾诩劝，率军降操。操引兵入宛城屯扎，余军分屯城外，寨栅联络十余里。一住数月，绣每日设宴请操。

一日操醉，退入寝所，私问左右曰："此城中有妓女否？"操之兄子曹安民知操意，乃密对曰："昨晚小侄窥见馆舍之侧，有一妇人，生得十分美丽，问之，即绣叔张济之妻也。"操闻言，便令安民领五十甲兵往取之。须臾，取到军中。操见之，果然美丽。问其姓，妇答曰："妾乃张济之妻邹氏也。"操曰："夫人识我否？"邹氏曰："久闻丞相威名，今日幸得瞻拜。"操曰："吾为夫人故，特纳张绣之降；不然灭族矣。"邹氏拜曰："实感再生之恩。"操曰："今日得见夫人，乃天幸也。今宵愿同枕席，随吾还都，安享富贵，何如？"邹氏拜谢。是夜，共宿于帐中。邹氏曰："久住城中，绣必生疑，亦恐外人议论。"操曰："明日同夫人去寨中住。"次日，移于城外安歇，唤典韦就中军帐房外宿卫。操每日与邹氏取乐，不想归期。张绣家人密报绣，绣怒曰："操贼辱我太甚！"便与贾诩商议。诩曰："此事不可泄漏。来日等操出帐议事，如此如此。"次日，操坐帐中，张绣入告曰："新降兵多有逃亡者，乞移屯中军。"操许之。绣乃移屯其军，分为四寨，刻期举事。因畏典韦勇猛，……令贾诩致意请典韦到寨，殷勤待酒，至晚醉归。胡车儿杂在众人队里，直入大寨（盗取典韦双铁戟）。

是夜，绣军直攻大寨，杀典韦。操从寨后上马逃奔，曹安民步随,被杀。操骑马冲波过河,才得上岸,马中箭倒地。操长子曹昂,以己所乘马奉操,操上马急奔,曹昂被乱箭射死,操乃走脱,路遇诸将。张绣军两路杀至,于禁身先出寨迎敌,诸将各引兵出击,绣军大败,引兵投刘表去了。

这里先写吕布夺刘备的小沛之战,有吕布与张飞的拼杀,有吕布的围攻小沛,与张飞在前、关羽断后、刘备居中保护家小的突围,都是激烈战斗。接写曹操向宛城进军,接受张绣投降,没有战斗,缓和了些。接着曹操进驻宛城,私通邹氏,写到男女相悦,更缓和了。接下来张绣夜袭,又展开激烈战争。在两次激烈战争中,插入一段和缓的生活,这样的结构,是从历史事实来的。如《通鉴》卷六十二,"曹操讨张绣,军于淯水。绣举众降。操纳张济之妻,绣恨之。又以金与绣骁将胡车儿,绣闻而疑惧,袭击操军,杀操长子昂。操中流矢,败走。校尉典韦与绣力战,左右死伤略尽,韦被数十创。绣兵前搏之,韦双挟两人击杀之,瞋目大骂而死。操收散兵,还住舞阴。绣率骑来追,操击破之"。这种一张一弛的结构,使情节跌宕起伏,是可以借鉴的。

紧迫、热烈和闲淡、冷静相对

毛宗岗《读〈三国志〉法》:

《三国》一书，有寒冰破热、凉风扫尘之妙。如关公五关斩将之时，忽有镇国寺内遇普静长老一段文字；昭烈跃马檀溪之时，忽有水镜庄上遇司马先生一段文字；孙策虎踞江东之时，忽有遇于吉一段文字；曹操进爵魏王之时，忽有遇左慈一段文字；昭烈三顾草庐之时，忽有遇崔州平席地闲谈一段文字；关公水淹七军之后，忽有玉泉山月下点化一段文字。至于武侯征蛮而忽逢孟节，陆逊追蜀而忽遇黄承彦，张任临敌而忽问紫虚丈人，昭烈伐吴而忽问青城老叟。或僧或道，或隐士或高人，俱于极喧闹中求之，真足令人躁思顿清，烦襟尽涤。

《三国演义》里又写了紧迫和闲淡相对、热烈和冷静相对的生活情境，这里也举了不少例子。像第二十七回《汉寿侯五关斩六将》，写关公护送二夫人去找刘备：

连夜投汜水关来。把关将乃并州人氏，姓卞，名喜，善使流星锤，……当下闻知关公将到，寻思一计：就关前镇国寺中，埋伏下刀斧手二百余人，诱关公至寺，约击盏为号，欲图相害。安排已定，出关迎接关公。……到镇国寺前下马，众僧鸣钟出迎。……内有一僧，却是关公同乡人，法名普净。当下普净已知其意，向前与关公问讯，曰："将军离蒲东几年矣？"关公曰："将及二十年矣。"普净曰："还认得贫僧否？"

公曰:"离乡多年,不能相识。"普净曰:"贫僧家与将军家只隔一条河。"卞喜见普净叙出乡里之情,恐有走泄,乃叱之曰:"吾欲请将军赴宴,汝僧人何得多言!"关公曰:"不然,乡人相遇,安得不叙旧情耶?"普净请关公方丈待茶。关公曰:"二位夫人在车上,可先献茶。"普净教取茶先奉夫人,然后请关公入方丈。普净以手举所佩戒刀,以目视关公。公会意,命左右持刀紧随。卞喜请关公于法堂筵席。关公曰:"卞君请关某,是好意还是歹意?"卞喜未及回言,关公早望见壁衣中有刀斧手,乃大喝卞喜曰:"吾以汝为好人,安敢如此!"卞喜知事泄,大叫:"左右下手!"左右方欲动手,皆被关公拔剑砍之。卞喜下堂绕廊而走,关公弃剑执大刀来赶。卞喜暗取飞锤掷打关公,关公用刀隔开锤,赶将入去,一刀劈卞喜为两段……

这段写卞喜伏刀斧手要害关公,形势极为紧迫。同乡普净与关公话旧,说些没要紧的话,极为闲淡,紧迫与闲淡相对,这就惹出卞喜对普净的叱责,从叱责里反映卞喜紧迫的心情。关公替普净辩解,正反映关公闲淡的心情。普净请关公方丈待茶,表面闲淡,把关公引入方丈后向他暗示,实际紧迫。关公会意后,就由闲淡转入紧迫,提出质问,进入战斗了。这是由紧迫到闲淡再到紧迫的安排。

再像第三十四回《刘皇叔跃马过檀溪》,写蔡瑁、张允欲害刘备。在这年丰收后，于襄阳设席宴请众官，因刘表气疾发作，请刘备赴襄阳主持接待。刘备由赵云领马步军三百人保护同去。

蔡瑁预请蒯越计议曰："刘备世之枭雄，久留于此，后必为害，可就今日除之。"越曰："恐失士民之望。"瑁曰："吾已密领刘荆州言语在此。"越曰："既如此，可预作准备。"瑁曰："东门岘山大路，已使吾弟蔡和引军守把，南门外已使蔡中守把，北门外已使蔡勋守把。止有西门不必守把，前有檀溪阻隔，虽有数万之众，不易过也。"越曰："吾见赵云行坐不离玄德，恐难下手。"瑁曰："吾伏五百军在城内准备。"越曰："可使文聘、王威二人另设一席于外厅，以待武将。先请住赵云，然后可行事。"瑁从其言。当日杀牛宰马，大张筵席。玄德乘的卢马至州衙，命牵入后园拴系。众官皆至堂中。玄德主席，二公子两边分坐，其余各依次而坐。赵云带剑立于玄德之侧。文聘、王威入请赵云赴席，云推辞不去。玄德令云就席，云勉强应命而出。蔡瑁在外收拾得铁桶相似，将玄德带来三百军，都遣归馆舍，只待半酣，号起下手。酒至三巡，伊籍起把盏，至玄德前，以目视玄德，低声谓曰："请更衣。"玄德会意，即起如厕。伊籍把盏毕，疾入后园，接着玄德，附耳报曰："蔡瑁设计害君，城外东、南、北三处，皆有军马守把，惟西门可走，公宜速逃！"玄德大惊，急解的卢马，开后园门牵出，飞身上马，不顾从者，匹马望西门而走。门吏问之，玄德不答，加鞭而出。门吏当之不住，飞报蔡瑁。瑁即上马，引五百军随后追赶。

却说玄德撞出西门，行无数里，前有大溪，拦住去路。那檀溪阔数丈，水通襄江，其波甚紧。遥望城西尘头大起，追兵将至。玄德曰："今番死矣！"遂回马到溪边。回头看时，追兵已近。玄德着慌，纵马下溪。行不数步，马前蹄忽陷，浸湿衣袍。玄德乃加鞭大呼曰："的卢，的卢！今日妨吾！"言毕，那马忽从水中涌身而起，一跃三丈，飞上西岸。玄德如从云雾中起……

第三十五回《玄德南漳逢隐沦》，写玄德跃马过溪，遇见一牧童，引他到水镜先生司马徽庄上。

到庄前下马，入至中门，忽闻琴声甚美。玄德叫童子且休通报，侧耳听之。琴声忽住而不弹。一人笑而出曰："琴韵清幽，音中忽起高抗之调，必有英雄窃听。"童子指谓玄德曰："此即吾师水镜先生也。"玄德视其人，松形鹤骨，器宇不凡。慌忙上前施礼，……水镜请入草堂，分宾主坐定。玄德见架上满堆书卷，窗外盛栽松竹，横琴于石床之上，清气飘然……

这里先写蔡瑁要害刘备，幸得伊籍密语，匆忙逃出西门，前有大溪,后有追兵,紧迫之至,直到的卢马跳过檀溪,才从紧迫中宽舒下来。到了水镜先生庄上,耳听琴声,眼见室内书卷满架,窗外盛栽松竹,琴横石床,清气飘然,完全是一种幽静闲适的境界,与前面的匆忙紧迫完全相反,构成强烈对照。

水浒传

《水浒传》的结构,照金圣叹的批本说,即以七十回本为准。

三个"石碣"是大段落

金圣叹《读第五才子书法》:

三个"石碣"字,是一部《水浒传》大段落。

又《水浒传》楔子总评:

此一回古本题曰:"楔子。"楔子者,以物出物之谓也。以瘟疫为楔,楔出祈禳;以祈禳为楔,楔出天师;以天师为楔,楔出洪信;以洪信为楔,楔出游山;以游山为楔,楔出开碣;

以开碣为楔，楔出三十六天罡、七十二地煞，此所谓正楔也。

这里说的"开碣"，即打开石碣，放出三十六天罡、七十二地煞，即梁山泊上的一百零八条好汉。这是全书开头的石碣。

楔子写太尉洪信奉天子诏书，到江西龙虎山上清宫去请天师张真人来朝廷祈禳瘟疫。洪太尉到了上清宫，天师已经乘鹤驾云到京师去了。洪太尉游山，看到"伏魔之殿"，进去看见中央有一个石碣。太尉叫人扳开石碣，见底下有一片大青石板，再掘起来，却是一个万丈深的地穴。穴内刮剌剌一声响亮，只见一道黑气从穴内滚将起来，掀塌了半个殿角。那道黑气就是三十六天罡、七十二地煞。这是全书开头提到的石碣。

再看金批本《水浒传》的末回即第七十回总评：

作者亦只图叙事既毕，重将一百八人姓名一一排列出来，为一部七十回书点睛结穴耳。盖始之以石碣，终之以石碣者，是此书大开阖……

按第七十回《忠义堂石碣受天文，梁山泊英雄惊噩梦》，写宋江建一罗天大醮，报答天地神明眷佑之恩，上荐晁天王早生天界。请公孙胜主行醮事，到第七日三更时候，天上卷出一块火来，绕坛滚了一遭，钻入正南地下去了。宋江叫人掘开泥土，不到三尺深处，见一石碣，上面是蝌蚪书。译将出来，前面有三十六天罡姓名，后面有七十二地煞姓名，与开头楔子的石碣相呼应。

第十四回《吴学究说三阮撞筹》总评：

> 《水浒》之始也，始于石碣；《水浒》之终也，终于石碣。石碣之为言，一定之数，固也。然前乎此者之石碣，盖托始之例也。若《水浒》之一百八人，则自有其始也。一百八人自有其始，则又宜何所始？其必始于石碣矣。故读阮氏三雄，而至石碣村字，则知一百八人之入《水浒》，断自此始也。

这里认为楔子和末回的石碣，是开头和结尾的石碣，是一种呼应。开头的石碣，在于开碣，即打开石碣，把三十六天罡星、七十二地煞星都放出去了。结尾的石碣，把三十六天罡星、七十二地煞星都聚集在一起了。除了这样的首尾呼应外，还有一个呼应，即一百零八人聚集梁山泊，开始于晁盖等的智取生辰纲，吴用的去石碣村劝说三阮入伙，这是开创梁山泊之始，这里的石碣，又与楔子和结尾的石碣相呼应。

第十四回写："晁盖道：'这三个却是甚么样人？姓甚名谁？何处居住？'吴用道：'这三个人是弟兄三个，在济州梁山泊边石碣村住……'（金批：'此书始于石碣，终于石碣，然所以始之终之者，必以中间石碣为之提纲，此撞筹之旨也。'）"这里对石碣村的三阮再做了说明。

七十回的起承转合

金圣叹《读第五才子书法》：

作《水浒传》者，真是识力过人。某看他一部书，要写一百单八个强盗，却为头推出一个孝子来做门面，一也。三十六员天罡、七十二座地煞，却倒是三座地煞先做强盗，显见逆天而行，二也。盗魁是宋江了，却偏不许他先出头，另又幻一晁盖盖住在上，三也。天罡地煞，都置第二，不使出现，四也。临了收到"天下太平"四字作结，五也。

这里提出在写梁山泊一百单八好汉前，先推出一王进，见第一回《王教头私走延安府，九纹龙大闹史家村》。金圣叹总批：

一部大书七十回，将写一百八人也，乃开书未写一百八人，而先写高俅者，盖不写高俅，便写一百八人，则是乱自下生也；不写一百八人，先写高俅，则是乱自上作也。乱自下生，不可训也，作者之所必避也。乱自上作，不可长也，作者之所深惧也。一部大书七十回而开书先写高俅，有以也。

高俅来而王进去矣。王进者何人也？不坠父业，善养母志，盖孝子也。孝子忠臣，则国家之祥麟威凤、圆璧方圭者也。……必欲骂之、打之，至于杀之，因逼去之，是何为也！王进去而一百八人来矣。

……王进去后，更有史进。史者，史也，寓言稗史亦史也。……今稗史所记何事？殆记一百八人之事也。记一百八人之事，……何用知其天下无道？曰："王进去而高俅来矣。"

……何用见王进之庶几为圣人之民？曰：不坠父业，善养母志，犹其可见者也。更有其不可见者，如点名不到，不见其首也；一去延安，不见其尾也。无首无尾者，其犹神龙欤？

不见其首者，示人乱世不应出头也；不见其尾者，示人乱世决无收场也。

一部书七十回一百八人，以天罡第一星宋江为主，而先做强盗者，乃是地煞第一星朱武，虽作者笔力纵横之妙，然亦以见其逆天而行也。

次出跳涧虎陈达、白花蛇杨春，盖隐括一部书七十回一百八人为虎为蛇，皆非好相识也。何以知其为是隐括一部书七十回一百八人？曰：楔子所以楔出一部，而天师化现，恰有一虎一蛇，故知陈达、杨春，是一百八人之总号也。

这里，金圣叹说明七十回的起承转合。

先说起。第一回先写"东京开封底汴梁宣武军便有一个浮浪破落户子弟,(金批:"开书第一样脚色,作书者盖深著破国亡家,结怨连祸之皆由是辈始也。")姓高,排行第二,自小不成家业,只好剌枪使棒,最是踢得好脚气毬……都叫他做高毬。后来发迹,……便改作姓高,名俅……"后来投到驸马王晋卿府里做个亲随。驸马派他去端王府里送礼品,碰上端王由小黄门伴着在踢气球,这个气球滚到高俅身边,高俅使个鸳鸯拐踢还端王,端王见了大喜,就把他留作亲随。哲宗皇帝晏驾,册立端王为天子,立帝号曰徽宗。抬举高俅做到殿帅府太尉职事。高俅得做太尉,去殿帅府到任。开报花名,高殿帅一一点过,于内只欠一名八十万禁军教头王进,有病状在官。高俅知道是都军教头王升的儿子,高俅曾学使棒,被王升一棒打翻,三四个月将息不起,因此要报私仇,把王进叫来,喝令"加力与我打这厮!"众名衙将与军正司同告道:"今日是太尉上任好日头,权免此人这一次。"高太尉喝道:"你这贼配军!且看众将之面,饶恕你今日,明日却和你理会!"王进谢罪回去,与母亲商量,第二天五更,扶娘上马,挑着担儿,出了西华门,取路往延安府投奔老种经略相公去了。

金批指出这个开头是"乱自上作",是"高俅来而王进去矣","王进去而一百八人来矣"。这个开头是很有意义的。《水浒传》写一百八人大都是被逼上梁山,但王进不上山,却去投奔边廷效力,与一百八人不同,后来又没有下落,所以称为"神龙"。这个王进，正好与被迫上梁山的一百八人做对照。

再看承接。王进母子二人，在路一月有余，一天错过宿店，到史家庄上借宿。史太公殷勤款待，备了酒肉饭菜，请他们饱餐后歇息。次日，太公的儿子史进在使棒，王进看了失口道："这棒也使得好了，只有破绽，赢不得真好汉。"史进不服，要和他比。王进不得已，用棒把史进的棒只一缴，史进的棒便丢在一边，扑地往后倒了。史进便拜王进为师，过了半年多，史进十八般武艺都学得精熟。王进母子辞了太公和史进，向延安去了。接着，史太公去世了。史家附近的少华山上，来了一伙强人，为头的叫神机军师朱武，第二个叫跳涧虎陈达，第三个叫白花蛇杨春，手下聚集着五七百喽啰，打家劫舍。华阴县里禁他不得，出三千贯赏钱，召人拿他。史进因此召集史家村庄户，约定有事时，我庄上打起梆子，你众人可各执枪棒前来救应。少华山上头领陈达，点了一百四五十喽啰，要来打史家庄。陈达与史进交战，被史进抓住。朱武、杨春用苦肉计，向史进跪求，请史进把他们二人连同陈达一起送县请赏。史进看到他们义气，把陈达放了，和他们结成朋友。他们交往的书信失落了，在中秋节，史进请三位头领来庄上聚宴时，华阴县里派兵围住史家庄，要捉拿三个头领。史进放火烧了庄院，带领三个头领和庄客冲出去，到了少华山上。史进不肯落草，要去寻师父王进讨个出身，到了渭州，找到了小种经略相公府，碰到了提辖鲁达。这个承接，说明王进去而一百八人来了。少华山的三个头领，就是一百八人中的三个。史进不肯落草，说："我是个清白好汉，如何肯把父母遗体来玷污了！"在承接中，已经写到三位首领被逼上山，史进虽然不肯上山，也被逼流亡，在向这条路上走去。

再看转折，从史进在渭州认识鲁达，接着写《鲁提辖拳打镇关西》，鲁达打死了郑屠，被逼去五台山出家。又到开封府大相国寺去管菜园，结识了林冲，因去野猪林里救了林冲，被迫离开大相国寺，终于上山。再像林冲被高太尉陷害，终于被逼落草。在转折里，写出了一百八人中多数好汉的被逼上梁山。

再看合，即结束，如容与堂刻本第七十一回《忠义堂石碣受天文，梁山泊英雄排座次》。这回写石碣上写明天罡星三十六名，地煞星是七十二名，是《水浒传》的告一段落，并不是全书一百回本的结束。金批这样来讲起承转合，来确定七十回本的结构，还是可以的。

金圣叹批七十回本的起承转合，有他加出来的看法，与原书不同。如他说："三十六座天罡，七十二座地煞，却倒是三座地煞先做强盗，显见逆天而行。"这里指朱武、陈达、杨春三位头领属于地煞星。按先写三位地煞星，后写天罡星，这里并没有"逆天而行"的意思，只是先后不同，并无顺逆之意。这是金批加出来的，并非原书的用意。又说晁盖盖住宋江也不确，晁盖只是先上梁山，到宋江上梁山后，大权就落到宋江手里了，晁盖并不能盖住宋江。又说"临了收到'天下太平'四字作结"，这和楔子有关。楔子说：

神宗在位一十八年，传位与太子哲宗。那时天下太平，（金批："一部大书数十万言，却以'天下太平'四字起，'天下太平'四字止，妙绝。"）四方无事。

第七十回《梁山泊英雄惊噩梦》，写卢俊义做了一个噩梦，"梦见一人，其身甚长，手挽宝弓，自称：'我是嵇康，（金批："影张叔夜字，妙。"按张叔夜字嵇仲。）要与大宋皇帝收捕贼人。'卢俊义与战，被捕。宋江等一百七人见卢俊义被捉，都绑缚来投降，想救卢俊义。壁衣里蜂拥出行刑刽子二百一十六人，两个伏侍一个，将宋江、卢俊义等一百单八个好汉，在于堂下草里，一齐处斩！卢俊义梦中吓得魂不附体，微微闪开眼，看堂上时，却有一个牌额，大书'天下太平'四个青字。"

这就是按照金圣叹的用意，来安排楔子的起和第七十回的结，使起结互相呼应。认为一百八人没有起来时是"天下太平"的，到一百八人被杀后又是"天下太平"的，来宣扬他的要杀尽梁山泊起义农民军的反动思想。这是本于他的用意来安排的一种起结。这个噩梦是金圣叹加上去的，他把七十回以后的文字腰斩了，因此这个起结是金圣叹安排的七十回本加楔子的起结，也不是原书所有，原书从楔子到第七十回的告一段落，也可以分做起承转合，但没有像金批加出来的意思。

列传式的结合

金圣叹《读第五才子书法》：

《水浒传》一个人出来，分明便是一篇列传。至于中间事迹，又逐段逐段自成文字，亦有两三卷成一篇者……

《水浒传》的一种结构，以人为主，写成若干篇列传式的人物。如第二回《鲁提辖拳打镇关西》，第三回《赵员外重修文殊院，鲁智深大闹五台山》，第四回《小霸王醉入销金帐，花和尚大闹桃花村》，第五回《鲁智深火烧瓦官寺》，第六回《花和尚倒拔垂杨柳》，第七回《鲁智深大闹野猪林》，第十六回《花和尚单打二龙山》，这几回都是讲鲁智深的。再像第六回《豹子头误入白虎堂》，第七回《林教头刺配沧州道》，第八回《林冲棒打洪教头》，第九回《林教头风雪山神庙》，第十回《林冲雪夜上梁山》，第十一回《梁山泊林冲落草》，第十八回《林冲水寨大并火》，以上这几回都是讲林冲的。第十七回《宋公明私放晁天王》，第二十回《虔婆醉打唐牛儿，宋江怒杀阎婆惜》，第二十一回《阎婆大闹郓城县，朱仝义释宋公明》，第三十一回《锦毛虎义释宋江》，第三十二回《宋江夜看小鳌山》，第三十五回《揭阳岭宋江逢李俊》，第三十六回《没遮拦追赶及时雨，船火儿大闹浔阳江》，第三十七回《及时雨会神行太保》，第三十八回《浔阳楼宋江吟反诗》，第四十回《宋江智取无为军》，第四十一回《还道村受三卷天书，宋公明遇九天玄女》，第四十六回《宋公明一打祝家庄》，第四十七回《宋公明两打祝家庄》，第四十九回《宋公明三打祝家庄》，第五十六回《宋江大破连环马》，第五十八回《宋江闹西岳华山》，第六十二回《宋江兵打大名城》，第六十三回《宋公明雪天擒索超》，第六十六回《宋江赏马步三军》，第六十七回《宋公明夜打曾头市》，第六十八回《宋公明义释双枪将》，第六十九回《宋公明弃粮擒壮士》，以上是讲宋江的。又如第二十二回《景阳冈武松打虎》，第二十五回《供人头武二设祭》，第二十六回《武都头十字坡遇张青》，第二十七回《武松威镇安平寨》，第二十八回《武松醉打蒋门神》，第二十九回《武松大闹飞云浦》，第三十回《张都监血溅鸳鸯楼，武行者夜走蜈蚣岭》，第三十一回《武行者醉打孔亮》，以上是讲武松的。

类似这样的安排，其实与列传相似而不同。所谓相似，有几回是前后连贯的，都讲一个人，像列传；但有几回是中间讲别的人别的事，跳过几回再讲那个人的事，就不像列传了。就是几回连续讲一个人的事,也有与别人的事交错着讲的,所以和列传不全相同。不过集中几回以某一个人为主来写,接着又集中几回换一个人来写,即使有别的人和事交错着写,这几回还是以某个人为主,这就成了《水浒传》的一种结构。

红楼梦

《红楼梦》的结构只就曹雪芹的八十回说,不包括高鹗续的四十回,因高鹗续的四十回与曹雪芹的《红楼梦》用意不同,不好一起讲。看《红楼梦》的结构,就要探讨《红楼梦》开头和结尾的呼应问题。有位高阳先生著《曹雪芹对〈红楼梦〉的最后构想》(见刘世德编《中国古代小说研究——台湾香港论文选辑》,上海古籍出版社),推求曹雪芹构想的结尾,可以用来说明曹雪芹《红楼梦》的开头和结尾的呼应。

预告中开头和结尾部分相应

高阳先生把《红楼梦》第五回《贾宝玉神游太虚境,警幻仙曲演红楼梦》中的"金陵十二钗正册"和"新制《红楼梦曲》十二支",作为全书最后构想的预告,认为全书的最后构想在正册和《红楼梦曲》里已经点明了。现在就把预告归到全书的开头部分,把预告中点明的最后构想归到结尾部分,这就形成开头部分和结尾部分相呼应。以下就对高阳先生的文章作简约说明。

"金陵十二钗正册",黛玉、宝钗合一幅,《红楼梦曲》第一支《终身误》兼写黛玉、宝钗,第二支《枉凝眉》也是如此,为什么?看《终身误》:"空对着山中高士晶莹雪,终不忘世外仙姝寂寞林。叹人间美中不足今方信,纵然是齐眉举案,到底意难平!"如果"宝姐姐"变成了"宝二奶奶",那么日侍妆台,眼皮儿供养,心坎儿温存,还有什么"空对"之可叹?下面"齐眉举案",非指宝钗而指湘云。《乐中悲》(指湘云)一曲中,有"厮配得才貌仙郎,博得个地久天长"的话,可以证明宝玉、湘云夫妇,感情极好,否则"云散高唐,水涸湘江",就不称其为《乐中悲》了。在《枉凝眉》中,说得更明白:"一个枉自嗟呀,一个空劳牵挂;一个是水中月,一个是镜中花",连着这四个"一个",明指黛玉、宝钗在宝玉都是"镜花""水月"。"金陵十二钗正册",先写宝钗的"可叹停机德",接写黛玉的"谁怜咏絮才"。一德一才相对。在《终身误》《枉凝眉》里,把宝钗比作"山中高士晶莹雪""美玉无瑕",拟之为高士、白雪、美玉,可见其志行的高尚,人格的完美。在人人"都道金玉良缘",宝钗却从未重视过这一点。第二十八回说:"宝钗因往日母亲对王夫人曾提过,金锁是个和尚给的,等日后有玉的,方可

353

结为婚姻等语，所以总远着宝玉。昨日见元春所赐的东西独她与宝玉一样，心里越发没意思起来。"在前八十回中，曹雪芹写钗、黛之间是有极深友谊的，第四十二回宝钗劝黛玉少看"杂书"，黛玉"心下暗服"；第四十五回宝钗探病，黛玉表示"竟大感激你"，正表现宝钗以德服人的力量。曹雪芹在正册上先写"德""才"，是钗前黛后，接写"玉带林中挂，金钗雪里埋"，即黛前钗后。在《终身误》《枉凝眉》里，也都力求对称，无所偏颇。

金陵十二钗中，依"册""曲"来看，其他人物的结局，构想比现在后四十回中所写的，要完备得多。如元春的托梦（《恨无常》写元春，有"故向爹娘梦里相寻告：儿命已入黄泉，天伦呵，须要退步抽身早。"）；迎春嫁后一年，被虐待致死（正册写迎春，"金闺花柳质，一载赴黄粱。"）；贾兰做了武官（《晚韶华》写贾兰"气昂昂头戴簪缨，光灿灿胸悬金印。"）。其全然不同者，一是湘云，嫁宝玉后不久即死；一是凤姐的下场，那就是"一从二令三人木"之谜，是概括贾琏、凤姐夫妇关系的三个阶段：一从——出嫁"从"夫。二令——阃"令"森严。三休——"休"回娘家。第一阶段出嫁"从"夫，以彼时的伦理观念，理所当然；第二阶段，阃"令"森严，贾琏处处受凤姐的压制，前八十回中已写得淋漓尽致；第三阶段，凤姐被"休"回娘家，是曹雪芹在后四十回中的构想。这个构想好极了，完全符合小说的要求。所谓"哭向金陵事'更'哀"，说哭着被休回娘家,其事比死更为可哀。这个"更"字,用得好极。凤姐的"册子"中,是"一片冰山,山上有一只雌凤",凤姐的冰山,一是贾母,二是王子腾。贾母寿终,王子腾病死"十里屯",就是凤姐的冰山倒了。贾琏久受压制,出于报复心理,休了凤姐,即可接收凤姐的财产。砸碎了醋罐子,才可以畅所欲为。

高阳先生这个《构想》还有可以商量的地方:《终身误》:"空对着山中高士晶莹雪,终不忘世外仙姝寂寞林。"可以解作对着宝钗,不忘黛玉,所以成为"空对"了。"纵然是齐眉举案,到底意难平。"可解作纵然与宝钗结婚,还在想念黛玉而意难平。把"齐眉举案"说成与湘云结婚,在《乐中悲》里看不出来。《乐中悲》:"厮配得才貌仙郎,博得个地久天长,准折得幼年时坎坷形状。终久是云散高唐,水涸湘江。"说明湘云婚后过了一段美满生活后才死。结合第三十一回《因麒麟伏白首双星》,麒麟即指湘云的金麒麟,称"白首双星",又似与早死不同。《枉凝眉》:"一个是阆苑仙葩,一个是美玉无瑕。""一个枉自嗟呀,一个空劳牵挂。一个是水中月,一个是镜中花。"这里的"一个"指黛玉,"一个"指宝玉,没有宝钗在内。即使这样,但曹雪芹对结尾部分的安排,还是要跟预告一致。这跟后四十回的写法是不同的,这样的前后呼应,成为《红楼梦》的结构。

风尘怀闺秀的大段落

《脂砚斋重评石头记》的《凡例》：

但书中所记何事，又因何而撰是书哉？自云今风尘碌碌，一事无成。忽念及当日所有之女子，一一细推了去，觉其行止见识，皆出于我之上，何堂堂之须眉，诚不若彼一干裙钗，实愧则有余、悔则无益之大无可奈何之日也。当此时，则自欲将已往所赖上赖天恩，下承祖德，锦衣纨绔之时，饫甘餍美之日，背父母教育之恩，负师兄规训之德，以致今日一事无成，半生潦倒之罪，编述一记，以告普天下人。虽我之罪，固不能免；然闺阁中本自历历有人，万不可因我不肖，则一并使其泯灭也。……开卷即云"风尘怀闺秀"，则知作者本意原为记述当日闺友闺情，并非怨世骂时之书矣。

这段话，说明《红楼梦》写的是"风尘"和"怀闺秀"，"风尘"指从"锦衣纨绔"到"半生潦倒"的生活，即大家族由盛到衰落；"怀闺秀"即记述当日闺友闺情。这两者又交织在一起。《红楼梦》即根据大家族的由盛到衰结合着闺友闺情来做结构。从大家族的由盛到衰，是不是可以分为三大段：一段盛，一段由盛到衰，一段衰。这三阶段只是就总的倾向说的，其中像盛时已有衰兆，由盛到衰时其中更是有盛有衰，衰时也未全衰，只是就总的倾向说，有这三阶段罢了。从开头第一回《甄士隐梦幻识通灵》到第二十四回《醉金刚轻财尚义侠》，属于盛时；从第二十五回《魇魔法叔嫂逢五鬼》到第五十八回《杏子阴假凤泣虚凰》，写大家庭的内部矛盾斗争，造成由盛转衰；从第五十九回《柳叶渚边嗔莺叱燕》到第八十回《美香菱屈受贪夫棒》，写大家庭内部的多事之秋，造成衰败。盛时突出的标志，有秦可卿死后的大出丧，元妃的归省等；由盛到衰的突出的标志，有叔嫂的逢五鬼，黛玉的泣残红，宝玉的被毒打等；衰败的标志，有贾敬的死金丹，红楼二尤的悲剧，贾府自己的抄检大观园，晴雯之死，直到《红楼梦》的最后构想。在每一段中各有波澜起伏，盛时已伏衰兆，如大出丧时有凤姐的弄权，害死二人，有秦钟的去世等；在由盛到衰时，有盛有衰，如黛玉的魁夺菊花诗，荣国府的元宵夜宴，探春的兴利除弊，显出还未到衰；在衰败时也有未全衰的，如黛玉的重建桃花社，老学士的闲征姽婳词。却在每一阶段都有波澜起伏，这三阶段只是大体上的划分。

结构层次

《增评补图石头记》卷首引护花主人总评：

《石头记》一百二十回分作二十一段看，方知结构层次。第一回为一段，说作书之缘起，如制艺之起讲，传奇之楔子。第二回为二段，叙宁、荣二府家世及林、甄、王、史各亲戚，如制艺中之起股，点清题目眉目，才可发挥意义。三、四回为三段，叙宝钗、黛玉与宝玉聚会之因由。五回为四段，是一部《石头记》之纲领（即指"金陵十二钗正副册"和《红楼梦曲》）。六回至十六回为五段，结秦氏诲淫丧身之公案，叙熙凤作威造孽之开端。按第六回刘姥姥一进荣国府后，应即叙荣府情节，乃转详于宁而略于荣者，缘贾府之败，造衅开端，实起于宁，秦氏为宁府淫乱之魁。熙凤虽在荣府，而弄权实始于宁府，将来荣府之获罪，皆其所致，所以首先细叙。十七回至二十四回为六段，叙元妃沐恩省亲，宝玉姐妹等移住大观园，为荣府正盛之时。

二十五回至三十二回为七段，是宝玉第一次受魇几死，虽遇双真持诵通灵，而色孽情迷，惹出无限是非。三十三回至三十八回为八段，是宝玉第二次受责几死，虽有严父痛责，而痴情益甚，又值贾政出差，更无拘束。三十九回至四十四回为九段，叙刘姥姥、王凤姐得贾母欢心。四十五回至五十二回为十段，于诗酒赏心时，忽叙秋窗风雨，积雪冰寒。又于情深情滥中，忽写无情绝情，变幻不测，隐寓泰极必否、盛极必衰之意。五十三回至五十六回为十一段，叙宁、荣二府祭祠家宴，探春整顿大观园，气象一新，是极盛之时。五十七回至六十三上半回为第十二段，写园中人多，又生出许多唇舌事件，所谓兴一利即有一弊也。六十三下半回至六十九回为第十三段，叙贾敬物故，贾琏纵欲，凤姐阴毒，了结尤二姐、尤三姐公案。七十回至七十八回为第十四段，叙大观园中风波叠起，贾氏宗祠先灵悲叹，宁、荣二府将衰之兆。

七十九回至八十五回为第十五段，叙薛蟠悔娶、迎春误嫁，一嫁一娶均受其殃，及宝玉再入家塾，贾环又结仇怨，伏后文中举、串卖等事。八十六回至九十三回为第十六段，写薛家悍妇、贾府匪人，俱召败家之祸。九十四回至九十八回为第十七段，写花妖异兆，通灵走失，元妃薨逝，黛玉夭亡，为荣府气运将终之象。九十九回至一百三回为第十八段，叙大观园离散一空，贾存周官箴败坏，并了结夏金桂公案。一百四回至一百十二回为第十九段，写宁、荣二府一败涂地，不可收拾及妙玉结局。一百十三回至一百十九回为第二十段，了结凤姐、宝玉、惜春、巧姐诸人及宁、荣二府事。一百二十回为第二十一段，总结《石头记》因缘始末。此一部书中之大段落也。至于各大段中，尚有小段落，或夹叙别事，或补叙旧事，或埋伏后文，或照应前文，祸福倚伏，吉凶互兆，错综变化，如线穿珠，如珠走盘，不板不乱，总评中不能胪列，均于各回中逐细批明。

这是讲一百二十回本《红楼梦》较细的结构层次，对《红楼梦》的结构讲得较详，可供参考。但其中的分段和说明，有好的，如以第五回为"一部《石头记》之纲领"，很确切。如说"贾府之败，造衅开端实起于宁"，也很确切。但也有分得过细，说得不确切的。如说第一回如楔子，按第一回的贾雨村，关联到第四回的《葫芦僧判断葫芦案》，这个案子是贾雨村判的，那么第一回写的贾雨村就不像楔子了。再像说"探春整顿大观园是极盛之时"，按探春的兴利除弊是使贾府将衰复振，实已露衰象，不是"极盛之时"了。但这样讲结构层次，对于全书结构层次的探讨，还是可供参考的。

儒林外史

《儒林外史》的结构比较特殊,鲁迅《中国小说史略》第二十三篇《清之讽刺小说》:

> 惟全书无主干,仅驱使各种人物,行列而来,事与其来俱起,亦与其去俱讫,虽云长篇,颇同短制;但如集诸碎锦,合为帖子,虽非巨幅,而时见珍异,因亦娱心,使人刮目矣。

这里指出《儒林外史》的结构有"连环短篇"的特点。《儒林外史》的开头与结尾,又有楔子与尾声相呼应的特点。

楔子与尾声相应

《儒林外史》第一回《说楔子敷陈大义,借名流隐括全文》。作者吴敬梓称第一回为"楔子",第一回里讲王冕的故事,他称王冕是"名流",是"借"他来隐括全文的。称"借"说明这位名流不属于《儒林外史》中的人物,只是借来隐括全书的用意的。换言之,用王冕来跟全书正文中的人物作映衬,通过映衬来显示全书所表达的用意。楔子用《蝶恋花》词开头:

人生南北多歧路,将相神仙,也要凡人做。百代兴亡朝复暮,江风吹倒前朝树。功名富贵无凭据,费尽心情,总把流光误。(齐省堂本评:"全书主脑。")浊酒三杯沉醉去,水流花谢知何处。

这一首词,也是个老生常谈,不过说人生富贵功名是身外之物,但世人一见了功名,便舍著性命去求他,及至到手之后,味同嚼蜡。(天目山樵二评:"无论到手不到手,口里说说也香。到味同嚼蜡时,已是醒过来了,能有几人?否则恐甘蔗渣儿尚要嚼了又嚼也。")自古及今,哪一个是看得破的!

虽然如此说,元朝末年,也曾出了一个嵚崎磊落的人。这人姓王名冕,在诸暨县乡村里住。……究竟王冕何曾做过一日官?(齐省堂本评:"不背母训〔母临终教他不要做官〕,真是高人。")所以表白一番。这不过是个楔子,下面还有正文。

卧闲草堂本总评:"元人杂剧开卷率有楔子。楔子者,借他事以引起所记之事也。然与本事毫不相涉,则是庸手俗笔,随意填凑,何以见笔墨之妙乎?作者以史汉才作为稗官,观楔子一卷,全书之血脉经络无不贯穿玲珑,真是不肯浪费笔墨。'功名富贵'四字是全书第一着眼处,故开口即叫破,却只轻轻点逗，以后千变万化，无非从此四个字现出地狱变相。可谓一茎草化丈六金身。"

《儒林外史》讽刺那时的儒林中人追求功名富贵，把文行出处都抛荒了。又讽刺科举制度考八股文的弊害，所以借王冕的反对追求功名富贵，反对考八股文的科举制度，用作全书正文中人物的对照，起到全书突出主脑的作用。

再看全书结尾第五十五回《添四客述往思来，弹一曲高山流水》：

话说万历二十三年（公元1595年），那南京的名士都已渐渐销磨尽了。……哪知市井中间，又出了几个奇人。一个是会写字的。这人姓季，名遐年，自小儿无家无业，总在这些寺院里安身。……每日写了字，得了人家的笔资，自家吃了饭，剩下的钱就不要了，随便不相识的穷人，就送了他。……又一个是卖火纸筒子的。这人姓王，名太，……他自小儿最喜下围棋。……那一日，妙意庵做会。……三四个大老官簇拥着两个人在那里下棋。……王太就挨着身子上前去偷看。……主人道："你是何等之人，好同马先生下棋！"……王太也不推辞，摆起子来，就请那姓马的动着。……那姓马的同他下了几着，觉得他出手不同。下了半盘，站起身来道："我这棋输了半子了。"……一个是开茶馆的。这个姓盖，名宽，……

每日坐在书房里作诗看书,又喜欢画几笔画。后来画的画好,也就有许多作诗画的来同他往来。……一个是做裁缝的。这人姓荆,名元,五十多岁,在三山街开着一个裁缝铺。每日替人家做了生活,余下来工夫就弹琴写字,也极喜欢作诗。……他道:"……至于我们这个贱行,是祖父遗留下来的。难道读书识字,做了裁缝就玷污了不成?……而今每日寻得六七分银子,吃饱了饭,要弹琴,要写字,诸事都由得我,又不贪图人的富贵,又不伺候人的颜色,天不收,地不管,倒不快活?"……于老者替荆元把琴安放在石凳上。荆元席地坐下,于老者也坐在旁边。荆元慢慢的和了弦,弹起来,铿铿锵锵,声振林木,那些鸟雀闻之,都栖息枝间窃听。弹了一会,忽作变徵之音,凄清宛转。于老者听到深微之处,不觉凄然泪下。(天目山樵二评:"此作者自评其书,所谓'曲终人不见,江上数峰青。'其下直接《沁园春》一词,余韵绕梁。伧父乃搀入'幽榜'一回,真如狗尾。")

次回引《沁园春》词曰:

记得当时,我爱秦淮,偶离故乡。向梅根冶后,几番啸傲,杏花村里,几度徜徉。凤止高梧,虫吟小榭,也共时人较短长。今已矣!把衣冠蝉蜕,濯足沧浪。无聊且酌霞觞,唤几个新知醉一场。共百年易过,底须愁闷?千秋事大,也费商量。

江左烟霞，淮南耆旧，写入残编总断肠！从今后，伴药炉经卷，自礼空王。

开头的楔子，点明全书的主旨，这里的结尾，做了全书的总结。楔子以《蝶恋花》词开篇，点明"功名富贵无凭据"；结尾用《沁园春》词收束，归结到"江左烟霞，淮南耆旧，写入残编总断肠"，作为结束。开头的楔子写王冕，称为"一个嵚崎磊落的人"，即不同于儒林中追求功名富贵的人，是奇人。结尾称"出了几个奇人"，也不同于儒林中追求功名富贵的人，是奇人。王冕靠画画作诗来过活，结尾的四个奇人也各靠一种技能过活，前后呼应。这个楔子和结尾中所写的王冕和四个奇人，和正文中所写的追求功名富贵的儒林中人构成映衬，衬出前者的品格高尚，后者的品格卑污，跟全书的思想密切相关。

连环短篇

《儒林外史》正文的结构，上引鲁迅指出："虽云长篇，颇同短制。"吴组缃先生《儒林外史的思想与艺术》称：

> 每回以一个或多个人物作为中心，而以许多次要人物构成一个社会环境，……总是在这一回为主要人物，到另一回即退居次要地位，而以另一人居于主要；如此传递、转换，

各有中心，各有起讫；而各个以某一人物为中心的生活片段，又互相勾连着，在空间上、时间上连续推进；多少的社会生活面和人物活动面，好像后浪逐前浪，一一展开，彼此连贯，成为巨幅的画面。……若要将它取个名目，可以叫作"连环短篇"。(《人民文学》1954年8月号)

《儒林外史》第二回以周进为主，写山东汶上县薛家集办学堂，请周做老师。混了一年，不知道奉承夏总甲，失了馆。跟着姊丈金有余到省城去做买卖，当个记账的，有一次进贡院看见两块号板，一头撞在号板上，哭得死去活来。第三回开头写商人们出资帮他捐个监生，科场连捷，做到广东学道。第三回以范进为主，写童生范进考了二十余次没有考中秀才。周进学道来主考，对范进的文章看了三遍才能赏识，取了第一名。范进要到省城去考举人，向丈人胡屠户借旅费，被胡屠户骂得狗血喷头。去省城考了回来，家里已饿了两三天。母亲叫他拿母鸡到集上去卖。接着报录人来报范进高中。范进得知后，高兴得发疯，胡屠户打了他一巴掌，才使他吐出了痰清醒过来。有人来送银送屋。他母亲欢喜得痰涌而死。第四回以乡绅张静斋为主，写张静斋劝范进同到高要县去向汤知县打秋风。当时禁宰耕牛，教亲的一位老师夫，送了五十斤牛肉给汤知县，请求宽放。张静斋教汤知县重责老师夫三十板，戴上大枷，把五十斤牛肉堆在枷上，在县前示众。第二天，牛肉生蛆，第三天，老师夫死了。众回子聚合数百人，闹到县衙门，要把张静斋揪出来打死。汤知县把张、范两人用绳子在城上系了出去，逃回省城。第五回以严监生为主，监生的妻子王氏病重，生子的妾赵氏求以身代王氏的病，王氏说："若我死了，请爷把你扶正做个填房。"监生就请舅爷王德、王仁来，拿出二百两银子分予二位。二位舅爷在姊姊王氏没有断气前，就请诸亲六眷来立赵氏为正室，王氏才断气。王氏死后，监生怀念王氏致病，断气前因灯盏里点了两根灯草，不能断气。直到赵氏挑去一根才断气。第六回以严贡生为主，写严监生的兄严贡生，去省城替二儿子完婚后，雇了两只大船回高要县。在路上，以云片糕当药，故意让掌舵驾长拿去吃了，说这糕用极名贵的药材配制的，要送驾长到县衙门去办罪。这样，就把雇两只大船的十二两银子赖掉了。严贡生到了家，又想抢夺兄弟的遗产，官司从县里打到京城都没有得逞。

《儒林外史》的结构称为"连环短篇"，就这样像第二回主要写周进，第三回主要写范进，第四回主要写张静斋，第五回主要写严监生，第六回主要写严贡生，这样一个人一个人的故事写下去，每一个人的故事好像是一个短篇，一个个短篇衔接起来成为长篇巨制。为什么称"连环"呢？一个个故事又像连环那样，一环套着一环。像第二回讲周进的故事，但第二回没有讲完，到第三回写他做了学道，在高要县选拔范进做秀才,这样,他的故事就跟第三回主要写范进的故事套上了。范进的故事在第三回没有写完,到第四回写张静斋邀范进一起到高要县打秋风,这样,范进的故事又跟第四回主要写张静斋的故事套上了。张静斋的故事在第四回没有写完,到第五回写众回子闹事,汤知县设法让他逃走,这样,第五回主要写严监生的,把张静斋的故事在第五回里套上了。不仅这样,第六回主要是写严贡生的事,但在第四、第五、第七回里都提到过他,所以这个连环,不仅是一环套一环,还要更复杂,成为一个故事跟几个故事的互相联络的巨制了。

段落和线索的贯串

《儒林外史》共五十六回,主体部分共五十三回,大致可分为四大段落,用一条思想线索来贯串着。

从第二回到第二十回是第一大段落,主要写举业途中的三种人:一种是周进、范进、匡超人。他们在没有考上秀才时寒酸屈辱,有的为人淳朴,但到科举得意时就一反常态,甚至忘恩负义,说明科举制度对人性的毒害。一种是像王惠、严贡生等。严贡生凭借贡生这点功名,欺压乡里,还要霸占其弟严监生的遗产。王惠任南昌知府,碰上宸濠造反,就投降宸濠,没有操守。一种如娄家的二位公子,"因科名蹭蹬",想做广交名士的贤公子,接待了欺世盗名的杨执中,言高行卑的权勿用，冒充侠客来骗钱的张铁臂。这一大段，以科举制度的弊害作线索，把这些人物贯穿起来。如周进的撞号板，哭得死去活来；范进的寒酸，受胡屠户的辱骂，都是科举制度的弊害造成的。范进中了举人，到汤知县衙门去打秋风，也是当时科举官场中的虚伪造成的。匡超人科举得意，人变坏了，也是科举制度的毒害造成的。严贡生的作恶欺人，是科举中取得贡生的头衔造成的。王惠的投降宸濠，是科举制度教人追求功名富贵不讲节操的结果。娄家二位公子想当贤公子，是科举失意造成的。这一切，都用科举的弊害这一条线索贯串起来了。

从第十七回到第三十回是第二大段落，第一、第二段的划分有交错，即第一段把匡超人划进去，说明他在科举得意后的变坏。第二段又把匡超人划进去，说明他跟无聊的名士结交。像匡超人到了杭州，碰见景兰江、赵雪斋、支剑峰、浦墨卿等作诗的名士。匡超人看名士作的诗，"且夫""尝谓"都写在诗内，其余也就是文章批语上采下来的字眼，拿自己的诗比比，也不见得不如他们。这样就写出名士作诗的庸俗。再像牛浦郎，偷了牛布衣的两卷诗稿，就冒充牛布衣与官府中人交往，结识了安东县的董知县，又以知县的相与娶了妻子，这是无耻的假名士。

又写戏子鲍文卿，在按察司手下服役，他听说按察司要参劾安东县向知县，便跪下求情，说二十多年前就唱向知县做的曲子，这个大才子经过二十多年才做得一个知县，求大老爷免了他的参处。按察司真的不参处了，写了一封信，把鲍文卿送给向知县。向知县非常感激他。鲍文卿全无德色，完全按照当时的礼节，非常谦恭地替向知县服役，说明戏子中反而有诚朴的人。又写聚集在南京的名士杜慎卿、季苇萧、辛东之、金寓刘等，"高会莫愁湖"，品评女伶，显得无聊。

这第二大段以名士的庸俗无聊甚至卑劣作线索来贯串这些人。牛浦郎在夜里借庙宇的灯光来念诗本是不错的，可是当他偷盗牛布衣留在庙里的诗卷，看见牛布衣写了不少投赠达官贵人的诗，就冒充牛布衣跟官场中人交往，变得卑劣无耻。写莫愁湖大会的名士，也用庸俗无聊做线索串连起来。又写了一个戏子鲍文卿的诚朴来做映衬，就把这些名士的面目衬出来了。

从第三十一回到第四十三回是第三大段落。写正面人物杜少卿，仗义疏财，散尽了家产，到南京去，携着妻子的手游清凉山，有藐视当时风俗的含意。写迟衡山、虞育德、庄绍光等的制礼作乐，修泰伯祠，行祭祠大典，想补当时政教的不足，但所修的祠宇后来零落了，徒然供人凭吊，说明儒者提出制礼作乐的理想的落空。再像萧云仙拓边平乱，兴修水利，开垦荒田，兴办学校，受百姓拥戴，却落得个降职罢官，说明建功立业也不免落空。写沈琼枝不愿给盐商做妾，逃到南京，想卖文为活，不为当时人所理解，被官府押解回乡。在这一大段落里，用正面人物的理想、作为不免落空做线索，来贯串这些人物，说明在那个封建社会里一切都没有希望。

从第四十四回到第五十四回是第四大段落。写汤镇台的侄子汤六，不称汤镇台为叔父，却叫"老爷"，不称汤镇台的两个儿子为兄弟，却叫"大爷""二爷"，讥讽了汤六的谄媚。写五河县发了彭家，中了几个进士，选了两个翰林；又发了一个徽州迁来的方家，以开典当行盐起家，成了大富。一时五河县有两种人：一种是"非方不亲，非彭不友"，要和方家结亲，贪图财礼；要和彭家结交，趋慕权势。一种是"非方不心，非彭不曰"，心里只想和方家结亲，遭到方家拒绝，嘴里就说和彭家结交，说说也可以吓唬人，这是讥讽五河县风俗，只知趋炎附势，贪图财礼。此外，又有趋炎附势忘了祖宗的虞、余两家；有"中了举人，便丢了天属之亲"，叔侄之间称同年同门的唐二棒槌；有迷信礼教，鼓励女儿殉夫的人。这一大段落是揭露风俗的腐败与礼教的吃人。风俗的腐败表现在依附权势，礼教吃人如劝女儿殉节，希图得到旌表，这又是依附权势的另一种表现。揭露这种腐败残暴现象，就成为贯串这一大段落的线索。

这四大段落的划分和各个线索的贯串，跟全书的思想倾向性都有关联。有揭露科举制度和追求功名富贵的弊害的；有揭露名士的庸俗无聊，行为卑下的；有揭露政教的败坏，无可救药，无可作为的；有揭露风俗的败坏、礼教的吃人的。这是结构与作品的思想倾向、人物刻画都有关的。

聊斋志异

《聊斋志异》的结构，跟鲁迅《中国小说史略》第二十二篇说的有关：

> 明末志怪群书，大抵简略，又多荒怪，诞而不情，《聊斋志异》独于详尽之外，示以平常，使花妖狐魅，多具人情，和易可亲，忘为异类，而又偶见鹘突，知复非人。

这段话，说明《聊斋志异》的结构，一点是故事比较完整，即详尽，一点是偶见鹘突。

开头结尾与点题

《聊斋志异》每篇的篇幅不长，但它又和现代的短篇小说只截取生活中的一个片段有些不同，往往写一个人的较长的经历。它有些像司马迁的传记。传记一开头就写传主，结尾又跟开头相呼应，结尾后再加上"太史公曰"，对这个传主有所论述。《聊斋志异》也这样写，一开头就写小说中的主人，结尾也相呼应，最后来个"异史氏曰"，对全篇发议论，这里称为点题。试举《翩翩》为例。《翩翩》的女主人公是翩翩，男主人公是罗子浮。这篇以男主人公开头：

罗子浮，邠人。父母俱早世。八九岁，依叔大业。业为国子左厢，富有金缯而无子，爱子浮若己出。十四岁，为匪人诱去作狭邪游。

这个开头就讲男主人公的籍贯、家世到被人引诱出外。这里含有他离家外出，他叔父失去他的意思。再看结尾：

大业已老归林下，意侄已死，忽携佳孙、美妇归，喜如获宝。入门，各视所衣，悉蕉叶；破之，絮蒸蒸腾去。乃并易之。后生思翩翩，偕儿往探之，则黄叶满径，洞口云迷，零涕而返。

这个结尾，有两种呼应：一是呼应开头，开头说大业做国子左厢，这里说已老归林下，是呼应。开头写子浮出走，这里写子浮归来，又是一种呼应。这里写衣化蕉叶，絮化白云，是呼应文中写翩翩用蕉叶为衣，白云为絮，是呼应上文。最

后还有"异史氏曰":

> 异史氏曰：翩翩、花城，殆仙者耶？餐叶衣云，何其怪也！然怖幄诽谑，狎寝生雏，亦复何殊于人世？山中十五载，虽无"人民城郭"之异，而云迷洞口，无迹可寻，睹其景况，真刘、阮返棹时矣。

这个异史氏就是作者蒲松龄。他在这里点明翩翩是仙人，所以和常人不同。但又认为"何殊于人世"，与常人无异。一方面把仙人写得与常人不同，一方面又显出与常人无异。正像鲁迅说的"多具人情，和易可亲"，但又"偶见鹘突，知复非人"。更指出"云迷洞口，无迹可寻，睹其景况，真刘、阮返棹时矣"。这说明这篇小说真像《神仙传》里写刘晨、阮肇入天台山采药，遇见两位仙女，同居半年。刘、阮两人思归，二女送他们，指示归路。到家，已过了七世，再去找两女，已无路可寻了。那么这篇小说，是不是模仿《神仙传》中写的刘晨、阮肇篇呢？看但明伦评：

> 此篇亦寓言也，虽有恶人，斋戒沐浴，可祀上帝。浮荡子能翩然自反，则疮溃可濯，气质一新；叶可餐，云可衣，随在皆自得，无处非仙境也。顾或尘心未净，俗骨未剜，眷恋花城，复生妄想，则败絮脓秽，故我依然。薄幸儿欲跳迹

入云霄去，便直得寒冻杀矣！佳儿佳妇，幸得之翩反自新之时。果能教以义方，不误其生平，又何必羡贵官、羡绮纨哉！

从这篇评语看，这篇用意不同，不是模仿，是寓言，指出能够自新，才能找到幸福；尘心未净，复生妄想，又要坠入苦难中去。写仙人是假托，是创作。

详尽曲折而波澜起伏

鲁迅称《聊斋志异》是"详尽"的，《翩翩》也这样。开头写罗子浮被人"诱去作狭邪游"。再写他变成浮荡子弟，"会有金陵娼，侨寓郡中，生悦而惑之。娼返金陵，生窃从遁去。居娼家半年，床头金尽，大为姊妹行齿冷，然犹未遽绝之。无何，广创溃臭，沾染床席，逐而出。……自恐死异域，乞食西行，日三四十里，渐至邠界。又念败絮脓秽，无颜入里门，尚越趄近邑间。"于是有翩翩来救他了。

日既暮，欲趋山寺宿。遇一女子，容貌若仙。近问："何适？"生以实告。女曰："我出家人，居有山洞，可以下榻，颇不畏虎狼。"生喜，从去。入深山中，见一洞府。入则门横溪水，石梁驾之。又数武，有石室二，光明彻照，无须灯烛。命生解悬鹑，浴于溪流，曰："濯之，创当愈。"又开悼拂褥促寝,曰:"请即眠,当为郎作裤。"乃取大叶类芭蕉,剪缀作衣。生卧视之,制无几时,折叠床头,曰:"晓取着之。"乃与对榻寝。生浴后,觉创痛无苦。既醒,摸之,则痂厚结矣。诘旦,将兴,心疑蕉叶不可着。取而审视,则绿锦滑绝。少间,具餐。女取山叶呼作饼,食之,果饼;又剪作鸡鱼,烹之皆如真者。室隅一罂,贮佳酝,辄复取饮;少减,则以溪水灌益之。数日,创痂尽脱,就女求宿。女曰:"轻薄儿,甫能安身,便生妄想!"生云:"聊以报德。"遂同卧处,大相欢爱。

这里写罗子浮在极度病困中有了反悔,就得到仙人的疗救,转为健康,争取幸福,写了较详尽的情节。接下来写得波澜起伏。

一日,有少妇笑入,曰:"翩翩小鬼头快活死!薛姑子好梦,几时做得?"女迎笑曰:"花城娘子,贵趾久弗涉,今日西南风紧,吹送来也,小哥子抱得未?"曰:"又一小婢子。"女笑曰:"……那弗将来?"曰:"方鸣之,睡却矣。"于是坐以款饮。又顾生曰:"小郎君焚好香也。"生视之,年廿有三四,绰有余妍,心好之。剥果误落案下,俯地假拾果,阴捻翘凤。花城他顾而笑,若不知者。生方恍然神夺,顿觉袍裤无温;自顾所服,悉成秋叶。几骇绝。危坐移时,渐变如故,窃幸二女之弗见也。少顷,酬酢间,又以指搔纤掌。花城坦然笑谑,殊不觉知。突突怔忡间,衣已化叶,移时始复变。

由是惭颜息虑，不敢妄想。花城笑曰："而家小郎子，大不端好！若弗是醋葫芦娘子，恐跳迹入云霄去。"女亦哂曰："薄幸儿，便值得寒冻杀！"相与鼓掌。花城离席曰："小婢醒，恐啼肠断矣。"女亦起曰："贪引他家男儿，不忆得小江城啼绝矣。"

这里写生看见花城娘子又想勾引，在暗捻她的小脚时，身上穿的衣裤都变成秋叶，欲念顿消后，秋叶又变成衣裤，这是一个波澜。一会儿，生又用指搔花城的纤掌，衣又变成秋叶，他把欲念消尽后，秋叶复变成衣，这又是一个波澜。这样一次接一次，构成波澜起伏。后来，翩翩生了一男，到十四岁时，与花城的女儿结婚。生想回家，翩翩送生带了儿子和新妇回家，接下来就是上引结尾了。这篇小说，故事详尽而波澜起伏，成为《聊斋志异》结构的特色之一。

示以平常与偶见鹘突

鲁迅称《聊斋志异》的特点，是"示以平常"，"多具人情，和易可亲"，"而又偶见鹘突，知复非人"。《翩翩》就是这样。翩翩引罗子浮入洞府，替他用溪水治病，替他裁制衣裤，让他吃喝，跟他同居，生儿，跟常人一样。生勾引花城娘子，花城娘子接受他的挑逗，也跟世俗的人一样。翩翩的男儿十四岁，花城的女儿十五岁，结为夫妇，也跟常人一样，即所谓"示以平常"。这篇里又写翩翩剪大叶做衣，剪山叶做鸡鱼，但这种衣又忽成为秋叶。再像她拾洞口白云为絮覆衣，剪叶为驴，令三人跨之以归。到家后，衣悉蕉叶，絮皆成白云腾去，这些都是"偶见鹘突"。"示以平常"与"偶见鹘突"，构成了《聊斋志异》结构的另一特色。

作法

作法指作家创作时反映现实和表现现实所运用的各种方法。作者根据他对生活的观察和认识采取各种方法,进行艺术形象的塑造。由于作家采取不同的作法,造成他们反映现实、塑造形象方面的不同特点。

三国演义

毛宗岗在《读〈三国志〉法》里谈到《三国演义》的各种作法，这些作法都是从《三国演义》的创作中推演出来的，不是作者先定出这种种作法才来写《三国演义》，而是毛宗岗根据《三国演义》的各种表现手法推求出这种种作法来。因此，《三国演义》的作法，是从作者根据对三国历史的夸张增饰和创作要求恰好地表现三国故事和人物的生活来的，由于三国故事和人物的生活极端复杂，要恰好地表现极端复杂的生活，毛宗岗就从中看出了各种不同的作法。毛宗岗讲《三国演义》的各种作法，可以结合《三国演义》写的三国故事和生活来看。以下就引《读〈三国志〉法》。

追本穷源

《三国》一书，有追本穷源之妙。三国之分，由于诸镇之角立；诸镇角立，由于董卓之乱国；董卓乱国，由于何进之召外兵；何进召外兵，由于十常侍之专政，故叙三国必以十常侍为之端也。然而刘备之初起，不即在诸镇之内，而尚在草泽之间。夫草泽之所以有英雄聚义，而诸镇之所以缮修兵革者，由于黄巾之作乱。故叙三国又必以黄巾为之端也。……使当时为之君者体天心之仁爱，纳良臣之说论，断然举十常侍而迸斥焉，则黄巾可以不作，草泽英雄可以不起，诸镇之兵革可以不修，而三国可以不分矣。故叙三国而追本于桓、灵，犹河源之有星宿海云。

这是说《三国演义》是历史小说，历史小说要先研究历史事件的源流演变，提出"追本穷源"之法。作者从后汉分为三国，追本穷源，追到宦官十常侍的专政。十常侍的专政，造成政治昏乱，民不聊生，引起黄巾起义。而十常侍的专政，是由于桓帝、灵帝的宠信，所以叙三国追本于桓帝、灵帝。因此，《三国演义》的第一回《宴桃园豪杰三结义，斩黄巾英雄首立功》，就从"桓帝禁锢善类，崇信宦官"讲起；讲到灵帝时宦官曹节弄权，害死大将军窦武、太傅陈蕃；灵帝又亲信宦官十常侍，"朝政日非，以致天下人心思乱，盗贼蜂起"。这才引出黄巾起义，引出草泽英雄的聚义，这才有桃园三结义，才有刘、关、张的破黄巾；才有何进谋诛宦官的召外兵，才有董卓的专权废立，才有诸镇的起兵讨董卓。《三国演义》的写作，就根据这个追本穷源之法来的。这不是作者有了这个写法才来写《三国演义》，是《三国演义》所写的历史故事本身就有源流演变。作者根据历史本身的源流演变来写，这才形成这个追本穷源之法。

以宾衬主

《三国》一书，有以宾衬主之妙。如将叙桃园兄弟三人，先叙黄巾兄弟三人，桃园其主也，黄巾其宾也。……将叙何进，先叙陈蕃、窦武，何进其主也，陈蕃、窦武其宾也。叙刘、关、张及曹操、孙坚之出色，并叙各镇诸侯之无用，刘备、曹操、孙坚其主也，各镇诸侯其宾也。刘备将遇诸葛亮，而先遇司马徽、崔州平、石广元、孟公威等诸人，诸葛亮其主也，司马徽诸人其宾也。诸葛亮历事两朝，乃又有先来即去之徐庶、晚来先死之庞统，诸葛亮其主也，而徐庶、庞统又其宾也。赵云先事公孙瓒，黄忠先事韩玄，马超先事张鲁，法正、严颜先事刘璋，而后皆归刘备，备其主也，公孙瓒、韩玄、张鲁、刘璋其宾也。……且不独人有宾主也，地亦有之。献帝自洛阳迁长安，又自长安迁洛阳，而终乃迁于许昌，许昌其主也，长安、洛阳皆宾也。刘备失徐州而得荆州，荆州其主也，徐州其宾也。及得两川而复失荆州，两川其主也，而荆州又其宾也。孔明将北伐中原而先南定蛮方，意不在蛮方而在中原,中原其主也,蛮方其宾也。抑不独地有宾主也,物亦有之。李儒持鸩酒、短刀、白练以赇帝辩,鸩酒其主也,短刀、白练其宾也。许田打围,将叙曹操射鹿,先叙玄德射兔,鹿其主也,兔其宾也,……关公拜受赤兔马而陪之以金印、红袍诸赐,马其主也,金印等其宾也。……诸如此类,不可悉数。善读是书者,可于此悟文章宾主之法。

这里讲"以宾衬主"法,举了很多例子。先看第一回《宴桃园豪杰三结义》:"时巨鹿郡有兄弟三人,(毛宗岗评:'以此兄弟三人,引出桃园兄弟三人来。')一名张角,一名张宝,一名张梁。"三兄弟用黄巾起义,"(张角)自称'天公将军',张宝自称'地公将军',张梁自称'人公将军'。"(李渔评:"以张角兄弟三人引出桃园兄弟三人,此又一回中宾主。")接写刘备、关羽、张飞要去投军,"飞曰:'吾庄后有一桃园,花开正盛;明日当于园中祭告天地,我三人结为兄弟,协力同心,然后可图大事。'"(毛评:"黄巾贼有三个姓张的兄弟,不如张翼德结两个不姓张的弟兄较胜万倍。但论兄弟不兄弟,何论姓张不姓张哉!")《三国演义》里先叙张角三兄弟,接下来即叙桃园三结义,是有互相对照的用意。在回目上标明"桃园豪杰三结义",是以桃园三结义为主,以张角三兄弟为宾,有"以宾衬主"之意。按《三国志·蜀书·关羽传》:"先主(刘备)于乡里合徒众,而羽与张飞为之御侮。先主为平原相,以羽、飞为别部司马,分统部曲。先主与二人寝则同床,恩若兄弟。"是刘备与关、张相亲,恩若兄弟,不言有结义之事。《三国演义》写桃园三结义,以张角三兄弟为陪衬,成为"以宾衬主";张角三兄弟是实,刘、关、张"恩若兄弟"(非真兄弟)是虚,所以又是以实衬虚。

毛宗岗评又称用陈蕃、窦武来衬何进。《三国演义》开头写:"灵帝即位,大将军窦武、太傅陈蕃共相辅佐。时有宦官曹节等弄权,窦武、陈蕃谋诛之,机事不密,反为所害。"(毛评:"将说何进,先以陈、窦作引。")第二回《何国舅谋诛宦竖》:"司隶校尉袁绍入见进曰:'……昔窦武欲诛内竖,机谋不密,反受其殃。今公兄弟部曲将吏,皆英俊之士,若使尽力,事在掌握。此天赞之时,不可失也。'进曰:'且容商议。'左右密报张让。"(毛评:"家人骨肉个个向外,进之为人可知矣。")这说明陈蕃、窦武的谋诛宦官,因谋划泄露而被宦官所害;何进的谋诛宦官,也因谋划泄露而为宦官所害。这样的"以宾衬主",具有何进无谋,袁绍已经向他提出警告,他不听,因而重蹈覆辙的意义。毛评又提出各镇诸侯之无用,用来衬刘、关、张及曹操、孙坚之出色,这个"以宾衬主",具有映衬作用,使出色的更见出色,无用的更见无用。又说刘备三顾茅庐,用司马徽、崔州平、石广元、孟公威来陪衬诸葛亮。司马徽等人都是品格高尚的隐士,用这些人来陪衬,具有显出诸葛亮的品格高尚的意义,所谓"淡泊以明志，宁静以致远"。有了这个陪衬，更显出诸葛亮是淡泊宁静的。但诸葛亮又跟他们不同，他们甘心隐居，不肯出山；诸葛亮还有大志，还要致远，这一陪衬，把诸葛亮有大志这一点也突显出来了。再像用徐庶、庞统来陪衬诸葛亮，也是突出诸葛亮的才能高出于他们。再像写赵云、黄忠、马超、法正、严颜原来各有其主，后来都归向刘备，这又有新的含意：一是写赵云等人会择主而事，能够选择更好的主子；二是显出刘备超过他们原来所事的主子，有这两层意思。至于说地也分宾主，物也分宾主，那要看哪个重要，重要的为主，次要的为宾。

同树异枝、同枝异叶

《三国》一书，有同树异枝、同枝异叶、同叶异花、同花异果之妙。作文者以善避为能，又以善犯为能。不犯之而求避之，无所见其避也，惟犯之而后避之，乃见其能避也。如纪宫掖，则写一何太后，又写一董太后；写一伏皇后，又写一曹皇后，……纪戚畹，则何进之后写一董承，董承之后又写一伏完……写权臣，则董卓之后又写李傕、郭汜，傕、汜之后又写曹操，……其他叙兄弟之事，则袁谭与袁尚不睦，刘琦与刘琮不睦，曹丕与曹植亦不睦，……读者于此，可悟文章有避之一法，又有犯之一法也。

这里讲文章的避和犯，避是避重复，犯是对同一类的事，前面写过了，后面再写。犯而不重复其实并不困难，因为生活是极端复杂的。生活中的事，极粗浅地说来，有类似的，像袁尚、袁谭兄弟不睦，刘琮、刘琦兄弟不睦，曹丕、曹植兄弟不睦，好像类似，但具体地讲到他们的不睦，就都完全不同，并不重复，所以都可以讲，这就是犯，不用避；犯而讲得完全不重复，就不怕犯，因为事情本身就不同。像第二回写灵帝死后，太子辩即位，是为少帝，董太后想垂帘听政，封国舅董重为骠骑将军。何太后不愿。当时军权掌握在何进手里，何进使廷臣奏董太后原系藩妃，不宜久居宫中，合仍迁于河间安置，即日迁出国门。一面遣人起送董后；一面点禁军围骠骑将军董重府，逼他自杀。何进又暗使人鸩杀董后于河间驿庭。何太后、董太后之争就是这样的。第六十六回，写伏后修书一封，托宦官穆顺送与后父伏完，请伏完密图曹操。伏完复书，主张外连孙权、刘备起兵，再图曹操。这封信托穆顺带回宫时，被守在宫门口的曹操搜出。曹操起兵围住伏完私宅，搜出伏后的信，即派郗虑引三百甲兵，闯入宫中，破复壁搜出伏后，把她乱棒打死。曹操杀伏后，《三国演义》是这样写的，与何进杀董后完全不同，所以不怕犯，也不怕重复。第二回写何进与手下人商量诛杀宦官，何进左右密报张让。第三回写张让请何太后宣何进入宫，劝他不要尽诛宦官。太后乃降诏宣进。何进进宫，被张让等所杀。何进是这样被杀的，跟曹操杀伏完的情节完全不同，也不怕犯，也不怕重复。其他相犯而不重复的事也都因为事件本身各不相同，所以不怕犯也不怕重复。

星移斗换、雨覆风翻

《三国》一书有星移斗换、雨覆风翻之妙。杜少陵诗曰："天上浮云如白衣，斯须改变成苍狗。"此言世事之不可测也，《三国》之文亦犹是尔。本是何进谋诛宦官，却弄出宦官杀何进，则一变。本是吕布助丁原，却弄出吕布杀丁原，则一变。本是董卓结吕布，却弄出吕布杀董卓，则一变。本是陈宫释曹操，却弄出陈宫欲杀曹操，则一变。陈宫未杀曹操，反弄出曹操杀陈宫，则一变。……论其呼应有法，则读前卷定知其有后卷；论其变化无方，则读前文更不料其有后文。于其可知，见《三国》之文之精；于其不可料，更见《三国》之文之幻矣。

这里讲叙述事件注意变化，注意变化的好处在刻画人物。如写何进谋诛宦官，却变成宦官杀了何进。在这件事上，《三国演义》主要写了何太后、何进两个人。何进谋诛宦官，他手下人出谋划策，有的主张尽杀宦官，有的主张只杀有罪的宦官；何太后因为一向是宦官侍候的，不同意尽杀宦官，因此有人建议召外兵来威胁太后尽杀宦官。何进采取了这个建议。

但何进又不知保密，左右去报告宦官，因而在他进宫后被宦官所杀。这里显出何进的无能。其实外兵一到，即使何进不被宦官所杀，也会被外兵的首领董卓所杀，所以这个建议是最坏的，何进却采用了。最好的建议是杀有罪的宦官，这样，何太后还可由无罪的宦官来侍候，也符合她的意愿。所以写这件事显示何进的无能，他左右的不可靠，他的自取灭亡。何太后反对尽诛宦官，她没有看到张让等几个掌权的宦官已经和何进处在势不两立的地位，她听从他们的话召何进进宫，被他们所害，也显示何太后的昏庸无能。

再像第三回写董卓于温明园中召集百官，提出要废少帝，立陈留王为帝。荆州刺史丁原起立，大呼："不可！不可！……"李儒见丁原背后一人，生得器宇轩昂，威风凛凛，手执方天画戟，怒目而视。李儒因劝董卓缓议。接着写丁原引军城外来搦战，吕布纵马挺戟击败董卓。董卓使李肃把赤兔马及金珠送给吕布，使吕布杀了丁原，投归董卓。在这里写吕布的变化，显出吕布的勇而无谋，见利忘义。第八回《王司徒巧使连环计，董太师大闹凤仪亭》，写王允用计，使吕布与董卓为了争夺貂蝉发生激烈冲突，最后使吕布杀了董卓。在这件事里写了四个人：王允老成谋国，工于心计；吕布勇而无谋，加上好色；董卓专横跋扈，无谋而好色；貂蝉巧慧而有心计。通过这一件事的变化，写出不同人物来，所以可贵。按《三国志·魏书·吕布传》："然卓性刚而褊，忿不思难，尝小失意，拔手戟掷布，布拳捷避之。……由是阴怨卓。卓常使布守中阁，布与卓侍婢私通，恐事发觉，心不自安。"传中没有王允使连环计的事，也没有像《三国演义》塑造貂蝉这一人物。《三国演义》这样写是创造，这样的创造是成功的。

再像《三国演义》第四回写曹操谋刺董卓不成，逃到中牟县被捕。县令陈宫审问，操说："吾屈身事卓者，欲乘间图之，为国除害耳。"又说："吾将归乡里，发矫诏，召天下诸侯兴兵共诛董卓。"陈宫因此弃官跟他同逃。逃到成皋吕伯奢家，伯奢去打酒来款待他们，曹操疑心是要害他，杀了吕家一门八口。出来看见伯奢打酒回来，又把他杀了，说："宁教我负天下人，休教天下人负我！"当夜陈宫与曹操同住在旅店里，陈宫想杀曹操，又认为杀之不义，自己走了。这段写陈宫放了曹操，又想杀他，又放了，写陈宫的变化。在这一变化里，也写出了两个人的不同性格。曹操说的忠于汉朝的话是假的，他这样说使陈宫相信他是忠义之士，可以放他。他杀了吕伯奢一家，说了"宁我负人，毋人负我！"才显出他的奸雄本相。写陈宫相信曹操忠义就放他，看到曹操奸雄面目，想杀他，但没有杀，显出陈宫是有义气的，有节制的。按《三国志·魏书·武帝纪》："（董）卓表太祖为骁骑校尉。欲与计事。太祖乃变易姓名，间行东归。出关，过中牟，为亭长所疑，执诣县，邑中或窃识之，为请得解。"纪中没有曹操向董卓行刺的事，也没有陈宫放曹操跟他一起逃的事。

《三国志·魏书·吕布传》注引鱼氏《典略》："陈宫……刚直烈壮，少与海内知名之士皆相连结。及天下乱，始随太祖，后自疑，乃从吕布，为布画策，布每不从其计。"因此吕布和陈宫都为曹操所擒杀。所以《三国演义》写曹操谋刺董卓及陈宫放曹操，又想杀曹操而不杀的事，都是《三国演义》的创造。这样的创造，对突出人物性格是有作用的。《三国演义》里写的其他各种变化，也可以这样看。

浪后波纹、雨后霢霂

《三国》一书，有浪后波纹、雨后霢霂之妙。凡文之奇者，文前必有先声，文后亦必有余势。如董卓之后，又有从贼以继之；黄巾之后，又有余党以衍之；昭烈三顾草庐之后，又有刘琦三请诸葛一段文字以映带之……

这里写叙述一件较重要的事情以后，一定有余波荡漾，《三国演义》把这余波也写出来了，写得比较完备。如王允拉拢吕布杀了董卓，产生余波。第九回写董卓被杀后，蔡邕伏其尸而大哭，王允把他下狱缢死，即是余波之一。按《后汉书·蔡邕传》："及卓被诛，邕在司徒王允座，殊不意言之而叹，有动于色。"原来董卓召蔡邕来朝，蔡三次升官，所以不觉感叹。《三国演义》改成"邕伏其尸而大哭"，要加重蔡邕的罪，这是不恰当的。董卓被诛后，又有李傕、郭汜之乱，那是又起一个波浪，不再是余波了。《三国演义》第一回写黄巾起义，到黄巾的主力被平定以后，第十回写青州黄巾又起，朝廷命曹操去讨平它，这可说是黄巾的余波。写这余波，说明曹操的军队越发强大，就靠收编青州黄巾来的。第十一回写黄巾余党管亥领数万人马来攻北海，北海太守孔融战败，托太史慈去请刘玄德来解围。这里写的也是黄巾的余波。写这余波，为了说明孔融请刘备到徐州去救陶谦，这和后来陶谦病死把徐州让给刘备有关。又第三十七回《刘玄德三顾草庐》，写刘备的三请诸葛亮，是主要的。第三十九回《荆州城公子三求计》，写刘琦三次请诸葛亮定下一个自全之计，诸葛亮替他定了个出守外郡的计划。这个"三请"事情较小，可以说是刘备三请的余波。写了一个重要的事再写余波，写得比较完备，这个余波就有耐人回味的余味，对主要事件也可起到映衬的作用。

隔年下种、先时伏着

《三国》一书，有隔年下种、先时伏着之妙。善圃者投种于地，待时而发。善弈者下一闲着于数十着之前，而其应在数十着之后。文章叙事之法亦犹是已。……于玄德破黄巾时，并叙曹操，带叙董卓，早为董卓乱国、曹操专权伏下一笔。

赵云归昭烈在古城聚义之时，而昭烈之遇赵云，早于磐河战公孙时伏下一笔。……庞统归昭烈在周郎既死之后，而童子述庞统姓名，早于水镜庄前伏一下笔。……自此而外，凡伏笔之处，指不胜屈……

这里讲伏笔。第一回写刘、关、张引了部下五百人去投奔中郎将卢植。卢植拨一千人马给他们，叫他们到颍川去帮皇甫嵩、朱儁攻打黄巾的张梁、张宝。刘、关、张引军到颍川时，皇甫嵩、朱儁已经打败张梁、张宝；张梁、张宝在逃跑时，又碰上曹操率领军队拦击，被歼万余人。在这一回里就写到曹操去看桥玄，桥玄曰："天下将乱，非命世之才不能济。能安天下者，其在君乎？"曹操又去见许劭，劭曰："子治世之能臣，乱世之奸雄也！"操闻之大喜。《三国演义》在第一回里提到曹操是伏笔，在这个伏笔里写曹操有三点：一、他官骑都尉，引马步军五千来攻黄巾，能够以少击众，"斩首万余级"，说明他会用兵作战。二、引桥玄的话，指出天下将乱，曹操能安定天下，预示他能平定北方。三、引许劭的话，说他是"乱世之奸雄"。这个开头对曹操的伏笔，概括了《三国演义》写的曹操的一生。接着写刘、关、张三人领军北行，"见汉军大败，黄巾盖地而来，旗上大书'天公将军'，玄德曰：'此张角也！可速战！'三人飞马引军而出。张角正杀败董卓，……三人救了董卓回寨。卓问三人现居何职，玄德曰'白身'。卓甚轻之，不为礼。"

这里提到了董卓，写他不善作战，又不识人，听说刘备是"白身"就表示轻视。这个伏笔，已经伏下后来董卓的失败。又董卓在朝专政，提出要废少帝另立陈留王为帝，遭到丁原的反对；丁原领兵来搦战，董卓就吃了败仗。后来董卓收买吕布，杀了丁原；吕布被王允拉去后，董卓终被吕布所杀。这跟他的不识人有关，因此这个伏笔显示董卓既不能笼络吕布，对吕布被王允拉走又没有感觉到，因而被杀。

《三国演义》第七回写公孙瓒与袁绍作战失败，刘、关、张引军来救，击败了袁绍。袁绍与公孙瓒两家讲和，"玄德与赵云分别，执手垂泪，不忍相离。云叹曰：'某曩日误认公孙瓒为英雄，今观所为，亦袁绍等辈耳！'玄德曰：'公且屈身事之，相见有日。'洒泪而别。"在这个伏笔里，写赵云能够择主，已经归心于刘备；刘备能识英雄，已经非常器重赵云。这为后来赵云归刘备做了伏笔，也为赵云效忠刘备，刘备大得赵云之力，做了伏笔。第三十五回写刘备到了水镜先生庄上，水镜曰："伏龙、凤雏，两人得一，可安天下。"这里把凤雏与伏龙并提，这个伏笔，显示庞统的才能可与诸葛亮相配，也是跟后文庞统归刘备相应。

添丝补锦、移针匀绣

《三国》一书，有添丝补锦、移针匀绣之妙。凡叙事之法，此篇所缺者补之于彼篇，上卷所多者匀之于下卷，不但使前文不拖沓，而亦使后文不寂寞；不但使前事无遗漏，而又使后事增渲染，此史家妙品也。如吕布娶曹豹之女本在未夺徐州之前，却于困下邳时叙之。曹操望梅止渴本在击张绣之日，却于青梅煮酒时叙之。管宁割席分坐本在华歆未仕之前，却于破壁取后时叙之。……武侯求黄氏为配本在未出草庐之前，却于诸葛瞻死难时叙之。诸如此类，亦指不胜屈。前能留步以应后，后能回照以应前，令人读之，真一篇如一句。

这里讲的"添丝补锦"，又有各种情况。如第十四回写曹操假传天子诏书，命在徐州的刘备起兵讨袁术。刘备命张飞守徐州，自己同关羽去讨袁术。张飞守徐州：

设宴请各官赴席。……起身与众官把盏。酒至曹豹面前，豹曰："我从天戒（当指天生不会喝酒），不饮酒。"飞曰："厮杀汉如何不饮酒？我要你吃一盏。"豹惧怕，只得饮了一杯。张飞把遍各官，自斟巨觥，连饮了几十杯，不觉大醉，却又起身与众官把盏。酒至曹豹，豹曰："某实不能饮矣。"飞曰："你恰才吃了，如今为何推却？"豹再三不饮，飞醉后使酒，便发怒曰："你违我将令，该打一百！"……曹豹无奈，只得告求曰："翼德公，看我女婿之面，且恕我罢。"飞曰："你女婿是谁？"豹曰："吕布是也。"飞大怒曰："我本不欲打你；你把吕布来唬我，我偏要打你！我打你，便是打吕布！"诸人劝不住。将曹豹鞭至五十，众人苦苦告饶，方止。

曹豹回去，就差人到小沛约吕布来袭取徐州，曹豹开门做内应，吕布就夺了徐州。曹豹说他的女婿是吕布这话触怒张飞，挨了鞭子，造成吕布袭取徐州，这话是句很关键的话，两人的这种关系只宜在这里点明。这是属于跟事件有关的添丝补锦。

第二十一回《曹操煮酒论英雄》：

玄德正在后园浇菜，许褚、张辽引数十人入园中曰："丞相有命，请使君便行。"玄德惊问曰："有甚紧事？"许褚曰："不知。只教我来相请。"玄德只得随二人入府见操。操笑曰："在家做得好大事！"唬得玄德面如土色。操执玄德手，直至后园，曰："玄德学圃不易。"玄德方才放心，答曰："无事消遣耳。"操曰："适见枝头梅子青青，忽感去年征张绣时，道上缺水，将士皆渴；吾心生一计，以鞭虚指曰：'前面有梅林。'军士闻之，口皆生唾，由是不渴。（李贽评：'妆点得有光景。'）今见此梅，不可不赏。又值煮酒正熟，故邀使君小亭一会。"玄德心神方定……

这里曹操追叙去年征张绣时望梅止渴的事，李贽评为"妆点得有光景"，即看到枝头梅子青青，就想到去年望梅止渴的事，用来作为妆点。如果没有这个妆点，看到梅子青了，邀请刘备来赏梅子，好像显得突兀。因为诗人墨客来赏梅花是有的，但赏梅子的很少见。在这里又不好说赏梅花，因为梅花已谢。说赏梅子又不合适，所以加上个望梅止渴的故事，这样一妆点，就合适了。这是为了妆点而追叙的。

第六十六回《伏皇后为国捐生》：

少顷，尚书令华歆引五百甲兵入到后殿，问宫人："伏后何在？"宫人皆推不知。歆教甲兵打开朱户，寻觅不见；料在壁中，便喝甲士破壁搜寻。歆亲自动手揪后头髻拖出。……后披发跣足，二甲士推拥而出。原来华歆素有才名，向与邴原、管宁相友善。……一日，宁与歆共种园蔬，锄地见金。宁挥锄不顾；歆拾而视之，然后掷下。又一日，宁与歆同坐观书，闻户外传呼之声，有贵人乘轩而过。宁端坐不动，歆弃书往观。宁自此鄙歆之为人，遂割席分坐，不复与之为友。后来管宁避居辽东，常戴白帽，坐卧一楼，足不履地，终身不肯仕魏；而歆乃先事孙权，后归曹操，至此乃有收捕伏皇后一事……

这里把管宁与华歆割席分坐的事，写在华歆搜捕伏皇后事后，起到映衬作用，映出管宁品格的高，华歆羡慕富贵的可鄙，因此奉曹操命助纣为虐。写在这里才好起到映衬作用。

第一百十七回《诸葛瞻战死绵竹》：

郤正出班奏曰："事已急矣！陛下可宣武侯之子商议退兵之策。"原来武侯之子诸葛瞻，字思远。其母黄氏，即黄承彦之女也。母貌甚陋，而有奇才：上通天文，下察地理，凡韬略遁甲诸书，无所不晓。武侯在南阳时，闻其贤，求以为室。武侯之学，夫人多所赞助焉。及武侯死后，夫人寻逝，临终遗教，惟以忠孝勉其子瞻……

这里把诸葛亮妻貌陋而有才的事，不写在三顾茅庐时，却写在诸葛瞻战死绵竹前。因为三顾茅庐，主要写刘备的求贤若渴和诸葛亮的隐居生活，顾不上写诸葛亮的家庭生活。诸葛亮死在五丈原，不在家里，也顾不上写他的家庭生活。因此，把"以忠孝勉其子瞻"的事，写在诸葛亮妻的身上。所以把诸葛亮妻的事写在这里，意在显出诸葛亮的为国忘家，诸葛亮妻的善于教子来。这是补叙的作用。

近山浓抹、远树轻描

《三国》一书，有近山浓抹、远树轻描之妙。画家之法，于山与树之近者，则浓之重之；于山与树之远者，则轻之淡之。不然，林麓迢遥，峰峦层叠，岂能于尺幅之中一一而尽绘之乎？

作文亦犹是已。如皇甫嵩破黄巾，只在朱儁一边打听得来；袁绍杀公孙瓒，只在曹操一边打听得来；赵云袭南郡，关、张袭两郡，只在周郎眼中耳中得来；……至若曹丕三路伐吴而皆败，一路用实写，两路用虚写；……诸如此类，又指不胜屈。只一句两句，正不知包却几许事情，省却几许笔墨。

这里写详叙和略叙。第二回写刘、关、张的立功，他们三人引军来投朱儁，因此详叙刘、关、张三人与朱儁合力破张宝的事。对于皇甫嵩破张梁的事，因刘、关、张没有参与，只作略叙：

玄德望见"地公将军"旗号，飞马赶来，张宝落荒而走。玄德发箭，中其左臂。张宝带箭逃脱，走入阳城，坚守不出。朱儁引兵围住阳城攻打，一面差人打探皇甫嵩消息。探子回报，具说："皇甫嵩大获胜捷，朝廷以董卓屡败，命嵩代之。嵩到时，张角已死；张梁统其众，与我军相拒，被皇甫嵩连胜七阵，斩张梁于曲阳……"

这是以刘、关、张为主来叙述，刘、关、张参加的战斗作详叙，刘、关、张不参加的战斗，即使"连胜七阵"，也不详叙，只一笔带过。这是以谁为主，为主的详叙，不为主的略叙，从详略中突出为主的人物。

第二十一回《曹操煮酒论英雄》，写曹操称刘备为英雄，当时刘备参与董承接受献帝的密诏，要除掉曹操，可他又在曹操手下，急于想脱走。因此，这里写刘备想脱身为主，写袁绍灭公孙瓒为次，所以袁绍灭公孙瓒的事，不做正面详叙，只作为探听到的消息：

> 操次日又请玄德。正饮间，人报满宠去探听袁绍而回。操召入问之。宠曰："公孙瓒已被袁绍破了。"玄德急问曰："愿闻其详。"宠曰："瓒与绍战不利，筑城围圈，圈上建楼，高十丈，名曰易京楼，积粟三十万石以自守。……瓒又遗书张燕，暗约举火为号，里应外合。下书人又被袁绍擒住，却来城外放火诱敌。瓒自出战，伏兵四起，军马折其大半。退守城中，被袁绍穿地直入瓒所居之楼下，放起火来。瓒无走路，先杀妻子，然后自缢，全家都被火焚了。今袁绍得了瓒军，声势甚盛。绍弟袁术在淮南骄奢过度，不恤军民，众皆背反。术使人归帝号于袁绍。绍欲取玉玺，术约亲自送至，见今弃淮南欲归河北……"玄德……因暗想曰："我不就此时寻个脱身之计，更待何时？"遂起身对操曰："术若投绍，必从徐州过。备请一军就半路截击，术可擒矣。"操笑曰："来日奏帝，即便起兵。"

在这段里，写刘备想借机会脱身是主，讲公孙瓒被灭是宾。

因公孙瓒的被灭，所以有袁术要到河北去送玉玺，因而引出刘备要去徐州截击袁术，为脱身之计。公孙瓒被灭的事在这里是宾，所以略叙。

第五十一回《曹仁大战东吴兵，孔明一气周公瑾》，写赤壁战后，周瑜率军攻南郡。曹仁守南郡，假装撤军北还。周瑜引军来攻，城上弓弩齐发，周瑜中箭落马。周瑜用计，再一次出阵，假装箭疮迸裂，口吐鲜血，坠于马下，假装死去。曹仁起大军来劫营，中东吴埋伏，大败北逃。周瑜大败曹仁，进取南郡，南郡已被诸葛亮派赵云袭取。

周瑜、程普收住众军，径到南郡城下，见旌旗布满，敌楼上一将叫曰："都督少罪！吾奉军师将令，已取城了。——吾乃常山赵子龙也。"……忽然探马急来报说："诸葛亮自得了南郡，遂用兵符，星夜诈调荆州守城军马来救，却教张飞袭了荆州。"又一探马飞来报说："夏侯惇在襄阳，被诸葛亮差人赍兵符，诈称曹仁求救，诱惇引兵出，却教云长袭取了襄阳。二处城池，全不费力，皆属刘玄德矣。"……周瑜大叫一声，金创迸裂。

这里写周瑜攻南郡，是详写，是明写；写诸葛亮袭取南郡、荆州、襄阳，是略写，是暗写。因为这里主要是写周瑜与曹仁作战，所以详叙。又写孔明一气周公瑾，所以写周瑜大叫一声,金疮迸裂,是正面写。孔明智袭三郡,是略叙,是暗写。因为这回不是写孔明用计袭三郡,而是写"孔明一气周公瑾",所以对周瑜的一气是正写,写孔明的智取是暗写。

第八十四回写陆逊火烧连营七百里,大败刘备前,曹丕令"曹仁督一军出濡须,曹休督一军出洞口,曹真督一军出南郡",分三路攻吴。第八十五回写曹仁一军:

> 且说魏将先锋常雕,领精兵来取濡须城,遥望城上并无军马。雕催军急进,离城不远,一声炮响,旌旗齐竖。朱桓横刀飞马而出,直取常雕。战不三合,被桓一刀斩常雕于马下。吴兵乘势冲杀一阵,魏兵大败,死者无数。……曹仁领兵随后到来,却被吴兵从羡溪杀出。曹仁大败而退,回见魏主,细奏大败之事。丕大惊。正议之间,忽探马报:"曹真、夏侯尚围了南郡,被陆逊伏兵于内,诸葛瑾伏兵于外,内外夹攻,因此大败。"言未毕,忽探马又报:"曹休亦被吕范杀败。"

这回主要是写刘备在白帝城托孤,曹丕的三路进兵只是附带叙述,所以写得比较草率,就是写曹仁的一路正面作战,也写得草率,后两路更是一笔带过。这是又一种情况。

奇峰对插、锦屏对峙

《三国》一书,有奇峰对插、锦屏对峙之妙。其对之法,有正对者,有反对者,有一卷之中自为对者,有隔数十卷而遥为对者。如昭烈则自幼便大,曹操则自幼便奸。……昭烈遇德操是无意相遭,单福过新野是有心来谒。……皆一回之中而自为对者也。……李肃说吕布,则以智济其恶;王允说吕布,则以巧行其忠。张飞失徐州,则以饮酒误事;吕布陷下邳,则以禁酒受殃。……皆不在一回之中而遥相为对者也。

这里讲两事相对。在第一回里写刘备:"素有大志,专好结交天下豪杰。……其家之东南,有一大桑树,高五丈余,遥望之,童童如车盖。……玄德幼时,与乡中小儿戏于树下,曰:'我为天子,当乘此车盖。'"这就是刘备幼时便有大志。这回也写曹操"有权谋,多机变。操有叔父,见操游荡无度,尝怒之,言于曹嵩,嵩责操。操忽心生一计:见叔父来,诈倒于地,作中风之状。叔父惊告嵩,嵩急视之,操故无恙。嵩曰:'叔言汝中风,今已愈乎?'操曰:'儿自来无此病,因失爱于叔父,故见罔耳。'"这是写曹操自幼便奸。这样,在一回中写刘备自幼便大,曹操自幼便奸,是相对,是反对,一大一奸相反。第三十五回,刘备跃马过檀溪以后,无意中碰到了司马徽,单福有意去投靠刘备，这两事相对，都是正面的，是正对。

第三回《馈金珠李肃说吕布》，李肃用赤兔马及金珠玉带来引诱吕布，劝吕布杀丁原归顺董卓，这是邪恶的劝诱。第九回《除暴凶吕布助司徒》，王允劝吕布："将军若扶汉室，乃忠臣也……"这是正论。一邪一正，是反对，是不在一回的。第十四回《吕奉先乘夜袭徐郡》，写张飞因酒醉鞭打曹豹，曹豹约吕布夜袭徐州，是张飞因酒误事；第十九回《白门楼吕布殒命》，写侯成的十五匹马，被人盗去后又追回，诸将与侯成祝贺，侯成要与诸将会饮，请示吕布。吕布大怒曰："吾方禁酒，汝却酿酒会饮，莫非同谋伐我乎！"要杀侯成。诸将告饶，打了五十背花。吕布手下诸将便把吕布捆绑了来献曹操。张飞因醉酒鞭打曹豹失事，吕布因反对饮酒鞭打侯成而失事，就失事讲是正对，也不在一回内。

毛宗岗在《读〈三国志〉法》里写了许多《三国演义》的作法，这许多作法实际上都是从生活里来的。如"以宾衬主"，在生活中的事件，本有以谁为主，以谁为宾，以宾衬主的。有"同树异枝，同枝异叶"，生活中的事，本有可以同属一类的，但其中的细微曲折，又各不相同，如"星移斗换，雨覆风翻"，生活中的事，本来是有变化的。有"浪后波纹"，生活中的事，本有一事会引起影响，构成余波的。总之，各种写法，实际都从生活中来的。作品要反映生活，生活有种种变化，反映生活的写作，就会形成种种不同的写法。

水浒传

金圣叹《读第五才子书法》，也讲了《水浒传》的各种作法："《水浒传》有许多文法，非他书所曾有，略点几则于后。"

倒插

有倒插法。谓将后边要紧字，蓦地先插放前边。如五台山下铁匠间壁父子客店，又大相国寺岳庙间壁菜园，又武大娘子要同王干娘去看虎，又李逵去买枣糕，收得汤隆等是也。

这里讲倒插法。如第三回，写鲁智深从五台山下来，"听得那响处，却是打铁的在那里打铁。（金圣叹批："此来正文专为吃酒，却颠倒放过吃酒，接出铁店，衍成绝奇一篇文字，已为奇绝矣。乃又于铁店文前，再颠倒放过铁店，反插出客店来，其笔势之奇矫，虽虬龙怒走，何以喻之。"）间壁一家门上写着'父子客店'。"(金批:"老远先放此一句,可谓隔年下种,来岁收粮,岂小笔所能。")鲁智深到铁匠铺里打了一条六十二斤的水磨禅杖、一把戒刀,又去喝醉了酒,大闹五台山。长老因此替他写了一封信,把他介绍到开封府大相国寺去。"智深辞了长老并众僧人,离了五台山,径到铁匠间壁客店里歇了,(金批:"前所见间壁一家,写着'父子客店'也。")等候打了禅杖、戒刀,完备就行。"那么上文写"父子客店",就是为了这里要住"父子客店"才写的,这就叫"倒插法"。

第五回写鲁智深到了大相国寺,"清长老道:'你既是我师兄真大师荐将我这寺中挂搭,做个职事人员,我这敝寺有个大菜园在酸枣门外岳庙间壁……'"(金批:"此四字如何插放入来,真是绝世妙笔。")第六回写鲁智深在菜园子里使铁禅杖,浑身上下没半点儿参差。林冲在墙外看见,喝彩道:"端的使得好!"鲁智深就请林冲跳入墙来,相见叙谈后,就结义拜智深为兄。智深道:"教头今日缘何到此?"林冲答道:"恰才与拙荆一同来间壁岳庙里还香愿,(金批:'应。')林冲听得使棒,看得入眼,着女使锦儿自和荆妇去庙里烧香,林冲就在此间相等,不想得遇师兄。"这里金批"应"字,即和上文"岳庙间壁"相应:因为大菜园在岳庙间壁,所以林冲和妻去岳庙烧香,能够看到鲁智深使禅杖进而与之结拜;因为林冲妻子去岳庙烧香,所以碰见高衙内并被调戏,因此锦儿来叫林冲去,林冲一看是高衙内,把他放了;因为大菜园在"岳庙间壁",所以鲁智深提着铁禅杖,引着那二三十个破落户,抢入庙来要帮林冲打架。这、"岳庙间壁"四字的倒插法,就起到这样的作用。

第二十三回写武松在景阳冈上打死了大虫,在阳谷县里做了都头,碰见武大郎,见过了嫂子潘金莲。"那妇人道:'奴家听间壁王干娘说,(金批:"亦倒插入。")有个打虎的好汉迎到县前来。'"这里的"间壁王干娘",金批"亦倒插入"。接着知县派武松到东京去出差。一天,妇人向门前来叉那帘子,失手打在过路的西门庆头巾上。西门庆看到了一个妖娆的妇人,先自酥了半边,那妇人便叉手深深地道了个万福,"却被这间壁的王婆正在茶局子里水帘底下看见了。(金批:'至此方入王干娘正传。')笑道:'兀谁教大官人打这屋檐边过?打得正好!'"正因为这个"间壁王干娘",就惹出西门庆到王婆茶坊里来,"王婆贪贿说风情",一切坏事就从"间壁王干娘"那里做出来了,所以这个倒插入的"间壁王干娘"惹出很多大事来。第五十三回写公孙胜和李逵两个离了二仙山,要到高唐州去,破高廉的妖法。两人到了武冈镇,进了一个小酒店,公孙胜要吃素馔,店家道:"市口人家有枣糕卖。"李逵去买了一包枣糕,只听得路旁有人喝彩道:"好气力!"李逵看时,一个大汉把三十来斤的铁瓜锤在那里使。李逵便把枣糕揣在怀里,接过瓜锤,如弄弹丸一般,使了一回,轻轻放下,面不红,心不跳,口不喘。那汉看了,倒身便拜。李逵同那汉到他家里去,看他屋里都是铁砧、铁锤、火炉、钳、凿家伙,寻思道:"这人必是个打铁匠人,山寨里正用得着,何不叫他去入伙?"(金批:"公孙到,方才破高廉;高廉死,方才惊太尉;太尉怒,方才遣呼延;呼延到,方才赚徐宁;徐宁来,方才用汤隆。一路文情,本乃如此生去。今忽然先将汤隆倒插前面,不惟教钩镰之文未起,并用钩镰之故亦未起,乃至公孙先生亦尚坐在酒店中间,而铁匠却已预先整备,其穿插之妙,真不望世人知之矣。")这个汉子叫汤隆,以打铁度日。李逵打算引他上梁山泊入伙,便一同到酒店里去见公孙胜。按照金批,李逵买枣糕引汤隆入伙是倒插法。因为公孙胜到了高唐州,破了高廉妖法,杀了高廉,攻破了高唐州,这才引起高太尉派呼延灼去攻打梁山泊。呼延灼用连环马打败了梁山泊的兵马,才要想法破连环马。要破连环马,才要请徐宁来使用钩镰枪。要打钩镰枪,才要请汤隆。现在先请汤隆上山,所以是倒插法。有了这个倒插法,到要破连环马时,不用研究怎样破法,因为汤隆就在山上,他知道怎样破,所以这个倒插法起到了很好的作用。

夹叙

有夹叙法。谓急切里两个人一齐说话,须不是一个说完了,又一个说,必须要一笔夹写出来。如瓦官寺崔道成说:"师兄息怒,听小僧说",鲁智深说"你说你说"等是也。

这里讲夹叙法,如第五回《鲁智深火烧瓦官寺》:"智深提着禅杖道:'你这两个如何把寺来废了?'那和尚便道:'师兄请坐,听小僧……'(金圣叹批:'其语未毕。')智深睁着眼道:'你说,你说!'……说:'在先敝寺(金批:"'说'字与上'听小僧'本是接着成句,智深自气忿忿在一边,夹着'你说你说'耳。章法奇绝,从古未有。")十分好个去处……'"按这里写那和尚应说"听小僧说"四个字,光说了"听小僧"三个字,就被鲁智深"你说,你说!"打断了。这是金圣叹改的,这样一改,他可以说成"文法奇绝,千古未有"。其实袁无涯本《水浒传》作:"那和尚便道:'师兄请坐,听小僧说,'智深睁着眼道:'你说你说!'……""听小僧说"中间没有打断。不过虽然不打断,鲁智深的"你说你说"还是插入和尚的话中说的,仍旧是夹叙法。

草蛇灰线

有草蛇灰线法。如景阳冈勤叙许多"哨棒"字,紫石街连写若干"帘子"字等是也。骤看之,有如无物;及至细寻,其中便有一条线索,拽之通体俱动。

这里讲草蛇灰线法，用景阳冈上武松的哨棒作例。第二十二回写武松辞别柴大官人，"缚了包裹，捡了哨棒，要行"。（金圣叹批："哨棒此处起。"）又"背上包裹，提了哨棒（哨棒二），相辞了便行"。宋江送武松，到酒店里，"武松倚了哨棒"（哨棒三），打酒来喝。宋江在酒店里赠银予武松，"武松拿了哨棒（哨棒四），出酒店前来作别"。武松投客店歇了，次日，"拴束包裹，提了哨棒（哨棒五），便走上路"。武松来到阳谷县，望见一个酒店，"武松入到里面坐下，把哨棒倚了（哨棒六）"。武松在酒家"前后共吃了十八碗，绰了哨棒（哨棒七。一路又将哨棒特特处处出色描写，彼固欲令后之读者，于陡然遇虎处，浑身倚仗此物以为无恐也，却偏有外出自料之事，使人惊杀）"。立起身来道："我却又不曾醉。""手提哨棒便走（哨棒八）。""这武松提了哨棒（哨棒九），大着步，自过景阳冈来。""横拖着哨棒（哨棒十），便上冈子来。""将哨棒绾在肋下（哨棒十一），一步步上那冈子来。""一只手提着哨棒（哨棒十二），一只手把胸膛前袒开，踉踉跄跄，直奔过乱树林来。见一块光挞挞大青石把那哨棒倚在一边（哨棒十三），放翻身体，却待要睡"，"只听得乱树背后扑地一声响，跳出一只吊睛白额大虫来。武松见了，叫声：'阿呀！'从青石上翻将下来，便拿那条哨棒在手里（哨棒十四），闪在青石边。""武松见那大虫复翻身回来，双手抡起哨棒（哨棒十五），尽平生气力只一棒,从半空劈将下来。只听得一声响,簌簌地将那树连枝带叶劈脸打将下来。定睛看时,一棒劈不着大虫。原来打急了,正打在枯树上,把那条哨棒折做两截,只拿一半在手里。"(哨棒十六。半日勤写哨棒,只道仗它打虎,到此忽然开除,令人瞠目噤口,不复敢读下去。哨棒折了,方显出徒手打虎异样神威来,只是读者心胆堕矣。)

以上金批,点明哨棒,已有十六处。初看起来,这些哨棒似没什么大关系。经过金批,原来要借哨棒作防身之用,所以写他时刻不离哨棒。到打折了,才显出徒手打虎的神威来。再看第二十三回写帘子。

"武大叫一声:'大嫂开门。'只见帘子开处(金批:'帘子一。一路便勤叙帘子。'),一个妇人出到帘子下(帘子二)应道:'大哥,怎地半早便归?'武大道:'你的叔叔在这里,且来厮见。'""那妇人独自一个,冷冷清清,立在帘儿下等着(帘子三),只见武松踏着那乱琼碎玉归来。那妇人揭起帘子(帘子四),陪着笑脸迎接道:'叔叔寒冷。'"武松蒙知县差往东京干事,劝武大:"每日迟出早归……归到家里,便下了帘子(帘子五)……"武大"未晚便归,一脚歇了担儿,便去除了帘子(帘子六),关上大门,却来家里坐地"。"自此那妇人约莫到武大归时,先自去收了帘儿(帘子七),关上大门。""当日武大将次归来,那妇人惯了,自先向门前来叉那帘子(帘子八)。也是合当有事,却好一个人从帘子边走过（帘子九）。""这妇人正手里拿叉竿不牢，失手滑将倒去，不端不正，却好打在那人头巾上。……这妇人自收了帘子叉竿入去（帘子十）。""王婆开了门……西门庆一径奔入茶房里来，水帘底下，望着武大门前帘子里坐了看（帘子十一）。"王婆请妇人来做寿衣"那妇人把帘儿挂了（帘子十二），从后门走过王婆家里来"。"那妇人拽开门，下了帘子（帘子十三），武大入屋里来。""先去下了帘子（帘子十四），武大恰好进门。"

这里，金批注明"帘子"出现十四次，又注明"一路勤叙帘子"。"帘子"好像没有关系，但帘子是出进时要打起来的，在守候时要在帘子里等着，在屋檐下走过会碰上帘子，这样写都关联到妇人对武松和西门庆的态度，妇人的性情也从中透露出来，帘子便成为一条线索把情节贯串起来。

大落墨

有大落墨法。如吴用说三阮，杨志北京斗武，王婆说风情，武松打虎，还道村捉宋江，二打祝家庄等是也。

大落墨法指重点描写。"吴用说三阮"，是智取生辰纲中劝三阮入伙的重点描写，在"人物"中的吴用里已谈到过了。还道村捉宋江，在"人物"的宋江里也谈到过了。二打祝家庄,在"情节"里谈"三打祝家庄"里也谈到过。再看杨志在北京斗武,如第十一回,写梁中书要副牌军周谨跟杨志比武,倘比赢了,就让杨志代替周谨做副牌军。第十二回写两人去了枪尖,用毡包裹,蘸了石灰水比武。斗了四五十回合,周谨身上白点约三五十处,杨志只在左肩胛上有一点白。周谨输了,教杨志替他职役。管军兵马都监李成请梁中书让两人再比弓马。周谨射杨志三箭都不中,杨志射中周谨左肩,翻身落马。这时,正牌军索超要和杨志比武。两个斗到五十余回合,不分胜败。闻达招呼旗牌官,命令两人歇了。梁中书叫军政司将两个都升做管军提辖使。这篇对杨志的比武做了重点描写。

弄引

有弄引法。谓有一段大文字,不好突然便起,且先作一段小文字在前引之。如索超前,先写周谨;十分光前,先说五事等是也。

这里讲写大文字前先有一段小文字来引起。如第十二回《青面兽北京斗武》,这回主要是写索超和杨志比武,所以索超上场前,李成把一匹惯曾上阵的战马,一副披挂都借予他,要他小心在意,休教折了锐气。梁中书也把他的战马借予杨志,要他换了装束,好生披挂,教甲仗库取应用军器给他。不仅这样,还在将台上传下将令，早把红旗招动，两边金鼓齐鸣，发一通擂，两阵内各放了炮，极写声势很大。在写这样的大文字前，先写杨志和周谨比武，那就没有这样的大排场，只能作为引出这样的大排场的小比武了。

再像第二十三回《王婆贪贿说风情》，王婆对西门庆讲十件挨光计是一篇大文字；在讲这篇大文字前先讲五事，是一篇小文字。金圣叹批：

说光独作一篇文字读。于说光前先有一番五事问答，又可另作一篇读。下文将欲排出十分光来，却先于上文排出五件事，使读者如游深山，不觉迤逦而入。

又说：

下文将排出十分光，上文却先排出五件事，所谓欲变大阵，先设小阵也。然小阵一变，即成大阵，犹未足为奇观。此只以小阵一变，仍作小阵，读者方谓极情尽致，无可复加。而下文不觉早已排山倒海，冲至面前，真文字之极观也。

獭尾

有獭尾法。谓一段大文字后，不好寂然便住，更作余波演漾之。如梁中书东郭演武归去后，知县时文彬升堂；武松打虎下冈来，遇着两个猎户；血溅鸳鸯楼后，写城壕边月色等是也。

这里讲大段文字后的余波荡漾。如第十二回《青面兽北京斗武》，写杨志与索超比武的一大段文字后面，接写山东郓城知县时文彬派两个都头雷横、朱仝带着士兵到乡下去巡查，在灵官殿把睡觉的刘唐捆绑起来。这段应该是智取生辰纲的开头，为什么是东郭演武的余波呢？原来梁中书的东郭演武，是为了选拔杨志；他选拔杨志，是为了要杨志送生辰纲。因此，对知县派都头去抓住刘唐，是智取生辰纲的开头，这就跟东郭演武联系起来了。东郭演武是为了选杨志送生辰纲，这个余波就成了智取生辰纲的开头了。

第二十二回写武松打虎以后，挣扎着走下冈子，"走不半里多路，只见枯草中又钻出两只大虫来。武松道：'阿呀！我今番罢了！'只见那两只大虫，在黑影里直立起来。武松定睛看时，却是两个人，把虎皮缝做衣裳，紧紧绷在身上。手里各拿着一条五股叉"，原来是本处猎户奉本县知县在这里埋伏捕虎的。这确是打虎的余波。第三十回《张都监血溅鸳鸯楼》，写武松醉打蒋门神，把快活林夺回来交与施恩。蒋门神因此托张团练买嘱张都监陷害武松。武松脱身后到张都监家去报仇，在鸳鸯楼上杀死张都监、张团练、蒋门神，这是一大段文字。

他连夜跳城逃走。"那土城喜不甚高,就女墙边望下,先把朴刀虚按一按,刀尖在上,棒梢向下,托地只一跳,把棒一拄,立在濠堑边。月明之下看水时,只有一二尺深。此时正是十月半天气,各处水泉皆涸。武松就濠堑边脱了鞋袜,解下腿绷护膝,抓扎起衣服,从这城濠里走过对岸。"这段写武松跳城过濠逃走,是血溅鸳鸯楼的余波。

正犯

有正犯法。如武松打虎后,又写李逵杀虎,又写二解争虎;潘金莲偷汉后,又写潘巧云偷汉;江州城劫法场后,又写大名府劫法场;……林冲起解后,又写卢俊义起解;……正是要故意把题目犯了,却有本事出落得无一点一画相借,以为快乐是也。真是浑身都是方法。

这是讲犯而不重复。写武松打虎,是醉后碰到猛虎,是把哨棒打在树上打折后徒手打虎,是四闪一跳后即后发制虎。再看李逵杀虎,第四十二回《黑旋风沂岭杀四虎》:"将手中朴刀挺起,来搠那两个小虎。这小大虫被搠得慌,也张牙舞爪,钻向前来,被李逵手起,先搠死了一个。那一个望洞里便钻了入去。李逵赶到洞里,也搠死了。……那母大虫到洞口,先把尾去窝里只一剪……李逵……把刀朝母大虫尾底下,尽平生气力，舍命一戳……和那刀靶也直送入肚里去了。……忽地跳出一只吊睛白额虎来。那大虫望李逵势猛一扑，那李逵不慌不忙，趁着那大虫的势力，手起一刀，正中那大虫颔下……伤着他那气管。那大虫退不够五七步，只听得响一声，如倒半壁山，登时死在岩下。"武松是先躲闪，后徒手打虎。李逵是不躲闪，用刀杀虎。武松打死一虎，李逵杀死四虎，所以同为杀虎，却完全不同，是犯而不重复。

第二十四回写潘金莲偷汉，先由王婆用计使西门庆和潘金莲通奸，武大捉奸被西门庆踢伤后又被毒死，武松为武大报仇杀死潘金莲、西门庆。第四十四回写潘巧云偷汉，是与和尚裴如海通奸，这里没有牵线的王婆，却有识破奸情的石秀，是石秀杀死裴如海，又把潘巧云骗到荒山，逼她承认奸情后把她杀死，写得跟潘金莲的偷汉完全不同。

第三十九回《梁山泊好汉劫法场》，写在江州城里的李逵一人去劫法场，又有大批梁山泊好汉潜伏在那里接应，救出了宋江、戴宗两人，是成功的。第六十一回《劫法场石秀跳楼》，写石秀一人在大名府劫法场救卢俊义，因为没有接应，石秀和卢俊义两人都被抓住，下在牢里，劫法场失败。直到后来，梁山泊大批好汉到来，借大名府正月里大放花灯的机会，混进府城，里应外合，破了大名府，才救出了卢俊义、石秀。后面的这次写得跟江州府劫法场完全不同。第七回写董超、薛霸押解林冲，因为收了贿赂，要在野猪林杀死林冲，被鲁智深救了，林冲要鲁智深不杀两解差。第六十一回写董超、薛霸押解卢俊义，因为收了贿赂，要在野树林里杀死卢俊义，伏在野树林里的燕青放了两箭，把董超、薛霸两人杀死，写得也有不同。

略犯

有略犯法。如林冲买刀与杨志卖刀，唐牛儿与郓哥，郑屠肉铺与蒋门神快活林……等是也。

略犯指约略有些相犯，不完全相同。如第六回《豹子头误入白虎堂》，写高太尉把宝刀托人去卖给林冲，然后派人要林冲带了宝刀去跟他的宝刀比，借此诬陷林冲带刀行刺。第十一回《汴京城杨志卖刀》，写杨志流落汴京，盘缠使尽，不得已出卖祖传宝刀。泼皮牛二要夺这把宝刀，被杨志杀了。这两件事都跟卖刀有关，但又不相同，所以称略犯。第二十回《虔婆醉打唐牛儿》，写一个卖糟腌的唐牛儿，赌钱输了，要找宋江求助，找到阎婆家里，看见阎婆、宋江和婆惜。宋江看见唐牛儿，把嘴往下一努。唐牛儿知道宋江要走，便说知县相公在找押司。阎婆识破唐牛儿在弄花巧，劈脖子只一叉把他叉下楼去，又打了一掌。这天夜里，宋江杀了阎婆惜。第二天，阎婆揪住宋江要到县里喊冤，被唐牛儿看见了，就去阎婆脸上只一掌，打得那婆子放了手，宋江就逃脱了。第二十三回《郓哥不忿闹茶肆》，写卖果子的小贩郓哥，寻得一篮雪梨，想卖给西门庆挣点钱。有人告诉他，西门庆缠上了武大老婆，在王婆茶坊里。他到王婆茶坊去找，被王婆直打到街上去。郓哥因此告诉武大，陪武大去王婆茶坊捉奸。武大被西门庆踢倒在地。唐牛儿和郓哥都做小贩生意，都给婆子打了，但他们的情形又很不同。第二回《鲁提辖拳打镇关西》，写鲁达因郑屠欺压金翠莲，把他打死了。第二十八回《武松醉打蒋门神》，写武松因蒋门神霸占施恩的快活林，打倒了蒋门神，替施恩夺回快活林。就打抱不平这点说，有点相犯，但两事又很不同，所以称略犯法。

极不省

有极不省法。如要写宋江犯罪，却先写招文袋金子，却又先写阎婆惜和张三有事，却又先写宋江讨阎婆惜，却又先写宋江舍棺材等。凡有若干文字，都非正文是也。

极不省法即不是主要情节都讲了。如第二十回《宋江怒杀阎婆惜》，这是宋江犯罪的主要情节。宋江要杀阎婆惜，是由于梁山泊给宋江的信落到阎婆惜手里，为了自救，不得不杀。假如梁山泊给宋江的信被一个与他交往的人得到了，那个人也要宋江拿出信上所说的金子，否则就要去告发，宋江其实没有接受金子，那么宋江也会把那人杀掉的。这样，文章就省略多了。现在这样写，先写王婆叫住宋江，说阎婆一家三口投亲不遇，流落郓城县。阎公病死了，无钱办丧事。宋江给她施了一口棺材，又给十两银子办丧事。阎婆感激，就托王婆做媒，把女儿婆惜嫁给宋江。宋江把同房押司张三带到家里来喝酒，婆惜与张三勾搭上，宋江听到风声，因此不愿回家去了。一次，被阎婆碰见，硬拉回家，不慎把梁山泊给他的信落到婆惜手里。婆惜问他要信上写的金子，他实际上没有拿到，婆惜不信，要去告发，宋江因此杀她，这样写就成了极不省法了。第十九回写王婆替宋江作媒，要把婆惜嫁给他，"宋江初时不肯，怎当这婆子撮合山的嘴撺掇，（金圣叹批：'一路只是要宋江失事，便特特生出杀婆惜来。杀之无名，便特特倒装出张三勾搭来。又恐张三有玷宋江闱门，便特特倒装出讨做外宅，以明非系正妻妾来。讨做外宅……便特特倒装出鸨儿见他没有娘子，情愿把女儿与他来。鸨儿为何情愿把女儿与他，便特特倒装出施棺木来。曲曲折折，层层次次，当知悉是闲文……一概认真读也。'）宋江依允了……"从金批这段话里，说明"当知悉是闲文"，把闲文都写进去，所以是极不省法。

极省

有极省法。如武松迎入阳谷县，恰遇武大也搬来，正好撞着；又如宋江琵琶亭吃鱼汤后，连日破腹等是也。

极省法即不用或少用闲文。如第二十三回，写武松在阳谷县做都头，碰到了哥哥武大。关于武大从清河县搬到阳谷县来住，其中有不少闲文，如清河县的浮浪子弟要调戏潘金莲，潘金莲接受他们调戏，使武大在清河县住不下去了等事，这里就不讲了，成了极省法。第三十七回写宋江遇见张顺，在琵琶亭上多吃了鲜鱼汤，连日拉肚子，有几个朋友来看望他。他在营中将息了五七日，要入城去寻戴宗等。又过了一日，进城没有找见朋友，一个人到浔阳楼上题了反诗，闯出祸来。假如他不拉肚子，不用将息五七日，就有朋友来陪他一起出去，就不会题反诗，即使爱吟反诗，朋友也会劝他不要题壁。关键就在他拉肚子后在家将息五七日。这里只写他多喝鲜鱼汤拉肚子，中间没有闲文，所以是极省法。

欲合故纵

有欲合故纵法。如白龙庙前，李俊、二张、二童、二穆等救船已到,却写李逵重要杀入城去;还道玄女庙中,赵能、赵得都已出去,却有树根绊跌士兵叫喊等。令人到临了,又加倍吃吓是也。

欲合故纵法,即已经可以结合了,又故意放开。如第三十九回《白龙庙英雄小聚义》,写梁山泊众好汉劫法场,救出了宋江、戴宗,都跟着一个黑大汉杀出去,在江边一座白龙庙里歇息,苦于无船好渡过江去。这时,有三只船来接应:第一只船上有张顺和十几个壮汉;第二只船上有张横、穆弘、穆春、薛永等;第三只船上有李俊、李立、童威、童猛等。有了这三只船来接应,聚在白龙庙里的梁山泊好汉和宋江、戴宗等都可下船过江去了,这是"欲合"。这时小喽啰来报,江州城里军马出城来追,"李逵听了,大叫一声:'杀将去!'提了双斧,便出庙门。晁盖叫道:'一不做,二不休,众好汉相助晁盖,直杀尽江州军马,方才回梁山泊去。'众英雄齐声应道:'愿依尊命。'"众好汉杀败了江州军马,才回到白龙庙下船渡江去。这是"故纵",故意放开,即不上船,等杀败了官军再渡江。

第四十一回写宋江回家去接父亲和弟弟宋清。宋清告诉他,县里已派赵能、赵得两个都头在巡查,要宋江速回梁山泊,起兵来救。宋江急走,路上碰到追兵,逃进还道村,躲在九天玄女庙的神橱内。赵能、赵得进庙来搜神橱,"只见神橱里卷起一阵恶风,将那火把都吹灭了,黑腾腾罩了庙宇,对面不见。赵能道:'却又作怪。平地里卷起这阵恶风来,想是神明在里面,定嗔怪我们只管来照,因此起这阵恶风显应。我们且去罢。只守住村口,待天明再来寻。'赵得道:'只是神橱里不曾看得仔细,再把枪去搠一搠。'赵能道:'也是。'两个却待向前,只听得殿后又卷起一阵怪风,吹得飞沙走石,滚将下来,摇得那殿宇岌岌地动,罩下一阵黑云,布合了上下,冷气侵入,毛发竖起。赵能情知不好,叫了赵得道:'兄弟,快走,神明不乐。'众人一哄都奔下殿来,望庙门外跑走……只听得庙里有人叫:'饶恕我们!'赵能再入看时,两三个士兵跌倒在龙墀里,被树根钩住了衣服,死也挣不脱,手里丢了朴刀,扯着衣裳叫饶。……赵能把士兵衣服解脱了,领出庙门去。"

这里写赵能、赵得和众人走出庙门,即在庙里搜寻的事已告一段落,这是"欲合";接着又写庙里有人叫,赵能再入来看,是"故纵",故意再放开,再让赵能进庙来看,制造紧张气氛。

横云断山

有横云断山法。如两打祝家庄后,忽插出解珍、解宝争虎越狱事;又正打大名城时,忽插出截江鬼、油里鳅谋财倾命事等是也。

在叙述一件复杂事件时,中间插进与复杂事件有关的事,这种手法在说书中经常听到,《水浒传》里也有这种手法。像第四十六回《宋公明一打祝家庄》同《宋公明两打祝家庄》是连接的,但都打不破祝家庄。想打破祝家庄,要靠另一支部队进入祝家庄,与宋江的部队里应外合才能成功。因此在两打祝家庄后,插入《解珍解宝双越狱,孙立孙新大劫牢》,他们越狱劫牢以后投向梁山泊,成为进入祝家庄的一支部队,才实现三打祝家庄。插进去这一段故事,跟三打祝家庄密切相关,但又属于插进去的故事,把两打和三打隔断了。虽然隔断了,插进的故事却成了三打的准备,使三打能够成功。再看第六十二回《宋江兵打大名城,关胜议取梁山泊》,宋江起兵攻打大名府城,要救出陷在狱里的卢俊义和石秀。宋江围困了大名城,一时打不进去。大名府的梁中书向蔡京告急,蔡京调关胜率军去打梁山泊。宋江不得不退回梁山泊去对付关胜,这就把打大名城的战事割断了,中间插入与关胜攻打梁山泊之战。第六十三回《呼延灼月下赚关胜》,骗关胜夜袭,关胜中计被擒归顺梁山泊。于是宋江二次打大名城。第六十四回《浪里白条水上报冤》,写宋江在二打大名城时,背上生疽,再一次退兵回梁山泊,托张顺到南京去请名医安道全。张顺渡江时碰上截江鬼张旺,被捆住手脚抛入江中。

张顺在水下咬断绳子，游到对岸，得王定六的帮助请到了安道全。两人换了衣服，坐张旺的船渡江时，张顺把张旺藏在舱底的板刀取出，把张旺捆住抛入江心，报了仇。渡过了江，碰上神行太保戴宗，取两个甲马，拴在安道全腿上，作起神行法，先到梁山泊，治好宋江的背疽。后由吴用率领众好汉，智取大名府，救出了卢俊义和石秀。在三次打大名府中，有两次插进了两件事，这两件事对发展梁山泊事业都有帮助：一是收服关胜，壮大了梁山泊的力量；一是请到名医安道全，增添了梁山泊的医药人才。

鸾胶续弦

有鸾胶续弦法。如燕青往梁山泊报信，路遇杨雄、石秀，彼此须互不相识，且由梁山泊到大名府，彼此既同取小径，又岂有只一小径之理。看他便顺手借如意子打鹊求卦，先斗出巧来，然后用一拳打倒石秀，逗出姓名来等是也。都是刻苦算得出来。

鸾胶续弦，指弦断了，用鸾胶来续，好比联系断了，用别样东西来接上。第六十一回写董超、薛霸两公差押解卢俊义到大树林里，要害死卢俊义。燕青放箭把两个公差射死，背了卢俊义住在客店里。卢俊义又被官兵追捕捉去。燕青想去梁山泊报信,听见喜鹊噪,他望空祈祷:"若是救得主人性命,箭到,灵鹊坠空;若是主人命运合休,箭到,灵鹊飞去。"弩子响处,喜鹊后尾带了那支箭直飞下冈子去。(袁无涯批:"雀作卜,鹊作引导过脉关节,小巧精灵。")燕青大踏步赶下冈子去,不见喜鹊,却见两个人从前面走来,寻思道:"我正没盘缠,何不两拳打倒他们两个,夺了包裹,却好上梁山泊?"燕青和两人交手后,才知道两人是杨雄、石秀,于是杨雄和燕青回梁山泊报信,石秀进大名府去探听消息。灵鹊飞去好比断弦,引出杨雄、石秀好比续弦。

这里讲了许多作法,实际上说明生活是错综复杂的,要反映错综复杂的生活,要反映得恰到好处,就会产生种种写法。所以不是作者在创作时考虑要运用何种作法,而是作者在创作时只考虑怎样恰好地反映生活,在恰好地反映错综复杂的生活中,自然形成各种作法。

红楼梦

《脂砚斋重评石头记》第一回写空空道人听了石头投胎人世亲自经历的一段故事,记录了半世亲闻的这几个女子后,脂砚斋眉批讲到《红楼梦》的作法道:

事则实事,然亦叙得有间架,有曲折,有顺逆,有映带,有隐有见,有正有闰,以至草蛇灰线,空谷传声,一击两鸣,明修栈道,暗度陈仓,云龙雾豹,两山对峙,烘云托月,背面傅粉,千皴万染诸奇。书中之秘法,亦不复少……

这里讲了许多作法,先讲"有间架",间架指结构,已见前,这里只就其他诸作法,约略谈谈。

曲折

有曲折。第八回《薛宝钗小恙梨香院》，写宝钗有小病，宝玉去看她。（脂砚斋批："未入梨香院，先故作若许波澜曲折。瞧他无意中又写出宝玉写字来，固是愚弄公子闲文，然亦是暗逗宝玉历来文课事。"）脂砚斋批指出宝玉到梨香院去看宝钗，还没有到梨香院，就有"若许波澜曲折"。这篇写宝玉"因想起近日薛宝钗在家养病，未去亲候，意欲去望她一望。若从上房后角门过去，又恐遇见别事缠绕，再或可巧遇见他父亲，更为不妥，宁可绕远路罢了"。"偏顶头遇见了门下清客相公詹公、单聘仁二人走来，一见了宝玉，便都笑着赶上来，一个抱住腰，一个携着手，都道：'我的菩萨哥儿，我说做了好梦呢，好容易得遇见了你。'说着请了安，又问好，唠叨了半日，方才走开，老嬷叫住，因问：'你二位爷是从老爷跟前来的不是？'他二人点头道：'老爷在梦坡斋小书房里歇中觉呢，不妨事的。'一面说，一面走了，说的宝玉也笑了。于是转弯向北奔梨香院来。可巧银库房的总领名唤吴新登与仓上的头目名唤戴良，还有几个管事的头目，共有七个人，从账房里出来，一见了宝玉走来都一齐垂手站住。独有一个买办，名叫钱华的，因他多日未见宝玉，忙上来打千儿请安。宝玉忙含笑携他起来。众人都笑说：'前儿在一处看见二爷写的斗方,字法越发好了,多早晚赏我们几张贴贴?'宝玉笑道:'在哪里看见了?'众人道:'好几处都有,都称赞的了不得,还和我们寻呢。'宝玉笑道:'不值什么,你们说给我的小幺儿们就是了。'一面说,一面前走,众人待他过来,方都各自散了。"以上这一段,脂批"波澜曲折"。原来写宝玉要到梨香院去,从上房后角门去近,往东向北绕厅后去远。宝玉不走近路,是怕碰见他父亲,这是一曲折。他在路上碰见两位清客,唠叨半日,这是又一曲折。老嬷嬷知道宝玉怕碰见他父亲,因此问两位清客,两位清客知道她问的用意告诉她,也告诉宝玉"不妨事",所以宝玉也笑了,这又是一曲折。宝玉又碰见几个管事的头目和买办,大家赞美他的斗方字写得好,要求他写字,这又是一曲折。只写宝玉到梨香院去,就有这几个曲折。这几个曲折不是无意义的:一是写宝玉怕他父亲,他的叛逆性格经常要遭到他父亲的呵斥,所以害怕。二是写他的品貌性情使清客都想亲近他,所以见到他一个人时都很高兴。三是写贾府中管事等人都尊敬他,他跟他们平等相待,显出他对下人的和善。四是脂批说的:"暗逗宝玉历来文课事。"所以这些曲折都是有意义的。

顺逆

有顺逆,即顺叙和倒叙连在一起。如第一回写甄士隐"又见奶姆正抱了英莲走来,士隐见女儿越发生得粉妆玉琢,乖觉可喜,便伸手接来,抱在怀中,逗她顽耍一回。又带至街前,看那过会的热闹。方欲进来时,只见从那边来了一僧一道。……及到了他门前,看见士隐抱着英莲,那僧便哭起来,又向士隐道:'施主,你把这有命无运、累及爹娘之物抱在怀内作甚?'士隐听了,知是疯话,也不去睬他。……那僧乃指着他大笑,口内念了四句言词道是:'惯养娇生笑你痴,菱花空对雪澌澌。好防佳节元宵后,便是烟消火灭时。'士隐听得明白,心下犹豫,意欲问他们来历。只听道人说道:'你我不必同行,就此分手,各干营生去罢……'那僧道:'最妙!最妙!'说毕,二人一去,再不见个踪影了。"这里,从士隐看见女儿可爱,抱到街前碰见一僧一道,那僧哭着对士隐说话,念了四句言词,又对道人告别,二人一去再不见踪影,这些都是顺叙。那僧对士隐说,他的女儿为"有命无运、累及爹娘之物",又在四句言词里指出他的女儿在元宵佳节以后就会丢失,士隐一家会遭火灾,他的女儿碰见姓薛的是遇人不淑。这就是对"有命无运、累及爹娘"的说明。那僧讲的,都是士隐女儿英莲长大后的遭遇,先在这里叙述,就是倒叙,顺叙和倒叙的结合,这是《红楼梦》叙事的特点。

映带

有映带，映带指映衬，有相映衬托的意思。如第三回《荣国府收养林黛玉》，写"黛玉只带了两个人来，一个是自幼奶娘王嬷嬷，一个是十岁的丫头，亦是自幼随身的，名唤雪雁。贾母见雪雁甚小，一团孩气，王嬷嬷又极老，料黛玉皆不遂心省力的，便将自己身边一个二等的丫头名唤鹦哥者与了黛玉"。"原来这袭人亦是贾母之婢，本名珍珠。贾母因溺爱宝玉，生恐宝玉之婢无竭力尽忠之人，素喜袭人心地纯良，克尽职任，遂与了宝玉。宝玉因知她本姓花，又曾见旧人诗句上有'花气袭人'之句，遂回明贾母，即更名袭人。"第八回写雪雁给黛玉送小手炉来，说道："紫鹃姐姐怕姑娘冷，使我送来的。"脂砚斋在"紫鹃"两字旁批"鹦哥改名已"，即鹦哥已改名紫鹃。这里，黛玉带来的丫头名"雪雁"，贾母派来的丫头鹦哥，黛玉把她改名"紫鹃"，这个名字，正好附带映衬黛玉处境的孤寒。宝玉把贾母派给他的丫头珍珠改名袭人，联系"花气袭人"，正好附带映衬出这个丫头对宝玉正如花气袭人。这两个丫头的改名，含有对黛玉、宝玉附带映衬出两人处境的意味。

又第八回《贾宝玉大醉绛芸轩》的末了，（脂砚斋批："不想浪酒闲茶一段金玉旖旎之文后，忽用此等寒瘦古拙之词收住,行文之大变体处。")这一回写宝玉的"浪酒闲茶",先在薛姨妈家喝了上等的酒,回来要枫露茶喝,说明宝玉过的是金玉旖旎的富贵生活。结尾写秦钟要和宝玉一起去上学,秦钟的父亲秦业"知贾家塾中现今司塾的是贾代儒,乃当今之老儒,秦钟此去,学业料必进益,成名可望,因此十分欢喜。只是宦囊羞涩,那贾府上上下下都是一双富贵眼睛,容易拿不出来;又恐误了儿子的终身大事,说不得东拼西凑的,恭恭敬敬封了二十四两贽见礼。"这就是脂批所谓"寒瘦古拙之词",与宝玉的"金玉旖旎之文"正好构成映衬,而这个映衬,在这一回中又是附带,可称"映带"。

隐现

有隐现,隐是隐藏,即含蓄不露,现是显现。如第十三回《秦可卿死封龙禁尉》,写"只听得二门上传事云牌连叩四下,正是丧音,将凤姐惊醒。人回:'东府蓉大奶奶没了!'凤姐闻听,吓了一身冷汗,出了一回神,只得忙忙的穿衣服,往王夫人处来。彼时合家皆知,无不纳罕,都有些疑心。"(脂砚斋批:"九个字写尽天香楼事,是不写之写。")这是说,这九个字"不写"天香楼事,是"隐";但又说"不写之写",即透露天香楼事,是"现"。下文写"贾珍哭的泪人一般",(脂批:"可笑如丧考妣,此作者刺心笔也。")贾珍是秦可卿的公公，公公去偷媳妇，这事被丫头瑞珠看见了，媳妇可卿害羞自缢，所以贾珍哭的泪人一般。这个叙述是"隐"，这个批语是"现"。下文又称"忽又听得秦氏之丫鬟名唤瑞珠者，见秦氏死了，她也触柱而亡。"（脂批："补天香楼未删之文。"）这个叙述是"隐"，这个批语又是"现"。又第五回写秦可卿领宝玉到房里睡觉，"有一嬷嬷说道：'哪里有个叔叔往侄儿的房里睡觉的礼？'秦氏笑道：'嗳哟哟，不怕他恼，他能多大了，就忌讳这些个。'"这是若"隐"若"现"。再写"众奶母伏侍宝玉卧好，款款散去，只留下袭人、媚人、晴雯、麝月四个丫鬟为伴。秦氏便吩咐小丫鬟们好生在廊檐下看着猫儿狗儿打架。那宝玉刚合上眼，便惚惚睡去，犹似秦氏在前，遂悠悠荡荡随了秦氏至一所在。"（脂批："此梦文情固佳，然必用秦氏引梦，又用秦氏出梦，竟不知立意何属，惟批书人知之。"）这又是若"隐"若"现"，"不知"是"隐"，"知之"是"现"。后来写宝玉在梦中，警幻仙子说："再将吾妹一人，乳名兼美，字可卿者，许配与汝。今夕良时，即可成姻……"宝玉到迷津，有一夜叉扑来，宝玉失声喊叫："可卿救我！可卿救我！"秦氏因纳闷道："我的小名，这里没人知道，他如何从梦里叫出来？"（脂批："云龙作雨，不知何为龙？何为云？何为雨？"又墨笔批："作者瞒人处，亦是作者不瞒人处，妙！"）这里批的"不知"与"瞒人"即"隐"，批的"不瞒人"即"现"，这是"隐"而"现"。

正闰

有正闰，正即主，闰即次，即分主次。如第一回《甄士隐梦幻识通灵》，写"……庙旁住着一家乡宦，（脂砚斋批：'不出荣国（府）大族，先写乡宦小家，从小至大，是此书章法。'）姓甄名费，字士隐。嫡妻封氏，情性贤淑，深明礼义。家中虽无甚富贵，然本地便也推他为望族了。"（脂批："本地推为望族，宁〔国府〕荣〔国府〕则天下推为望族，叙事有层次。"）脂批认为先叙小家，后叙大族，先叙本地望族，后叙天下望族，即本书以贾府为主，以甄士隐家为次，故第二回即写《冷子兴演说荣国府》，以荣国府为正为主，以甄士隐家作陪，为次为闰，这是有正闰。又第二回《贾夫人仙逝扬州城，冷子兴演说荣国府》。脂批："未写荣府正人，先写外戚，是由远及近、由小至大也。若是先叙出荣府，然后一一叙及外戚，又一一至朋友，至奴仆，其死板拮据之笔，岂作十二钗人手中之物耶？今先写外戚者，正是与荣国一府也。故又怕闲文赘累，开笔即写贾夫人已死，是特使黛玉入荣之速也。"这个批语，指出"未写荣府正人，先写外戚"，即以荣府中人为正，荣府之亲戚为从，先写外戚，再写荣府，即以从陪正，是由远及近、由小至大的写法，即有正闰。又第一回写："恰近日神瑛侍者凡心偶炽，乘此昌明太平朝世，意欲下凡，造历幻缘，已在警幻仙子案前挂了号。警幻亦曾问及（绛珠仙子）：'灌溉之情未偿，趁此倒可了结的。'那绛珠仙子道：'他是甘露之惠，我并无此水可还。他既下世为人，我也去下世为人，但把我一生所有的眼泪还他，也偿还得过他了。'因此一事，就勾出多少风流冤家来陪他们去了结此案。"（脂批："余不及一人者，盖全部之主，惟二玉二人也。"）那么所谓"有正闰"，即有主从，有三：开头从甄士隐家到第二回讲贾府，是一种以从陪正；第二回从贾夫人仙逝到荣国府，以荣国府中人为正，以外戚为闰，是第二种以从陪正；第一回以二玉为正，以其他女子为从，是第三种以从陪正。

草蛇灰线

有草蛇灰线。如第六回《刘姥姥一进荣国府》，写：

刘姥姥屏声侧耳默候，只听远远有人笑声，约有一二十妇人，衣裙悉窣，渐入堂屋，……忽见周瑞家的笑嘻嘻走过来，招手儿叫她。刘姥姥会意，于是携了板儿下炕，至堂屋中，……那凤姐儿……慢慢的问道："怎么还不请进来？"一面说，一面抬身要茶时，只见周瑞家的已带了两个人在地下站着了，这才忙欲起身、犹未起身，满面春风的问好（一笑)……刘姥姥在地下已是拜了数拜,……凤姐笑道(二笑):"亲戚们不大走动,都疏远了……"刘姥姥忙念佛道:"我们家道艰难,走不起来了……"凤姐笑道(三笑):"这话叫人没的恶心,不过借赖着祖父虚名,作个穷官儿罢了……"只听一路靴子脚响,进了一个十七八岁的少年,面目清秀,身材夭娇,轻裘宝带,美服华冠。刘姥姥此时坐不是,立不是,藏没处藏。凤姐笑道(四笑):"你只管坐着,这是我侄儿。"……贾蓉笑道:"我父亲打发我来求婶子,说上回老舅太太给婶子的那架玻璃炕屏,明日请一个要紧的客,借了略摆一摆就送过来的。"……凤姐笑道(五笑):"也没见我们王家的东西都是好的不成!……"……那凤姐只管慢慢的吃茶,出了半日神,方笑道(六笑):"罢了,你且去罢。晚饭后你来再说罢……"贾蓉应了,方慢慢的退去。这里刘姥姥心身方安,方又说道:"今日我带了你侄儿来,也不为别的,只因为他老子娘在家里,连吃的都没有……"凤姐早已明白了,听她不会说话,因笑止道:(脂批:"又一笑,凡六。自刘姥姥来,凡笑五次。写得阿凤乖滑伶俐,合眼如立在前。若会说话之人,便听他说了,阿凤厉害处正在此。问看官常有将挪移借贷已说明白了,彼仍推聋装哑,这人比阿凤若何?呵呵,一叹。")……

这里前后写了凤姐对刘姥姥有五次笑,其中有一条线索,就是脂批指出的，通过五次笑，写凤姐的乖滑伶俐，写刘姥姥的不会说话，也写凤姐并不因刘姥姥不会说话就装聋作哑，还是送了她二十两银子。在这五个笑里，看似平常，却贯串着这个线索，所以称草蛇灰线。

空谷传声

有空谷传声，指有声而不见形。如第三回写黛玉去见王夫人：

王夫人因说："……但我不放心的最是一件：我有一个孽根祸胎，是这家里的'混世魔王'，今日因庙里还愿去了，尚未回来，晚间你看见便知。你只以后不用睬他。你这些姊妹都不敢沾惹他的。"黛玉亦常听见母亲说过，二舅母生的有个表兄，乃衔玉而诞，顽劣异常，极恶读书，最喜在内帏厮混。外祖母又极溺爱，无人敢管。今见王夫人如此说，便知说的是这表兄了。因陪笑道："舅母说的可是衔玉所生的这位哥哥？在家时亦曾听见母亲常说，这位哥哥比我大一岁，小名就唤宝玉，虽极憨顽，说在姊妹情中极好的。况我来了，自然和姊妹同处，兄弟们自是别院另室的，岂得去沾惹之理？"王夫人笑道："你不知原故。他与别人不同，自幼老太太疼爱，原系同姊妹一处娇养惯了的。若姊妹们有日不理他，他倒还安静些，纵然他没趣，不过出了二门，背地里拿着他的两三个小幺儿出气，咕唧一会子就完了。若这一日，姊妹们和他多说一句话，他心里一乐，便生出多少事来。所以嘱咐你别睬他。他嘴里一时甜言蜜语，一时有天无日，一时疯疯傻傻，只休信他。"黛玉一一的都答应着。

这段写王夫人讲宝玉怎样怎样，黛玉想的又是怎样，王夫人又怎样讲。当时宝玉还没有回来，黛玉还没有看见他，所以是空谷传声。但这个声音里还是反映出贾府对宝玉的看法，是重要的。

一击两鸣

有一击两鸣。如第三回写宝玉初会黛玉时：

宝玉又道："妹妹尊名，是哪两个字？"黛玉便说了名字。宝玉又问表字，黛玉道："无字。"宝玉笑道："我送妹妹一个妙字，莫若'颦颦'二字极好。"探春便问何出，宝玉道："《古今人物通考》上说，西方有石名黛，可代画眉之墨，况这林妹妹眉尖若蹙，用取这两个字，岂不两妙！"探春笑道："只恐又是你的杜撰。"宝玉笑道："除《四书》外，杜撰的太多，（脂批：'如此等语，焉得怪彼世人谓之怪，只瞒不过批书者。'）

438

偏只我是杜撰不成？"

又问黛玉："可也有玉没有？"（脂批："奇极怪极痴极愚极，焉得怪人目为痴哉！"）众人不解其语。黛玉便忖度着，因他有玉，故问我也有无，因答道："我没有那个，想来那玉亦是一件罕物，岂能人人有的！"（脂批："奇之至，怪之至。人忽将黛玉亦写成一极痴女子。观此初会，二人之心，则可知以后之事矣。"）宝玉听了，登时发作起痴狂病来，摘下那玉，就狠命摔去，骂道："什么罕物！连人之高低不择，还说'通灵'不'通灵'呢！我也不要这劳什子了！"吓的地下众人一拥争去拾玉。贾母急的搂了宝玉道："孽障！（脂批：'如闻其声。恨极语，却是疼极语。'）你生气，要打骂人容易，何苦摔那个命根子！"（脂批："一字一千斤重。"）宝玉满面泪痕泣道：（脂批："千奇百怪，不写黛玉泣，却反写宝玉泣。"）"家里姐姐妹妹都没有，单我有，我就没趣。如今来了这么一个神仙似的妹妹也没有，可知这不是个好东西。"

在这里，探春批评宝玉杜撰，这是"一击"；宝玉笑道："除《四书》外，杜撰的太多，偏只我是杜撰不成？"这里连用两个"杜撰"，一是《四书》外的太多的"杜撰"，一是"我的杜撰"，这是"两鸣"，借太多的杜撰来抵消"我的杜撰"。这里又写宝玉问黛玉："可也有玉没有？"这是一问，脂批认为这是"奇极怪极痴极愚极"；又认为黛玉答他的问亦成一极痴女子,成了一问而生二痴,亦属于"一击二鸣"。接着写宝玉摔玉,"满面泪痕泣道";后面写黛玉"流眼抹泪地说:'今儿才来了,就惹出你家哥儿的狂病来,倘或摔坏那玉,岂不是因我之过。'"这是一摔而造成两人的哭诉,又是"一击两鸣"。

又第七回写:"只见香菱笑嘻嘻的走来,周瑞家的便拉了她的手,细细的看了一回,因向金钏儿笑道:'到好个模样儿,竟有些像咱们东府里蓉大奶奶的品格。'"(脂批:"一击两鸣法,二人之美并可知矣。再忽然想到秦可卿,何玄幻之极。")这是脂批写明的一击两鸣法。

明修栈道,暗度陈仓

有明修栈道,暗度陈仓。第七回写周瑞家的送宫花:

进入凤姐院中。走至堂屋,只见小丫头丰儿坐在凤姐房门槛上,见周瑞家的来了,连忙摆手儿,叫她往东屋里去。周瑞家的会意,慌的蹑手蹑脚的往东边房里来,只见奶子正拍着大姐儿睡觉呢。周瑞家的悄问奶子道:"奶奶睡中觉呢?也该请醒了。"奶子摇头儿。正问着,只听那边一阵笑声,却有贾琏的声音。接着房门响处,平儿拿着大铜盆出来,叫丰儿舀水进去。(脂批:"妙文奇想。阿凤之为人,岂有不着意于风月二字之理哉？若直以明笔写之，不但唐突阿凤声价，亦且无妙文可赏。若不写之，又万万不可。故只用'柳藏鹦鹉语方知'之法，略一皴染，不独文字有隐微，亦且不至污渎阿凤之英风俊骨，所谓此书无一不妙。"）

这段批语，指出来的"略一皴染"，是"明修栈道"，没有写出来的"隐微"处，即"暗度陈仓"。又第六十八回《苦尤娘赚入大观园，酸凤姐大闹宁国府》，第六十九回《弄小巧用借剑杀人，觉大限吞生金自逝》，在这两回里，写凤姐对尤二姐当面说了许多好话，把尤二姐骗进大观园，又陪尤二姐去见贾母，当面也说了一番好话，这是明修栈道。暗地里用种种手段来迫害尤二姐，又暗中派旺儿去，把原来与尤二姐定亲的张华勾来养着，要张华去告贾琏在国孝家孝里头，背旨瞒亲，仗财依势，强迫退亲，停妻再娶。这暗中所搞的一切，就是暗度陈仓。她用旺儿暗中传张华告贾琏这一手，到告发时，又变成了明修栈道，借此到宁国府大闹，诈取银两。她用这两手，暗中把尤二姐逼死。这两回里，正写出凤姐的明修栈道，暗度陈仓来。

云龙雾豹

有云龙雾豹，指云藏龙，雾隐豹。如第一回："后因曹雪芹于悼红轩中，披阅十载，增删五次，纂成目录，分出章回，则题曰'金陵十二钗'。"（脂评："若云雪芹披阅增删，然开卷至此，这一篇楔子，又系谁撰？足见作者之笔，狡猾之甚。后文如此处者不少。这正是作者用画家烟云模糊处，观者万不可被作者瞒过了去，方是巨眼。"）这里说的"烟云"，即指"云龙雾豹"中的云雾，要模糊的即龙和豹，就是使读者模糊地认为《红楼梦》不是曹雪芹写的，所以脂批加以点明。

第七十九回写黛玉听宝玉念完了祭晴雯的《芙蓉诔》后，黛玉说："我听中间有两句，什么'红绡帐里，公子多情；黄土垄中，女儿薄命。'只是'红绡帐里'未免熟滥些。咱们如今都系霞影纱糊的窗槅，何不说'茜纱窗下，公子多情'呢？"宝玉听了跌足笑道："好极是好极，到底是你想的出，说的出。……如今我索性将'公子''女儿'改去，竟算是你诔她倒妙。竟莫若改作'茜纱窗下，小姐多情。黄土垄中，丫鬟薄命。'"黛玉笑道："她又不是我的丫头，何用作此语。等我的紫鹃死了，我再如此说，还不算迟。"（脂批："明是为与阿颦作谶，却先偏说紫鹃，总用此狡狯之法。"）宝玉听了忙笑道："这是何苦又咒她。"（脂批："又画出宝玉来，究竟不知是咒谁，使人一笑一叹。"）黛玉笑道："是你要咒的，并不是我说的。"宝玉道："又有了，这一改可妥当了，莫若说：'茜纱窗下，我本无缘；（脂批："双关句，意妥极。"）黄土垄中，卿何薄命。'"（脂批："如此，我亦谓妥极。但试问当面用尔我字样，究竟不知是为谁之诔？一笑一叹。一篇诔词，总因此二句而有。又当知虽诔晴雯，而又实诔黛玉也，奇幻至此。若云必因晴雯来，则呆之至矣。"）黛玉听了，移神变色，（脂批："慧心人可谓一哭。观此句便知诔文实不为晴雯而作也。"）心中虽有无限的狐疑乱拟，（脂批："用此字更妙，盖又欲瞒观者。"）外面却不肯露出，反连忙笑着点头称说："果改得好，再不必乱改了……"

在以上这段话里，从修改"红绡帐里"为"茜纱窗下"，到再改"公子""女儿"为"小姐""丫鬟"，变成黛玉诔晴雯。黛玉说"她又不是我的丫头"，转到把这话说成将来紫鹃死后的诔，也就成为紫鹃之诔。于是再改下两句为"我本无缘"，"卿何薄命"，黛玉连忙点头说："果改得好。"这一切都是"云龙雾豹"中的云雾，把作者的真意掩盖起来了，好像是在讨论《芙蓉诔》，是把诔文改好了。作者的真意即"龙"和"豹"又是什么呢？脂批指出，当着黛玉的面用"我本无缘""卿何薄命"，不正是在指"我"和"你"吗？这《芙蓉诔》不正是为黛玉之诔，成为诔黛玉吗？所以"黛玉听了移神变色"，但作者还要用云雾把他的真意掩盖起来，所以又做了不少掩饰，在掩饰中又暗示有真意在内，这点脂批都指出来了，所以是"云龙雾豹"之例。

两山对峙

有两山对峙,如第一回写"西方灵河岸上三生石畔有绛珠草一株,(脂批:"细思'绛珠'二字,岂非血泪乎?")时有赤瑕宫神瑛侍者(脂批:"瑕字,玉有病也,以此命名,恰极。")日以甘露灌溉,这绛珠草……得换人形,仅修成个女体。……近日神瑛侍者……意欲下凡,……那绛珠仙子道:'……他既下世为人,我也去下世为人。但把我一生所有的眼泪还他,也偿还得过他了。'"(脂批:"全部之主,惟二玉二人也。")这里把绛珠仙子和神瑛侍者即后来的黛玉和宝玉双峰并峙,是一种"两山对峙"。下面写贾雨村高吟一联:"玉在匮中求善价,钗于奁内待时飞。"(脂批:"前用二玉合传,今用二宝合传,自是书中正眼。")这里认为宝玉、宝钗双峰并峙,是又一种"两山对峙"。第五回写宝玉梦游太虚幻境,到了薄命司,翻看金陵十二钗正册,"见头一页上,便画着两株枯木,木上悬着一围玉带。又有一堆雪,雪下一股金簪。也有四句言词道是:'可叹停机德,(脂批:"此句薛。")堪怜咏絮才。(脂批:"此句林。")玉带林中挂,金簪雪里埋。'"这里讲黛玉和宝钗双峰并峙,是又一种"两山对峙"。又第五回听《红楼梦曲》第二支《终身误》:"都道是金玉良缘,俺只念木石前盟。空对着山中高士晶莹

444

雪，终不忘世外仙姝寂寞林。"这里把"雪"（薛）和林相对，是"两山对峙"。又第三支《枉凝眉》："一个是阆苑仙葩，一个是美玉无瑕。若说没奇缘，今生偏又遇着他；若说有奇缘，如何心事终虚话。一个枉自嗟呀，一个空劳牵挂。一个是水中月，一个是镜中花。想眼中能有多少泪珠儿，怎经得秋流到冬，春流到夏。"这是宝玉和黛玉的"两山对峙"。又第八回《薛宝钗小恙梨香院》，一百二十回本改为《贾宝玉奇缘识金锁，薛宝钗巧合认通灵》，即写宝钗细看宝玉的通灵宝玉，念出玉上的字句来。宝玉细看宝钗的金锁，念出锁上的字句来。"莺儿嘻嘻笑道：'我听这两句话，倒像和姑娘的项圈上的两句话是一对儿。'"这又是宝玉与宝钗的"两山对峙"了。

烘云托月

有烘云托月。如第三回写林黛玉进了贾府，王夫人对凤姐说话，凤姐说："才刚带着人到后楼上找缎子，找了这半日，也并没有见昨日太太说的那样，想是太太记错了。"王夫人道："有没有什么要紧。"因又说道："该随手拿出两个来，给你这妹妹去裁衣裳的，等晚上想着，叫人再去拿罢，可别忘了。"熙凤道："倒是我先料着了，知道妹妹不过这两日到的，我已预备下了，等太太回去过了目，（脂批：'试看她心机。'）

445

好送来。"(脂批:"余知此缎,阿凤并未拿出,此借王夫人之语,机变欺人处耳。若信彼果拿出预备,不独被阿凤瞒过,亦且被石头瞒过了。")王夫人一笑,点头不语。(脂批:"深取之意。")按这段写凤姐对王夫人说,她带人到后楼上去找王夫人说的缎子,没有找到。这里已经提到了缎子,可没有再提拿出两个缎子来替林黛玉裁衣服。等王夫人要她拿出两个来给黛玉裁衣服,她才说"我已预备下了,等太太回去过了目好送来"。可见她是听了王夫人的吩咐后的机变欺人语。王夫人听了一笑,点头不语。"点头"表示赞许,"一笑"暗示已经识破凤姐在说假话。这里写出凤姐的说假话,是"烘云";通过她的说假话,衬出她的机变和王夫人的一笑来,这是"托月"。

背面傅粉

有背面傅粉。如第十五回写贾府替秦可卿大出丧,在铁槛寺安灵。凤姐住在附近的水月庵,庵里的老尼求凤姐办事,说大财主张家有个女儿金哥,给长安府太爷的小舅子李衙内看上了,派人去求亲。张家说,女儿已许给原任长安守备的公子。谁知李衙内执意不依,定要娶他女儿。"张家正无计策,两处为难。不想守备家听了此信,也不管青红皂白,便来作践、辱骂,说一个女儿许几家,偏不许退定礼,就要打官司告状起来。

（脂批：'守备一闻便骂，断无此理。此不过张家惧府尹之势，必先退定礼，守备方不从，或有之。此时老尼只欲与张家完事，故将此言遮饰，以便退亲，受张家之贿也。'）那张家急了，（脂批：'如何便急了，话无头绪，可知张家理缺。此系作者巧摹老尼无头绪之语，莫认作者无头绪。正是神处奇处，摹一人必到纸上活现。'）只得着人上京求寻门路，赌气偏要退定礼。"老尼因此求凤姐设法请长安节度云老爷压守备退亲。

这件事，从脂批看，是张家要与府尹的小舅子李衙内攀亲，向守备家退还定礼；守备家不收，骂张家贪慕权势。可是老尼在背后替张家粉饰，说成守备家不管青红皂白，便来辱骂，变成守备家不对。这样在背后替张家粉饰，正是"背面傅粉"。

千皴万染

有千皴万染。第二回《冷子兴演说荣国府》，脂砚斋总批："其演说荣府一篇者，盖因族大人多，若从作者笔下一一叙出，尽一二回不能得明，则成何文字，故借用冷子兴一人，略出其大半，使阅者心中已有一荣府隐隐在心。然后用黛玉、宝钗等两三次皴染，则跃然于心中眼中矣！此即画家三染法也。"这里讲"冷子兴演说荣国府"，实际是对贾府做了一个轮廓性的重点介绍，好比画家的勾轮廓。第三回《荣国府收养林黛玉》，写黛玉进了荣国府，对府中的重要人物有了接触；对各房各户的住处安排、前后路线，有了叙述；对重要的房屋的陈设布置，有了描绘；对其中的重要人物如宝玉的性情服饰，也有了描状。这样，对荣国府做了皴染，好比画家在勾了轮廓以后再作皴染。第五回写贾宝玉梦游太虚幻境，这回里对秦可卿的住房陈设，做了细致描绘；宝玉在梦中看了金陵十二钗副册和正册，对贾府中人物和他们的命运做了预告，即对有些人物再作描绘，是又一次皴染。第七回写薛家搬进贾府，与贾府中人物接触来往，看到了住处的安排，对荣国府又做了皴染。第十三回《秦可卿死封龙禁尉，王熙凤协理宁国府》，在给秦可卿办大出丧时，又描写了许多人，写了宁国府中的执事人员，写出了凤姐的办事能力。这是对宁国府和凤姐等的描绘，是对贾府的再一次叙述，再一次皴染。第十七回《大观园试才题对额，荣国府归省庆元宵》，对大观园的结构、景物做了细致描写，也是对荣国府做了新的描绘，做了新的皴染。这就是"千皴万染"，极言多次皴染。

倒峡逆波

有倒峡逆波。第二回写贾雨村在扬州林如海家坐馆，每当风日晴和，饭后便出来闲步。

这日偶至郭外，意欲赏鉴那村野风光。忽信步至一山环水旋、茂林深竹之处，隐隐有座庙宇，门巷倾颓，墙垣朽败，门前有额，题着"智通寺"三字。门旁又有一副旧破的对联，曰："身后有余忘缩手，眼前无路想回头。"雨村看了，因想到："这两句话，文虽浅，其意则深。（脂批：'一部书之总批。'）也曾游过些名山大刹，倒不曾见过这话头，其中想必有个翻过筋斗来的，也未可知。何不进去试试。"想着走入看时，只有一个聋肿老僧在那里煮粥。雨村见了，便不在意。及至问他两句话，那老僧既聋且昏，（脂批："是翻过来的。"）齿落舌钝，所答非所问。雨村不耐烦，便仍出来。（脂批："未出宁、荣繁华盛处，却先写一荒凉小境；未写通部入世迷人，却先写一出世醒人，回风舞雪，倒峡逆波，别小说中所无之法。"）

这里说的"倒峡逆波"，即指三峡的波浪倒流，从极盛叙到衰落是顺的，现在先写一荒凉小境，再写宁、荣繁华盛处，用来暗示繁华盛处将来也要变成荒凉小景。先写荒凉小景带有预示未来之意，所以是倒峡逆波。

颊上三毫

有颊上三毫，《世说新语·巧艺》称顾恺之画裴楷，颊上益三毛，更见精神，因此称"颊上三毫"为传神写照。第三回写林黛玉到了贾母住处，"方进入房时，只见两个人搀着一位鬓发如银的老母迎上来，黛玉便知是她外祖母，方欲拜见时，早被她外祖母一把搂入怀中，心肝儿肉叫着，大哭起来。（脂批：'几千斤力量，写此一笔。'）当下地下侍立之人无不掩面涕泣，（脂批：'旁写一笔更妙。'）黛玉也哭个不住。"（脂批："此书得力处，全是此等地方，所谓'颊上三毫'也。"）脂批指出贾母见了黛玉，既为女儿早死非常悲痛，又为女儿只留下这个外孙女而非常心爱，曹雪芹用极精练的话写出了当时贾母的动作、言语和感情，所谓"几千斤力量"的一笔，就是传神写照之笔。以贾母的地位这样叫着大哭，在地下侍立的人也陪着掩面涕泣，这又是传神写照之笔。又第三回写黛玉初会凤姐，从黛玉眼中仔细写凤姐的穿着打扮、品貌神态："一双丹凤三角眼，两弯柳叶掉梢眉，身量苗条，体格风骚，粉面含春威不露，丹唇未启笑先闻。黛玉连忙起身接见。贾母笑道：'你不认得她，她是我们这里有名的一个泼皮破落户儿，南省俗谓作辣子，你只叫她凤辣子就是。'"（脂批："试问诸公，从来小说中可有写形追像至此者！"）这"写形追像"，就是传神写照的意思。又批："阿凤一至，贾母方笑，与后文多少笑字作偶。阿凤笑声进来，老太君打诨，虽是空口传声，却是补出一晌晨昏起居，阿凤于太君处承欢应候，一刻不可少之人，看官勿以为闲文淡文也。"这个批语，指出这里不仅替王熙凤写照，还传出王熙凤的精神来。

追魂摄魄

有追魂摄魄。第三回写黛玉到了宁国府，"邢夫人让黛玉坐了，一面命人到外面书房中请贾赦，一时人来回说：'老爷说了，连日身上不好，见了姑娘，彼此倒伤心，暂且不忍相见。劝姑娘不要伤心想家……'"（脂批："追魂摄魄。若一见时，不独死板，且亦大失情理，亦不能有此等妙文矣。"）贾赦跟黛玉的母亲贾敏是同胞兄妹，看见黛玉就要想到亲妹而伤心，他身体不好，受不了这种刺激，所以说这是"追魂摄魄"之笔。又第三回写黛玉见了贾母，听贾母说话，"一语未了，只听得后院中有人笑声，说：'我来迟了，不曾迎接远客。'黛玉纳罕道，这些人个个都敛声屏气，恭肃严整如此，这来者系谁，这样放诞无礼。"（脂批："第一笔，三魂六魄已被作者拘定了，后文焉得不活跳纸上。此等非仙助即神助，从何而得此机括耶？另磨新墨，搦锐笔，特独出熙凤一人，未写其形，先使闻声，所谓绣幡开遥见英雄俺也。"）这个批语，竭力推重第一笔写凤姐的话，认为是追魂摄魄之笔。

横云断岭

有横云断岭。第四回写门子"从顺袋中取出一张抄写的护官符来，递与雨村。看时，上面皆是本地大族名宦之家的谚俗口碑……'贾不假，白玉为堂金作马。阿房宫，三百里，住不下金陵一个史。丰年好大雪，珍珠如土金如铁。东海缺少白玉床，龙王来请金陵王。'雨村犹未看完，忽闻传点人报：'王老爷来拜。'雨村听说，忙具衣冠出去迎接。（脂批：'横云断岭法，是板定大章法。妙极，若只有此四家，则死板不活；若再有两家，又觉累赘，故如此断法。'）有顿饭工夫，方回来细问这门子，这四家皆联络有亲，一损皆损，一荣皆荣，扶持遮饰，皆有照应的……"

这里写贾雨村在看门子递给他的护官符，还没看完，忽然有王老爷来拜，把看护官符的事打断了。这个打断是有用意的，即本地大族名宦之家，不止护官符上写的四家，像来拜的王老爷便是其中的一个。这样写，既不限令四家，又不累赘，这是横云断岭法的好处。又第四回写薛家进京，薛蟠听说母舅王子腾升九省统制，奉旨出京，很高兴，可以不住到母舅家去，免得受母舅的管束。"薛蟠道：'如今舅舅正升了外省去，家里自然忙乱起身，咱们这工夫，反一窝一拖的奔了去，岂不没眼色些。'他母亲道：'你舅舅家虽升了去，还有你姨爹家。况这几年来，你舅舅姨娘两处，每每带信捎书，接咱们来。如今既来了，你舅舅虽忙着起身，你贾家的姨娘，未必不苦留我们。（脂批："闲语中补出许多前文，此画家之云罩峰尖法也。"）咱们且忙忙收拾房舍，岂不使人见怪？你的意思我早知道，守着舅舅姨爹住着，未免拘紧了你，不如你自己去挑所宅子去住。我和你姨娘姊妹们别了这几年，却要厮守几日。我带了你妹子去投你姨娘家去，你道好不好？'薛蟠见母亲如此说，情知扭不过的，只得吩咐人夫一路奔荣国府来。"脂批在这里讲的"云罩峰尖法"，把以前舅舅、姨娘两家每每带口信、捎书信中所讲的许多事，这些事以前都没有提到过，在这里一笔带过。这些事好比"峰尖"，这里的一笔带过，好比"云罩"，故称"云罩峰尖法"。这个"云罩峰尖法"与"横云断岭法"可以相通，云罩在岭上就成"横云断岭"，云罩在峰尖就成"云罩峰尖"了。

儒林外史

《儒林外史》的各家批语中也有谈到各种作法的,不过不同于《三国演义》《水浒传》的写在读法中,也不同于《红楼梦》的总述于第一回的眉批中,而是散见于各回末的总评中,今约述于下。

罗络勾联

罗络勾联。第二回《王孝廉村学识同科》,卧闲草堂总评:

从吃斋引出做梦,又以梅玖之梦掩映王惠之梦,文章罗络勾联,有五花八门之妙。

这一回讲山东汶上县薛家集有个观音庵,在明朝成化末年正月初八日,集上人商量在庵里办个学堂,请周进做老师。

十六日，办学堂各家备了酒饭，请新进学的梅玖陪周先生吃酒。周先生吃斋，梅玖说："吃斋也是好事……"后又谈到他的进学，说："正月初一日，我梦见在一个极高的山上，天上的日头，不差不错，端端正正掉了下来，压在我头上。"到了三月，上流一只船冒雨而来，船上一人带领从人来到庙里，原来是王举人，与周进接谈。王举人看到一个小学生送仿来批，仿纸上的名字是荀玫。王举人讲："弟今年正月初一，梦见看会试榜，弟中在上面，那第三名叫荀玫，竟同这个小学生的名字，难道和他同榜不成！"这个王举人即后来当了观察的王惠，这就是以梅玖之梦掩映王惠之梦。这王惠又牵涉到第八回《王观察穷途逢世好》等事，这就是罗络勾联，即从一件事引出第二件事，从第二件事引出第三、第四件事的写法。

前后映带

前后映带。第三回卧闲草堂总评：

范进进学，大肠、瓶酒是胡老爹自携来，临去是"披着衣服，腆着肚子"；范进中举，七八斤肉，四五千钱，是二汉送来，临去是"低着头，笑迷迷的"。前后映带，文章谨严之至。

按第三回写童生范进应考，从二十岁考到五十四岁还没有考中秀才。丈人胡屠户嫌他又穷又没出息，看不起他。这年范进考中了秀才，胡屠户手里拿着一副大肠和一瓶酒走进来道贺，道："我自倒运，把个女儿嫁与你这现世宝穷鬼，历年以来不知累了我多少！如今不知因我积了甚么德，带挈你中了个相公，我所以带个酒来贺你。"吃到日西时分，胡屠户醺醺的"横披了衣服，腆着肚子去了"。范进考中秀才，胡屠户还说他是"现世宝穷鬼"，走时还"腆着肚子"，是这样的形象。后来范进要到城里去乡试，向丈人借点盘费，被胡屠户骂了一个狗血喷头道："不要失了你的时了！你自己只觉得中了一个相公，就'癞虾蟆想吃起天鹅肉'来！……像你这尖嘴猴腮，也该撒泡尿自己照照，不三不四就想天鹅屁吃。……"到范进考中举人后，"胡屠户来，后面跟着一个烧汤的二汉，提着七八斤肉，四五千钱，正来贺喜。"胡屠户说："我的这个贤婿，才学又高，品貌又好，就是城里头那张府、周府这些老爷，也没有我女婿这样一个体面的相貌。"接着，张乡绅送来贺仪五十两。范进拿六两多银子送与胡屠户。胡屠户"千恩万谢，低着头笑迷迷的去了"。在这里，胡屠户有几副面孔，把中了秀才的范进说成"穷鬼"和"尖嘴猴腮"的，现在改口变成"品貌又好"，"这样一个体面的相貌"；当初范进向他借一笔钱上城乡试，遭到狗血喷头的骂，现在他亲自送来四五千钱，把"腆着肚子去"的傲态，变成"千恩万谢，低着头"的谦恭的态度。这些都构成了前后映带。

第十四回天目山樵二总评：

极写西湖之幽秀，风俗之繁华，与马二先生之迂陋穷酸互相映发，形容尽致。

这里讲的"互相映发"，可以跟"前后映带"联系起来看。"前后映带"写胡屠户一个人的言语行动，前后不同，可以互相映发，显出他的势利眼来。这里的"互相映发"，指马二先生游西湖，西湖景物的秀丽与马二先生八股头脑的迂腐，互相映发。第十四回称：

这西湖乃是天下第一个真山真水的景致。且不说那灵隐的幽深，天竺的清雅，只这出了钱塘门，过圣因寺，上了苏堤，中间是金沙港，转过去就望见雷峰塔，到了净慈寺，有十多里路，真乃五步一楼，十步一阁，一处是金粉楼台，一处是竹篱茅舍，一处是桃柳争妍，一处是桑麻遍野。……真不数"三十六家花酒店，七十二座管弦楼"。

……望着湖沿上接连着几个酒店，……柜台上盘子里盛着滚热的蹄子、海参、糟鸭、鲜鱼，……马二先生没有钱买了吃，喉咙里咽唾沫，只得走进一个面店，十六个钱吃了一碗面。……第三日起来，要到城隍山走走。……一步步上去走到山冈上，左边望着钱塘江，明明白白。……一边是湖，又有那山色一转围着，又遥见隔江的山，高高低低，忽隐忽现。马二先生叹道："真乃'载华岳而不重，振河海而不泄，万物载焉！'"

马二先生对着西湖上富丽美好的景物，显出他的穷酸。又引《中庸》的话，显得迂腐，跟富丽美好的景物，构成映衬，所谓"互相映发"。

波折有致

波折有致。第三回卧闲草堂总评：

于阅范进文时即顺手夹出一个魏好古，文字始有波折；譬如古人作书，必求笔笔有致，不肯作蒜条巴子样式也。

第三回写周学道做考官，范进第一个交卷。

周学道将范进卷子用心用意看了一遍，心里不喜，道："这样的文字，都说的是甚么话！怪不得不进学。"丢过一边不看了。又坐了一会，还不见一个人来交卷，心里又想道："何不把范进的卷子再看一遍，倘有一线之明，也可怜他苦志。"从头至尾又看了一遍，觉得有些意思。正要再看看，却有一个童生来交卷。那童生跪下道:"求大老爷面试。"学道和颜道:"你的文字已在这里了,又面试些甚么?"那童生道:"童生诗词歌赋都会,求大老爷出题面试。"学道变了脸道:"……像你做童生的人,只该用心做文章,那些杂览学他做甚么!……左右的,赶了出去!"……周学道虽然赶他出去,却也把卷子取来看。那个童生叫做魏好古,文字也还清通。学道道:"把他低低的进了学罢。"因取过笔来,在卷子尾上点了一点,做个记认。又取过范进卷子来看,看罢不觉叹息道:"这样文字,连我看一两遍也不能解,直到三遍之后,才晓得是天地间之至文,真乃一字一珠!可见世上糊涂试官不知屈煞了多少英才!"忙取笔细细圈点。卷面上加了三圈,即填了第一名。又把魏好古的卷子取过来,填了第二十名。将各卷汇齐,带了进去。

发出案来,范进是第一。谒见那日,着实赞扬了一回。点到二十名,魏好古上去,又勉励了几句"用心举业,休学杂览"的话,鼓吹送了出去。

这里讲周学道看范进的考卷,看第一遍认为"都说的是些甚么话!"就"丢过一边";再看第二遍,"觉得有些意思";直到三遍之后,才晓得是"天地间之至文"。这样写就有些一波三折。加上看了第二遍,中间插进魏好古,再来一个波折,就更显得波折有致了。

来龙伏案

"来龙伏案"指千里长龙，在此伏笔。第三回卧闲草堂总评：

> "举业""杂览"四个字后文有无限发挥，却于此闲闲伏案，文笔如千里来龙，蜿蜒天矫。

上引周学道勉励魏好古"用心举业，休学杂览"。"举业"指八股文，为谋取功名富贵的敲门砖。"杂览"指魏好古说的诗词歌赋，指举业以外的有些名士，喜欢借诗词歌赋来结交达官贵人谋取私利。这"举业""杂览"四个字后文有无限发挥，在全书中构成"千里来龙，蜿蜒天矫"。如第七回范进考中进士，成为学道；第八回王惠考中进士，官做到观察；第十一回鲁小姐讲制义；第十三回马纯上选制义；第十六回到第三十回匡超人由科举得官，这些都是讲"举业"的。像第八回讲娄家二公子和蘧公孙都讲究诗词，第十七、十八回讲名士的作诗，第二十回讲牛布衣的作诗，第二十一到二十四回讲牛浦郎的冒充牛布衣作诗人的事，这些都是讲"杂览"的。这些讲"举业"和"杂览"的构成千里长龙，在第三回里提出"举业""杂览"来成为"伏案"，所以称为"来龙伏案"。

铸鼎象物

铸鼎象物。第三回卧闲草堂总评：

轻轻点出一胡屠户，其人其事之妙一至于此，真令阅者叹赏叫绝……此如铸鼎象物，魑魅魍魉，毛发毕现。

按《左传·宣公三年》称夏禹"铸鼎象物，百物而为之备，使民知神奸。故民入川泽山林，不逢不若（顺），魑魅魍魉，莫能逢之"。指大禹把各种怪物都铸在鼎上，使人认识。这里指《儒林外史》也把各种讽刺对象写出来，即工于描绘的意思，像第三回刻画胡屠户、范进即是。又总评："张静斋一见面便赠银赠屋，似是一个慷慨好交游的人，究竟是个极鄙陋不堪的。作者之笔，其为文也如雪，因方成珪，遇圆成璧；又如水，盂圆则圆，盂方则方。"上面讲的"铸鼎象物"，指把人物形象塑造出来。但人物形象有的因人因时因地而变的，所以这里做了补充。有的"如雪，因方成珪，遇圆成璧；又如水，盂圆则圆，盂方则方"。如张静斋，在范进考中举人以后，他就去看望范进。看到范进的穷困，就赠银赠屋。范进的母亲死了，按照当时的规矩，范进当在家守孝。张静斋却劝他从权，邀他到高要县向汤知县打秋风，去拿钱，所以是个极鄙陋不堪的人。

化工造物

化工造物。第四回卧闲草堂总评:

关帝庙中小饮一席话,画工所不能画,化工庶几能之。开端数语尤其奇绝,阅者试掩卷细想,脱令自己操觚,可能写出开端数语?

按第四回写张静斋约范进到高要县去向汤知县打秋风,因知县下乡相验,二位只得在关帝庙里坐下。有位严贡生进来,严家家人掇了一个食盒,提了一瓶酒,请张、范二位上席。

严贡生道:"老先生,人生万事,都是个缘法,真个勉强不来的。(齐省堂本评:'平空结撰一席话,却用如此起笔,真是浑然无迹。')汤父母到任的那日,敝处阖县绅衿公搭了一个彩棚,在十里牌迎接。弟站在彩棚门口。……轿子将近,远远望见老父母两朵高眉毛,……却又出奇,几十人在那里同接,老父母轿子里两只眼只看着小弟一人。那时有个朋友,同小弟并站着,他把眼望一望老父母,又把眼望一望小弟,(齐省堂本评:'顿挫摆跛,有色有声,严老大如此文才,仅仅一贡,未免有屈。')悄悄问我：'先年可曾认得这位父母？'小弟从实说：'不曾认得。'……次日小弟到衙门去谒见，老父母方才下学回来，诸事忙作一团，却连忙丢了，叫请小弟进去，换了两遍茶，就像相与过几十年的一般。"（齐省堂本评："这是前世的事，汤公如何记得！"）

看评语，指出这一席话是"平空结撰"，即是空的，编造出来的，后来的事实证明汤知县根本不和他相与。编造的话却用"都是个缘法"开头，"真是浑然无迹"，好比天衣无缝，所以是"化工"而不是"画工"。"画工"是人工，像裁缝是有缝的；"化工"是化工造物，像天衣无缝的，所以"浑然无迹"。评语又说："这是前世的事"，是针对开头说的"缘法"讲的，"缘法"所以是"前世的事"。这里主要是写严贡生会杜撰，编造得像化工造物，像真的一样，"浑然无迹"，毫无一点破绽。所以评语又称他说的话："顿挫摆踱，有色有声。"实际上这些话，都指吴敬梓刻画人物的本领，像化工造物那样，没有一点破绽。

绘风绘水

绘风绘水。第四回卧闲草堂总评：

张静斋劝堆牛肉一段，偏偏说出刘老先生一则故事，席间宾主三人侃侃而谈，毫无愧怍，阅者不问而知此三人为极不通之品。此是作者绘风绘水手段，所谓直书其事，不加断语，其是非自见也。

这里说的"绘风绘水"，像画风，只要画柳条，柳条飘向东，就画出西风来了。像画水，只要在山上绘一道白道，就画出瀑布的水来了。好比要写宾主三人为极不通之品，不讲宾主三人怎样，只要写张静斋讲了刘老先生一则故事，另两位听得都很相信，就可显出三人都是极不通之品，这就是作者绘风绘水手段。第四回写当时禁宰耕牛，几个教亲托一位老师夫来求情，请汤知县放宽，送来五十斤牛肉，汤知县问张静斋能不能受。

张静斋道："老世叔，这话断断使不得的了。……想起洪武年间，刘老先生（基）……后来入了翰林。洪武私行到他家，就如（宋太祖）'雪夜访（赵）普'的一般。恰好江南张王送了他一坛小菜，当面打开看，都是些瓜子金。洪武圣上恼了，说道：'他以为天下事都靠着你们书生！'到第二日，把刘老先生贬为青田县知县，（齐省堂本评：'刘青田乃青田人，非青田知县，静斋先生遂附会之。'）又用毒药摆死了。这个如何了得！"

这回讲张静斋劝汤知县把老师夫打几十板子，用一面大枷枷了，把五十斤牛肉堆在枷上，在县前示众。枷到第二日，牛肉生蛆，第三日，老师夫死了。回民起来闹事，要捉张静斋算账，张静斋和范进只好偷偷从城上吊下去逃走。这里指出张静斋讲刘基的一则故事，完全是胡编乱说，有点知识的人都不会相信，而汤知县、范进都信了。通过这个故事来显出三人的极不通，好比画柳条向西飘去画出了东风，这叫"绘风绘水手段"。

蚁穿九曲珠

蚁穿九曲珠。第五回卧闲草堂总评：

赵氏谋扶正之一席，想与二老官图之久矣。在床脚头哭泣数语，虽铁石人不能不为之打动，而王氏之心头口头，若老大不以为然者。然文笔如蚁，能穿九曲之珠也。

按《绎史·孔子类记》一引《冲波传》："孔子去卫适陈，途中见二女采桑。子曰：'南枝窈窕北枝长。'答曰：'夫子游陈必绝粮。九曲明珠穿不得，着来问我采桑娘。'夫子至陈，大夫发兵围之，令穿九曲珠，乃释其厄。夫子不能，使回、赐返问之……语曰：'用蜜涂珠，丝将系蚁，蚁将系丝。

如不肯过，用烟熏之。'子依其言，乃能穿之。"蚁穿九曲珠，表示极其曲折的事能够像蚁穿九曲珠那样表达出来。

第五回写严监生的妻子王氏病重，妾赵氏想扶正，在这件事上，写出严监生、赵氏、王氏、王氏的两兄弟的复杂曲折的心情，像蚁穿九曲珠那样曲折。

> 自此以后，王氏的病渐渐重将起来，……看看卧床不起，生儿子的妾在旁侍奉汤药极其殷勤，看她病势不好，夜晚时抱了孩子在床脚头坐着哭泣。哭了几回，那一夜道："我而今只求菩萨把我带了去，保佑大娘好了罢。"王氏道："你又痴了，各人的寿数，哪个是替得的？"赵氏道："不是这样说。我死了值得甚么，大娘若有些长短，他爷少不得又娶个大娘。他爷四十多岁，只得这点骨血，再娶个大娘来，各养的各疼。自古说：'晚娘的拳头，云里的日头。'这孩子料想不能长大，我也是个死数，不如早些替了大娘去，还保得这孩子一命。"王氏听了，也不答应。赵氏含着眼泪，日逐煨药煨粥，寸步不离。
>
> 一晚，赵氏出去了一会，不见进来。王氏问丫环道："赵家的（天目山樵一、二评：'只"赵家的"三字，足知王氏与赵氏平日。'）哪去了？"丫环道："新娘每夜摆个香桌在天井里哭求天地，她仍要替奶奶，保佑奶奶就好。今夜看见奶奶病重，所以早些出去拜求。"（天目山樵一评："此赵氏所教也。"）王氏听了，似信不信。次日晚间，赵

氏又哭着讲这些话。王氏道:"何不向你爷说,明日我若死了,就把你扶正做个填房。"赵氏忙叫请爷进来,把奶奶的话说了。(天目山樵一评:"无可奈何只得做好人。")严致和听不得这一声,连三说道:"既然如此,明日清早就要请二位舅爷说定此事,才有凭据。"王氏摇手道:"这个也随你们怎样做去。"(天目山樵二评:"无可奈何,只得听之。")

这里写赵氏听到王氏说,"我若死了,就把你扶正"的话,就"忙叫请爷进来",用一"忙"字;严致和听了这话,"连三说道",即接二连三说。从这里看出,赵氏等候这句话等得很迫切,所以一听到,就赶忙去叫爷来。严致和也在等这句话,也等得很迫切,所以一听到,要接二连三地说,"明日清早就要请二位舅爷说定此事"。可见赵氏和严致和早已商量好了,都在等王氏说这句话,这是写出赵氏和严致和两人的心情。

这样看来,赵氏殷勤地服侍王氏,哭着说要代王氏去死,还在夜里哭求天地,并让婢女那样说,都是故意做给王氏看的,要使王氏说出"扶正"那句话来,这里就写出了赵氏的用心。再看王氏,称赵氏为"赵家的",说明平时跟她并不好。听了赵氏哭着说的话,"也不答应",听了丫环的话,也"似信不信",并不真受感动,后来无可奈何,才说那句话。到丈夫严致和来问她时,她摇手道:"这个也随你们怎样做去。"

467

也是无可奈何。这里写出王氏的心情，她是不想让赵氏扶正的，是无可奈何才这样说的。但把赵氏扶正，还要征得两位舅爷的同意。下文写两位舅爷听了，"把脸本丧着，不则一声"，舅爷不同意，就不好办。严致和就给两位舅爷每位送了一百两银子，还要把首饰送给两位舅奶奶。两位舅爷态度立时变了，变成赞美"舍妹真是女中丈夫，可谓王门有幸"。两位舅爷还主张："妹丈，你再出几两银子，明日只做我两人出的，备十几席，将三党亲都请到了，趁舍妹眼见，你两口子同拜天地祖宗，立为正室，谁人再敢放屁！"要在王氏未死前，就立赵氏为正室。这里写出了两位舅爷的灵魂。这样把五个人的思想感情深入细致地写出了，真如蚁穿九曲珠了。

曲折点逗

曲折点逗。第九回卧闲草堂总评：

文字最嫌直率，假使（娄氏）两公子驾一叶之扁舟，走到新市镇，便会见杨执中，路上一些事也没有，岂非时下小说庸俗不堪之笔墨？有何趣味乎！

其中如看门之老妪，卖菱之童子，无心点逗，若离若合，笔墨之外，逸韵横生。

这里讲小说叙事应曲折，要无心点逗，这样才有逸趣。

第八回写娄三、娄四两公子常说："自从永乐（皇帝）篡位之后，明朝就不成个天下！"娄通政恐怕惹出事来，劝他们回浙江。第九回写两公子回到浙江的新市镇，去探望看坟山的邹吉甫。邹吉甫道："我听见人说：本朝的天下要同孔夫子的周朝一样好的，就为出了个永乐爷就弄坏了。"两公子问："哪里得知这些话？"邹吉甫说是从杨执中那里听来的。两公子就去访问杨执中。

于是叫了一只小船……走了几十里。此时正值秋末冬初，昼短夜长，河里有些朦朦的月色。……上流头一只大船，明晃晃点着两对大高灯：一对灯上字是"相府"，一对是"通政司大堂"。船上站着几个如狼似虎的仆人，手拿鞭子，打那挤河路的船。……船家道："好好的一条河路，你走就走罢了，行凶打怎的？"船上那些人道："狗攮的奴才！你睁开驴眼看看灯笼上的字！船是哪家的船？"船家道："你灯上挂着相府，我知道你是哪个宰相家？"那些人道："瞎眼的死囚！湖州除了娄府还有第二个宰相？"船家道："娄府？罢了！是哪一位老爷？"那船上道："我们是娄三老爷装租米的船，谁人不晓得？这狗攮的，再回嘴，拿绳子来把他拴在船头上，明日回过三老爷，拿帖子送到县里，且打几十板子再讲！"船家道："娄三老爷现在我船上，你哪里又有个娄三老爷出来了？"

接着写娄三公子出来,那些人跪着讨饶,三公子告诫他们以后不可行凶打人。船摇了一夜,清晨到了新市镇。两公子找到杨执中家,叩门叩了半日,里面走出一个老妪来,道:"老爷不在家里。改日再来罢。"说罢,竟自关门进去了。过了四五日,两公子又坐船来访,老妪道:"老爷不在家!我要去烧锅做饭!"说着,关上门又进去了。两公子坐船回去,碰上卖菱船,便问那船上的小孩:"认得杨执中老爹么?"小孩说,这位老先生还丢下一张纸卷子。两公子取来看,上面写着:"不敢妄为些子事,只因曾读数行书。严霜烈日皆经过,次第春风到草庐。"下署"枫林拙叟杨允草"。

原来这杨执中曾在新市镇公裕旗盐店里做管总,只知看书闲游不管正事,以致盐店亏空了七百多两银子。东家恼了,一张呈子送到德清县里,把他关在监里。娄家两公子因听他说过对永乐皇帝不满的话,就把他从监里救了出来,不过不告诉他,他也不知道是谁救他的。所以说"严霜烈日皆经过"。黄小田评:"诗见《辍耕录》,但改七律为绝句,借以点缀。"这说明纸卷上的诗不是他做的,他并不是诗人。可是娄家二位公子并不了解他,两次登门造访未见到,便误认为他是高人隐士,不肯接待贵公子。其实杨执中这人,人呼为"老阿呆",并不知道是谁救他出狱,也不会打听,更不知道登门道谢。两公子还认为杨家的老妪不肯接待他们,也是高人隐士一流。其实老妪又聋又不懂事,是不会接待贵公子。这回还写两公子在路上碰到冒充相府灯笼并且行凶打船家的事，这里显出当时大户欺压小民的弊病，不仅使文章有曲折，写这事也有意义。再写在路上碰见卖菱船上孩子，看到题诗。这些都是所谓"无心点逗，若离若合"的写法，避免了文字的"直率"，增加了作品的"逸韵"。

用反笔、侧笔

用反笔、侧笔。第十一回卧闲草堂总评：

娴于吟咏之才女古有之，精于举业之才女古未之有也。夫以一女子而精于举业，则此女子之俗可知。盖作者欲极力以写编修之俗，却不肯用一正笔，处处用反笔、侧笔，以形击之。写小姐之俗者乃所以写编修之俗也。

这里说的"用反笔、侧笔"，即写鲁小姐的俗气，从反面、侧面来衬出鲁编修的俗气。第十一回：

鲁编修因无公子，就把女儿当作儿子，五六岁上请先生开蒙，就读的是《四书》《五经》；十一二岁就讲书、读文章，先把一部王守溪的稿子读的滚瓜烂熟。（天目山樵一评："其俗入骨。"）教她做"破题""破承""起讲""题比""中比"

成篇。……自己做出来的文章,又理真法老,花团锦簇。鲁编修每常叹道:"假若是个儿子,几十个进士、状元都中来了!"闲居无事,便和女儿谈说:"八股文章若做的好,随你做甚么东西,要诗就诗,要赋就赋,都是一鞭一条痕,一掴一掌血。若是八股文章欠讲究,任你做出甚么来,都是野狐禅,邪魔外道!"(天目山樵二评:"编修公诗赋可知。")……此番招赘进蘧公孙来,……料想公孙举业已成,不日就是个少年进士。但赘进门来十多日,香房里满架都是文章,公孙却全不在意。……又过了几日,见公孙赴宴回房,袖里笼了一本诗来灯下吟哦,也拉着小姐并坐同看。……只得强勉看了一个时辰,彼此睡下。到次日,小姐忍不住了,……即取红纸一条,写下一行题目,是"身修而后家齐",(天目山樵一、二评:"身修者中举人进士也,家齐者妻子做夫人也。")叫采苹过来,说道:"你去送与姑爷,说是老爷要请教一篇文字的。"公孙接了,付之一笑,回说道:"我于此事不甚在行,况到尊府未经满月,要做两件雅事,这样俗事,还不耐烦做哩!"……

这里写鲁小姐从小学举业,熟读八股文,热衷做八股文,沉迷于八股文,要求丈夫也这样,好去考举人进士,即写鲁小姐的俗,用来反衬鲁编修的俗,这就是"用反笔、侧笔,以形击之"。

颊上三毫

颊上三毫,已见《红楼梦》作法。第十一回卧闲草堂总评:

杨执中是一个活呆子,今欲写其呆状呆声,使俗笔为之,将从何处写起?看此文只用摩弄香炉一段,叙说误认姓柳的一段,闯进醉汉一段,便活现出一个老阿呆的声音笑貌。此所谓"颊上三毫",非绝世文心未易办此。

"颊上三毫"即传神写照,这回是给杨执中这个活呆子做了传神写照。

正月十二日,看坟的邹吉甫来到娄府,两公子对他说起两番访杨执中的话。邹吉甫道:"他自然不晓得。……明日我回去向他说了,同他来见二位少老爷。"四公子道:"你且住过了灯节,……索性到十七八间,我们叫一只船,同你到杨先生家,还是先去拜他为是。"吉甫道:"这更好了。"过了灯节,吉甫先到新市镇女儿家去,约定两公子十八日下乡,同到杨家。到十八日,吉甫问女儿要了一只鸡,去镇上打了三斤肉,沽了一瓶酒,和些蔬菜,都放在船舱里,自己棹着,来到杨家门口,将船泊在岸旁,上去敲开了门。杨执中出来,手里捧着一个炉,拿一方帕子,在那里用力地擦。(天目山樵二评:"一出场便呆风满纸。")见了邹吉甫,丢下炉唱喏。吉甫把那些东西搬了进来,说要在你这里等两位贵人,要你太太整治好了,我好同你说这两个人。杨执中笑道:"除夕那晚,开小押的汪家店里,出二十四两银子想我这座心爱的炉。我说:须三百两现银子。那人将银子拿了回去。这一晚没有柴米,点了一支蜡烛,把这炉摩弄了一夜,就过了年。今日又没有早饭米,所以在此摩弄这炉。"又问:"今日那两个什么贵人来?"吉甫告诉他,娄府里少老爷弟兄两位,兑出七百两银子上了库,把你保出来。两位少老爷亲自到府上访了两次。杨执中恍然醒悟道:"我头一次看钓鱼回来,老妪向我说,'城里有一个姓柳的',我疑惑是前日那个姓柳的原差,就有些怕会他。后一次又是晚上回家,她说'那姓柳的今日又来,是我回他去了。'如今想来,柳者娄也,我哪里猜的到是娄府?只疑惑是县里的原差。"坐了一会,听得叩门声,才开了门,一个醉汉闯进来,向里直跑,是杨执中二子老六,想问母亲要钱去赌。老六到厨下,见锅里煮的鸡和肉,房里又放着一瓶好酒,揭开锅就要捞来吃。他娘劈手把锅盖盖了。杨执中拿火叉把他打了出来。

这里讲了三件事:一是杨执中没有饭吃,摩炉子当饭吃。二是"大学士娄家"两公子来访,老妪说成两个姓"柳"的,住在"大觉寺"。杨执中当作县里姓"柳"的原差找上门来,但他不想想原差只有一个,不是两个,也不会住"大觉寺"。三是写他的儿子老六,只会赌钱喝酒,要吃好的东西,说明他对儿子没有家教。通过这三件事,衬出他是个活呆子。这就是"颊上三毫"的传神写照之笔。

片帆飞渡

片帆飞渡。第二十回天目山樵一总评:

前书写匡超人庸恶陋劣极矣,却接手又写一牛浦郎,其庸恶陋劣更出其上。是即评家所谓吴道子画牛头马面之说也。妙在只用一牛布衣为关键,片帆飞渡,绝无牵合之迹。

"片帆飞渡"指写作中的过渡段,写牛布衣这一段,就是从写匡超人过渡到写牛浦郎,有了这个过渡段,就成了自然过渡,并不突兀。

第二十回写匡超人把住在杭州的房子转让出去,逼着妻子回到他的老家去。他进京去见李给谏,住在李家,谎说不曾婚娶,又和李给谏的外甥女结婚。他考取了教习,回杭州取了结坐船北上,在船上结识了两个人,一个是去芜湖访友的牛布衣,一个是去京师会试的冯琢庵。匡超人说了姓名,自吹他编的科举选本如何受到数省士子的重视,甚至书案上供着"先儒匡子之神位"。牛布衣指出,所谓"先儒""乃已经去世之儒者",匡超人红着脸狡辩道:"乃先生之谓也。"船到扬州,他和冯琢庵换船进京去了。

接下来换了主角,讲牛布衣到了芜湖,住在甘露庵内,日间出去访友,晚间吟哦诗词,不想一日病危,临终前把他作的两本诗稿交与老和尚。接下来又换了主角,写牛浦郎每夜到庵里来念诗,听老和尚说牛布衣有两本诗稿在他那里,就偷了这两本诗稿,冒充牛布衣,自称"诗人"去结交上层。这就是从匡超人转到牛浦郎,中间就靠写牛布衣这一段作为过渡段,因此称写牛布衣这段为"片帆飞渡"。

舌上生莲

舌上生莲。第二十三回卧闲草堂总评:

牛浦之才十倍玉圃。如说会见本县二公,可谓斟酌尽善之至。若说会见县尊,则玉圃必不见信,知牛浦断乎无此脸面也。惟有二公,在不即不离之间,真舌上生莲之笔。

"舌上生莲"指话说得"在不即不离之间",好像是真实的,即虽虚而似实,使牛玉圃相信。又总评:

牛浦未尝不同安东老爷相与，后来至安东时，董公未尝不迎之致敬以有礼，然在子午宫会道士时，则未尝一至安东与董公相晋接也。刮刮而谈，诌出许多话说。书中之道士，不知是谎，书外之阅者，深知其谎。行文之妙，真李龙眠白描手也。

这里讲牛浦郎向道士吹牛，说安东县知县董公怎样接待他，其实他没有去过安东县。他编的一套话，也是在不即不离之间，使道士相信，也是"舌上生莲"。

看牛浦郎怎样骗道士。第二十一回写牛浦郎偷到牛布衣的诗稿，就在甘露庵门上贴了"牛布衣寓内"的纸条。当时老和尚进京去了，没有人拆穿他的冒充。有位董瑛来拜访牛布衣，他就冒充牛布衣接见了。后来他知道董瑛做了淮安府安东县知县，就要去安东县投靠董瑛。在路上碰见牛玉圃，就联了宗，称玉圃为叔公。到了扬州，两人住在子午宫内。玉圃带牛浦郎去见大盐商万雪斋。牛浦没有见过那样的大场面，在万雪斋问他时，慌乱中竟失于应对。玉圃再去万府，让他守在住处。他却跟道士去上茶馆，对道士大吹其牛，说："我一向在安东县董老爷衙门里，那董老爷好不好客！记得我初到他那里时候，才送了帖子进去，他就连忙叫两个差人出来请我的轿。……董老爷已是开了宅门，自己迎了出来，同我手搀着手，走了进去，留我住了二十多天。我要辞他回来，

477

他送我十七两四钱五分细丝银子，送我出到大堂上……说道：'你此去，若是得意，就罢了；若不得意，再来寻我。'这样人真是难得，我如今还要到他那里去。"道士道："这位老爷果然是难得的了。"牛浦郎编造的这套话，也在"不即不离之间"，即虽是假话，却好像是真的，所以骗得道士相信赞叹，这即是"舌上生莲"。

再看牛浦郎怎样骗牛玉圃，玉圃埋怨他刚才上街去胡撞，他又编了一套，说："适才我站在门口，遇见敝县的二公在门口过，他见我就下了轿子，说道'许久不见'，要拉我到船上谈谈，故此去了一会。"牛浦编这话，一是说明他是去会官，玉圃就不会责备他；二是说他会的是二公，二公的地位低于县长，倘说是遇见县长，玉圃就不相信，说是二公，好像可信。牛浦郎还说："这李二公也知道叔公，他说也认得万雪斋先生。"这话正迎合玉圃的心意，玉圃道："他们在官场中，自然闻我的名的。雪斋也是交满天下的。"牛浦这样骗得玉圃的相信，因此又说："李二公说的：万雪斋先生算同叔公是极好的了，但只是笔墨相与，他家银钱大事还不肯相托。李二公说，他生平有一个心腹的朋友，叔公如今只要说同这个人相好，他就诸事放心，一切都托叔公，不但叔公发财，连我做侄孙的将来都有日子过。"这话更投合玉圃的心意，玉圃就想取得万雪斋的信任，把银钱托他，好由此发财。玉圃不晓得牛浦郎是让他上当。原来牛浦郎在茶馆里听道士说：万雪斋原是大盐商程明卿手下的书童，受明卿派遣办些零碎事情，聚了一些银子，便赎身出来自己行盐，发了大财。后来程明卿折了本，回徽州去了。万雪斋娶媳妇时，程明卿曾坐轿子来到万家，万雪斋出来跪接，送了一万两银子他才走。因此万雪斋最怕提程明卿。玉圃上了牛浦郎的当，在万雪斋前大吹程明卿是我拜盟的好弟兄，要到扬州来会雪翁，把万雪斋气得两手冰冷，从此不理玉圃了。这里说明牛浦郎的话"在不即不离之间"，好像句句是可信的，句句在替玉圃打算，投合对方的心意，所以说"舌上生莲"。但玉圃不知底细，大上其当，甚至得罪了万雪斋。

聊斋志异

《聊斋志异》的作法，只在篇中句下有些评语，这些评语缺少像《三国演义》《水浒传》等的概括的说法。因此，根据这些评语，参照《三国演义》《水浒传》的说法，也给加上个概括的说法。

同树异枝，同枝异叶

"同树异枝，同枝异叶"，这是讲《三国演义》的作法之一，可借来说明《娇娜》篇的作法。《娇娜》："孔生雪笠，圣裔也，为人蕴藉。"但明伦评：

> 蕴藉人而得蕴藉之妻、蕴藉之友与蕴藉之女友。写以蕴藉之笔，人蕴藉，语蕴藉，事蕴藉，文亦蕴藉。

这里指出这篇的作法，写几个人都是蕴藉的，他们的话和行事也都是蕴藉的，但又各不同，这就像同树异枝，同枝异叶了。这篇写孔生路过单府，与皇甫生相识。一日，孔生胸间生瘤子，肿起如桃。皇甫生请娇娜来为他割治，又介绍姨女阿松与他成婚。皇甫生是狐所化，后遭雷击，赖孔生仗剑守护，得以保全。娇娜也赖生救护，与皇甫生一起迁到孔生家，闲园居住。

这里讲的蕴藉，指文雅而有风韵说的。先说孔生，他胸间的瘤子经娇娜割治后非常想念她。皇甫生替他介绍别的女子，他面壁吟曰："曾经沧海难为水，除却巫山不是云。"表示他只想念娇娜，这种心意是蕴藉的。后来他看到阿松"与娇娜相伯仲"，就同意娶她，说明阿松也是蕴藉的。在皇甫一家有难时，孔生敢于仗剑来挡雷击，看到娇娜被鬼物抓住时敢于以剑击鬼物，救了娇娜，这显出他平时文雅而急难时勇敢，是他的特点。再看皇甫生，"丰采甚都"，读的是古文词，没有八股气，也是文雅的。夜里唤香奴来为孔生弹《湘妃曲》，更是文雅的，即蕴藉的。再看娇娜，"娇波流慧，细柳生姿"，"芳气胜兰"，能细心割治孔生的瘤子；当孔生被雷击死，娇娜又"以舌度红丸入，又接吻而呵之"，把孔生救活，在她的蕴藉里又含有对孔生的亲密感情。再看阿松，"画黛弯蛾，莲钩蹴凤"，是极美的。"松娘事姑孝"，她的蕴藉是属于贤妇型的，又有特点。再就皇甫家的陈设看，"处处悉悬锦幕，壁上多古人书画。案头书一册，签云《琅嬛琐记》，翻读一过，俱目所未睹"，是古雅的。从人到物都是蕴藉的，但又各有特色，正是"同树异枝，同枝异叶"了。

笙箫夹鼓，琴瑟间钟

"笙箫夹鼓，琴瑟间钟"，这是讲《三国演义》的作法之一，可借来说明《婴宁》篇。《婴宁》篇的内容已见"人物"节。但明伦评：

有花乃有人，有人乃有笑；见其花如见其人，欲见其人，必袖其花。乃未见其人，而先见其里落之花，见其门前之花，则野鸟格磔中，固早有含笑拈花人在矣。未见其人，先闻其声，见其花，见其笑，而后审视而得见所欲见之人。既照应起笔，即引逗下文，文中贵有顿笔也。至入门而夹道写花，庭外写花，窗外写花，室内写花，借许多花引出人来；而复未写其人，先写其笑，写其户外之笑，写其入门之笑，写其见面之笑，又照应上元之言，照应上元之笑。许多笑字，配对上许多花字，此遥对法也。随手借视碧桃撇开，写花写笑，双双绾住，然后再写花，再写人，再写笑。树上写笑，将堕写笑，堕时写笑，堕后写笑，束住笑字。正叙袖中之花，入正面矣，却以园中花作一夹衬，随又撇开。写其笑，写其来时之笑，写其见母之笑,写其见客之笑,写其转入之笑;又恐冷落花字,以山花零落小作映带,然后笑与花反复并写,从花写笑,从笑而写不笑;既不笑矣,笑字无从写矣,偏以不笑反复映衬,而忽而零涕,忽而哽咽,忽而抚哭哀痛,无非出力反衬笑字。更以其子见人辄笑,大有母风,收拾全篇笑字。此作者以嬉笑为文章,如评中所云,隐于笑者矣。

此篇以笑字立胎,而以花为眼,处处写笑,即处处以花映带之。捻梅花一枝数语,已伏全文之脉,故文章全在提掇处得力也。以捻花笑起,以摘花不笑收,写笑层见叠出,无一意冗复,无一笔雷同。不笑后复用反衬,后仍结转笑字,篇法严密乃尔。

这篇评语,指出这篇以笑跟花配合,通过笑和花来写人。写笑有各种各样的笑,写花也有各种各样的花,配合成为对婴宁性格的种种反映。这正像笙箫和鼓的配合,琴瑟和钟的配合,构成乐曲;笙箫琴瑟又有种种不同的音调,加上鼓和钟的配合,构成种种不同的乐曲那样。

星移斗换,雨覆风翻

"星移斗换,雨覆风翻"是讲《三国演义》作法的一种,可以用来说明《聊斋志异》中《阿宝》篇(见情节)的作法。

这种作法指由于时间的先后引起不同的变化。开始写孙子楚向大贾某翁之女阿宝求婚，翁嫌他贫穷，未允，阿宝亦疑其痴，生变得"曩念顿冷"，这是一次变化。清明日，生在外见到阿宝，痴立故所，感情由冷趋热，是二次变化。生的魂随阿宝去，女"感其情之深"，从笑他转成感他，是一次变化。生又附身鹦鹉，与女日夜厮守，女曰："今已人禽异类……君能复为人，当誓死相从。"女从感激到誓盟，是二次变化。其父母闻女非生不嫁，只得从之，由拒婚转变为允婚。二人婚后，"居三年，家益富"，生由贫转富，是又一次变化。"生忽病消渴，卒。女哭之痛，至绝眠食。"三日，生入殓时复活，冥王亦不收女，这是生由生到死、由死复生，女将死而又得生。全篇就这样"星移斗换，雨覆风翻"地通过种种转变而成。

隔年下种，先时伏着

"隔年下种，先时伏着。"这是讲《三国演义》的作法之一，可以借来说明《连城》篇（见人物节）的作法。农民对隔年生的作物，要在上一年下种，下一年才有收成。善弈的下一闲着于数十着之前，而其应在数十着之后。如《连城篇》开头："乔生与顾生善；顾卒，时恤其妻子。"（冯镇峦评："伏笔。"）这个开头，直到后来乔生死去，到了阴间，"值顾生"。（冯评："串顾生，不测前伏笔之妙。"）顾生在阴间典牍，使乔生和连城两人都得以复活。这就像下棋先下一闲着,到数十着之后才发生作用一样。再像连城出所刺《倦绣图》征诗,乔生献了两首。(但评:"首作能传情,次作得体。风流蕴藉,无半字轻佻。连城得诗称赏,矫命赠灯火之资,不可谓非感得其正者。")女得诗喜,对父称赏,父贫之。女逢人辄称道;又遣媪矫父命,赠金以助灯火。生叹曰:"连城我知己也。"(冯评:"知己是一篇眼目。")乔生的两首诗,对连城说来,好像隔年下种,成为连城后嫁乔生的原因。乔生叹连城为知己,又成为后来乔生割膺肉配药来救连城的原因。

不久,女被父许字于王化成,未几,沉疴不起。西域头陀自谓能疗,但须男子膺肉一钱,捣合药屑。女父使人告婿,王化成不允。父乃言于人曰:"有能割肉者妻之。"乔生刲膺授僧,合药三丸。女服药后病愈。这里乔生的割肉,成为后来连城归乔生的原因,收到"隔年下种,先时伏着"的效果。

寒冰破热,凉风扫尘

"寒冰破热,凉风扫尘"是讲《三国演义》的作法之一,也可用来说《小翠》篇(见人物节)。这篇讲王太常童年时曾救一狐,后来官做侍御,生子名元丰,绝痴。狐化成妇人,以女小翠嫁给元丰,报当年救命之恩。其时,王太常有三难:一是王给谏想中伤王太常;二是王给谏抓住别人给王太常的一封私信，有所要挟；三是王太常的儿子元丰有痴病。小翠来报恩，就要解除这三难。一天，小翠装作宰相，跨厩马而去，驰至王给谏门，又鞭挞从人，大言曰："我谒侍御王，宁谒给谏王耶！"说完，回到家里。王给谏认为宰相到王太常家去了，不但不敢中伤王太常，反而要交好王太常。小翠给王太常解除了一难。王给谏拿到了有人给王太常的私信，就要挟王太常，要借万金，太常不给。给谏亲自来谒王太常。小翠把元丰扮成皇帝，推出门来。王给谏就把元丰的冕袍脱下来，上疏控告王太常。皇上一看，皇冠是高粱草制的，袍是黄色布制的；召元丰来，见他痴呆，笑曰："此可以作天子耶？"把王给谏充云南军。小翠再替王太常解了二难。元丰要洗澡，女泻热汤于瓮，扶元丰入浴，使他大汗浸淫，由此不痴。小翠又替王太常解了三难。后来小翠把王太常珍贵的玉瓶失手打碎了，王太常夫妇交口呵骂，小翠因此盛气而出。她解除了王太常的三难，报完了恩，所以走了。王太常的三难，好比酷热和烟尘，解除这三难，好比"寒冰破热，凉风扫尘"，这就成了《小翠》篇的作文方法。

修辞

修辞是运用各种语文材料、各种表现手法,使所要表达的思想感情表达得非常恰当贴切,鲜明生动。所谓"修辞立其诚",就是要真实地把内心的思想感情表达出来。修辞可分四部分:一是用词造句,二是修辞格,三是篇章结构的安排,四是风格。这里结合批语,选取小说中的一篇,就篇章结构的修辞和修辞格来谈谈。

三国演义

荐诸葛与三顾草庐篇的修辞

篇章结构

这里试就第三十七回《司马徽再荐名士，刘玄德三顾草庐》来谈谈。这一回的开头讲徐庶(元直)回许昌去见徐母的事，这是属于上一回的，可以不算。又下一回的《定三分隆中决策》，这是三顾草庐的第三次到草庐去请诸葛亮的重要部分，当归入三顾草庐内，所以这一篇，要把第三十七回开头讲徐庶这段去掉，加上第三十八回隆中决策这一部分，成为司马徽再荐诸葛亮到三顾草庐这样的一篇。从篇章结构的修辞看，分成开头和结尾、承接和转折两部分。

开头结尾的承上接下和呼应

一般的文章,开头是文章的开头,无所谓承上,结尾是文章的结束,也谈不到接下。章回小说不同,抽出其中的一篇来看,它的开头是承接上一篇来的,它的结尾又和下一篇衔接。因此,它的开头结尾,就有承接,还要有呼应,这是章回小说中一篇的篇章结构的修辞要求。

先看承接,即开头的承上和结尾的接下。这篇开头写司马徽来看刘备,"徽曰:'闻徐元直在此,特来一会。'玄德曰:'近因曹操囚其母,徐母遣人驰书,唤回许昌去矣。'徽曰:'此中曹操之计矣!吾素闻徐母最贤,虽为曹操所囚,必不肯驰书召其子,此书必诈也。元直不去,其母尚存;今若去,母必死矣!'玄德惊问其故,徽曰:'徐母高义,必羞见其子矣。'"这篇的回目是《司马徽再荐名士》,即荐诸葛亮,但这个开头,写司马徽来看徐庶,这个开头很巧妙。因为像司马徽那样的一班人,都认为汉朝气数已尽,诸葛亮出来也无法挽救,所以并不赞成诸葛亮出来,那司马徽忽然来荐诸葛亮,不是跟他的主张相反吗?所以这个开头写司马徽来看徐庶。这样一来,这个开头就和上文承接了,并且不是一般的承接,还把徐庶中计回去,会使徐母自缢的结果都说出来了,这里显示司马徽的远见卓识。这是开头与上文承接。再看结尾，写刘备请诸葛亮到了新野，"玄德待孔明如师，食则同桌，寝则同榻，终日共论天下之事。孔明曰：'曹操于冀州作玄武池以练水军，必有侵江南之意。可密令人过江探听虚实。'玄德从之，使人往江东探听。"（毛宗岗评："下文将叙东吴事，此乃过枝接叶处。"）这个结尾是接下。这样，这篇的开头是承上，结尾是接下。此外，这个开头，还写"玄德正安排礼物，欲往隆中谒诸葛亮"，极写刘备对诸葛亮的仰慕。这个结尾具体地写出刘备请到诸葛亮后对诸葛亮的仰慕来，即"待孔明如师"等，这就是开头和结尾相呼应。

承转的自然和创新

就篇章结构说，除开头结尾外，还要看承转。承是承接开头，转是转入正意。本篇的开头讲司马徽来看徐庶，怎样承接徐庶转入荐诸葛亮呢？在开头提到徐庶后，"玄德曰：'元直临行，荐南阳诸葛亮，其人若何？'"（毛宗岗评："此处方是正文。"）这样一句话，就从司马徽去看徐庶，过渡到徐庶荐诸葛亮。从徐庶荐诸葛亮，又过渡到司马徽荐诸葛亮。这一句过渡的话，还是从徐庶谈起，非常自然。这个过渡就是承转的承，有了这个过渡就转到荐诸葛亮和三顾草庐了。这个过渡非常自然，因为它提出的徐庶荐诸葛亮是上文的事，这个过渡又承接上文而来，所以自然而不费力。

再看转折，即转到"三顾草庐"。《三国志·蜀书·诸葛亮传》："（徐庶）谓先主曰：'诸葛孔明者，卧龙也，将军岂愿见之乎？'先主曰：'君与俱来。'庶曰：'此人可就见，不可屈致也。将军宜枉驾顾之。'由是先主遂诣亮，凡三往，乃见。"历史上讲三顾草庐，前两次的顾草庐，只包括在"凡三往，乃见"五个字中，别无其他记载。《三国演义》要把"三往"中的"两顾"演成大半回书，写出两顾草庐遇到的不同情况、接触的不同人物、看到的不同景物、由此产生的不同心情和矛盾来，这是新的创造。这个创造又要符合历史小说的要求，写得像真实的两顾草庐那样，这就要符合篇章结构中转折的要求。这个转折，一共分为四段：一是司马徽再荐诸葛亮，二是一顾草庐，三是二顾草庐，四是三顾草庐。这四段，历史上只有第三次顾草庐，碰见诸葛亮，听他的隆中对，是有记载的，前两次顾草庐的情况，历史上都没有记载。再说三顾草庐走的是同一条路，做的是同一件事，却要写得不同，又要写得像符合真实那样，这也是很费心力的。

先看第一段司马徽再荐诸葛亮，《诸葛亮传》里只有《三国志》注引《襄阳记》曰："刘备访世事于司马德操。德操曰：'儒生俗士，岂识时务？识时务者在乎俊杰。此间自有伏龙、凤雏。'备问为谁，曰：'诸葛孔明、庞士元也。'"历史上只有这段记载，没有再荐的话。那怎么写再荐呢？倘写司马徽特地从水镜庄上跑到新野来向刘备再荐诸葛亮，写他这样热心，就不符合司马徽的性格，因上文指出司马徽是不愿意诸葛亮出来的。那么怎样写他再荐诸葛亮呢？就承上文徐庶荐诸葛亮来说。上文徐庶荐了诸葛亮，这里写司马徽来看徐庶，"玄德曰：'元直临行，荐南阳诸葛亮，其人若何？'徽笑曰：'元直欲去，自去便了，何又惹他出来呕心血也？'"作者创作这话，符合司马徽作为隐士的心情。"玄德曰：'先生何出此言？'徽曰：'孔明与博陵崔州平、颍川石广元、汝南孟公威与徐元直四人为密友。此四人务于精纯，惟孔明独观其大略。尝抱膝长吟，而指四人曰：'公等仕进可至刺史、郡守。众问孔明之志若何，孔明但笑而不答。每常自比管仲、乐毅，其才不可量也。'"这些话，是司马徽讲话的主要内容。从《三国志》看，这些话不是司马徽说的，但都是有根据的。说诸葛亮与四人为友，及说四人可做什么官，这段话本于《诸葛亮传》注引《魏略》，但对《魏略》原文有所改动，这个改动就属于篇章结构的修辞。《魏略》曰："亮在荆州，以建安初与颍川石广元、徐元直、汝南孟公威等俱游学，三人务于精熟，而亮独观其大略。……"《魏略》讲的是三个人，没有"博陵崔州平"，《三国演义》里加进崔州平，这是根据《诸葛亮传》里讲诸葛亮的朋友中有崔州平。《三国演义》为什么要加进崔州平呢？因为下面一顾草庐时要写崔州平，所以这里要加进个崔州平去。《魏略》是讲"游学"，即都在荆州游学，在学习，所以"三人务于精熟"，对学业要学得精和熟，孔明"独观其

493

大略",即只看大概,不求精熟,说明孔明注意力不专在学业上,而在当时的政治形势上。《三国演义》把"精熟"改为"精纯",因为《三国演义》不在讲学业,所以不讲"熟",改为"纯"了。这样的增和改,就是在修辞,使它适应情境的需要。又《魏略》里没有讲"每常自比管仲、乐毅",这句是从《诸葛亮传》里引来的。这样,第一段的内容把不是司马徽说的话,编成司马徽说的,因为这些话都是有根据的,经过编织,显得可信,这是符合修辞的要求的。

再看三顾草庐。对前二顾的情况,历史上毫无记载,《三国演义》却写得引人入胜。一顾草庐,写"遥望山畔数人,荷锄耕于田间,而作歌曰",歌里提到"南阳有隐居,高眠卧不足!"切合诸葛亮。玄德问农夫,农夫说这歌是卧龙先生所作。其实这歌不是诸葛亮所作,而是作者编的,但编得像诸葛亮的口气。又《诸葛亮传》里说"好为《梁父吟》",诸葛亮是喜欢吟诗的,所以用他的口气来编一个歌,编得像,这又是一种修辞手法。接下来写刘备一顾草庐不遇,归途中碰见博陵崔州平,崔说:"将军欲使孔明斡旋天地,补缀乾坤,恐不易为,徒费心力耳。"这段是作者的创造,但因上文已提到崔州平,这里写当面碰见崔州平,就显得可信。又崔州平说的话,跟司马徽的观点一致,也显得可信。无中生有,写得好像真有其事,这又是符合修辞要求的。二顾草庐,写刘备在路旁酒店中听两人作歌,进去一问,是孔明之友石广元、孟公威，此两人前面已经提到，所以碰见这两人也很自然。刘备到庄叩门，碰见孔明之弟诸葛均在吟诗。这次仍不遇孔明，出门时又碰见一人吟诗而来，是孔明的岳父黄承彦。写刘备碰到的四个人都在吟诗，而黄承彦吟的是诸葛亮作的《梁父吟》。其实这也不是诸葛亮作的歌，是作者按照诸葛亮的意思编的。这里写的人都跟诸葛亮有关，写的歌又跟诸葛亮的"喜为《梁父吟》"相应，所以虽是创造，也使人感到可信。第三次写三顾草庐，写孔明在草堂春睡，玄德久候，最后是隆中决策，这是有历史根据的。这样看来，在转折中的这四段，从再荐到三顾，除隆中决策外，都属创作。就篇章结构的修辞说，起承转合都要求有呼应，有过渡，有转折，有结束，一切都很自然。这篇创作，就所列举的人物说，都有些根据，写得自然，似乎真有其事，这是符合篇章结构的修辞的要求的。

修辞格

这里仍就司马徽的再荐到刘备的三顾草庐这一篇来看看其中的修辞格。

映衬和倒反

映衬是把相反的事物互相映衬，显出不同的观点来。倒反是口头的话和心里的意思相反，反映复杂的思想感情。先看第三十七回毛宗岗的总评：

　　水镜之荐孔明与元直之荐孔明，又自不同：元直则相告相嘱，唯恐玄德之无人，唯恐孔明之不出，是极忙极热者也；水镜则自言自语，反以元直之荐为多事，反以孔明之出山为可惜，是极闲极冷者也。一则特为荐孔明而返，一则偶因访元直而来；一有心，一无意。写来更无一笔相似，而各各入妙。

　　这里写司马徽的荐诸葛，与上回写徐庶的荐诸葛不同。第三十六回《元直走马荐诸葛》，写徐庶走时又回来对刘备说："此间有一奇士，只在襄阳城外二十里隆中，使君何不求之？"玄德曰："敢烦元直为备请来相见。"庶曰："此人不可屈致，使君可亲往求之。若得此人，无异周得吕望、汉得张良也。""……此人乃绝代奇才，使君急宜枉驾见之。若此人肯相辅佐，何愁天下不定乎！"徐庶又到卧龙冈，入草庐见孔明，说："临行时，将公荐与玄德。玄德即日将来奉谒，望公勿推阻，即展平生之大才以辅之，幸甚！"孔明闻言作色曰："君以我为享祭之牺牲乎！"说罢，拂袖而入。这里写徐庶热情推荐，还亲自去见诸葛亮，劝他出来辅佐刘备，所谓"极忙极热"。这回写司马徽听说徐庶荐诸葛亮，"徽笑曰：'元直欲去，自去便了，何又惹他出来呕心血也？'"（毛宗岗评：

"妙在极闲极冷。")按徐庶急于回许昌去看母亲，却又要荐诸葛，所以"极忙"；他荐了诸葛，又要到诸葛家里去请他出山，所以是"极热"。司马徽不是正面荐诸葛，反说"何又惹他出来呕心血"，所以是"极冷"；他隐居无事，出来看望徐庶，所以"极闲"。这样，"极忙极热"跟"极闲极冷"构成对照，成为映衬。这一映衬，衬出四个人的不同性格来。徐庶在刘备手下工作，是想有所作为，帮刘备做事，所以对荐诸葛"极忙极热"，显出他要帮刘备的热诚来。司马徽是隐士，不想出山，所以"极闲极冷"，反映出当时隐士的性情。刘备迫切求贤，反映出他急于求才来打破困境的心情。诸葛亮淡泊明志、宁静致远，无意于追求功名富贵，所以徐庶请他出来辅佐刘备，他说："君以我为享祭之牺牲乎！"把自己出山比作祭祀用的三牲，反映他无意于功名富贵的一面。但他又不同于隐士，是有远大抱负的。所以这个映衬，可以衬出四个人的不同性格来。

再看"徽笑曰：'元直欲去，自去便了，何又惹他出来呕心血也？'"（毛评："不荐之荐，不赞之赞。"）司马徽的话，从表面看，是不赞成诸葛亮出来"呕心血"，所以是"不荐""不赞"，但这话里的含意却是"惹他出来"呕心沥血辅佐刘备的，这又是荐又是赞。因此，这属于修辞的倒反格。不过他临走时说："卧龙虽得其主，不得其时，惜哉！"即认为诸葛亮虽呕心血，还是不能挽救汉朝的，话中有可惜意味。

博喻和层递

博喻是连用几个比喻。钱锺书先生在《宋诗选注·苏轼》里称博喻是"一连串把五花八门的形象来表达一件事物的一个方面或一种状态。这种描写和衬托的方法仿佛是采用了旧小说里讲的'车轮战法',连一接二的搞得那件事物应接不暇,本相毕现,降伏在诗人的笔下"。层递是语言由浅及深,由低及高,逐层递进地排列起来的一种修辞格。如"徽曰:'……每尝自比管仲、乐毅,其才不可量也。'……时云长在侧曰:'某闻管仲、乐毅,乃春秋、战国名人,功盖寰宇,孔明自比此二人,毋乃太过?'徽笑曰:'以吾观之,不当比此二人,我欲另以二人比之。'云长问:'哪二人?'徽曰:'可比兴周八百年之姜子牙,旺汉四百年之张子房(张良)也。'"(毛评:"云长意中必谓于管、乐之下更求其次矣。不想水镜却于管、乐之上请出太公、留侯来,索性抹倒管、乐,将孔明极力一扬。妙极,妙极。")在这里,司马徽用管仲、乐毅、姜子牙、张子房四人来比诸葛亮,这是博喻。管仲、张良善于出谋划策,乐毅、姜子牙善于用兵,这样比,说明诸葛亮既是杰出的政治家,又是杰出的军事家。这里又指出水镜于管、乐之上,请出太公、留侯来,把诸葛亮比得更高了。这是层递格。

繁丰和省略

同一个意思,用较多的词语来说的是繁丰,用很少的词语来说的是省略。如玄德一顾草庐,叩门时,"一童出问。玄德曰:'汉左将军、宜城亭侯、领豫州牧、皇叔刘备,特来拜见先生。'童子曰:'我记不得许多名字。'玄德曰:'你只说刘备来访。'"前面的许多名字是列举官衔,把官衔和名字加在一起是繁称,属于繁丰。后面只举姓名,是简称,属于省略。繁省是相对说的。

排比和对偶

对偶是两个词或两句相对,相对的两句要字数相同,两句中的字一般是不同的;排比是超过两句,排比句中的字可以相同。如刘备一顾草庐没有遇见诸葛亮,回去时,"勒马回观隆中景物,果然山不高而秀雅,水不深而澄清,地不广而平坦,林不大而茂盛;猿鹤相亲,松篁交翠"。这里讲山、水、地、林四句,是排比句,因为这四句中每句有"不"和"而"两字相同,又共有四句,构成排比。这样排比,突出卧龙冈景物的美好,赞美卧龙冈景物的美好,也含有要用美好景物来陪衬诸葛亮这一高尚人物的用意。下面"猿鹤相亲,松篁交翠"两句是对偶,"猿鹤"对"松篁","相亲"对"交翠"，是对得工整的。这两句，"猿鹤（平仄）——相亲（平平），松篁（平平）——交翠（平仄）"，"猿鹤"是仄音步，音步以第二字为准，"鹤"字仄，所以是仄音步。"相亲"是平音步。这两句就音步看，上句是一仄一平，下句是一平一仄，也是相对的。用"猿鹤相亲"，还含有拟人化手法，都是说景物的美好。这篇里的修辞格，在这里就举这几例吧。

水浒传

金圣叹批《水浒传》序三里谈到修辞，说：

只如《论语》一书，岂非仲尼之微言，洁净之篇节？然而善论道者论道，善论文者论文，吾尝观其制作，又何其甚妙也！《学而》一章，三唱"不亦"（子曰："学而时习之，不亦说〔悦〕乎？有朋自远方来，不亦乐乎？人不知而不愠，不亦君子乎？"）；《叹觚》之篇，有四"觚"字，余者一"不"、两"哉"而已（子曰："觚不觚，觚哉觚哉！"觚不像觚，这也是觚吗！这也是觚吗！觚是腹部有四个棱角的酒器，后来棱角没有了，还叫觚。这是对名实不符的感叹）。"质胜文则野，文胜质则史（指虚浮）"，其文交互而成。"知之者不如好之者，好之者不如乐之者"，其法传接而出。山水动静乐寿（子曰："知〔智〕者乐水，仁者乐山。知者动，仁者静。知者乐，仁者寿。"），譬禁树（宫中的树）之对生。

子路问闻斯行（子路问："闻斯行诸〔听了就干吗〕？"子曰："有父兄在，如之何其闻斯行之？"冉有问："闻斯行诸？"子曰："闻斯行之。"公西华曰："由〔子路〕也问'闻斯行诸'，子曰：'有父兄在。'求〔冉有〕也问'闻斯行诸'，子曰：'闻斯行之。'赤〔公西华〕也惑，敢问。"子曰："求也退，故进之；由也兼人〔勇于作为〕，故退之。"），如晨鼓之频发。

这一段是从《论语》中举例来讲各种修辞手法。对《水浒传》的修辞，拟选第十八回《林冲水寨大并火，晁盖梁山小夺泊》，把这回前一部分写晁盖等在石碣村大破官兵部分去掉，因为那是属于上一回的，又把下一回写晁盖等排座位的加入，因为那是属于这一回的。这样作为一篇，称"火并王伦"。

火并王伦篇的修辞

篇章结构

开头与承接、承接与转折的映衬

这篇从晁盖等投梁山泊开头，写他们先到朱贵酒店里。"朱贵见了许多人来，说投托入伙，慌忙迎接。吴用将来历实说与朱贵听了，大喜，逐一都相见了，……朱贵急写了一封书呈,备细写众豪杰入伙姓名人数,"(金圣叹批:"四字写出朱贵欢喜。")"先付与小喽啰赍了,教去寨里报知;一面又杀羊管待众好汉。"(金批:"深表朱贵。")这个开头,写吴用将来历实说了,朱贵听了大喜,金批又指出朱贵欢喜,这是一方面。再看承接,写王伦接见晁盖时,晁盖说:"甘心与头领帐下做一小卒,不弃幸甚。"王伦道:"休如此说,且请到小寨,再有计议。"晁盖甘心来投,王伦却说"再有计议",不表示欢迎。"晁盖把胸中之事,从头至尾,都告诉王伦等众位。王伦听罢,骇然了半晌,心内踌躇,做声不得,自己沉吟,虚作应答。"王伦听了晁盖讲胸中之事,即大破官兵等,就"骇然",这跟朱贵听了吴用将来历实说,就"大喜",构成鲜明对照,于是成了开头和承接的映衬,衬出朱贵等头领是非常喜欢晁盖等来投的,也衬出王伦气度狭小,不能容人,不肯接纳晁盖等人。这个开头,在映衬中就伏下林冲与王伦的火并,也说明林冲的火并王伦,是吴用在挑拨,即晁盖等来投的人是帮助林冲的,朱贵等头领是喜欢晁盖等来投的。这样,反对晁盖来投的王伦,变成孤立无助,这个开头和承接的映衬,预示林冲火并的成功。

再看承接和转折的映衬。承接段写王伦对晁盖甘心来投,说"再有计议"。(袁无涯批:"便有他心。")晁盖对王伦等众位讲了胸中之事,王伦听了骇然,心内踌躇,"虚作应答"。席散后,"晁盖心中欢喜,对吴用等六人说道:'我们造下这等弥天大罪，哪里去安身？不是这王头领如此错爱，我等皆已失所，此恩不可忘报！'吴用只是冷笑。晁盖道：'先生何故只是冷笑？有事可以通知。'吴用道：'兄长性直，你道王伦肯收留我们。兄长不看他的心，只观他的颜色动静规模。'晁盖道：'观他颜色怎地？'吴用道：'……兄长说出杀了许多官兵捕盗巡检，放了何涛，阮氏三雄如此豪杰，他便有些颜色变了。虽是口中应答，心里好生不然……'"在这里，晁盖认为王伦会收留他们，要感恩图报；吴用认为王伦不会收留他们，要让林冲火并。两人的看法相反，这又构成映衬。衬出晁盖性直，没有看见王伦的颜色变化；吴用机智，从王伦的颜色动静规模里看到王伦的心。不但看到王伦的心，还看到了林冲的心。吴用道："早间见林冲看王伦答应兄长模样，他自便有些不平之气，频频把眼瞅这王伦，心内自已踌躇。我看这人，倒有顾盼之心，只是不得已。小生略放片言，教他本寨自相火并。"晁盖道："全仗先生妙策。"这样转折的第一段，把晁盖和吴用的看法统一了。

转折的擒纵

这篇的转折部分共分四段：一是吴用决策使林冲火并，二是吴用与林冲定议，三是林冲火并王伦，四是排座位。在这四段中都显示吴用的擒纵手法：擒是抓住，纵是放开，在一擒一纵中,来确立他的决策、定议,来促进火并,实行排座次,因此在这四段中贯串着吴用的擒纵手法。

先看第一段,上文已指出晁盖认为王伦会收留他们,有感恩图报的话。吴用用冷笑来引起他的疑问,改变了晁盖对王伦的看法,又指出林冲有顾盼之心,决策使林冲火并王伦。第一段就使晁盖接受了吴用的决策。这是吴用擒住了晁盖的心。

第二段写林冲来访,吴用道:"我等虽是不才,非为草木,岂不见头领错爱之心,顾盼之意,(金批:'就势便用一迎,妙绝。')感恩不浅。"这里的"一迎",即抓住林冲,表示感恩。晁盖道:"久闻教头大名,不想今日得会。"(金批:"晁盖性直,只说闲话,并不与林冲对针,然却少不得。")晁盖的闲话,是一放开。吴用动问头领在东京时如何被高俅陷害,向后不知谁荐头领上山?(袁无涯批:"开口便提醒恩仇,拨动火种。")吴用的问话,表面是放开,与当前情事无关,骨子里是提醒恩仇,拨动火种,即明纵暗擒。林冲道:"若说高俅这贼陷害一节,但提起,毛发直立!"这就是拨动火种。"来此容身,皆是柴大官人举荐到此。"晁盖道:"小可多闻人说柴大官人仗义疏财,……如何能够会他一面也好。"这又是放开。吴用道:"据这柴大官人,名闻寰海,……教头若非武艺超群,他如何肯荐上山?非是吴用过称,理合王伦让这第一位与头领坐。此天下公论,也不负了柴大官人的书信。"(袁无涯批:"只是以他的心作我的口。")这是一擒。这一擒，逼出林冲说："不想今日去住无门！非在位次低微，只为王伦心术不定，语言不准，难以相聚。"吴用道："王头领待人接物，一团和气，如何心地倒恁窄狭？"吴用立刻抓住林冲的话，再逼进一步。林冲就说出"此人只怀妒贤嫉能之心，但恐众豪杰势力相压，……就怀不肯相留的模样，以此请众豪杰来关下安歇"。吴用便道："既然王头领有这般之心，我们休要待他发付，自投别处去便了。"吴用抓住林冲的话，以退为进，再逼进一步。林冲道："众豪杰休生见外之心，林冲自有分晓。（金批：'林冲已决。要知此六个字，全是"我等休要受他发付"八个字逼出。'）……倘若这厮今朝有半句话参差时，尽在林冲身上。"晁盖道："头领如此错爱，俺兄弟皆感厚恩。"晁盖再放开。吴用抓住林冲已下决心，再逼进一步道："头领为新弟兄面上，倒与旧弟兄分颜。若是可容即容，不可容时，小生等登时告退。"再以退为进，逼得林冲说出"量这一个泼男女，腌臜畜生，说甚弟兄！众豪杰且请宽心"。这一段就这样一擒一纵，逼出林冲下决心火并。

第三段写林冲火并王伦。先是王伦辞退晁盖众豪杰，"说言未了，只见林冲双眉剔起，两眼圆睁，坐在交椅上大喝道：'你前番我上山来时，也推道粮少房稀。今日晁兄与众豪杰到此山寨，你又发出这等言语来，是何道理？'吴用便说道：'头领息怒。自是我等来的不是，倒坏了你山寨情分。今日王头领以礼发付我们下山，送与盘缠，又不曾热赶将去，请头领息怒，我们自去罢休。'"（金批："明明催之。"）吴用抓住林冲的话，以退为进来逼他。林冲道："这是笑里藏刀，言清行浊的人！我其实今日放他不过！""吴用便道：'晁兄，只因我等上山相投，反坏了头领面皮。只今办了船只，便当告退。'"（金批："又催之。"）还是抓住林冲来催。接下来林冲把桌子一脚踢在一边，衣襟底下掣出一把明晃晃刀来，在晁盖等众豪杰的配合下，杀了王伦。

第四段排坐位。"吴用就血泊里拽过头把交椅来，便纳林冲坐地，叫道：'如有不伏者，将王伦为例！今日扶林教头为山寨之主。'"（袁无涯批："纯用退着作进着，急智灵快，能凑能擒。"）这是说，吴用使晁盖以退为进，即让位给林冲是退，使林冲推晁盖是进。能凑能擒，即凑合着抓住林冲。"林冲大叫道：'先生差矣！我今日只为众豪杰义气为重上头，火并了这不仁之贼，实无心要谋此位。今日吴兄却让此第一位与林冲坐，岂不惹天下英雄耻笑？'"便立晁盖为山寨之主。再到大寨厅上，扶晁盖在第一位交椅上坐定。再请吴用做军师，坐第二位；公孙胜坐第三位；林冲坐第四位。以下是刘唐、阮小二、阮小五、阮小七、杜迁、宋万、朱贵。这第四段写吴用抓住林冲，以退为进，使林冲立晁盖为主。

结尾的总结和启下

本篇的结尾,写晁盖发令,赏赐众小头目并众多小喽啰,设宴庆会,这是这一篇的总结。再写晁盖与众头领计议:整点仓廒,修理寨栅,打造军器枪刀、弓箭、衣甲、头盔,准备迎战官军,安排大小船只,教演人兵水手上船厮杀,好做提防。这是开启下文的迎战官军。

就这篇的篇章结构的修辞看,是服从主题的需要。这篇主要写火并王伦。火并是由于王伦的所作所为不得人心,所以开头和承接就写出朱贵和王伦对待晁盖等入伙的两种相反态度的映衬来,这一映衬正为火并的预兆。接着从承接到转折一段,写出晁盖和吴用对王伦的不同看法,构成映衬,除了衬出两人的不同性格外,再转到吴用的决策,为火并的前奏。接下来通过吴用、晁盖和林冲的对话,有擒有纵,直到林冲定议和火并,归结到排座位,都离不开或擒或纵的手法。最后归到启发下文的迎敌,使全篇符合篇章结构的修辞要求。

修辞格

这里还是就上面举出来的一篇,谈谈其中所运用的修辞格。

婉曲和反踢

说话时并不直白本意，而用委婉曲折的话来烘托暗示的叫婉曲。从反面说来显示正意的叫反踢。如晁盖见王伦时说："甘心与头领帐下做一小卒，不弃幸甚。"王伦道："且请到小寨，再有计议。"王伦没有明白说出自己的意思，暗示能不能接纳还没有定，须要计议，实际上是不想接纳的婉曲说法。又如王伦听晁盖把胸中之事讲了一遍，"骇然了半响，（金批：'外边写一句。'）心内踌躇，（'里边写一句。'）做声不得，（'又于外边写一句。'）自己沉吟，（'又于里边写一句。'）虚作应答。（'又于外边写一句。'）"这里没有明白写出他心里在想什么，只是写他外面的神态，心内的踌躇，也是婉曲。又如吴用说："早间见林冲看王伦答应兄长模样，（金批：'王伦应晁盖，林冲看王伦应晁盖，吴用见林冲看王伦应晁盖，一句看他多曲。'）他自便有些不平之气，频频把眼瞅这王伦，内心自已踌躇。（金批：'亦用外一句，里一句。'）……"这里也写出了林冲的眼光、神态和踌躇，究竟林冲心里在想什么，吴用是看出来了，但他在这里没有明说，所以也是婉曲格。

"吴用又对林冲道：'……教头若非武艺超群，（金批："若非二字反踢，妙。"）他如何肯荐上山？（"如何肯三字反踢，妙。"）非是吴用过称，（"非是二字，亦用反踢。"）

理合王伦让这第一位与头领坐。'"这里金批指出了三个"反踢",并用了"若非""如何""非是";用"非"表反面说,用"如何"表不肯定。用反面说来踢出正面,正面说即"教头武艺超群","吴用不过称";用肯定说,即"他肯荐上山"。用了反踢,踢出正面的意思,更见力量。

夸张和通感

说话时用夸饰过分来符合感情上的要求叫夸张。人的视觉、听觉、触觉等可以相通的叫通感。如"只见林冲双眉剔起,两眼圆睁","剔起"是挑起的意思,说双眉挑起是夸张的说法。"圆睁"是睁大的夸张说法。这两句用夸张来表达林冲的大怒。吴用说王头领"又不曾热赶将去",把人赶走,有赶得急赶得慢,是指时间的快慢说的;"热"指温度,赶得急跟温度的"热"原本无关,这里用"热"来表示急。赶,便是通感。林冲道:"这是笑里藏刀,言清行浊的人!"言有是非,行有邪正,是靠理智来辨别的,属于意识的事。水有清浊,一般通过视觉来分别;说"言清行浊",使意识通于视觉,也是通感。这篇里的修辞格就谈这些。

红楼梦

《红楼梦》里选黛玉与宝玉最初相会一篇,来看看它的篇章结构的修辞,这篇见于第三回中间。

黛玉初会宝玉篇的修辞

篇章结构

开头和承接的背反

黛玉与宝玉最初相会,是在贾母与黛玉谈话时,"只听院外一阵脚步响,丫鬟进来笑道:'宝玉来了。'黛玉心中正疑惑着,这个宝玉不知是怎生个惫懒人物,懵懂顽劣之童,倒不见那蠢物也罢了。"这是这篇的开头。为什么这个开头写黛玉不想见宝玉,把宝玉看成那样顽劣的蠢物呢?这是近承。

511

因为黛玉到了荣国府，听王夫人告诉她："我有一个孽根祸胎，是这家里的'混世魔王'"，"你别睬他"。加上"黛玉亦常听母亲说过，二舅母家的表兄'顽劣异常'"。因此想"不见那蠢物也罢了"。这个开头，是承上来的。

再看承接，从宝玉进来见贾母，贾母命他去见母亲，宝玉即转身去了，是承接。承接写"进来了一个年轻公子"，讲他身上的穿着打扮、他的面鬓眉眼，"又有一根五色丝绦，系着一块美玉。黛玉一见，便吃一大惊，心下想道：'好生奇怪，倒像在哪里见过的一般，何等眼熟到如此！'"（脂砚斋评："正是想必有灵河岸上三生石畔曾见过。"）开头认为是顽劣蠢物不见也罢，到承接段却变成"吃一大惊"，"何等眼熟到如此"，这两种不同看法，不成了背反吗？原来开头的看法是近承王夫人的教导来的；承接的看法，是远承第一回来的，那回讲"西方灵河岸上三生石畔有绛珠草一株，时有赤瑕宫神瑛侍者，日以甘露灌溉这绛珠草。"后来绛珠草修成女体，下凡后就成了黛玉，神瑛侍者下凡后就成了宝玉。所以黛玉一见宝玉，不仅眼熟，还要在今生以泪来报答前世所受灌溉之恩。这是远接三生石畔的事。

这个开头和承接的背反，由近承和远接所造成。这样的近承和远接又有什么意义呢？原来开头的近承王夫人的看法，把宝玉看成孽根祸胎、混世魔王。这是封建家庭中封建思想在作祟。王夫人是封建家长之一，对具有叛逆性格的宝玉是不满意的。黛玉没有看见宝玉时，受了王夫人的话的影响，所以也认为宝玉是顽劣之蠢物，不想见他了。到黛玉一看见宝玉，远承三生石畔曾见过的影响，却感到可亲。那么作者为什么要虚构三生石畔这一故事呢？因为在封建思想的控制下，宝玉只能被看成具有叛逆性格的孽根祸胎和混世魔王。在封建思想控制下，宝玉怎么会有叛逆性格呢？黛玉又怎么会把宝玉看成极为可亲的人呢？这就设想出三生石上故事来，使两人摆脱封建思想的控制，感到极为可亲。这样看来，王夫人对宝玉的看法是封建思想所造成的，宝玉的叛逆性格是感觉到封建思想的不合理所造成的。从开头到承接的看法的背反，便是这种感受所造成的。

转折段的曲折

这篇的转折共分四段：一是介绍宝玉，二是宝玉会黛玉，三是宝玉摔玉，四是对黛玉住在贾府的安排。在承接里写黛玉眼中的宝玉，在转折里是按照当时人的看法来介绍宝玉。承接里写黛玉眼中的宝玉："面若中秋之月，色如春晓之花，鬓如刀裁，眉如墨画，眼似桃瓣，睛若秋波。虽怒时而若笑，即瞋视而有情。"这样说，是给她一种好的印象。到转折第一段介绍宝玉时就有些不同：一方面讲他外貌极好："面如敷粉，唇似施脂，转盼多情，语言常笑，天然一段风骚，全在眉梢,平生万种情思,悉堆眼角。"另一方面又讲他不好,如《西江月》中描绘成"有时似傻如狂","腹内原来草莽",讲他"愚顽","行为偏僻性乖张"等,末两句还说:"寄言纨绔与膏粱,莫效此儿形状。"(脂批:"末二语最要紧。只是纨绔膏粱,亦未必不见笑我玉卿。可知能效一二者,亦必不是蠢然纨绔矣。")这个批语跟词意不同,词里说宝玉是"天下无能第一,古今不肖无双",叫纨绔子弟不要学他。脂批认为能够学到他一二的,就不是"蠢然纨绔矣"。即认为纨绔子弟是蠢物,宝玉远远超过纨绔子弟。这说明词里贬低宝玉,还是反映建封家庭对他的看法,按照脂批,宝玉远远超过纨绔子弟,是好的。那么从转折段看下去,他真的是傻是愚顽是草莽吗?转折第二段写宝玉会黛玉,做了否定的回答。

宝玉会见黛玉,"细看形容,与众不同:两弯似蹙非蹙笼烟眉,(脂批:'奇眉妙眉,奇想妙想。')一双似喜非喜含情目。('奇目妙目,奇想妙想。')态生两靥之愁,娇袭一身之病。泪光点点,娇喘微微。闲静时如娇花照水,行动似弱柳扶风。('至此八句,是宝玉眼中。')心较比干多一窍,('此一句是宝玉心中。')病如西子胜三分。('不写衣裙妆饰,正是宝玉眼中不屑之物,故不曾看见。黛玉之居止容貌,亦是宝玉眼中看,心中评。若不是宝玉,断不能知黛玉终是何等品貌。')宝玉看罢,因笑道:'这个妹妹,我曾见过的。'"("黛玉见宝玉,写一'惊'字,宝玉见黛玉,写一'笑'字。一存于中,一发乎外,可见文于下笔必推敲得准稳,方才用字。与黛玉同心,却是两样笔墨。观此则知玉卿心中有则说出,一毫宿滞皆无。")从脂批看,黛玉进荣国府,会见了贾母、王夫人、凤姐等不少人,但没有人能深知黛玉,只有宝玉一人不仅看到黛玉品貌的特点,还能看到黛玉的心。这说明宝玉具有灵心慧眼,也就否定了《西江月》词中对宝玉的批评。接下来写宝玉"送妹妹一个妙字,莫若颦颦二字",出于《古今人物通考》,说明他不是"草莽",又是对《西江月》的反驳。

转折第三段讲宝玉摔玉。宝玉"又问黛玉:'可也有玉没有?'众人不解其语。黛玉便忖度着,因他有玉,故问我也有无。因答道:'我没有那个,想来那玉亦是一件罕物,岂能人人有的。'"(脂批:"奇之至,怪之至。又忽将黛玉亦写成一极痴女子。观此初会,二人之心,则可知以后之事矣。")这个批语的意思,认为宝玉问黛玉有玉没有,众人不解其语,假如黛玉像众人一样不解其语,也不做回答,那么只是一个普通的女子。但黛玉做了回答,说明她跟众人不同,是个"极痴女子",这就跟宝玉同心了。

宝玉听说黛玉没有玉,就狠命摔玉,这个动作又有什么意思呢?因为后文有金玉良缘之说,假如宝玉有玉而黛玉无玉可以跟他相配,怎能表示两人已经同心?所以宝玉想把玉摔坏了,他就可跟没有玉的黛玉相配了。但贾母把玉看成是"命根子",不让摔,这里实含有宝玉与黛玉虽然同心,但不能相配的悲剧在内。

转折的第四段写宝玉、黛玉住处与用人的安排,上文人物里已指出袭人的服侍宝玉与紫鹃的服侍黛玉都有旁衬的意味。

结尾的承接

这篇结尾写黛玉因宝玉摔玉而流泪,这个结尾远承第一回三生石畔的绛珠草,得到神瑛侍者以甘露灌溉,因此"下世为人,但把我一生所有的眼泪还他",这是第一次还泪,是远承。结尾写"袭人道:'姑娘快休如此,将来只怕比这个更奇怪的笑话儿还有呢。若为他这种行止,你多心伤感,只怕你伤感不了呢!'"这是说还泪的事,以后还多着哩,是启下的还泪。也是远承上文"把我一生所有的眼泪还他",说明还泪是一生的事。

修辞格

借代和拈连

借一样事物来代替跟它有关的事物称借代,如借物代人。

两项说话连说时，把甲项说话所适用的词用来表乙项观念的叫拈连。如这篇里的《西江月》词："寄言纨绔与膏粱，莫效此儿形状。"这里借用"纨绔""膏粱"来代替富家子弟，即是借代。又"纵然生得好皮囊，腹内原来草莽"，借"皮囊"来代替品貌，借"草莽"来代替无知不学。又"两弯似蹙非蹙笼烟眉"，按描写"眉"的词有"蛾眉""秀眉""长眉"等，不用"烟"来形容"眉"。而这里用"笼烟"来形容"似蹙非蹙"的"眉"，就可称"似蹙非蹙的笼烟眉"，把"烟"和"眉"拈连起来了。

比喻的动态和复杂

"芙蓉如面柳如眉"，用荷花来比面容，用柳叶来比眉毛，这是用静物来作比，用一样东西来作比，比较简单。但下面的比喻就不同，"闲静时如娇花照水，行动似弱柳扶风。心较比干多一窍，病如西子胜三分"。用"弱柳扶风"来比黛玉的行动，具有动态，不同于静物。用"娇花照水"来比黛玉的闲静，但不是用一个静物来比，而是用了"娇花"与"水"两物，还有"照"的动作。再像"心较比干多一窍"，不是用"比干"的心来比黛玉的心，还加上"多一窍"；"病如西子胜三分"，不是用西子的病来比黛玉的病，还加上"胜三分"，这就不是简单的比，而是显得更复杂了。

儒林外史

《儒林外史》拟选第一回楔子讲王冕的一篇来谈谈,这篇较长,仍按开头、承接、转折、结尾来看。

王冕篇的修辞

篇章结构

开头和承接笼罩全书

这篇的回目《说楔子敷陈大义,借名流隐括全文》,即认为这一篇有两个作用:一是"敷陈大义",即反对科举考试,反对追求功名利禄;一是"隐括全文",即笼罩全书。这篇的开头和承接,一直笼罩全书。全书结尾是《添四客述往思来,弹一曲高山流水》,是讲四个市井之间的奇人:一个写字的,一个卖火纸筒的，一个开茶馆的，一个做裁缝的，他们都靠自己的劳动来养活自己。写字的字写得好，卖火纸筒的棋下得好，开茶馆的会作诗画画，做裁缝的会作诗弹琴，所以他们又可以以劳动人民的身份列入儒林，跟楔子里的王冕相呼应。

先看本文的开头说："元朝末年，也曾出一个嵚崎磊落的人。"这句话就和本书末回写的四个奇人一致。接着写王冕，诸暨乡下人，七岁丧父，十岁失学，替秦老放牛，就自食其力了。写他去替秦老放牛，母亲说："只靠着我替人家做些针黹生活寻来的钱，如何供得你读书？如今没奈何，把你雇在间壁人家放牛，每月可以得他几钱银子，你又有现成饭吃，只在明日就要去了。"王冕道："娘说的是，我在学堂里坐着，心里也闷，不如往他家放牛，倒快活些。假如我要读书，依旧可以带几本书去读。"这样说，显得王冕能够体会母亲的辛苦，体会母亲的用心，这就符合本书注意讲究人的品行。

本篇的开头写王冕去替秦老放牛为止。再看承接，即据开头王冕说的"假如我要读书，依旧可以带几本书去读"。承接段即从王冕在放牛时，把每天点心钱积起来，去买几本书来读。读了三四年，心下着实明白了。一次大雨过后，王冕看到湖里十来枝荷花，想画他几枝。这个承接，就从读书到想画画，跟本书末回四个奇人靠劳动自食其力兼喜一种技艺相一致了。

转折段的伏笔和变化

转折段约分为四段：一是王冕看见三个人来野外野餐，听他们夸说辞官归乡的危素，加上王冕画荷花的成名。二是时知县托人要王冕画二十四幅花卉送与老师危素，危素托时知县来找王冕。三是王冕避到济南和后来返乡。四是写朱元璋往访王冕和王冕批评明代科举制度。

转折第一段写王冕正在想要画荷花时，看到有三个人来野餐。那个主人道："危老先生回来了。新买了住宅，比京里钟楼街的房子还大些……前月初十搬家，太尊、县父母都亲自到门来贺……"另一个道："县尊是壬午举人，乃危老先生门生，这是该来贺的。"三人还说了吹捧危老先生的话。接着写王冕托人向城里买些胭脂铅粉之类，写画荷花。三个月之后，那荷花精神颜色无一不像，成为画没骨花卉的名笔。这第一段，提到危素和时知县，是转折段中的伏笔，即伏第二段中提到的时知县和危素。

转折第二段写时知县托翟头役下乡来要王冕画二十四幅花卉册页送与危素。危素看了册页爱不忍释，就要时知县请王冕去。时知县托翟头役去请，王冕不肯去。时知县亲自下乡去请，王冕避开了，时知县很生气。

转折第三段写王冕触怒时知县，只好出走。把画画积下的钱交给母亲过活,并托秦老照顾,他自己远走济南,靠画画和卖卜测字为生。过了半年多光景,碰上黄河决口,百姓流亡,王冕预感到大乱将起,就动身回家。入浙江境,知危素还朝,时知县升任,便放心回家,侍候老母直到送终办完丧葬。

转折第四段写王冕的敷陈大义,即朱元璋已称为吴王,据有金陵,特来看王冕并向他请教:"浙人久反之后,何以能服其心?"王冕道:"大王是高明远见的,不消乡民多说。若以仁义服人,何人不服?岂但浙人;若以兵力服人,浙人虽弱,恐亦义不受辱。"吴王叹息,点头称善。接着吴王统一天下,建国号大明,年号洪武。洪武四年,秦老从城里带回一本邸抄,上载礼部议定取士之法:三年一科,用《五经》《四书》,考八股文。王冕指与秦老看道:"这个法却定的不好!将来读书人既有此一条荣身之路,把那文行出处都看得轻了。"这里借王冕的话来点明全书的主旨。

结尾与楔子相应

结尾写有人传说朝廷行文到浙江布政司,要征聘王冕出来做官,王冕便逃往会稽山中。半年后,朝廷派官捧诏来聘王冕,已经找不到王冕的去向了。这个结尾,上承王冕的议论,以看重文行出处为主,用王冕来作示范。

这第一回的篇章结构的修辞,是为了表达全书主旨的需要。

全书的主旨是文人要注重文行出处，即提倡做人要讲究品德，要自食其力，要反对时知县那样的人，即反对封建社会中追求功名富贵的人，这些人没有做官时对上谄媚行贿，对下欺压小民，做了官就更向上献媚，以求升迁，酷虐小民，中饱私囊。所以从开头到承接，就写王冕的文行出处，来笼罩末回的四个奇人。从他对吴王的进言到反对科举制度，更突出全书的主旨。结尾的王冕逃隐，正和当时为追求个人私利而做官的作一针砭。全篇篇章结构的安排，就这样服从全书的主旨，这种安排，就成了篇章结构的修辞了。

修辞格

复叠和引用

这篇里写王冕看到湖上风光的美，写道："湖边上山，青一块，紫一块，绿一块。""湖里有十来枝荷花，苞子上清水滴滴，荷叶上水珠滚来滚去。王冕看了一回，心里想道：'古人说"人在画图中"，其实不错。可惜我这里没有一个画工，把这荷花画他几枝，也觉有趣。'又心里想道：'天下哪有个学不会的事，（齐省堂本评："正所谓'天下无难事，只怕有心人。'"）我何不自画他几枝。'"这里连用了三个"一块"，显示各种颜色。又用"滴滴"来形容水滴的不断下滴,用"滚来滚去"来形容水珠的不停转动,都属于修辞的复叠格。复叠有单词的像"滴滴",有双词的像"一块",有与别的词结合的像"滚来滚去"。有的是动词,像"滴滴"和"滚",有的是数量词,像"一块"等。再说这里的"人在画图中",点明是古人说,是引用,即明引。"又想:'天下哪有个学不会的事。'"(齐省堂本评:"正所谓'天下无难事,只怕有心人。'")这个评语,就指出这句话是暗引。

讳饰和摹状

转折段里写吴王来看他,秦老问及此事,王冕"只说是军中一个将官,向年在山东相识的,故此来看我一看"。他不说是吴王,怕引起轰动,这是讳饰。在明朝建立以后,一个初夏晚上,"忽然起一阵怪风,刮的树木都飕飕的响,水面上的禽鸟格格惊起了许多,王冕同秦老吓的将衣袖蒙了脸"。这里的"飕飕"是风声,"格格"是鸟飞声,是摹声的摹状格。

聊斋志异

《聊斋志异》里选《婴宁》来谈,《婴宁》参见人物节。

婴宁篇的修辞

篇章结构

开头和承接的密接

这篇开头写王生子服在上元节见一女郎拈梅花一枝,容华绝代,笑容可掬。生注目不移。女遗花地上,笑语自去。生拾花怅然,至家,藏花枕底。舅氏子吴生绐之曰:"乃我姑氏女,即君姨妹行。"并诡曰:"西南山中,去此可三十余里。"以上是开头部分,即王生见女拈花而笑,女遗花笑去,生拾花思女,吴生诬称女住西南山中。

承接段写王生怀梅袖中,亲自去西南山中访女。遥望谷底,村中北向一家,墙内桃杏犹繁。墙内有女子,举头见生,含笑捻花而入。审视之,即上元途中所遇也。自朝至于日昃,盈盈望断,并忘饥渴。从开头的见女含笑遗花,生拾花思女,到承接的访女得见,都跟笑和花结合着。初见时,女拈花含笑,去时遗花笑语,再见时含笑捻花而入。开头与承接密切结合。

转折的遥对、映带和反衬

转折分四段:一写老媪邀生入室,女见生大笑为遥对上元之笑。二写女采花与生笑语之黠慧。三写女与生同归之笑,此二段以笑与花为映带。四写女不笑,悲母岑寂为反衬。

转折一段写老媪邀生入室,叙次知媪为生姨母。媪唤女婴宁,来见姨兄。女嗤笑不已。生目注婴宁,不遑他瞬。婢向女小语云:"目灼灼,贼腔未改!"女又大笑。这又是遥对上元之笑。转折二段写次日,女在后院树上见生来,狂笑不已,且下且笑,失手而堕。生扶之,阴捘其腕,女笑又作。生出袖中花,"以示相爱不忘"。女以"相爱"为爱花。生曰:"我非爱花,爱捻花之人。"女以爱"捻花之人"为爱亲戚。生曰:"我所谓爱……乃夫妇之爱……夜共枕席耳。"女曰:"我不惯与生人睡。"这些对话,女装痴实黠。转折三段写女随生归,"但善笑,禁之亦不可止;然笑处嫣然,狂而不损其媚,人皆乐之。""每值母忧怒，女至，一笑即解。""爱花成癖……窃典金钗，购佳种，数月，阶砌藩溷，无非花者。"转折第二、第三段，都借笑与花为映带，映出装痴来暗示女的黠慧。用笑来使人乐，用笑来解生母的忧怒。这里显出女的善良。

转折第四段，写女接受生母的劝告后，不笑了。"一夕，对生零涕"，说："妾本狐产，母临去，以妾托鬼母，相依十余年，始有今日。"求生将鬼母与父秦氏墓合葬。这段写女的悲痛哭泣，与上文写女的喜笑构成反衬，衬出女对鬼母的感情。

结尾的呼应和余波

开头写"有女郎携婢"，"顾婢曰：'个儿郎目灼灼似贼。'"提到婢。生到女家，"媪唤：'小荣！可速作黍。'"知婢名小荣。又写生"目注婴宁，不遑他瞬。婢向女小语云：'目灼灼，贼腔未改！'"显出婢的黠慧。因此结尾"生问小荣，曰：'是亦狐，最黠。'狐母留以视妾，每摄饵相哺，故德之常不去心。昨问母，云已嫁之。"这是呼应上文提到的婢女。又说："女逾年，生一子。在怀抱中，不畏生人，见人辄笑，亦大有母风云。"（但明伦评："后仍结转笑字，篇法严密乃尔。"这里写子"见人辄笑"，可以说是上文写女笑的余波。）

这篇写婴宁的笑和爱花，写王生的一见钟情，从开头到结尾的安排，显示出篇章结构的修辞作用。这篇主要写婴宁，其次写王生，篇章结构的修辞服从突出两个人物性格的需要。从开头到承接看，写王生的见花、拾花、藏花、怀花到独自入山访女，一切都写王生的一见钟情，对女的挚爱，这是比较明显的。写女的笑，女的遗花地上，若有意，若无意。女在家"执杏花一朵，俯首自簪。举头见生，遂不复簪，含笑拈花而入"。"时见女子露半面来窥，似讶其不去者。"还是写女若有意，若无意。写生的热情是明显的，写女的感情是含蓄的，显示两人的不同性格。开头和承接的安排，就服从这个需要。

再看转折，生"出袖中花示之。女接之曰：'枯矣，何留之？'"这一段，写生的爱女，要娶女，都极明显。写女似痴，假装不解，显示女的黠慧，即写女对生的感情还是含蓄的。写女到生家后，用笑来使"人皆乐之"，用笑来解母的忧怒，用笑来使母宽恕奴婢的小过，她对生的爱还是含蓄的。篇章结构的修辞，就这样服从两人不同性格的需要来的。后面以她的悲泣作反衬，显出她的笑含蕴着对生的爱，这种爱是含蓄的。她对鬼母的感情是显露的，这又显示出她的性格特点来。

修辞格

反复和错综

用相同的词语表达较强的情思的叫反复格。把反复、对偶的整齐形式，改成参差别异的叫错综。如开头写女顾婢曰："个儿郎目灼灼似贼！"后面婢向女小语云："目灼灼，贼腔未改！"这里倘作"个儿郎目灼灼似贼"就是反复词，表达较强的感情。这里把它改作"目灼灼，贼腔未改"，说法不一样了，就是错综。再像转折段里作"笑不可遏"，"笑不可仰视"，就是错综，倘都作"笑不可遏"，就是反复。又排比句也可改作错综，如但明伦评："写其户外之笑，写其入门之笑，写其见面之笑"，这是排比句。倘改作"先写其户外之笑，次写入门又笑，见面又笑"，不整齐了，就错综。

设问和感叹

心中早有定见，故意提问的叫设问。有较强的情思，用呼声或类乎呼声的词句表出的叫感叹。如女问："适此语不应说耶？"此语即生说的"夜共枕席"。但明伦评："是直斥生不应说也。"女认为生不应说这话,故意提问,所以是设问。又如"媪喜曰:'……得甥携妹子去,识认阿姨,大好!'""大好"表达媪的喜悦感情,是感叹。

图书在版编目（CIP）数据

小说例话 / 周振甫著. — 北京：中国青年出版社，2022.4
ISBN 978-7-5153-6605-0

Ⅰ.①小… Ⅱ.①周… Ⅲ.①古典小说－文学评论－中国
Ⅳ.①I207.41

中国版本图书馆CIP数据核字（2022）第039811号

总 策 划：皮　钧
责任编辑：陈章乐　叶施水
书籍设计：瞿中华

出版发行：中国青年出版社
社　　址：北京市东城区东四十二条21号
网　　址：www.cyp.com.cn
电子邮箱：jdzz@cyp.com.cn
编辑中心：010-57350406
营销中心：010-57350370
经　　销：新华书店
印　　刷：北京地大彩印有限公司
规　　格：787mm×1092mm　1/32
印　　张：17
字　　数：330千字
版　　次：2022年10月北京第1版
印　　次：2022年10月北京第1次印刷
定　　价：98.00元

如有印装质量问题，请凭购书发票与质检部联系调换
联系电话：010-57350337

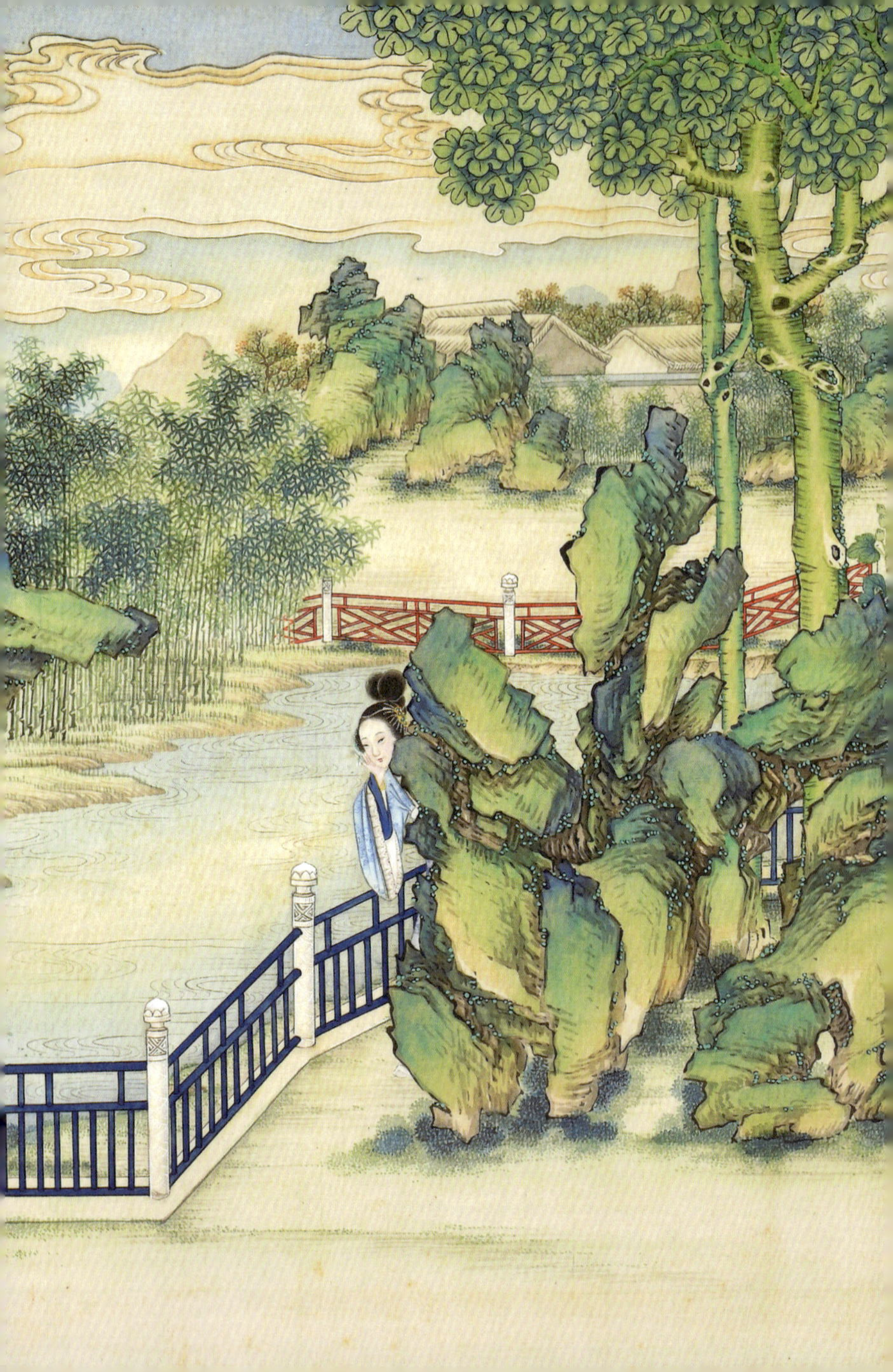